中公新書 2585

川平敏文著

徒然草

無常観を超えた魅力

中央公論新社刊

はしがき

『徒然草《つれづれぐさ》』は、鎌倉末期に兼好法師《けんこうほうし》によって書かれた作品である。筆者が「つれづれなるままに」、心に思い浮かぶことを書き綴《つづ》ったというから、現代でいう随筆に近い。

では、これを書いた兼好を、皆さんはどのような人物だとイメージするであろうか。教科書などで目にする兼好は、草庵の縁側付近に机を置いて、書物を読んでいたり、ものを書いていたりというような図柄が多い。そのようなイメージともあいまって、俗世間と交わりを断ち、ひとり黙々と執筆活動を続ける隠者の姿が、まずは思い浮かぶのではないだろうか。

また、これもよく教科書に採られて有名な『徒然草』第七段には、冒頭に次のような印象的な文章が置かれている。

あだし野の露、消ゆる時なく、鳥部山《とりべやま》の煙、立ち去らでのみ住み果つる習ひならば、いかに物のあはれもなからん。世は定めなきこそ、いみじけれ。

「あだし野」「鳥部山」は、それぞれ京都にあった墓地と火葬場の地名。そのような場所の露や煙が消えずに残っているというのは、人が永遠に生きながらえるということの喩《たと》え。もしそのようなことがあるとすれば、人生には何の情趣も生まれないであろう、と兼好は言う。世は無常。何が起こるか分からない。人間の寿命も定めがない。しかし、だからこそ生きる愉《たの》しみが生まれる、というのだ。

このような章段からは、兼好は「世の無常を悟り、人生を達観している人」というイメージが生まれるだろう。学校教育では昔も今も、中世文学の本質は「無常観」であると教えることが定番であるため、『徒然草』も何やら悟りすました、真面目な随筆だというイメージをもっている人も少なくない。

たしかに『徒然草』にはそういう、ある意味、真面目《まじめ》な側面もある。しかし学校教育で教えられる『徒然草』は、この古典のほんの一面にすぎない。意外に思われるかもしれないが、『徒然草』には恋愛の秘訣《ひけつ》を扱った章段も多くあり、たとえば近世期（江戸時代）には、「兼好=恋愛の達人」という認識も広まっていた。『徒然草』第三段は、

万《よろず》にいみじくとも、色好まざらん男は、いとさうざうしく、玉の巵《さかずき》の当《そこ》なき心地ぞすべき。

という文章で始まる。諸芸に秀でているとしても、恋愛の情趣を好まない男は、玉でできた盃の底がないようなものだ――すなわち、外見だけは立派であるが、一番肝心なところがぬけていると言っているのだ。近世期の人々は、いわゆる好色物の小説を書くときなどに、好んで兼好のこの言葉を引用している。あの兼好も、恋愛が大事と説いているではないか、と。

『徒然草』にはこの他にも、滑稽《こっけい》な話、巷間《こうかん》の噂話《うわさばなし》、日常生活の豆知識、王朝物語の習作めいたものなど、じつにさまざまな内容が書かれている。それらのなかには時に、前後で言っていることが矛盾していたり、少し極論すぎるのではないかと思われたりするものもある。だから近世期以来、『徒然草』には賛否両論が常に渦巻いていた。たとえば、仏道に励んでいたはずの兼好が「色」だの「恋」だのを論じるのはけしからんとか、人は長くとも四十歳くらいで死ぬのが見苦しくないなどと言いながら（第七段）、自分は六十過ぎまでのうのうと生きているのはおかしいといった、急所をついたなかなか手厳しい批判もある。

さらに言えば、近世から明治までのあいだ一般的に信じられていた、南朝の忠臣としての兼好像もある。兼好は吉野《よしの》に展開した南朝方に心を寄せる人であり、京都において北朝方をスパイ活動していたという説である。これは『徒然草』そのものというよりは、伊賀《いが》地方で伝承されていた口碑が成文化され、いつしか史実として流布したものであるが、現代から考えれば荒唐無稽《こうとうむけい》に思われるようなこのような説が、近世から明治の徒然草注釈書などでは、ごく大真面目に論じられていたのである。

このように近世までは、『徒然草』は多様な角度から読まれ、論じられてきた。そしてその評価の振幅の大きさも、この作品の大きな魅力であったと言える。それなのに現代では、先述のように「世の無常を悟り、人生を達観している人」というような兼好像・『徒然草』観に、ほぼ一元化されてしまっているように思われる。これはまことに残念なことだと言わねばならない。

優れた古典というものは、その本文自体の価値だけではなく、それが何世代にもわたって読み継がれてきたという、歴史的価値をも有している。古典と現代の作品との違いは、まさしくこの歴史的価値の有無である。古典として生き残った作品は、時代や社会の変化にさらされつつも、何度も再評価を繰り返されてきたのである。

現代から直接、その作品を評価することは、もちろんあってよい。だが、その評価が本当に確かなものかどうかを判断するためには、先人、それも現代からは少し隔たった時代に生き、現代人とは異なるものの見方、考え方をもった人たちの残したそれと比較するのが、ひとつの有効な手段である。

そこで本書では、主に近代以前の先人たちが、『徒然草』のどのような章段を、どのように評価してきたかという歴史を振り返りつつ、それらを手掛かりとして、『徒然草』の本質や魅力に迫っていきたい。

昔に比べて研究が進んでいる（ように見える）現代の「読み」も、じつは絶対ではない。それは、おそらくこれからも続くであろう徒然草解釈の歴史の、ほんの一コマにすぎない。現代の文学的枠組みで解釈しようとするため、忘れてしまった重要な読み方——じつは『徒然草』の本質を射抜くような——もあるかもしれず、その場合、古い解釈が復活するということも十分ありうるのである。

本書では、現代ではあまり知られていない章段とともに、よく知られた章段でも、じつはこんな読みが可能だったのかというものを、なるべく取り上げるつもりである。これによって、『徒然草』の魅力がより深まることを期待したい。

目次

引用文について
1、『徒然草』の引用は、原則として、まず現代語訳を示し、そのあとに〈　〉で原文を示した。原文は、小川剛生編『徒然草』（角川ソフィア文庫）を参照した。
2、その他、近代以前の文献からの引用は、基本的に現代語訳のみとした。ただし、原文も示していた方が望ましいものは1の要領で併記し、原文で意味が通るものについては、そのまま示した。
3、引用文中の（　）は文脈を補う文言、〔　〕は簡単な注釈である。
4、表記は、適宜、漢字を仮名に開いたり、平仮名に漢字を宛てたりして、読みやすくした。
5、引用文の典拠については、「関山子ＬＡＢ．」（http://www2.lit.kyushu-u.ac.jp/~kawahira/）を参照されたい。

序　章　徒然草の誕生

1　起源を問い直す――筆者・成立・ジャンル

『徒然草』は、日本の代表的な古典である。日本の中学・高校で学んだ人であれば、ほとんどの人が、一度はそのいずれかの章段を読んだことがあるだろう。ごく大雑把に言って、筆者は「吉田兼好」（この情報が誤りであることは後述）、成立年代は「中世」（あるいはもう少し絞り込んで「鎌倉時代」）、ジャンルは「随筆」、内容は「無常観が書かれたもの」、くらいの基礎データが頭にあるのではなかろうか。

ここではまず、『徒然草』がどういう作品なのかということを、現在の研究状況も踏まえながら、もう少し詳しく紹介しておきたい。

「吉田兼好」は、いない

まずは誰が書いたのかという問題から始めよう。『徒然草』の筆者は誰か、と質問するならば、世間一般の多くの人は「吉田兼好」と答えるだろう。しかし、少し文学史に詳しい人であるならば、次のように答えるはずだ。「吉田」は卜部《うらべ》氏の一流が室町時代以降に名乗った姓であるから、兼好の時代に「吉田」姓はありえない。「卜部兼好《うらべかねよし》」または「兼好法師《けんこうほうし》」というのが正しい呼び方である、と。

もっと詳しい人であれば、もし「吉田兼好」という言い方が許容されるとすれば、それは「吉田に住した兼好」の意である、と言い添えるかもしれない。吉田は、卜部氏の一流が居住し、その家名の由来となった地名である。

しかし、吉田家と深く結びつけられた、この兼好の出自にかんする定説について、近年、国文学者の小川剛生は、いくつかの衝撃的な事実を指摘している。これは平成の、いや戦後の国文学研究史においても、かなり重要なトピックの一つとして数えられるものだ。まずは『兼好法師　徒然草に記されなかった真実』（中公新書、二〇一七年、以下『兼好法師』）に拠《よ》りながら、その概要を紹介しよう。

ここに一つの系図がある。愛媛大学鈴鹿《すずか》文庫本『唯一神道名法要集《ゆいいつしんとうみょうほうようしゅう》』（吉田兼倶《よしだかねとも》著、室町

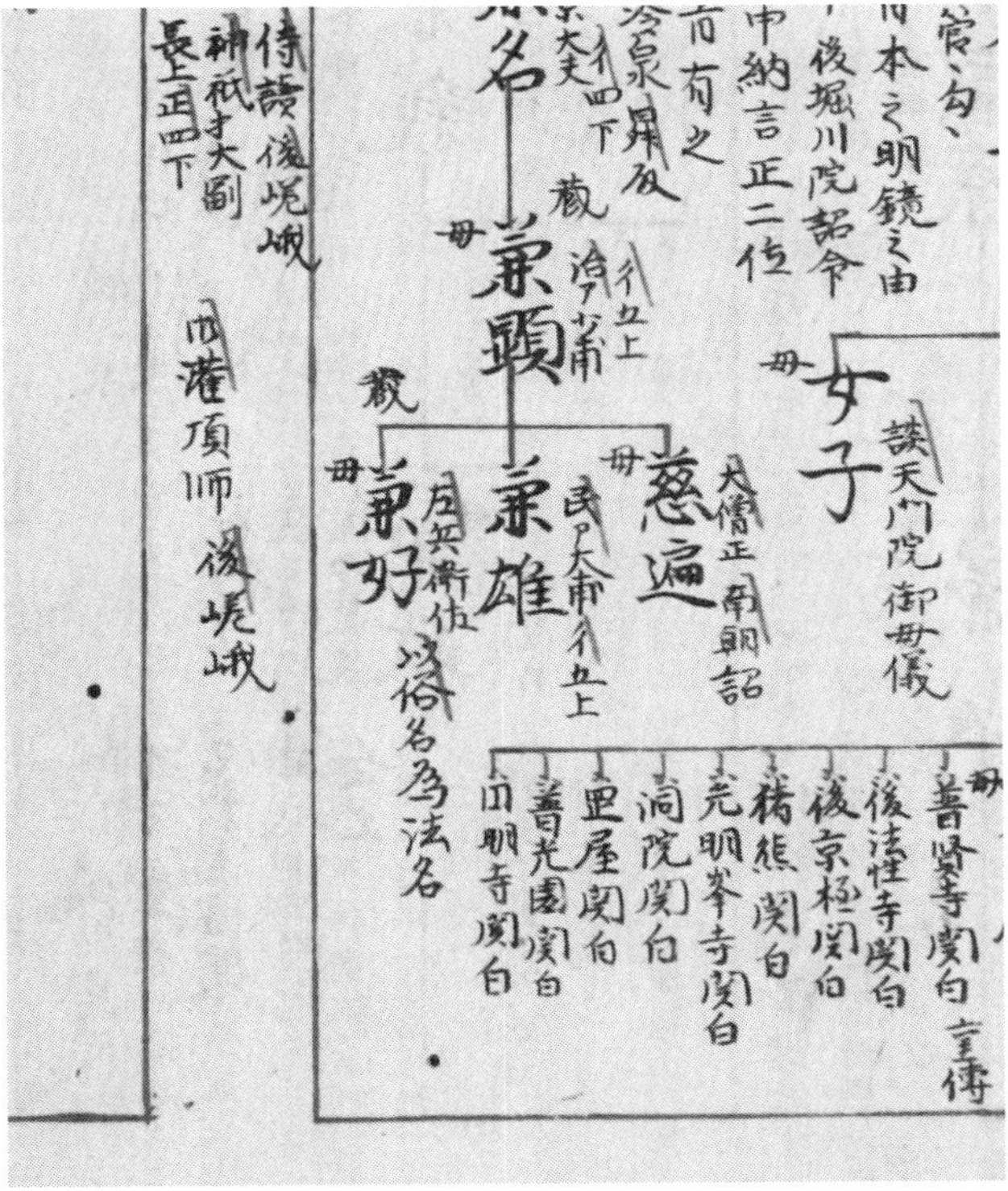

兼好の家系（「卜部氏系図」）『唯一神道名法要集』愛媛大学附属図書館鈴鹿文庫蔵、部分

中期成、享保《きょうほう》九年〈一七二四〉写）に附載される、卜部氏（吉田流）の血脈図（以下「卜部氏系図」）の一部である。

ここには、天児屋命《あまのこやねのみこと》に始まり、藤原鎌足《ふじわらのかまたり》を経て室町時代までつながる卜部氏（吉田流）の系図が記されているのであるが、兼名《かねな》から分かれた傍流の末端に、「慈遍《じへん》、兼雄《かねお》、兼《かね》好《よし》」の名前が見えている。

「兼好」の箇所に細字で書かれた注には、「蔵」「左兵衛佐《さひょうえのすけ》」「以俗名為法名《ぞくみょうをもってほうみょうとす》」と見える。これは兼好が蔵人《くろうど》、そして左兵衛佐という役職・官位に任ぜられたということ、そして出家後、俗名（出家前の名前）の「かねよし」を音読みして「ケンコウ」という法名にしたということを意味している。兼好の伝記にかんする、このような情報を記載する「卜部氏系図」は、諸家の系譜を集大成した『尊卑分脈《そんぴぶんみゃく》』にも収録されていて、基本的に誰もその資料性を疑わなかった。つまり「卜部氏系図」に載るこれらの情報が、長きにわたり兼好伝記を考えるさいの出発点となってきたのである。

昭和期の国文学者、風巻景次郎《かざまきけいじろう》「家司《けいし》兼好の社会圏―徒然草創作時の兼好を彫塑する試み―」（一九五二年）は、その代表的な一つである。風巻は、『尊卑分脈』所載「卜部氏系図」の情報を基にしつつ、兼好は後二条《ごにじょう》天皇の代に六位蔵人となり、任期六年を満了して従五《じゅご》位下《いのげ》に叙され、ついで左兵衛佐に任じた、とまとめている。そしてこの経歴を前提として、

『徒然草』や『兼好法師家集《けんこうほうしかしゅう》』などの資料を分析し、その後、兼好がどのような立場で、どのような人々と交流したかを考察したのであった。小川の『兼好法師』が登場するまでは、基本的にこれは常識とされていた。

吉田兼倶の謀略

しかし小川は、当時の史・資料をより広範に、かつより厳密に検討することで、この前提に疑問を呈した。兼好はたしかに卜部氏を名乗っているが、それは吉田流の卜部氏とはまったく関係のない卜部氏であった。そして「卜部氏系図」は、「(後世の)吉田家がその歴史を粉飾し、鎌倉時代後期の数少ない有名人であった兼好を一門に組み込んだ、捏造《ねつぞう》である。六位蔵人・左兵衛佐という経歴も同じくデタラメである」(『兼好法師』六頁)と断じたのである。簡単に言えば、たまたま同じ苗字《みょうじ》であったため、無理やり親戚《しんせき》にさせられたようなものだ。

では、なぜ兼好は「卜部氏系図」に取り込まれ、あまつさえ「六位蔵人、左兵衛佐」という、その実体を上回る高い官位が付与されたのか。

小川によれば、室町中期の吉田家当主で、吉田神道の教義を整備したことで知られる兼倶は、低迷する「家格の恢復《かいふく》を生涯の悲願としていた」(同二一二頁)。そこで、嫡子兼致《かねむね》を六位蔵人、ついで左兵衛佐とするため、その先例を兼好に求めたのだという。なぜなら、蔵人は六位ながら殿上《てんじょう》に伺候できる名誉な役職、また左兵衛佐は原則公卿《くぎょう》の家柄（五位以上）の者が任ぜられ、昇進の足掛かりとなる有望な役職だからである。

さらにその先例が兼好に求められたのは、南北朝の動乱期、兼好が出仕したとされる南朝方ならば、このような破格の登庸《とうよう》をしたかもしれないという歴史認識が働いたこと（同二一六頁）、そして兼好の名前が『徒然草』の著者としてすでに定着し始めており、そうした人物が一族にいたことをアピールする目的もあったこと（同二一七頁）を挙げる。

かくて「吉田兼好」という呼び名は、単にその名称というレベルではなく、その存在というレベルで、否定されなければならなくなった。地名としての吉田に居住したというのも、伝説の域を出ない。つまり現時点で確かなのは、出家前は「卜部兼好」、出家後は「兼好法師」と名乗ったということだけである。

では、『徒然草』の著者、兼好法師とはいかなる人物であったのか。小川の本領が発揮されるのはここからで、兼好の出自や家族構成、あるいは人間関係などについての、目を見張るべき指摘がなされるのであるが、これらの点については『兼好法師』を参照されたい。

とはいえ、兼好の生没年や経歴などについては、ごく簡単にでも記しておかねばならないだろう。

生年は弘安《こうあん》六年（一二八三）頃。これは近世期から言われている説である。伊勢神宮祭主大中臣《おおなかとみ》氏と関係が深い、平野流卜部氏傍流の出身で、身分的には侍品《さむらいほん》（六位相当）、伊勢武者（在京の侍）のような存在であった。

その関係で、伊勢国守護であった武家の金沢《かねざわ》家と深い関係を持ち、金沢貞顕《さだあき》の被官（家臣）のような身分となる。貞顕は鎌倉幕府が京都の治安維持、公家監視などの目的のために設置した六波羅探題《ろくはらたんだい》職を務めたこともあったため、兼好も基本的には京都に在住していた。

延慶《えんきょう》二年（一三〇九）から応長《おうちょう》元年（一三一一）頃、三十歳くらいで彼は出家する。そしてこの頃から「遁世者《とんせいしゃ》」として、堀川《ほりかわ》家をはじめとする公家社会にも出入りするようになる。武家と公家双方にコネクションがあり、その内情にも通じている兼好は、情報・知識を伝達する代理人（エージェント）であり、また時に相談役（コンサルタント）でもあった。「遁世者」という身分は、どこにも所属せずに、フリーでそのような仕事をするための肩書である。今日的な、世の交わりを絶ち、ひとり静かに草庵に暮らすという「隠者」のイメージとはまったく違う。

むろん、だからといって『徒然草』の内容は虚偽であり、読む価値もないということにはならない。作家の実生活と、作品の内容・価値とは切り離して考えることができるように、兼好の実生活と『徒然草』の内容とを完全に一致させる必要はどこにもない。兼好の理想・空想が述べた部分があったとしても、それはそれで兼好の真実の声なのである。

さて、遁世者となった兼好は、前記のように堀川家を中心とした公家に職務のため出入りしながら、歌人としての活動を活発化させていく。和歌の師は二条為世《にじょうためよ》で、のちに頓阿《とんな》・浄弁《じょうべん》・慶運《きょううん》とともに、為世門下の四天王と呼ばれたりもする。その歌は『続千載集《しょくせんざいしゅう》』をはじめ、いくつかの勅撰集にも入集を果たしているので、名誉の歌人と言ってよい。なお、自撰自筆の『兼好法師家集』が伝存しており（尊経閣《そんけいかく》文庫蔵）、その内容はもとより、筆蹟《ひっせき》資料としても非常に貴重なものである。

このような職務および和歌活動のかたわら執筆していたのが、『徒然草』である。その執筆された内容から、元応《げんおう》元年（一三一九）より元弘《げんこう》元年（一三三一）までの間に、数次に分けて執筆したと言われる。年齢でいえば、四十～五十歳頃。

没年は、『兼好法師家集』から勅撰の『新千載集《しんせんざいしゅう》』が編纂《へんさん》されている期間、おそらく延文《えんぶん》二、三年（一三五七、八）頃ではないかと見られている。年齢は七十五歳前後。近世期に広く流布した兼好伝資料によれば、晩年は伊賀国田井庄《たいのしょう》に隠棲《いんせい》し、この地で没したということになっているが、史実としての裏付けが乏しく、やはり京都市中で没したと考えるのが穏当である。子孫もいなかったらしい。

以上、はなはだ駆け足ではあるが、これが兼好の生涯のあらましである。

徒然草の成立

では、ここからは『徒然草』について考えていこう。

まず、これは現代人の感覚からすると忘れられがちだが、兼好自筆の原稿のようなもの（原本）は存在しない。われわれが読んでいるのは、後人が書写して伝えてくれたもの（伝本）をベースにして、読みやすく補正された本文である。もっとも、このように原本が存在しないのは、『徒然草』に限った話ではなく、近世期以前の古典作品ではごく当たり前のことである。

さて、『徒然草』はふつう「随筆」とジャンル分けされるように、兼好が心に思いつくままに書いたという長短さまざまな文章を、とくに分類などを考慮せずに雑然と並べたという体裁をとっている。有名な序段「つれづれなるままに」を含め、二四四の章段に分けられている。

もっとも、現行の章段数に定着したのは十七世紀後半の古典学者、北村《きたむら》季吟《きぎん》の注釈書『徒然草文段抄《もんだんしょう》』（寛文《かんぶん》七年〈一六六七〉刊、以下『文段抄』）以降で、それまでは伝本によって段数も切り方も若干相違していた。そもそも室町時代の古写本などを見ると、段数を示す数字などはない（一一頁図版参照）。つまり、兼好が整序して章段番号を割り振ったというわけではないのである。

　また、近代以前のテキストでは基本的に、序段〜第一三六段を上巻、第一三七段〜第二四三段を下巻に配し、二冊本の形態で流布する。このこともじつは見逃せない点であって、第一三七段は下巻のアタマ、昔のレコードでいえばB面の一曲目であり、やや特殊な意味付けが可能となる（次章第2節参照）。現代のテキストからは見えてこない問題である。

　次に書名について。『徒然草』という書名は、序段の「つれづれなるままに」に由来し、それに「忘れ草」「慰み草」「笑い草」などの「草」（〜なもの、の意）を付けたのであろうことは容易に推測される。しかし「つれづれ草」という言い方には前例がなく、誰かの造語である。では誰が付けたのか。少なくとも兼好の自筆本は残っていないし、兼好が他のところでこれについて言及していることもないので、兼好が自分でそのような書名を考えていたかどうかは不明である。ただし、現存最古の伝本である正徹本《しょうてつぼん》の題簽《だいせん》（表紙タイトル）には、「つれ〳〵種」（「〳〵」は反復記号、「種」は「草」と同意）とあるので、少なくとも正徹本が書かれた室町中期には、「つれづれぐさ」という書名で伝えられていた。

　なお、書名はあくまでも「つれづれ種」であって、「徒然種」とは書かれていない。この点については次章のコラムを参照していただきたい。

四つの本文系統

前述のとおり、兼好自筆の『徒然草』は、伝わっていない。おそらくは兼好が執筆した草稿があり、それをみずから、あるいは彼の死後に近しい人物が編集して、現在の『徒然草』の原型が出来上がったのであろう。そこから転写が何度も繰り返されて、多くの伝本が生まれたのであるが、現在それらは四つの系統に分類・整理されている。

一つめは、「正徹本系」。正徹は室町中期の歌人・連歌師で、永《えい》享《きょう》三年（一四三一）の奥書をもつ自筆本が代表的な伝本である。

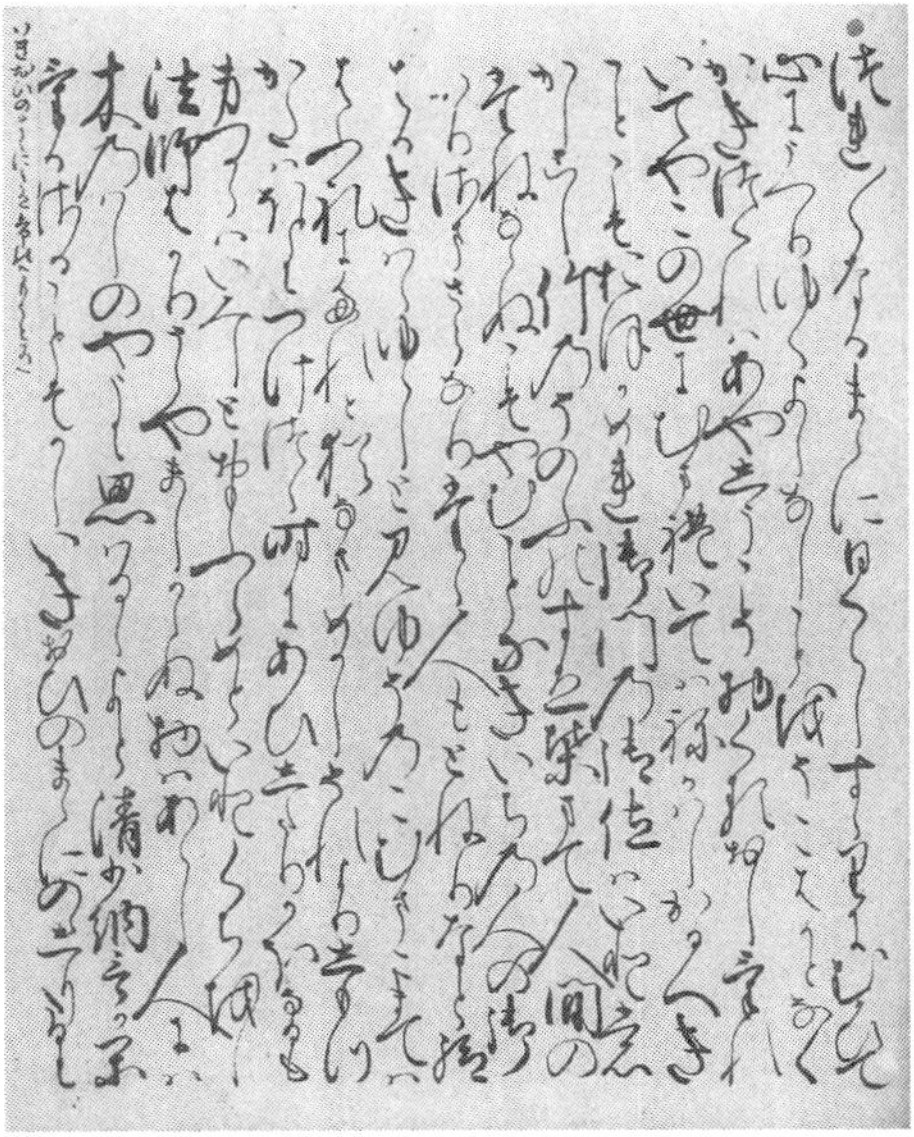

正徹本『徒然草』 古典文学会（複製本）、1972年

この本は現存最古という点で貴重であるが、本文の「質」という点から見れば、以下の諸本のほうが原態をとどめていると判断される例も少なくない。

二つめは、「常縁本系《じょうえんぼんけい》」。常縁は室町中後期の武家歌人東常縁《とうのつねより》のことで、彼が書写したと伝えられる本が代表的な伝本である。この系統の一番の特色は、章段の配列が他の系統に比して一部異なることで、理由は不明であるが、『徒然草』の原態を考えるうえで注目されるものである。

三つめは、「烏丸本系《からすまるぼんけい》」。烏丸とは歌人烏丸光広《みつひろ》のこと。漢学者の三宅亡羊《みやけぼうよう》が慶長《けいちょう》十八年（一六一三）に刊行した木活字版が代表的な伝本である。光広の刊語を有するためにその名で呼ばれる。他系統と比べて不審箇所が少なく、安定した本文であったため、近世期の刊本の模範となった。

四つめは、「幽斎本系《ゆうさいぼんけい》」。幽斎とは室町後期の武家歌人細川《ほそかわ》幽斎。彼の三男である幸隆《ゆきたか》が慶長二年（一五九七）に書写した本が代表的な伝本である。本系統は、上下それぞれの巻で前記三系統のいずれかに近接するような、取り合わせ本的な性格をもっている。

大きく分けるとこの四系統になるが、実際にはそのいずれにも位置づけにくい伝本がけっして少なくはない。また、現代の『徒然草』本文は、おおむね烏丸本をベースにして、他の系統の本によって校訂するというスタイルを取る。

そんななかで、新日本古典文学大系本『徒然草』（久保田淳校訂、岩波書店）は、本文にやや難のある正徹本をベースにする点でやや特殊だ。これは、正徹本が『徒然草』の伝本としては最古であるという点を重視したのである。

普通に考えれば、古い写本ほど兼好のオリジナルの本文、すなわち原態を残していると思われるだろうが、そうではない。たとえ古い写本であっても、それまでに何度も書写が重ねられていたり、あるいは途中で忠実ではない書写者がいたりすれば、原態からは離れてしまう。逆にやや後の時代の写本であっても、原本からほぼダイレクトに、また忠実に書写されているものがあったとすれば、そちらの方が原態に近いということにもなる。

現代の『徒然草』本文のベースとなっている烏丸本は、他の系統と比べて不審箇所が少ないため、その意味では兼好の思いを直《じか》に伝えてくれている、つまり原態により近いと考えることもできる。しかし、意地悪な見方をすれば、誰かが分かりやすくするために手を入れた可能性も否定はできない。その意味で、新日本古典文学大系本の試みは、問題提起として十分意義があった。

「随筆」というジャンル

『徒然草』は、『枕草子《まくらのそうし》』『方丈記《ほうじょうき》』などと並べて、古典の三大随筆などと言われる。

しかし、このうち『方丈記』は、中国の文章のひとつの型である「記」に倣ったもので、主題も構成も統一感があり、そもそも随筆とは言えないというのが、近年の多くの研究者がとる立場である。

『枕草子』と『徒然草』は、たしかに心に思うさまざまなことを、そのまま書いていったということであるから、随筆の名に値する。だが、彼らの時代には随筆というジャンル意識はほとんど定着していなかった。後代の人々が勝手に、それらを随筆と分類しているだけの話である。

また、兼好は『枕草子』の存在を知っていたが（第一段）、それをどれくらい意識して『徒然草』を執筆したかは分からない。『枕草子』と比較するとき、文体的にも内容的も、あまりにも相違は大きいからである。

では『徒然草』は、いったいどういうジャンル意識で書かれたのだろうか。

近年では、「大草子《おおぞうし》（紙）」と呼ばれるジャンルとの関連性を指摘する小川剛生の説が目新しい（『兼好法師』二〇二頁）。大草子とは、大判の紙（の反古《ほご》）を袋綴《ふくろとじ》にし、諸事雑多な内容を箇条書きにする、いわば雑記帳である。断片的な知識・情報でも、それを集積しておけば、いざという時に役立つ。今でいうデータベースである。

『徒然草』に見られる有職故実《ゆうそくこじつ》にかかわる諸段などは、まさしくそのような実用性のために書かれたとも考えられる。しかしいっぽうで『徒然草』のなかには、特に何かの役に立つというわけではない、文学的と言えるような章段（たとえば物語の習作のようなもの）まであって、大草子からの派生というだけではうまく説明しきれないと思われる。

近世期において『徒然草』は、「華人（中国人）の筆談・随筆の類なり」（林読耕斎《はやしどっこうさい》『本朝遯史《ほんちょうとんし》』）と説明されることがある。ここでいう「随筆」とは、宋《そう》代の洪邁《こうまい》『容斎随筆《ようさいずいひつ》』、呉曽《ごそ》『能改斎漫録《のうかいさいまんろく》』などの類をさす。それらは広範囲にわたる話材が雑多に記述されている点で、たしかに、形態的には『徒然草』に近い。だがそれらのひとつの特徴は、先行する書物の内容を抄録・引用し、それに著者が論評を加えるという形式が多いことである。つまり大草子と同じく、基本的には知識の集積（データベース）、あるいは備忘録（ノート）の用途をもっており、純粋に自分の感想や論評ばかりが記されているわけではないのである。

それに対して『徒然草』には、漢籍・和書をふくめて、先行する書物の抄録・引用ということがほとんど行われない。つまり、ほぼ兼好オリジナルの本文となっている。もっとも物語風、説話風、仮名法語《かなほうご》（漢字仮名交じりで仏教の教えを分かりやすく説いた書物）風といったように、文体や内容をある特定のジャンルや作品に寄せたような文章はある（第二章第1節参照）が、それらは先行する書物をそのまま引用するものではなく、兼好の言葉になっている。

また「詩話」「歌話」といった、漢詩や和歌にまつわる逸話や評論などを箇条書きで述べたものは、漢籍でも和書でも、『徒然草』以前にその例は多い。だがこれは、話題が文字どおり漢詩や和歌に関することに限定されており、さまざまな話の集積ではありながらも、主題性が明確である。それに対して『徒然草』には、むしろこうした「文学」にかんする記事は少なく、人物、世相、巷説、歴史、哲学など種々雑多な話題が語られる。

つまり『徒然草』には、『枕草子』のような文学性、「大草子」のような実用性、漢籍の「随筆」および「詩話」「歌話」のような学術性、そういったいくつかの特徴がごちゃまぜに存在しているのである。さらに文体や内容のレベルで言えば、物語風、説話風、仮名法語風といった書き分けも存する。その内容への主観的な好悪、論理的な当否などはひとまず置くとして、話材の多様さ、表現の的確さ、評論の鋭利さにおいて、『徒然草』に伍《ご》しうる作品は、それ以前にも以後にも、おそらくないであろう。ポピュラー音楽の世界ではよく、ビートルズとはひとつのジャンルであり、しかも唯一無二の存在だと言われる。『徒然草』もそれと同じで、まことに空前絶後、文学史に屹立《きつりつ》していると言ってよい。

「来意」説の有効性

最後にもう一点だけ、近現代人が見落としがちな『徒然草』の特性について、自覚を促しておこう。それは、『徒然草』の抄録という行為からくる問題点である。

教科書や副読本などにおいて、特定の章段が抄録されることがある。たしかに、二四四の章段に小分けしてパッケージされた『徒然草』は、そういう用途のためには好適な素材である。物語のように、話の前後についてことさらに解説する必要はないからである。

だがその小分けは、先述のように、兼好自身がその中身や分量を計算してやったものではない。とすれば、本来一続きのものが小分けにされている、そういう可能性がある。たとえば一見、別々の話が書かれているようであっても、じつは低層部で主題が連続していた、などということがありうる（第三章第2節参照）。

連歌や連句といった、複数の句を次々につなげていく文芸においては、途中の一句だけを切り出して解釈しようとしても、ほとんど意味がない。なぜならこういう文芸では、直前の句とのつながり（関係性）こそが「命」だからである。『徒然草』で言えば、その章段だけを独立して考えたときの解釈と、直前の章段との関連において考えたときの解釈とが、相違する場合がある。近現代における『徒然草』の抄録は、この「命」の部分を欠落させてしまう危険性がある。

先に私は、二四四の章段に分段するという行為は、十七世紀の注釈書以来定着したと言った。ならばそういう危険性は、近現代に限らないではないかという疑問が生じるであろう。

しかし、じつは抄録本は、本書終章で述べるように、近代以降に頻繁に作られるようになったものであって、近世期は基本的に、本文は全篇まるごと収録されるのが通例であった。もちろん近世期でも、個人的に抄録本を作ることはあったであろう。しかしそれが刊本という形で流布するというようなことは、一度もなかった。

おそらくはそういうことと関連して、近世期には、『徒然草』の各章段のつながりを重視する読み方が、近現代よりも強く存在した。それを最も理論的に説明するのが、加藤磐斎《かとうばんさい》の『徒然草抄《しょう》』（寛文元年〈一六六一〉刊。通称『磐斎抄《ばんさいしょう》』。以下この称を用いる）である。磐斎は同書の凡例のなかで、「来意《らいい》の事」と題して次のように言っている。

「『徒然草』はとりとめもなく書いたのであって、（構成には）何の意図もない、心にうつり行くことを書いたのだ」という者もいるが、そうではない。（各章段は）別々のようであるが、心は通じている。……上巻下巻を貫通させて、道理が違わないように読まなければならない。（二つの章段間で）お互いに証拠となる文章を見つけ出し、（解釈が）外に逸《そ》れないように道理を立てるべきである。すべて、前の段から心を受けて書かれていると知るべきだ。これを来意と言うのである。

各章段をブツブツと分段して考えるのではなく、一続きの思考の連続性のなかで考えよと言うのである。「行間を読む」という言い方があるが、磐斎はいわば「段間を読め」と言っているわけだ。

首尾一貫した主題（彼の言葉でいえば「道理」）の存在をあまりに強く前提しすぎると、逆に解釈を硬化させてしまう恐れがあるが――事実、磐斎の解釈にはかなり無理なところも見られる――、複数の章段にまたがる主題の流れのなかで、特定の章段の意味を考えてみるべしという主張自体は、『徒然草』を読むうえで非常に有効だと思われる。

さて、『徒然草』の基礎的な事項の確認は、ここでひとまず終えよう。知っているようで知らなかった、深くその意味を考えたことがなかったということも、案外あるのではないだろうか。

「はしがき」でも述べたように、本書では、先人、特に近世の人々が『徒然草』をどのように読んだかを参考にして、現代の『徒然草』の読みを問い直そうとするものである。次節では、『徒然草』がどのように近世の読者たちに迎えられたのかを見てみたい。

2　古典の「発見」——中世から近世へ

壁の下張りから？

現存する最古の『徒然草』の写本、正徹本が記されたのは永享三年（一四三一）である。兼好が一三五七、八年頃に没したと考えるならば、それから七十余年が経過している。この空白の期間に『徒然草』がどのように書き伝えられたのか、その消息はよく分かっていないが、その謎を解く鍵を握っていると目される人物は知られている。室町初期の武家歌人、今川了俊《いまがわりょうしゅん》である。

了俊の歌道の師は冷泉《れいぜい》派の冷泉為秀《ためひで》で、二条派の兼好とは師系を異にしていたが、了俊が歌学について述べた『了俊歌学書《りょうしゅんかがくしょ》』によれば、晩年の兼好は、為秀の門に出入りしていたという。また、同じく了俊の歌学書『落書露顕《らくしょろけん》』のなかには、兼好には命松丸《みょうまつまる》という弟子がおり、兼好没後、了俊が召し抱えたという記事が見える。同書によれば、命松丸は歌詠みであり、了俊が九州探題として派遣されたのに随伴して、かの地で歌学について議論することもあったらしい。とすれば兼好のことも、当然話題に上ったであろう。

また、近世初期には成立していたらしい『崑玉集《こんぎょくしゅう》』という文献によれば、『徒然草』は兼好の没後、その草庵に壁の下張りとして張ってあった反故類を、命松丸と了俊とが剝《は》ぎ取って集め、一書に仕立てたという。今日の研究では、『崑玉集』はその内容にいくつか不審箇所があるため、偽書であろうとされているが、壁の下張りを剝ぎ取ったというのは脚色であるにしろ、兼好の遺稿類を彼らが整理・編集して『徒然草』が成ったという仮説は、完全に否定することはできないものである。

故実書としての徒然草

『徒然草』の受容がはっきりと確認できるのは、前述のとおり、正徹以後である。正徹は了俊の晩年の弟子であるから、了俊経由で『徒然草』を写したという可能性は十分にある。正徹はまた、自身の随筆『正徹物語』において、兼好の伝記に関する重要な情報（在俗時代は侍の身分であったこと、和歌四天王の一人であったことなど）、および『徒然草』第一三七段についての論評などを述べていて、兼好と『徒然草』に大きな関心を寄せていたことが知られる。したがって現存資料のうえでは、この正徹が『徒然草』の「第一発見者」ということになるであろう。

正徹以後は、正徹の弟子の心敬《しんけい》（『ささめごと』）、常縁本系の代表的伝本の筆者に擬せられる武家歌人、東常縁（『新古今集聞書』）などが、第一三七段について言及するが、『徒然草』

の受容は、これら歌学系の人々による、文学的なそれのみではなかった。小川剛生によれば、『徒然草』は十五世紀半ば、『塵添壒嚢鈔《じんてんあいのうしょう》』『伊勢貞親教訓《いせさだちかきょうくん》』『山科家礼記《やましなけらいき》』などの文献に引用され、公家・武家・僧侶といった各階層の人々から、「平易な作法故実の書」としても参照されていたという（角川ソフィア文庫『徒然草』解説）。いやむしろ、正徹や心敬のような文学的な読み方は、「実は例外で、一般的には啓蒙《けいもう》的な故実書として受け取られていた」ともいう（『兼好法師』二〇五頁）。

たしかに正徹没後の十五世紀後半からは、歌学書よりもそれ以外の文献のなかに、『徒然草』の名前が見えたり、その文章が引用されたりすることが増えてくる。たとえば三条西《さんじょうにし》実隆《さねたか》の日記『実隆公記《さねたかこうき》』文明《ぶんめい》六年（一四七四）九月二十一日、近衛政家《このえまさいえ》の日記『後法興院《ごほうこういん》記《き》』明応《めいおう》六年（一四九七）四月二十九日などには、「つれづれ草」の書名が見えるが、彼らの関心の一つが、『徒然草』に記録された公家の伝記・逸話、有職故実などにあったことは、容易に想像できる。室町時代の公家にとって、それらの情報は、自分たちの出処進退や諸行事の作法などに直接参考となるものだったからである。そういう歴史書・故実書としての『徒然草』というあり方は、後述の近世期の人々のそれと比べるとき、この時期の受容を特徴づける要素と言えるものかもしれない。

こうして『徒然草』の名は、室町中期以降、歌学の世界のみならず広範囲で注目されるようになっていった。あの吉田兼倶が兼好をみずからの家系に取り込むべく「暗躍」したのも、ちょうどこの時である。

「研究」というステージ

室町末期から近世初頭における徒然草受容史において、ことに大きな役割を果たしたのは、武将で、時の歌学の権威でもあった細川幽斎である。幽斎は文禄《ぶんろく》五年（一五九六）八月十五日、娘婿の木下延俊《きのしたのぶとし》の求めに応じて『徒然草』を送り、それに添えた書状において、『徒然草』を「おもしろき物にて候《そうろう》。常に御覧候《ごらんそうろう》て然《しか》るべき事候」（『藤孝事記《ふじたかじき》』）と紹介している。また門弟の烏丸光広に対しても、「つれづれ、おもしろきものなり。古歌・古事などをもかずまぜて、二重も三重も上を書きたるものなり」（『耳底記《にていき》』巻三）と評判している。

これらの幽斎の口ぶりには、その「おもしろ」さがいまだ十分に評価されていない『徒然草』を、もっと世に広めたいという熱意がこもっているように思える。事実、幽斎とその子息、家臣などの周辺では、『徒然草』が盛んに書写・校合《きょうごう》されているし、それらの伝本は世に「幽斎本系」と言われる一群を形成するほどであった（前節参照）。また、幽斎の三男幸隆は、幽斎門弟の中院通勝《なかのいんみちかつ》に『徒然草』の不審を問うて、その回答を傍注として書き込んでいるが（東大本『徒然草』、慶長二年〈一五九七〉奥書）、これはあくまでも部分的なもののな

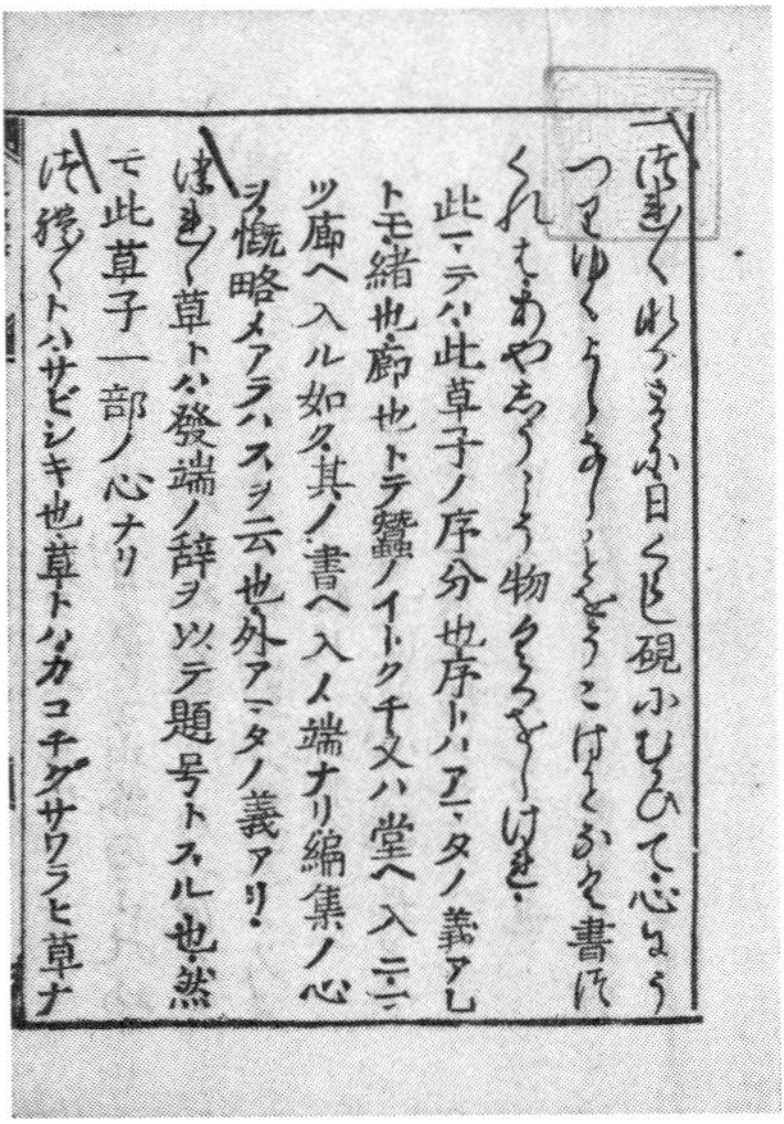
徒然くさ日くらし硯にむかひて心にう
つりゆくよしなし事をそこはかとなく書つ
くれはあやしうこそ物くるほしけれ
此マテハ此草子ノ序分也序トハアマタノ義アレ
トモ緒也廊也トテ蠶ノイトクチ又ハ堂ヘ入ニ
ツ廊ヘ入ル如ク其ノ書ヘ入ノ端ナリ編集ノ心
ヲ概略メアラハスヲ云也外アマタノ義アリ
徒然草トハ發端ノ辞ヲ以テ題号トスル也然
モ此草子一部ノ心ナリ
徒然トハサビシキ也草トハカコチグサワラヒ草ナ

『寿命院抄』冒頭　松雲堂書店（複製本）、1931年

から、『徒然草』を注釈的に読解しようとした試みとして注目される。

いっぽう、この幽斎周辺の『徒然草』への関心とほぼ同時期に、徒然草受容史上、ひとつの画期となる作業が開始されていた。秦宗巴《はたそうは》による、『徒然草抄』（通称『寿命院抄《じゅみょういんしょう》』、以下この称を用いる）の編述である。

本書は、『徒然草』全章段にわたる語釈が網羅された、わが国初の本格的な注釈書であった。宗巴は寿命院《じゅみょういん》と号し、豊臣《とよとみ》秀次《ひでつぐ》・徳川家康《とくがわいえやす》などに仕えた医者。彼はその専門である医術・漢学はもちろん、和歌・物語といった日本の古典文学、あるいは香道にも造詣《ぞうけい》が深かったらしい（『寛永諸家系図伝《かんえいしょかけいずでん》』第一五）。

『寿命院抄』の成立について研究した高木浩明によれば、宗巴は文禄五年（慶長元年〈一五九六〉二月二十一日、有職故実家である山科言経《やましなときつね》のもとを訪れ、『徒然草』第二三八段の内容について質問しているという（『言経卿記《ときつねきょうき》』）。すなわち、彼は少なくともこの時期から、その注釈作業を開始していたということである。宗巴はその後、言経のほかに、『太平記』の注釈で知られる要法寺《ようぼうじ》の日性《にっしょう》、および中院通勝にも教示を仰ぎながら、慶長六年（一六〇一）、ついにその注釈を完成させた。さらにその三年後の慶長九年には木活字版としても刊行されたので、同時代の知識人たちの興味を刺激したことは間違いない。そもそも、古典文学の注釈書が刊行されるということ自体、当時としては稀《まれ》なことであった。『徒然草』はそれくらい注目されたということである。

ところで、宗巴が『寿命院抄』の編述を開始したと見られる文禄五年（慶長元年）という年次は、幽斎が木下延俊に『徒然草』を奨める書状を送った時期とほぼ重なっている。幽斎と宗巴とのあいだに直接の交渉があったかどうかは定かではないが、これら二つの動きはけっして偶然ではなかったであろう。『徒然草』を、より客観的・総合的に「研究」しようとする態度が、この時期の文壇には生まれていたのだ。これは、徒然草受容の歴史が新たなステージに入ったということを意味する。

最古の写本を残した正徹が『徒然草』の「第一発見者」だとすれば、『徒然草』という作品の存在が多くの人に認知され、さらにその価値が本格的に議論され始める素地を作ったという意味で、細川幽斎と秦宗巴はその「第二発見者」と言うことができるだろう。

では、なぜ彼らはこの段階で、「研究」というステージに進んだのであろうか。それを考えるきっかけを与えてくれるのが、幽斎とも面識があった歌学者、松永貞徳《まつながていとく》の証言である。

儒学・医学の若き人々

松永貞徳は、その徒然草注釈書『慰草《なぐさみぐさ》』（慶安《けいあん》五年〈一六五二〉刊）の跋文《ばつぶん》（あとがき）のなかで、慶長八年（一六〇三）頃のこととして次のような回想をしている。――林羅山《はやしらざん》がまだ若年であった頃、彼は私に「勉強のため、朱子《しゅし》の新注を講釈してみたい」と言ってきた。同じく遠藤宗務《えんどうそうむ》は『太平記』の講談をしたいと言うので、「それは良きこと」と答えたところ、彼ら「儒学・医学の若き人々」は私にも、『徒然草』を講釈してほしいと言ってきた、と。「朱子の新注」とは、朱子学の大成者である朱熹《しゅき》が、四書（『大学』『論語』『中庸』『孟子』）に施した注釈で、当時中国では儒学の基礎文献であったが、日本ではいまだ本格的な研究がなされていないものであった。若い羅山たちは、旧世代の儒学研究に飽き足りぬ思いを抱いており、新注をテキストとして新時代の儒学研究を推進しようとしたのである。そして、それと同列に並べられるのが、『太平記』であり、『徒然草』であった。『伊勢物語』や『源氏物語』、『枕草子』や『方丈記』ではなく。

貞徳の歌学の師は中院通勝であった。そして歌学の世界では伝統的に、学問を広く公開するのではなく、狭く囲い込むことによって、その純度と命脈を保とうとしてきた。いわゆる一子相伝的な方法である。したがって貞徳も最初は、「儒学・医学の若き人々」の動きは殊勝なこととしつつも、みずからがその輪のなかに加わることは躊躇《ためら》っていた。しかし、羅山の父や叔父、宗務の祖父などといった先輩たちから、「若い者たちばかりが講釈するのは心もとないので、あなたもぜひ講釈をしてください」と言われ、是非なく講釈をすることになった、という。

松永貞徳　実相寺蔵

　ここで注意したいのは、『徒然草』の講釈を所望しているのが、「儒学・医学の若き人々」であったことである。後年のことになるが、林羅山自身も『野槌《のづち》』（元和《げんな》七年〈一六二一〉序、寛永《かんえい》頃〈一六三〇年前後〉刊）と名づけられる、徒然草注釈史に残る名著を編述しているし、考えてみれば、わが国最初の徒然草注釈書である『寿命院抄』を編述した秦宗巴も、本業は医者であった。ほかにも、嵯峨本《さがぼん》『徒然草』（慶長八年〈一六〇三〉以前刊）を刊行した角倉素庵《すみのくらそあん》、烏丸本『徒然草』（慶長十八年刊）を刊行した三宅亡羊など、この当時、『徒然草』の普及・研究に携わった人たちには、儒学・医学の徒、すなわち漢学者が多い。彼らが関心を持つ何ものかが、『徒然草』にはあったということであろう。

では、彼らが惹《ひ》かれたものは何か。一言でいうならば、それは、『徒然草』のなかに展開されている、漢学的――もっと絞りこめば、朱子学をベースとした現実主義的・合理的な思弁だと思われる。『徒然草』のなかには、政治論（第一四二段など）・人情論（第三段など）・心性論（第二三五段など）・復古論（第二二段など）が見られるが、それらはわが国の草子類（平仮名の文学作品）にはまず見ることができない種類の議論であった。彼らは『徒然草』のなかに、自分たちの世界観や問題意識に近いものが見られることに驚いた。

たとえば『徒然草』第二一一段の後半には、喜びや怒りの感情のために、心が煩わされることの愚かさが説かれている。「（心が）寛大にして極《きわ》まらざる時は、喜怒これに障《さわ》らずして、物のために煩はず」。この部分に対して林羅山は、『野槌』のなかで次のようにコメントしている。

この章段も、老荘思想に心酔して書かれたきらいはあるが、他の章段よりは儒者の気象に近い。章段の末尾に至って、「喜怒が心に差し障らぬように」と言っているのを見ると、兼好もただ人ではないことが分かる。

羅山はこのように、兼好のなかに「儒者の気象」を見出す。ポイントは、兼好がふつうの仏教者のように喜怒哀楽という感情を消滅させよと言っているのではなく、それらの存在を認めながら、それらをいかに統御するかについて述べようとしていることである。羅山はさらにこのあと、朱子学で使われる専門用語を使用しながら、儒学にいう中庸の精神との暗合を説くのである。

兼好は実際、中国留学から帰国した禅僧たちを介して、朱子学の思想を知っていたのではないかという報告もある（荒木浩「徒然草の「心」」）。そうなるとこれは単なる偶然の一致ではなくなるのであるが、ともかくも近世初期の漢学者たちは、『徒然草』のなかに時折見える現実主義的・合理主義的な思弁に、強く共感できる部分があることを見つけた。逆に言えば兼好の思弁は、近世初期の漢学者たちのそれを、三百年も前に先取りしていたわけだ（とすればそれは、『徒然草』が書かれた当時にあっては、少し奇矯な言説ですらあったかもしれない）。

このことは、先に『徒然草』と並んで挙げられていた『太平記』にも当てはまる。『太平記』といえば軍記物であり、武将たちの派手ないでたちや勇壮な合戦の場面などが連想されるかもしれない。しかし、漢学者が最も関心をもったのは、朝廷が南北二つに分かれるという混迷の時代に、誰の、どのような行為が正しかったのかという、道義的な問題であった。『太平記』に描かれる人物を論ずることは、たんに過去の史実を論ずることではなかった。それは当代、そして未来のあるべき「道」を論ずることでもあったのだ。

「儒学・医学の若き人々」が意図したのは、彼らの新しい価値観、あるいは学問的方法で、『徒然草』や『太平記』を読み直すことであった。文禄から慶長の交に『徒然草』への関心が盛り上がってきたのは、このような背景があったと思われる。

歌学者の細川幽斎についても、幽斎およびその弟子たちの歌論が、朱子学的な思弁に大きな影響を受けているという研究がある（大谷俊太『和歌史の「近世」』など）。幽斎とてこの思潮の例外ではなかったのだ。

絵本としての『慰草』

近世期への橋渡しとして、最後に取り上げたいのは、松永貞徳の仕事である。前述のように、彼はおそらく時代の変容を肌で感じつつ、一度は固辞した『徒然草』の講釈を引き受けた。しかし彼の講釈とは、『徒然草』の典拠や表現を注釈するような実証的なものではなく、『徒然草』から何を読み取るかという評論的なものであったらしい。

その注釈書『慰草』は、跋文によれば、貞徳が講釈の手控えとして作っていた「大意《たいい》」（貞徳が各段に付した評論文）を、のちに誰かが「密《ひそ》かに」出版したという。密かにとはいえ、自分が跋文を書いているわけなので、出版にあたっては、貞徳の意志がある程度反映されたと見てよいだろう。

同書の特徴はまず、百五十七枚という、大量の挿絵が入っていることである。『徒然草』は全二四四段なので、およそ一、二章段に一枚という割合で入っていることになる。ページ数でいえば、四ページに一枚というイメージだ。たとえば、形態的・内容的に『徒然草』に近い作品も多い、十七世紀の「仮名草子《かなぞうし》」と呼ばれるジャンルの本であれば、挿絵はだいたい一五ページか三〇ページに一枚くらいが一般的である。このような挿絵の入った本を「絵《え》入本《いりぼん》」と呼ぶが、『慰草』の場合、そのレベルをはるかに超えている。「絵入本」ではなく、もはや「絵本」（絵が主体の本）と言ってもよいくらいなのである。

このことは、「慰草」という書名に端的に表れているように思える。たとえば十七世紀の代表的な浮世絵師である菱川師宣《ひしかわもろのぶ》の「絵本」類の跋文を見ると、女性や子どもの「慰みのため」に書いたものだというような表現が多出する。これは絵本の跋文の常套句《じょうとうく》で、「慰み本」といえばすなわち絵本を指すのである。そこから類推すれば、貞徳の注釈は、そういう「絵本」のスタンスと体裁を取り入れたものと思われる。深い知識がない人でも、絵からある程度その内容が推測できるような仕掛けの本であることが目指されていたのだった。

もう一つの特徴は、各章段ごとに「大意」が付されていることだ。「大意」は、その章段の内容をまとめることもあれば、その類話として、貞徳自身が見聞きした話を、時に本文よりも多くの文字数を費やして記すこともある。たとえば第九九段、何ごとも豪華であることを好んだ堀川相国《ほりかわのしょうこく》が、検非違使庁《けびいしちょう》に伝わる古い唐櫃《からびつ》を新調しようとして、庁務の故実を知る官僚たちから諫《いさ》められたという話に続けて、近い時代では古田織部《ふるたおりべ》（一五四四〜一六一五）という茶人が、天下の名物を勝手に破壊して作り変えるという「あさましき事」をたびたび行ったという具体例を出し、最後に次のようにまとめる。

> その頃も、この草子〔徒然草〕は世にもてはやされていたが、この段の「大意」を読み聞かせる「読み手」がいなかったから（織部のような人が出てきたの）であろう。残念なことだ。

後半で「読み手」という言葉が見られることに注意したい。現代でも絵本の「読み聞かせ」が幼児教育に有効だと言われたりするが、ここではもう少し成長した青少年を対象として、そのような人たちへ『徒然草』を講釈できる人という意味で使われている。貞徳はそういう「読み手」、すなわち教育者の必要性を感じていたのであり、またみずからその任にあたったのである。

女性や若い人々に対して、兼好が残してくれた知恵をどのようにきちんと伝えるか。その意味で徒然草講釈とは、『伊勢物語』や『源氏物語』といった古典の講釈とはまた別種の、生き方セミナーのような性格を備えていた。われわれはどのような心持ちで、どのように生きるべきかという、きわめて実践的な問題を『徒然草』から読み取ろうとするのである（第四章第1節参照）。

無常の文学？

以上、『徒然草』が室町時代を経て江戸時代にどのように引き継がれたかを見てきた。『徒然草』のなかには、たしかに無常観が述べられている部分もある。しかし、兼好はそうして草庵の奥に引籠《ひきこも》り、静かに死の到来を待っているわけではない。むしろ現実にうごめく人々の生態を観察し、己れをふくむ人間の生の滑稽さ、人生の喜劇性を愛《いと》しんでいるようである。

『徒然草』第四一段は、こんな話である。賀茂《かも》の競馬《くらべうま》を、木の股《また》によじ登って観《み》ている法師がいた（九一頁図版参照）。しかしこの法師、そこでウトウトと居眠りをし、何度も滑り落ちそうになっている。その様子を下で見ている人たちは、「なんと馬鹿な奴だ。あんな危ないところで眠るなんて」と嘲笑《あざわら》っている。しかし兼好は彼らに対してこう言うのである。「死というものは、いつやってくるか分からない。それを忘れて、自分たちは安心だと思い込んでいる私たちのほうが、あの法師よりもよほど馬鹿ではないでしょうかね」。それを聞いて皆が、「まったくその通りだ」と言って、兼好のために場所を空けてくれたというのである。

兼好の無常観には、このような自虐的ジョークで笑い飛ばすような一面がある。中世文学は「無常の文学」であり、『徒然草』もそのうちの一つであると言われれば、何かひどく深刻な調子ばかりを思い描いてしまうが、実際の『徒然草』はけっしてそうではない。来世よりも、むしろ現世のほうに関心があると言ってもよいくらいである。

そして近世の人々は基本的に、『徒然草』のそういう側面に関心を持ち、現実を生きるための具体的な知恵を求めようとした。その意味で、近世に花開いた注釈の数々は、『徒然草』の本質を解き明かすための、ひとつの鍵を握っているのである。

第一章 「つれづれ」とは何か

1 「退屈」と「寂寥」のあいだ——序段を掘り下げる

現代の「つれづれ」解釈

まずはやはり、有名な序段から始めよう。次の文章は、中学・高校で古文を習い始めたときに、暗唱させられた人も多いはずだ。

つれづれなるままに、日ぐらし、硯《すずり》にむかひて、心にうつりゆくよしなしごとを、そこはかとなく書きつくれば、あやしうこそものぐるほしけれ。

さて、この段の冒頭、「つれづれなるままに」を、あなたはどのように習ったであろうか。おそらく、「退屈なので」とか「手持ち無沙汰《ぶさた》で、所在ないままに」などといったところが定番だろう。
それは現代における『徒然草』の代表的な注釈書を見ても明らかだ。

Aすることもない状態なのにまかせて（安良岡康作注『徒然草全注釈』角川書店）
B手持ちぶさたなのにまかせて。所在ないままに（三木紀人注『徒然草全訳注』講談社学術文庫）
C手持ち無沙汰で所在ないのにまかせて（久保田淳注『徒然草』岩波書店・新日本古典文学大系）
Dなすこともない所在なさ、ものさびしさにまかせて（永積安明注『徒然草』小学館・新編日本古典文学全集）

A～Dまで、ほとんどの注釈書に「所在ない」という言葉が入っているのが確認できよう。「所在ない」とは、「することがなくて退屈である」こと（『日本国語大辞典』第二版）。なお、Dに「ものさびしさ」という言葉が入っているのが注目されるが、これについては後述する。

このように現代の注釈書からは、『徒然草』は「退屈」な折に書かれた随筆であるというイメージが強く伝わってくる。ちなみに『徒然草』の英訳版には数種あるが、たとえばドナルド・キーン訳（一九六七年初版）のタイトルは『Essays in Idleness』である。直訳すれば「退屈の随筆」だ。また序段冒頭の「つれづれなるままに」は、「with nothing better to do」となっている。「これといってすることもないので」、くらいの意か。

兼好は本当に退屈していたのか——。

じつは、必ずしも昔から、「つれづれ」＝退屈という訳が考えられていたわけではない。「つれづれ」の訳は近世以来、紆余曲折《うよきょくせつ》をへて、ようやく現代のような姿に落ち着いたのである。以下、本章ではそのうち十七世紀の議論を中心として、「つれづれ」の本当の意味とは何かを探ってみたい。十八世紀から近現代にかけての議論については、終章で考えることにする。

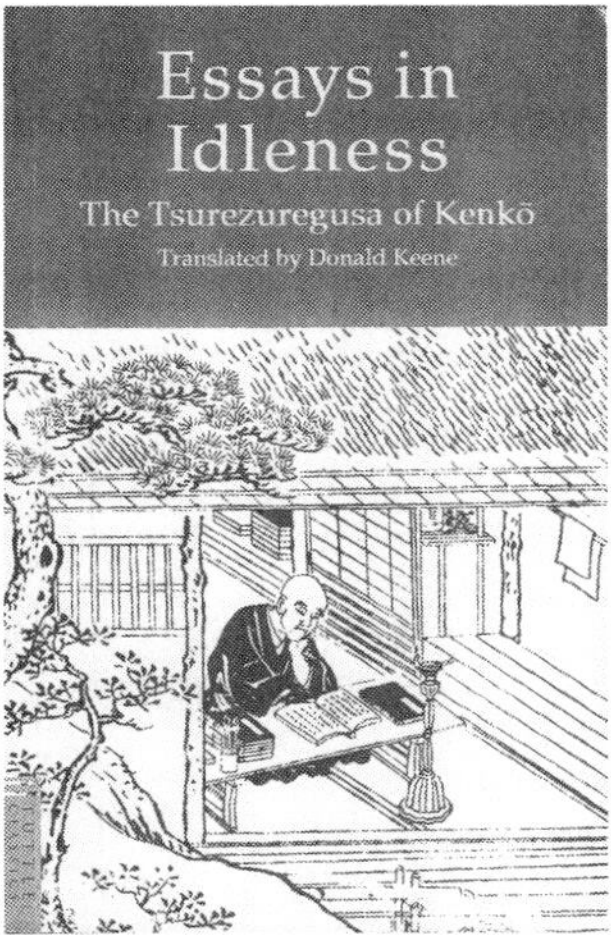

『Essays in Idleness』チャールズ・イー・タトル出版、2006年

十七世紀の注釈書

徒然草注釈書の嚆矢《こうし》である秦宗巴の

『寿命院抄』は、序段の「つれづれ」を次のように説明している。

「つれづれ」トハ、サビシキ也《なり》。

「さびしい」――。「退屈」と「さびしい」とでは、少しニュアンスが異なる。「退屈」は、暇を持て余しているという倦怠《けんたい》感・疲労感を表現しているのに対し、「さびしい」は、傍《そば》にいてほしい人がいない、あってほしいものがないという孤独感・欠乏感を表現していると考えることができよう。

この『寿命院抄』に次いで刊行された林羅山『野槌』では、「閑寂の心なるべし」とある。「閑寂《かんじゃく》」とは、「物しづかなこと。世間に遠ざかって寂しい。幽寂」(『大漢和辞典』)。これも「退屈」よりは「さびしい」の意味に近い。

そしてこのあと、『徒然草』の注釈書は十七世紀を中心に三十種類近くも編述されているが(巻末「関連年表」参照)、ほぼすべての注釈書が、「さびしき儀なり」「虚《きょ》にして寂寞《せきばく》」「意《こころ》静かなる儀なり」「寂静《じゃくじょう》の儀なり」などといった解釈を施していて、「退屈」系の訳語は皆無なのである。いま、この「さびしい」「閑寂」といった訳語を、「退屈」系と対照させて、「寂寥《せきりょう》」系と呼ぶことにしよう。

この事実は、まことに興味深い。なぜなら、序段はこの作品の冒頭に置かれているものであるから、本書全体のカラーを決定づける、重要な章段だ。「退屈」とするならば、わりと軽い気分で、心の表層を行き来する言葉を書きつけたというイメージがあるし、「寂寥」とするならば、もっと重い気分で、心の底から湧《わ》き起こってくる言葉を書き綴ったというイメージに結びつくように思われる。

十七世紀の辞典類

右に見たように、十七世紀の徒然草注釈書類はおおむね、「つれづれ」に「寂寥」系の訳語を当てていた。より一般的に、当時の辞書類において「つれづれ」がどのように定義されているかも確認してみよう。すると、次のような例がある。

①『邦訳日葡辞書《ほうやくにっぽじしょ》』（慶長九年〈一六〇四〉刊）
ツレヅレまたはツレヅレナ　すなわちトゼンナ、孤独で物寂しい（こと）。

②『合類節用集《ごうるいせつようしゅう》』（延宝《えんぽう》八年〈一六八〇〉刊）
徒然《ツレヅレ／トゼン》　又冷―、又寂莫同。

③『和句解《わくかい》』（寛文二年〈一六六二〉刊）
徒然　つれづれ。倩《つらつら》より出づ。さびしきのかへ詞《ことば》也。ひとり居て、つらつら物を思ふ体也。

①は、ポルトガル人の宣教師が、日本におけるキリスト教布教活動のために作った日本語辞書（当然ポルトガル語で書かれている）を邦訳したものである。ここでは「ツレヅレ」が、「トゼン」という言葉と同意であること、そして「孤独で物寂しい」という意であることが説明されている。

②は、当時の国語辞典である。この記述からは、「つれづれ」が、漢語「徒然《とぜん》」と同義であること（その訓読みであること）、またそれは意味的に「冷然」「寂莫」とも置き換えられることが読み取れる。「冷然」はさむざむとしていること、「寂莫」はものさびしいさまである。

漢語「徒然《とぜん》」との関係については、やや問題が錯綜するので、七三ページ以下のコラムで触れるとして、とりあえずこれら①②では、「つれづれ」が、「孤独で物寂しい」「冷然・寂莫」といった、「寂寥」系の語義で説明されていることのみに注目しておきたい。

③は松永貞徳が編述した語源辞典。「つれづれ」は、「つらつら」という語から転訛《てんか》したという。「つらつら物を思ふ体」などと説明してあるように、ある状態や動作が繰り返すこと、そしてやはり、「さびしい」「ひとり」などといった語義が指摘されている。

このように見てくると、十七世紀の人々はやはり「つれづれ」に、現代人が常識的に考えている「退屈」系の解釈をほとんど施していないことが分かる。

そこでもう一度、問おう。兼好は本当に退屈していたのか——。

じつは、このような「退屈」系の解釈に対する疑問は、これまでも幾人かの研究者によって提出されてきた。しかしそれらは考察の範囲や方法、そして結論の妥当性において、いずれも十分とは言えない。したがって、ここでは一度ゼロに立ち返って、「つれづれ」とは何かを考えてみたい。

平安時代の古辞書

「つれづれ」という言葉が文献で遡《さかのぼ》れるのは、平安時代以降である。まずは平安前期に編纂された漢和辞典、『新撰字鏡《しんせんじきょう》』を参照してみよう。

図版は、「儚」という漢字について、その読みや意味を解説したものであるが、その説明

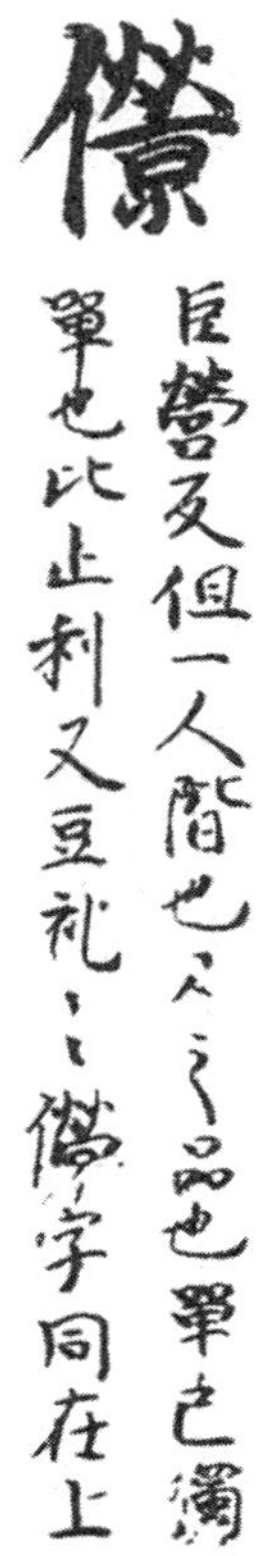

天治本『新撰字鏡』 六合館（複製本）、1916年

文のなかに、

比止利《ひとり》、又、豆礼《つれづれ》々々

という万葉仮名（一字一音表記）の文字が見える。これは「儝」という漢字が和語で言う「ひとり」「つれづれ」と同意だということを表わしている。同じ説明文のなかには、「但一人」「単己」「単独也」などといった言葉が見えるから、『新撰字鏡』は「つれづれ」という言葉を、「孤独」という意味で使っているということが分かる。

　次に平安末期に編まれた辞書で、イロハ順に語彙が配列してある日本語辞書としては最古のものである『色葉字類抄《いろはじるいしょう》』を参照してみると、以下のような記述が見出せる。

徒然《ツレヅレ》　无為分　閑詞　トゼン

この記述からは、次の二つのことが分かる。第一に、「つれづれ」が漢語「徒然《とぜん》」と同義であること（その訓読みであること）。第二に、それは「无為《ぶい》（無為と同じ。することがない）」を表す言葉に分類され、「閑《ひま》」という意味であること、である。

漢語「徒然《とぜん》」との関係については、前述のようにコラムに譲り、とりあえずここでは、「つれづれ」が、「無為」という意味で捉《とら》えられていることを押さえておこう。

中古・中世の文学作品

『新撰字鏡』『色葉字類抄』という二つの古辞書には、「つれづれ」が、それぞれ「孤独」「無為」という二つの意味で説明されていた。

前田本『色葉字類抄』尊経閣叢刊（複製本）、1926年

では、中古・中世の文学作品のなかで、それはどのように使われているだろうか。

いま、ウェブ版『新編日本古典文学全集』(JapanKnowledge 所収）を利用して、そこに収録される平安より室町期の文芸作品から「つれづれ」の用例を検索してみると、三百七十例あまりがヒットする。もちろん、これらがこの時代のすべての「つれづれ」の用例であるはずはないし、底本の異同、表記の問題など細かい配慮は必要なのだが、とりあえず大勢を概観するには十分の用例数であろう。

　これらの用例を一つ一つ文脈に戻して検証する作業を繰り返し、その結果を踏まえて、「つれづれ」という言葉の意味用法を分類してみると、おおむね次の三つに分けることができるようだ。それぞれ用例を見ながら確かめてみよう。

（A）行為の欠如感――退屈

これは主に、するべきことがなく、暇を持て余しているという状況、およびそこから生じる感情である。『色葉字類抄』の「無為」の系列、すなわち「手持ち無沙汰、所在ない」といった「退屈」系の意味といってよい。

『枕草子』の用例を挙げよう。引用文のあとの数字は、全集本における該当箇所の頁数である（以下同じ）。

雨いたう降りて、つれづれなりとて、殿上人《てんじょうびと》、上《うえ》の御《お》局《つぼね》に召して御遊びあり。（一三三

頁）

雨に降り籠《こ》められて、することがないのであるから、「退屈」だという意味となる。何もすることができない状況に嫌気がさして、「御遊び」をしたのである。この例に限らず、春雨・五月雨・大雨・長雨・時雨《しぐれ》など、雨に降り籠められているときに「つれづれ」が生じるというのは、古典文学の常套的なパターンだ。

清少納言はまた、『枕草子』のなかで、「つれづれなるもの」という章段を書いている。いろいろな「つれづれなるもの」が列挙されるのであるが、そこには「所さりたる物忌み（いつも住んでいる所から隔たった場所で行う物忌み）」「馬降りぬ双六《すごろく》（駒が進まない双六）」などといった例が見える。退屈・焦燥といった気分である。

そして近代以降、『徒然草』序段の「つれづれ」は、おおむねこの「退屈」の意味で解釈されてきた。しかし「つれづれ」には、これ以外に、次に示すような意味用法も多数見受けられ、注意を要する。

（B）存在の欠如感――寂寥

これは主に、傍にいてほしい人がいない、そこにあってほしいものがないという状況、およびそこから起こる心情である。たとえば、愛する人が訪れてくれない、頼りにしていた人が亡くなった、などといった事情によって引き起こされる寂しい気持ちであり、「寂寥」系の意味と言ってよい。自分ひとりだけ取り残されたとか、置いてきぼりをくらったとかいう感じになるのであるから、『新撰字鏡』にいう「孤独」という意味との共通点が大きい。

『大和《やまと》物語』第一三六段を挙げよう。「忙しくてなかなか訪れることができないが、あなたのことをずっと考えています」と男が言い送った内容に対して、女が返した歌。

さわぐなるうちにも物は思ふなりわがつれづれを何にたとへむ　（三五三頁）

「お忙しいなかでも、物思いはするものですね。あなたでさえそうなのですから、私の「つれづれ」の程度は、いったい何に喩えましょうか」といった内容。男が訪れないのであるから、女はたしかに暇を持て余している。だが単純に、「私はとても退屈しています」と言っているわけではない。孤独ゆえに寂しくて、日々悶々《もんもん》としていますと訴えているのである。

この意味用法は、ことに物語や日記に頻出する。それは愛する人との死別や、社会的な後ろ盾の喪失といった人生の悲劇こそが、それらの文学作品の重要な要素でもあるからだろう。

また、この「寂寥」系の用法に関連して、人の気配が少ないさまを言い表した例も、わずかだがある。『狭衣物語《さごろも》』巻四の用例である。

住む人あまりなくて、内裏《うち》わたりもいとつれづれなるべきを、……（三五三頁）

ここは住む人があまりおらず、内裏がひっそりとしている、くらいの意であろう。同じ「さびしい」でも、先の用例のような心情的なものではなく、現代語で「家具が少なくて部屋がさびしい」とか、「口さびしいから飴《あめ》をなめてみた」などというときのそれであって、あるべきものがなくて物足りない、という状況の形容として使われている。

（C）思考の停滞・逡巡《しゅんじゅん》――煩悶

これは、明確な答えを求めるでもなく、あるいは求めることができずに、つらつらと思いをめぐらしている状態である。（A）（B）と違って、何ものかの欠如感を表すというのではなく、そういった欠如感をベースにして、とりとめもなく思考を続ける、その連続性のほうに意味の力点がある。「煩悶」という言葉がふさわしかろうか。

前述した近世期の語源辞典③で、「つらつら物を思ふ体也」と説明されるのが、これに当たる。そしてこれらは「つれづれと（〜する）」「つれづれに（〜する）」というように、

「と」や「に」といった助詞を伴って、副詞的な用法で使われるものがほとんどである。

次の例は、『玉葉和歌集《ぎょくようわかしゅう》』（『中世和歌集』所収）に収録される、和泉式部《いずみしきぶ》の和歌である。

つれづれと空ぞみらるる思ふ人あまくだり来むものならなくに　（二四四頁）

悶々とした思いで空を見上げて、自分の愛する人が空から降りてこないものかと、そんなあり得ないことを想像するばかりだ、という。ちなみに彼女は『和泉式部日記』のなかでも、「つれづれ」という言葉を多用していることが、全集本の頭注で指摘されている（一九頁）。

なお、この（C）の意味用法は、「つれづれと眺む」「つれづれと思ふ」といった特定の動詞に、慣用的に掛かっていく場合が多い。「ボーッと眺める」「モヤモヤと悩み続ける」、そういうニュアンスで訳せるものである。

「つれづれ」の意味範囲

以上のように、「つれづれ」という言葉の意味は、（A）行為の欠如感を表す「退屈」系と、（B）存在の欠如感を表す「寂寥」系に大別され、さらにそれらの状態をベースとした、

（C）思考の停滞・逡巡を表す副詞的な用法（＝「煩悶」）などが存在する。

とはいえ、先に挙げたのはその代表例と言うべきもので、実際には（A）と（B）の中間に位置するような微妙な用例も非常に多い。よって、それぞれの用例数を具体的に出すことは難しいのであるが、少なくとも十七世紀の徒然草注釈書や国語辞典類は、このうち（B）もしくは（C）を、「つれづれ」という言葉を代表する意味用法であると見ていた、ということができる。――現代のように（A）ではなく。

これはおそらく、「つれづれ」の原義が、『新撰字鏡』『邦訳日葡辞書』『和句解』などにいう「孤独」という意味だったからではないかと推測される。すなわち、「孤独」な状態からくる「存在の欠如感」（寂寥）、および「思考の停滞・逡巡」（煩悶）が、「つれづれ」という言葉の本来的な意味範囲であった。

そこから意味が拡張して、そのような気分の次の段階、つまり「行為の欠如感」（退屈）を表す際にも使用されるようになった――これが私の見立てである。図示すれば次頁のようになる。

とすれば、十七世紀の徒然草注釈書や国語辞典類は、「つれづれ」という言葉のもつ原義的な（本質的な）意味について説明していた、ということになる。

この「つれづれ」の意味の拡張についての議論は、もう少し精緻《せいち》な検証が必要だろうが、

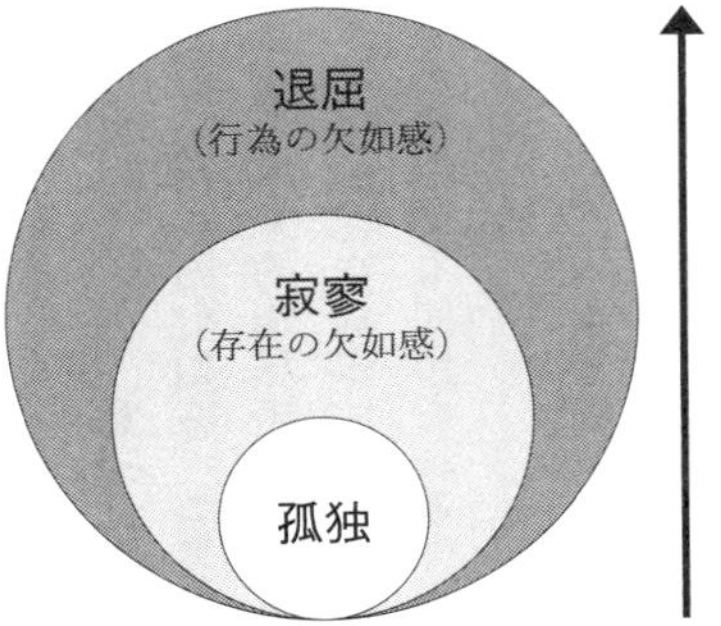

「つれづれ」の意味の拡張

とりあえず今は、「つれづれ」が、現代一般に知られている「退屈」というような意味だけではなく、「寂寥」、「煩悶」というような意味もあること、さらにそれらの意味が複合的に使われている例も多いことが確認されれば、それでよい。

「つれづれ」とは、かように意味のふくらみのある言葉であった。『徒然草』序段の「つれづれ」も、そのことを踏まえて考え直す必要がある。

序段「つれづれ」の類型

『徒然草』のなかには、「つれづれ」という言葉が、序段を含め八例出てくる。序段、第一二段、第一七段、第七五段、第一〇四段、第一三七段、第一七〇段、第一七五段の各段である。これらは第七五段の一例を除いて、他はすべて以下に述べる結論が適用されると思うので、ここでは序段の例のみに絞り込んで話を進めることにする（第七五段については、次節で述べる）。

まず確かめてみたいのは、数ある先行作品における「つれづれ」の用例のなかで、序段の状況と似たようなものがないかということである。「つれづれ」なので何かを書いてみた、という行為の先例があるとすれば、兼好もその例に倣った可能性があるからだ。

まず、『枕草子』末尾の一節である。

この草子、目に見え心に思ふ事を、人やは見むとすると思ひて、つれづれなる里居《さとい》のほどに書きあつめたるを、あいなう人のために便《びん》なき言ひ過ぐしもしつべき所々もあれば、よう隠しおきたりと思ひしを、心よりほかにこそ洩《も》り出でにけれ。（四六七頁）

（この草子は、自分の目に見えたり心に思うことを、他人は見ないだろうと思って、「つれづれ」なる里住みのときに書き集めたものだ。あいにく他人の不都合となるような放言もあろうから、しっかり隠しておこうと思っていたが、思いのほかに出回ってしまった。）

この『枕草子』の「つれづれ」は、里住み（実家に帰ること）という非日常の暮らしが生み出すそれであるが、「退屈」なのか「寂寥」なのか、いずれとも決しがたい。おそらく、その中間的な意味合いであろう。

また、「心に思ふ」ことを「つれづれ」に「書き」集めたというのであるから、状況としては『徒然草』序段とかなり近い。しかも、同じく「随筆」的形態の作品であること、また右の文章が『枕草子』の末尾という跋文的な位置にあることからしても、何らかの関連性を想像したくなる。

しかし、「つれづれ」にものを書くという行為自体は、この他にも先例を指摘することができる。たとえば『源氏物語』須磨《すま》の巻には、左遷されて鬱々《うつうつ》としている光源氏が、周囲にそれと察せられないように、戯《ざ》れごとを言ったり、手習いをしたり、絵を描いたりする場面がある。

つれづれなるままに、いろいろの紙を継ぎつつ手習ひをしたまひ、めづらしきさまなる唐《から》の綾《あや》などに、さまざまの絵どもを書きすさび給へる。（二〇〇頁）

この場合の「つれづれ」は、たんなる「退屈」ではありえない。その背後には、都でのありし日々を偲《しの》ぶ「寂寥」の気分が濃厚に漂っている。しかもその「寂寥」は一過性のものではなく、時間的な連続性をもっており、その意味では「煩悶」でもある。そういう、きわめて複雑な色合いをもった「つれづれ」である。そういった「つれづれ」なる状態のなかで、何かを「書」いているわけである。

このように「つれづれ」に何かを「書く」という行為には、単純に「退屈」が要因となっているとは言えないものがある。『徒然草』序段がもし、このような「つれづれ」なる状況で、たとえば『源氏物語』須磨の巻などを念頭に置きながら書かれたのであれば、むしろ意識的に、そうした「寂寥」や「煩悶」の気分を含み込ませていた可能性さえあるのだ。

「退屈」と「寂寥」のあいだ

以上、本節で述べてきたことを勘案して、最後に私の見解をまとめておこう。

『日本国語大辞典』第二版で「退屈」という言葉を引くと、

①くたびれて気力がおとろえること、いやになること、また、そのさま。
②何もする事がなくて、暇をもてあますこと。無聊《ぶりょう》で困ること。また、そのさま。つれづれ。（以下略）

といった解説がなされている。②に「つれづれ」という言葉が見えているように、『徒然草』序段は、この「何もする事がなくて、暇をもてあます」という意味で解釈されることが多かった。「所在ない」「手持ち無沙汰」という訳語も、結局はそのような「退屈」の気分を言い換えたものである。

しかし、「つれづれ」という言葉には、「寂寥」や「煩悶」の意味もある。「退屈」という言葉では言い表せないふくらみがあるわけだ。兼好の「つれづれ」も、こうした伝統的な意味用法を踏まえて使用されている。時に「退屈」に近づくこともあれば、時に「寂寥」に近づくこともあるのである。

では、序段の「つれづれ」は、どのように解釈するのが適当なのか。

序段は、本作品の冒頭にあり、兼好がいったいどんな理由で「つれづれ」であったのかが、まったく分からない。「日ぐらし」（一日中）机に向かっているわけであるから、おそらく草庵のなかで一人、長雨に降り籠められているような状況なのであろうが、あくまでも推測である。

しかし、だからこそ、先述の『枕草子』『源氏物語』のような、「つれづれ」に何かを「書く」という行為の先蹤が、暗黙の了解として踏まえられている可能性がある。とすればそれは、単純な「退屈」のニュアンスではない。「寂寥」や「煩悶」のニュアンスを含み込んだものであったと思われるのである。

このように考えるとき、序段の「つれづれなるままに」にかんする私の解釈は、本節冒頭に掲げた現代の注釈書のなかでは、Dの永積安明訳に、最も近づくようである。永積訳を再度掲げよう。

D「なすこともない所在なさ、ものさびしさにまかせて」

「所在ない」という「退屈」系の訳語とともに、「ものさびしさ」という「寂寥」系の訳語が添えられている。どっちつかずのような気もするが、兼好がこれを書いたときの状況がはっきりとつかめない以上、両論併記のような形が最も妥当かと思われる。「退屈」と「寂寥」のあいだ、である。

ただし終章第2節で言及するように、永積はここにいう「つれづれ」の状態を、「静寂の境地」というような、何か特別で理想的なものと考えている。その点は私見と異なるが、単純な「退屈」系の意味のみを記した注釈書が多いなかで、このように「寂寥」系の意味を汲《く》み取っている点は、大いに評価できるところである。

のんびりと、くつろいで?

いっぽう、入門書ではあるが、角川書店編『徒然草』（角川ビギナーズ・クラシックス）には、序段が、今日はこれといった用事もない。のんびりと独りくつろいで、一日中机に向かって、心をよぎる気まぐれなことを、なんのあてもなく書きつけてみる。

と訳されている。このような余裕綽々《しゃくしゃく》に筆を執る兼好像・『徒然草』観が、「つれづれ」の語義からいかにかけ離れているかは、もはや詳しく解説するまでもなかろう。

このように十七世紀の徒然草注釈書、および国語辞典類は、「つれづれ」という言葉の本質を考えるきっかけを、われわれに与えてくれるのである。

2 「静寂の境地」という理想——十七世紀の読者たち

「つれづれ」肯定論

『徒然草』序段の「つれづれ」の意味は、伝統的な意味用法に則ったものであった。だが、一筋縄ではいかないのが、この『徒然草』の面白さである。

『徒然草』第七五段は、冒頭から、次のように書かれる。

つれづれわぶる人は、いかなる心ならん。まぎるる方なく、ただひとりあるのみこそよけれ。

「「つれづれ」をつらいという人は、いったいどんな気持ちなのだろう。何かに邪魔されることもなく、たった一人でいることは良いことではないか」、という意である。

「つれづれ」とは「退屈」であり「寂寥」であり、どちらにしても喜んで引き受けたくなるような状態ではない。しかし兼好は言う。それは、「まぎるる方なく、ただひとりある」状態でもあって、考えようによっては良いものではないか。それなのに、なぜ人はそれを嫌がるのか、と。

これは非常に画期的な発言である。日本文学のなかで、これまで「つれづれ」は、基本的にネガティブな状態として表象されてきた。しかし兼好はそれをまったく逆に捉え返し、「孤独の楽しみ」などといった、現代でもたびたび論じられているテーマを、日本文学史上おそらく初めて提出したのだ。

むろん、孤独を尊ぶ論理自体は、「閑《しず》かならでは、道は行じがたし」（第五八段）と兼好も言うように、仏教思想にその淵源《えんげん》があるのだろう。だが、それを「つれづれ」という、日常にありふれた言葉の捉え返しとして論述している点が、きわめて斬新《ざんしん》なのである。

しかし、というか、だからこそ間違ってはならないのは、ここでの兼好の「つれづれ」肯定論というのは、いわば白を黒と言ってみせるような、「天邪鬼《あまのじゃく》の論理」であったという点である。つまり、ここは少し奇を衒《てら》った発言をしているわけで、『徒然草』のなかの「つれづれ」が、すべてこの第七五段と同じような意味で書かれていると考える必要は、まったくないわけだ。

ところが、この「つれづれ」肯定論は、どうも悪魔的に魅力的であったようで、それが序段の「つれづれ」の解釈にまで適用されるという重大な事件が、たびたび起きてしまう。以下、そのことを紹介してみたい。

林羅山のミス・リード

十七世紀の徒然草注釈書が、序段の「つれづれ」を「寂寥」系の意味で取っていることは、先に見たとおりである。ただし、同じく「寂寥」系とはいえ、林羅山が『野槌』で示した「閑寂」という説明は、やや毛色が違う。「寂しい」という点よりも「閑かだ」という点に、意味の重点があるように思われるからだ。

では「閑寂」とは何か。古典の用例を集めてみると、次のようなものが確認できる。有名な鴨長明《かものちょうめい》の『方丈記』から挙げよう。

今、草庵を愛するも、閑寂に著《ぢゃく》するも、さばかりなるべし。

これは長明が草庵での簡素な生活の楽しみをいろいろと列挙した挙句、それを反省して述べた言葉である。仏教では「愛着」（ものごとへの執着）を捨て去ることが重要である。それなのに自分は、草庵を愛し、そこでの「閑寂」な生活にこだわってしまっている、と。

「閑寂」という言葉はこのように、隠者然とした、心身の静寂という意味を指す場合が多い。よってそれは、どちらかといえばプラス・イメージをもつ言葉である。暇は暇、寂しいは寂しいけれども、有意義な暇（閑）であり、寂しさなのだ。つまり、「退屈」とはほぼ対極にある言葉と言ってよい。

林羅山　『湯島聖堂と江戸時代』斯文会、1990年

しかしながら、前節で詳しく検討したように、この「閑寂」という意味は、本来「つれづれ」には存在しない。たしかに「寂寥」系ではあるけれども、「つれづれ」の意味範囲からは少々ずれてしまうのである。「つれづれ」は、基

本的に「慰め」や「紛れ」によって解消されるべき、マイナス・イメージの言葉として使われてきたのであった。

ならば、羅山はなぜこのような語釈を行ったのか。そこにはおそらく、先述のような、第七五段の解釈からの類推があったのではなかろうか。

もう一度、第七五段に立ち戻ってみよう。本章段において兼好は、「つれづれ」を嘆く人はいったいどういう了見なのかと疑問を呈し、何かに邪魔されることなく、ただ一人でいることは良いことではないか、と言っている。これを字義どおりにとると、「つれづれ」＝「ただ一人でいること」＝「閑寂」という図式に容易にたどり着く。しかし、この「つれづれ」肯定論が一種の詭弁《きべん》であったことは先述のとおりで、この特異な一例をもって、『徒然草』のなかにある他の「つれづれ」七例すべてを「閑寂」と考えることはできない。

羅山自身は、第七五段の「つれづれ」については何も言及していないので、確かめるすべはないが、しかしこのような隠者的なイメージを連想したからこそ、序段の「つれづれ」に「閑寂」という解釈を施したのであろう。有意義な暇（閑）を持て余している人物の言葉である、と。

今から考えれば、これはミス・リードであったと言わねばならない。なぜならこのあと、「つれづれ」＝「閑寂」説をさらに発展させて、『徒然草』は兼好が「静寂の境地」において書いたものであるとするような注釈が多数、出現するからだ。

「静寂の境地」説の誕生

そのような『徒然草』観を初めて明確に示したのは、加藤磐斎の『磐斎抄』である。次の文章は、その巻頭の総説部分で、『徒然草』が執筆された時代背景について述べられた部分の一節である。

兼好の時代は、天皇は後醍醐《ごだいご》天皇、将軍は足利尊氏《あしかがたかうじ》が治めていた頃で、世の中が乱れて諸人の心が穏やかではなかった。そこで「つれづれの道」を知らせるために、兼好は本書を執筆したのだ。（第二「時代」）

「つれづれの道」――。もしここで言う「つれづれ」が「退屈」や「寂寥」という意であるならば、兼好は「退屈の道」「寂寥の道」を教えようとしたことになるが、それでは意味をなさない。そのようなマイナス・イメージの状態とは正反対の、何らかの理想的な道でなければならない。

では、「つれづれの道」とは何か。同じ総説中には、「つれづれは、身心倶《とも》にしづかなる事」という項目があり、次のような説明が見える。

「つれづれ」には心と身、二つの場合がある。すなわち、心の静かさと、身の静かさだ。……兼好は心身ともに寂静である。彼はこのような寂静に至るための方法を、この草子〔徒然草〕のなかで述べたのだ。（第四「大略」）

すなわち「つれづれの道」とは、心身ともに「寂静」になるための方法であるという。簡単に言えば、世を避けて心静かに過ごす隠者のような身持ち、心持ちになること。兼好は、そのような「つれづれ」＝「静寂の境地」を体得している人であって、読者にもそれを奨めている、というのだ。

繰り返し言うが、本来「つれづれ」には、このような肯定的な意味はない。しかし磐斎は、この「静寂の境地」に至るための方法こそ、『徒然草』を通して兼好が読者に伝えたかったことだと考え、そのような姿勢から各章段を解釈していく。

家居のつきづきしく

一例だけ見てみよう。第一〇段には、「家居《いえい》のつきづきしく、あらまほしきこそ、仮の宿りとは思へど、興あるものなれ」（家がその人にふさわしく、あるべき姿であるときは、仮の宿りでしかないとは思うけれども、見ていて楽しいものである）という一文で始まる、一種の住居論がある。立派な人が、派手を好まず、落ち着いた設《しつら》えの家に住んでいるのは心惹かれるが、逆に、梁《はり》も柱もピカピカに磨き上げ、和漢の珍しい調度品を並べ、庭の草木まで不自然に手を加えているのは見苦しい、として、次のように言葉を継ぐ。

そんなに情熱と財力を注ぎ込んだとしても、どうして末長く住むことができようか。またその家自体も、火災によって時の間に煙になってしまうこともあろうに、などと、見たとたんに考えてしまうのである。総じて、その人がどんな家に住んでいるかで、その人となりが推し量られるものだ。

〈さてもやはながらへ住むべき。また時の間の煙ともなりなんとぞ、うち見るより思はるる。大方は家居にこそ、ことざまはおしはからるれ。〉

立派な家を見ると、「どうせ家主もいつかは死ぬだろうに」とか、「火事にでもなれば大変だろうに」などと、ネガティブに発想してしまう兼好なのであった。そしてこのあと、後徳《ごとく》大寺《だいじ》の大臣の寝殿に、鳶《とび》が来ないように縄が張られていたのを西行《さいぎょう》が批判したという有名なエピソードが続く。

さて、この章段に対する磐斎のコメントが次の一文である。

このようにして心を動かさず、「つれづれ」であるべき道理を明らかにしたのである。

珍しいもの、美しいものを見ても心を動じさせないような、泰然自若たる心の持ちよう、それが「つれづれ」になることだと、磐斎は言う。禅の修行の一つに、白骨観というものがある。たとえば美人を見たときに、「この人もいつかは死んで骨になる。そうしたら美人も不美人もないではないか」と自分に言い聞かせて、心を動じさせない修行である。これに似ている。

たしかに兼好は、財力に任せて大きな家を建てたり、豪華な調度品を並べたりするような通俗的な価値観に対して、批判的な立場をとっている。しかし、そういう価値観を「述べる」ことと、それを人に「奨める」こととは、やや発信の位相を異にするはずである。磐斎は、これを後者の位相で考えようとする。「かく教へて、つれづれにあらせんためなり」（第七六段）、「心身つれづれに、長く静かになりやうを教へたり」（第二四二段）など。

これより百年後、国学者の本居宣長《もとおりのりなが》は、『源氏物語』の本質を「物のあはれ（を知ること）」だと提唱し、それまでの『源氏物語』観を一新した。その顰《ひそみ》にならえば、磐斎は『徒然草』の本質を「つれづれ（になること）」だと発明して、『徒然草』読解の指針を示した。そしてこの説に賛同・共鳴する注釈が、十七世紀後半にはたくさん出版されるのである。

「静寂の境地」説の広がり

まず、近世前期の儒学者清水春流《しみずしゅんりゅう》の『寂寞草新註《つれづれぐさしんちゅう》』（寛文七年〈一六六七〉刊）を見てみよう。『徒然草』第一三七段は、「花は盛りに、月は隈《くま》なきをのみ、見るものかは」で始まる有名な章段。「今を盛りに咲き誇る桜、丸く陰りのない月だけが、本当に素晴らしい桜、月の姿と言えるのだろうか」という疑問を投げかけ、散った後の桜や、雨に遮られた月なども情緒がある、と述べる。これに対して春流は以下のように解説する。

この段は下巻の巻頭なので、「つれづれ」の心を示したものである。「つれづれ」というのは、物が盛んではないところに存在する。何ごともその色が濃く、勢いが強いのは「つれづれ」ではない。物が衰え行くさまを感じ、無常を思うこと、それが兼好の本意である。

近代以前のテキストにおいては、本章段が下巻の巻頭に置かれていたことは前章に述べた

『慰草』序段　国文学研究資料館高乗勲文庫蔵

が、春流はこの構造的特徴を踏まえて、ここにも主題としての「つれづれ」の心が、改めて述べられていると考える。そして「つれづれ」とは、物事が盛りを過ぎて落ちついた状態であり、兼好はそのような状態を理想としたのだと解説している。ここでは「つれづれ」が、「枯淡」あるいは「わび・さび」といった美意識に近いものとして、拡張的に捉えられていることが分かる。

もう一例、十八世紀初頭の浄土僧厭求《えんぐ》の『徒然要草《つれづれかなめぐさ》』（天明《てんめい》三年〈一七八三〉、没後七十年に遺稿として出版）を挙げよう。ここには、「静寂の境地」説の最も極端な姿が窺《うかが》われるだろう。序段を解説して、厭求は次のように言う。

「つれづれなるままに、日くらし」という十三文字は、兼好が一生の修行によって悟りを開いたときの言葉である。「つれづれ」とは、真如実相《しんにょじっそう》、第一義空《だいいちぎくう》、不動不転、寂静湛然《せきせいたんぜん》、無為無事の境地をいう。だから「つれづれ」のままに日を暮らすことを体得するならば、それが悟りなのだ。

真如実相、第一義空……などと難しい四字熟語が並べられるが、要するに「つれづれ」とは、そういう「悟り」の境地だと言いたいのである。そしてこの序段の「つれづれなるままに、日くらし」という十三文字が、いわば「南無阿弥陀仏《なむあみだぶつ》」の六字名号《みょうごう》のごとく、ありがたい文言として理解されている。

兼好はいつしか、「つれづれ」の境地に住む仙人のようになってしまった。

仏教的な「静」の思想

『徒然要草』のような解釈までいくと、さすがにどうかと思うが、十七世紀後半の注釈書は、だいたいこれと似たような解釈をする傾向がある。「つれづれの本意をあらはせり」（北村季吟『文段抄』第二四一段）、「つれづれの本意にかなふ」（浅香久敬《あさかきゅうけい》『徒然草諸抄大成《しょしょうたいせい》』〈以下『諸抄大成』〉第二四二段）などと、春流と同様に、「つれづれ」は『徒然草』の「本意」（主題）であると言う。明らかに、プラス・イメージで理解されているのである。

では、十七世紀の人々はなぜこのような理解をしたのであろうか。

結論を先に言えば、それはこの当時、静寂を貴ぶ思想――すなわち「静」の思想が流行していたからだと思われる。
「静」の思想自体は、中世から存在した。たとえば禅宗における坐禅を想起すればよい。心身を静寂な状態に置いて頭のなかを真っ白にする、そうした修行を重ねることで、悟りの契機を求めるというやり方である。もっとも、これは何も禅宗に限ったことではない。たとえば鎌倉初期に浄土系の時宗《じしゅう》という一派を開いた一遍《いっぺん》の語録（『一遍上人語録《いっぺんしょうにんごろく》』）には、

無心で寂静であることを仏と言う。何かをしようという意志をもつならば、それは仏とは言えない。妄執である、云々《うんぬん》。（一遍上人は）このような趣のことを常におっしゃられていた。

などと、「静」の姿勢が説かれている。他ならぬ『徒然草』にも、たとえば第二四一段には、煩悩を断ち切ることによって、心身の静寂を確保すべきだとある。

朱子学的な「静」の思想

このような仏教的な「静」の思想は、十七世紀になっても引き続き存在したが、十七世紀の思想界の特徴は、朱子学によって再定義された「静」の思想が、そこに新たに加わったこ

とである。

朱子学は儒教の一派で、中国宋代（九六〇～一二七九）にその体系が整備された。日本への本格的な紹介は十七世紀初頭であり、藤原惺窩《ふじわらせいか》・林羅山などの精力的な啓蒙活動によって、ようやく一般にも認知されるようになった。

儒教と仏教はもともとたいへん仲が悪かった。仏教が基本的に、社会（俗世間）を否定し、個人がめいめいに修業にはげむ思想であったのに対し、儒教は逆に、社会（俗世間）を肯定し、そこへの個人の参画を奨励する思想であったからである。しかし、両者は表面的には対立しながらも、内部ではお互いに歩み寄りを繰り返し、理念を共有している場合があった。「静」の思想もその一つである。

本来「静」の思想は、儒教にはあまりそぐわない。たとえば仏教のように、心から完全に煩悩を駆逐するということは、儒教では不可能だと考える。生きている以上、喜怒哀楽の感情は働かざるをえないからである。しかし、だからといって個人が感情のおもむくままに振る舞ったならば、社会はうまく機能しない。このあたりをうまく説明するために、儒教では仏教の「静」の思想を借りるわけである。

宋代の学者周濂渓《しゅうれんけい》の『太極図説《たいきょくずせつ》』という文献に、朱子学の大成者朱熹がつけた注には、次のような言葉が見える。「静」はなぜ必要なのか。

苟《いや》しくもこの心、寂然無欲にして静なるに非ざれば、即ち何を以てか事物の変に酬酢《しゅうさく》して天下の動を一にせんや。故に聖人は中正仁義、静動周流して、その動くこと必ず静を主となす。（原漢文）

要するに、心が落ちついた状態（静）であれば、ものごとの変化（動）にも的確に応じることができる、ゆえに聖人の「動」は、必ず「静」をベースにおいたものであるという。「静」が、「動」の過度な発動を抑えるのである。

仏教の「静」の思想は、基本的に「静」になることそのものに重きが置かれ、「動」に対してどのように対処するかについては、あまり意を払わない。たとえば、先述した『徒然草』第二四一段にもあるとおり、煩悩は消すものであり、その煩悩にどう対処するかということは、考慮に入れないのである。

しかし儒教、ことに朱子学によって再定義された「静」の思想は、煩悩の存在をある意味仕方ないと認めると同時に、それをどう制御するかという方法を模索する。つまり、より現実に寄り添った「静」の思想なのである。

十七世紀の日本は、この朱子学によって再定義された「静」の思想を歓迎した。それは当時の学芸界・文芸界を覆った一大トレンドであった。

現実志向の読み替え

先に見たように、『徒然草』の「静」の思想は基本的に仏教思想によるものであり、前代的な匂《にお》いを強く残すものであった。しかし十七世紀の徒然草注釈は、この新しい「静」の思想によって、『徒然草』全体を読み替えようとした。それが、彼らの考えた「つれづれの本意」という言い方であったのだ。たとえば、『磐斎抄』は次のように注意している。

「つれづれ」と生きるといっても、死人のようであるのはその理想ではない。（第三「題号」）

兼好がわれわれに教えてくれる「つれづれの本意」とは、死人のように心身の活動を停止させることではない。現実をどう生きるかという問題である――彼らはそう考え、『徒然草』から実践的な教訓をさまざまに導き出そうとしたのである。

以上、十七世紀における『徒然草』序段の解釈に端を発し、十七世紀の時代思潮の問題にまで説き及んだ。

では、このような十七世紀的な解釈は、どのようにして現代の「退屈」系の解釈に変貌《へんぼう》していったのか。その問題は終章で取り扱うこととして、次章からは『徒然草』の本質に迫るさまざまな問題を、やはり十七世紀の注釈書類をきっかけとしながら考えてみよう。

コラム　「徒然《とぜん》」と「つれづれ」

「つれづれ」は、「徒然」と書く。あまりに見慣れているので、何だか当たり前のようであるが、これはいわば「宛字《あてじ》」である。和語「つれづれ」に、漢語「徒然《とぜん》」が宛てられているという関係だ。二つの言葉は本来まったく別の言葉であったが、意味が似ている部分があるので合体したのである。たとえば、「ひねもす」に「終日」を宛てたり、「たそがれ」に「黄昏」を宛てたりするのと同じだ。

第1節において、そのような「宛字」が平安末期の古辞書『色葉字類抄』にはすでに見えていることを述べた。しかしそこでは議論をシンプルに進めるために、「つれづれ」の歴史についてのみ述べ、漢語「徒然《とぜん》」との関係については割愛することにした。そこでより深く知りたい人のために、補説としてこれを略述しておこう。

「徒然《とぜん》」とはもともと、「むなしい」という意味の漢語であった。漢詩などの文学作品では、おおむねそういう意味で使われている。

二毛《にもう》已《すで》に富めりと雖《いえど》も、万巻徒然として貧し。（藤原宇合《ふじわらのうまかい》「遇《あ》はざるを悲しむ」、『懐風藻《かいふうそう》』所

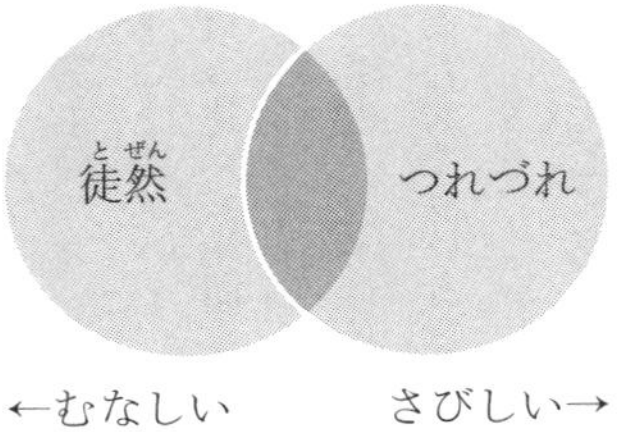

収、原漢文）

しかし平安中期頃から、この意味以外に、漢文体の記録や日記などにおいて、「することがなくて、つまらない」という意味でも使われ始めるようになる。第1節の「つれづれ」分類でいえば、「行為の欠如感」（退屈）を表すような例である。

和風暖日、徒然例に倍す。仍《すなわ》ち心情を遊蕩《ゆうとう》せしめん為、同車して白《しら》河殿《かわどの》に向かふ。（『小右記《しょうゆうき》』長和《ちょうわ》二年〈一〇一三〉二月四日、原漢文）

太《はなは》だ徒然、仍ち宰相同車し雲林院《うりんいん》辺の寺に向かふ。（『同』寛仁《かんにん》二年〈一〇一八〉閏《うるう》四月二日、原漢文）

こうして「徒然《とぜん》」と「つれづれ」は、意味的に接近してくるのであったが、もともと漢語と和語という違いがあるので、それが使用される文体には位相差があった。すなわち、いっぽうは漢文体の記録・日記など、いっぽうは和文体の和歌・物語などという差である。また意味のうえでも完全に一致しているわけではなく、両者にはその原義に由来すると思われる、ニュアンスの微妙な違いが認められる。「徒然《とぜん》」は「むなしい」の意がより強く、「つれづれ」は「さびしい」の意がより強いのである。図解すれば前項のようになる。

なお、鎌倉・室町時代における「徒然《とぜん》」の消長については、今後の調査に待つところが大きいが、少なくとも室町時代には口語化も果たしていたらしく、「とぜん（トゼン）」という仮名表記で、抄物《しょうもの》・狂言・幸若舞《こうわかまい》のような口語系資料に見出すことができる。

あまりのとぜんに、とぜんに、かど（門）にひょたん（瓢箪）つるいて
（大蔵虎明本《おおくらとらあきらぼん》狂言「せつぶん」）

「トゼンナ」「トゼンナカ」「トゼナイ」などという方言が全国各地に残っているのも、これと関係すると思われる。そしてこれらの口語系資料では、「つれづれ」はほとんど使われない。

このように見てくると、文語としての「徒然《とぜん》」と「つれづれ」、口語としての「とぜん（トゼン）」という、使われる位相を異にしながらも意味が似通った三つの言葉が、歴史的に併存していたことになる。

最後に『徒然草』の書名表記について。古写本には「つれづれ草」という表記のみあって、「徒然草」はないことから考えれば、やはり「つれづれ」を「徒然」と表記することへの違和感

——そのニュアンスの微妙な違いに由来するもの——が、何かしらはあったのだと考えられる。たとえば近世において、「徒然草」ではなく「寂寞草」と表記するものがあるが、これは「寂寞」（さびしい）の方が、より「つれづれ」の意味に近いと判断したからであろう。

では、「つれづれ草」を「徒然草」と書く通例は、いつから始まったのか。それはおそらく近世以後と見てよい。その影響力という点から考えれば、林羅山『野槌』の「『徒然』と書きて、『つれづれ』と読めり」という記述が広まって以後ではなかろうか。すなわち、博学の羅山が「つれづれ」＝「徒然《とぜん》」という知識を紹介したことが、「つれづれ草」＝「徒然草」という表記の定着についてもひと役買ったのではないかと思われる。

第二章　教科書に載らない章段

1　兼好の遁世論——隠者の理想と現実

国語教科書のなかで、『徒然草』は、古文入門編として不動の地位を確立している。たとえば「高名の木登り」「二本の矢」などの教訓的章段や、「猫また」「仁和寺《にんなじ》の法師」などの滑稽的章段など、適度にためになり、適度に面白い章段が、『徒然草』にはたしかに多い。文章の長さもちょうどよく、教科書に掲載しやすいのだ。

だがいっぽうで、近世期以降、やや内容に問題ありとしてさまざまに議論され、あまり取り上げられない章段がいくつかある。いわば、『徒然草』のなかの「問題章段」だ。しかし、そのような教科書的優良性からはみ出た章段は、見方を変えれば、兼好の思想や表現の先鋭性を知ることができる、魅力的な部分だと言うこともできる。
本章ではそうした観点から、まずは「遁世」の問題を取り上げてみたい。

隠れるということ

中世文学と聞くと、西行《さいぎょう》・長明・兼好などが活躍した「隠者文学」の時代というイメージがないだろうか。実際この時代には、世を無常と感じて発心《ほっしん》し、山林や海辺に隠れて修行をする名もなき聖《ひじり》（修行僧）たちの姿が、数多く書き留められている。たとえば、そのような聖たちの言葉を集めた鎌倉時代の文献『一言芳談《いちごんほうだん》』のなかには、次のようなものが見える。

明遍《みょうべん》が言った。「出家遁世の心得は、道のほとり、野辺のあいだで死ぬ覚悟をもつことである。このように思っていれば、どんなに心細いことに出会ったとしても、一瞬たりとも人を恨むことはない。そうしてともかくも、仏の力を仰ぐべきである」。

明遍は、同じく仏教の世界の住人であっても、皇族や貴族の帰依を受けているような、いわゆる高僧ではない。まったく無名なのであるが、その生きざま（むしろ、死にざまか）は、多くの人々に感銘を与え、仏道に誘引するだけの迫力をもっていた。

他ならぬ『徒然草』第九八段にも、「尊きひじりの言ひ置きけること」として、『一言芳談』からいくつかの言葉が引用されている。兼好もまた、聖たちの言葉に心を揺さぶられた者のひとりであった。

西行（『西行和歌修行』）『菱川師宣絵本』所収、岩崎文庫貴重本叢刊〈近世編〉第五巻、貴重本刊行会、1974年

人間の証明

その証拠に、『徒然草』のなかには、聖たちの魂が乗り移ったかのような章段がいくつかある。たとえば、第五八、五九段は、おそらく本来は一続きに書かれた章段で、兼好の遁世にかんする考え方がよく表れている。抜粋しながら見てみよう。

まず第五八段冒頭には、遁世の場所についての問題が論じられている。


まったく、この世をはかなみ、必ず生死の苦しみから遁《のが》れようと思うときに、何の楽しみがあって、朝夕主君に仕え、家族を顧みる営みに励むことがあろうか。心は因縁に引かれて移るものであるから、静かな場所でなければ、道を行うことはできない。

〈げにはこの世をはかなみ、必ず生死を出でんと思はんに、何の興ありてか、朝夕君に仕へ、家を顧みる営みのいさましからん。心は縁にひかれて移るものなれば、閑かならでは、道は行じがたし。〉

要するに、家族や友達、主君などがいる市中では、しずかに出家はできないという。後述のように、中国では古来、身は市中にあって世俗の生活にまみれながらも、心はそこから遁れて優雅な世界に遊ぶという、いわゆる「市中の隠《しちゅう》」というあり方を、遁世（隠逸）の最上とした。日本でもこのような考えは、早くも平安時代にはその模倣を見ることができるが（慶滋保胤《よししげのやすたね》『池亭記《ちていき》』）、兼好はそのような遁世のあり方を否定する。そして、次のような言葉でこの段を結ぶのである。

人として生まれた証拠としては、どうにかして世を遁れることこそ、あるべき姿だ。ひたすら世を貪《むさぼ》ることばかりをつとめて、仏の道に趣こうとしないのは、よろずの畜類と変わるところがないではないか。

〈人と生れたらんしるしには、いかにもして世を遁れんことこそ、あらまほしけれ。ひとへに貪ることをつとめて、菩提《ぼだい》におもむかざらんは、よろづの畜類に変る所あるまじくや。〉

たしかに遁世という生き方を選択することができるのは、数ある動物のなかでも人間だけであって、それをしないならば、普通の動物と変わりがないという論理は、一理ある。遁世することが、人間の証明であるわけだ。

山林を目指せ

次に第五九段は、前段で述べたような遁世の必要性を、なかなか厳しい口調で責めたてる。死が来るスピードといったら、洪水や大火が攻めてくるよりも速やかで逃れがたい。そのとき、老いた親、幼い子、主君の恩、他人の情、これらを捨て難いと言って捨てないことがあろうか。

〈無常の来ることは、水火の攻むるよりも速かに、逃れがたきものを、その時、老いたる親、いときなき子、君の恩、人の情《なさけ》、捨てがたしとて捨てざらんや。〉

同じような警句は、『徒然草』のなかでたびたび繰り返されている。たとえば第一五五段では、「死は前よりしも来たらず、かねて後ろに迫れり」と言う。これは死というものの予測不能性を、たいへんうまく比喩《ひゆ》している。そうして死ということを本気で自覚するならば、たとえ親が老いていようが、子ども幼かろうが、主君に恩があろうが、他人に情があろうが、そのようなものを顧みる暇はないはずだ。つまり——いますぐ、何も振り返らずに山林を目指せ、兼好はそう言うのである。

次の第一一二段の一節も、このような考えが、迸《ほとばし》るような言葉の数々で述べられている。その気迫を味わっていただくため、ここは原文を先に載せよう。

日暮れ、塗《みち》遠し。吾《わ》が生《しょう》、すでに蹉蛇《さだ》たり。諸縁を放下《ほうげ》すべき時なり。信をも守らじ。礼儀をも思はじ。この心をも得ざらん人は、物狂《ぶっきょう》とも言へ、うつつなし、情なしとも思へ。誇《そし》るとも苦しまじ。誉《ほ》むとも聞き入れじ。

（日は暮れ、道は遠い。それなのに私は、踏みとどまったままである。諸縁を打ち捨てるべき時である。信義をも守るまい。礼儀のことをも考えるまい。この精進の気持ちを理解できない人は、私を物狂いとも言えばよい。正気ではない、薄情だとも思うがいい。批判されても苦しむまい。

誉めるとも耳に入れるまい。）

「日暮れ、塗遠し。吾が生、すでに蹉蛇たり」の部分は、鎌倉中期の浄土僧良忠《りょうちゅう》（然阿《ねんあ》）の『選択伝弘決疑鈔《せんちゃくでんぐけつぎしょう》』（建長《けんちょう》六年〈一二五四〉成）に載る言葉。こうして兼好は、他人の毀《き》誉褒貶《よほうへん》を顧みず、みずからの信じる道へ突き進むべきことを、まるで自分自身に言い聞かせるかのように、書き留めているのである。

儒学者の言い分

では、兼好のこのいささか性急すぎるような遁世論は、当時あるいは後代、どれくらい理解や共感を得られていたのだろうか。

室町期においてこの点を問題にしたものは、今のところほとんど見つかっていない。わずかに知られるのは、天台僧の存海《そんかい》が修行者の心得となるべき言葉を諸書から抜書した『行《ぎょう》者用心集《じゃようじんしゅう》』（天文《てんぶん》十五年〈一五四六〉奥書）の記述である。同書巻下には、『徒然草』からも十六の章段が選ばれ、見出し程度のごく簡明な要約がなされていて、そのなかに前述の第五八段も挙げられているのである。むろん、ここでは肯定的に取り上げられているのであろうが、その詳しい評価については知ることができない。それが可能になるのは近世期以降だ。

最初にこの問題について言及するのは、林羅山の『野槌』である。第五八段の注には、兼好の言うところをもう一度自分の言葉でまとめ直したうえで、次のように述べる。

兼好は、世俗にとどまる人々を畜類と言ったが、儒教から見れば、彼のように世を遁れて人倫の秩序を乱す者を禽獣《きんじゅう》と言うのである。道は人のなかにある。人が道を広めるのであるから、どうして人を捨てて道を得ることができようか。

この批判は、仏教の考え方と、儒教の考え方の根本的な違いを示していて興味深い。仏教は人倫（世俗）を捨てて、その外側にある「道」を求めようとする。遁世とは、そのための行動だ。しかし儒教は、人倫（世俗）のなかにこそ「道」があると考える。人倫とは、君臣・父子・夫婦・兄弟・朋友《ほうゆう》という五つの人間関係、いわゆる「五倫《ごりん》」である。だからこれを捨てる者は人間であることを放棄した者、すなわち畜類ということとなる。ちょうど兼好の発言とは反対になるのである。

これは羅山だけではなく、このあとの儒学者も一様にもっていた考えである。儒教では、世俗と完全に、そして永遠に交渉を絶つような遁世（隠逸）のあり方は、基本的に認められない。『論語』泰伯《たいはく》篇に「天下に道有れば則ち見《あらわ》れ、道無ければ則ち隠る」とあるように、たとえ隠れることがあったとしても、それは自分の身を守り、志を貫徹するための、一時的な身の処し方だ。よって基本的には、世俗のなかで生きていくことが求められるのである。

しかし彼らはいっぽうで、おもに老荘思想の影響を蒙《こうむ》りつつ、美しい山林や湖沼に遊んで、心の癒《いや》しを求めたりすること自体は否定しない。だからこそ中国では、身は朝廷に仕官しながらも、心は山林や湖沼に隠遁するという「市中の隠」のようなあり方が生まれたのだ。

よって儒学者も遁世（隠逸）は完全には否定しない。兼好の遁世論も、あるレベルまでは羅山も許容することができたはずである。しかし兼好の、諸縁をうち捨てるべしとか、主君の恩義・家族の情義などを顧みるな、などというアジテーションは、その許容範囲を超えて、儒教思想の根幹を揺るがすものだ。だからこそ儒学者として黙止できなかったのである。

仏教者の言い分

それでは、儒学者以外の人ではどうであろうか。敬虔《けいけん》な日蓮宗信者として知られる松永貞徳の『慰草』第一八八段を、要約して示そう。

兼好はとにかく、出家せよと言う。心にはなるほどそうだと思っていても、すぐには捨てにくい身の上であるから、『徒然草』を読んで兼好のように出家をした者を、私は一人も知らない。とすれば、兼好の願いは達成されていないように見える。さては兼好は理を弁《わきま》えておられず、とにかく「世を遁れよ」とばかりお教えなのかと不審に思う人もあろう。私も内心ではそう疑っていた。

このように、いったんは兼好に不審さえ抱いた貞徳であったが、彼はさらに次のように考える。

これは仏法の弘《ひろ》め方に対する、今の時代と兼好の時代との、考え方の違いによるものではないか。兼好の時代は、人はまず出家遁世するのがあるべき姿だと考えられていた。たいへん殊勝な志ではあるが、いま時分の仏法の弘めようには適合しないのである。

貞徳はあくまで丁重であるが、このように兼好の遁世論については、はっきりと異議を唱える。家族や主君などとの縁を断ち切ってまで出家するような遁世のあり方は、少なくとも近世初頭には、儒教側からも仏教側からも、すでにそのまま容認することはできなくなっていたのである。

これらに続く十七世紀の徒然草注釈書も、おおむね同様の姿勢を示す。たとえば、北村季吟の『文段抄』では、人はいち早く出家すべしという第五九段に対し、「しかしながら、若い人などは行く末を熟考してから思い立つべきだ」と附言し、閑寿《かんじゅ》の『徒然草集説《しゅうせつ》』（元禄十四年〈一七〇一〉刊）も、「文〔『文段抄』〕の説はその通りである」と同意する。

また第四章で詳しく紹介する、斎藤《さいとう》唱水《しょうすい》の『徒然草《つれづれぐさ》大意《たいい》読方《よみかた》秘伝抄《ひでんしょう》』には、次のような発言も見える。

　今の世の中は太平で戦乱もなく、おのずから「つれづれ」である。そこに遁世を奨めるのは、時宜を違えるというものだ。……だから、『徒然草』のこれらの章段を間違って理解すると、妻子や老いた親につらい目を見せ、親族を路頭に立たせることになる。

同書が書かれたのは羅山・貞徳の時代からもおよそ百年が経過した元禄時代。天下泰平、「つれづれ」の時代である。この頃になると、突然の出家遁世ということは、現実からよほど外れた行為となっている。兼好のアジテーションには、相当の違和感があったものと思われる。

国学者の言い分

さらに近世も中期になると、仏教・儒教という二つの陣営に加えて、神道を母体とした、国学という新たな陣営が学芸界に登場する。そして彼らもまた遁世（隠逸）を論じている。

国学とは、ごく簡単にいえば、仏教とか儒教とかいった「外来思想」が移入される以前の、日本古来の「純粋無垢《むく》」な思想を、主に文献資料に基づきながら抽出しようとする学問である。ゆえに、文献は古ければ古いほど価値が高いのであって、仏教思想が濃厚に漂い出す中世以降の文献は、基本的にその研究対象から除外されるのである。そのような彼らからすれば、わざわざ寂しい山林に遁れて孤独を楽しむというような隠逸の精神は、嘘《うそ》・偽りを嫌い、正直正路に生きてきた（と彼らは考える）日本人の精神に反するものなのであった。

国学の大成者として知られる本居宣長は、その随筆『玉勝間《たまかつま》』巻一三のなかで、自分は賑やかな都会のほうが好きで、静かな山林は寂しくて心が萎《しお》れてしまう、と言っている。当世の知識人が山林を良しとするのは、「作りごと（作為）」の風流、あるいは「漢ぶり（中国趣味）」の模倣なのではないか、と（「静かなる山林を住みよしといふ事」）。宣長にあっては、山林への逃避という行為は、その理由が何であれ、人としての自然に反するものなのだった。

宣長の弟子である平田篤胤《ひらたあつたね》も、当然ながらこのような考えをもっている。彼の講義をその口調もそのままに門人が筆録したという『悟道弁《ごどうのべん》』（文化《ぶんか》十年〈一八一三〉刊）のなかで、第

五八、五九段について、彼は次のように言う。これは読みやすいので、原文のまま抜粋しよう。

人と有らん者は、なる可《べ》き限りは世の中のことをば勤むべきことで、仮令《たとい》わが身に得る所は无《な》しと云へども、世の為《ため》人の為《ため》になるべきことを勤めるが人の道ぢゃ。然《しか》るに右《みぎ》やうのこと〔出家遁世〕を尤《もっと》ものやうに思ひ、何もかも捨ると云ふは、人非人と云ものぢゃ。但しこれは全くの本心に非ず。悉《ことごと》く仏法の妄説に欺かれたる物でござる。

そうして、兼好は仏法が偽りであることを本当は知っていながら、人からもて囃されたいがために、あえてこのようなことを述べたのだと、口を極めて罵倒する。批判の論点は林羅山ら儒学者の意見とほぼ同じで、人として生まれた以上は、世のため人のために働くことが基本であって、世を捨てるなどということはもってのほかだ、というものである。ただ儒学者の論と違うところは、篤胤は遁世（隠逸）という行為自体の虚偽性を批判していることだ。この伝でいけば、「市中の隠」などといって隠逸の風流を許容する儒学者たちの姿勢も、返す刀で批判されることになる。

「隠者」兼好の実際

このように、兼好の遁世論は後世いろいろと問題視されており、近世期の人々にはあまり評判はよくなかったようだ。近代に入っても、たとえば明治期の黄檗《おうばく》僧高津栢樹《たかつはくじゅ》が編纂した『徒然草読本《どくほん》』(明治十七年〈一八八四〉刊)という国語教科書では、前記のような章段について、「初心の子弟に授けんには、瑕《きず》なき詞ともいふべからず」として掲載していない。そしてその状況は、基本的に現代でも変わりなく、兼好のあの鬼気迫るような熱弁は、いわば後世に肩透かしをくらっている格好である。

では実際のところ、兼好はどんな遁世生活を送っていたのか。これは誰しもが抱く疑問なのではないだろうか。最後にその点について触れておこう。

後述のように、兼好は『徒然草』第三段のなかで男女の深い恋愛を肯定しているし、他にも、ある人に付き従って月見を楽しんだり(第三二段)、賀茂の競馬を見物に行ったり(第四一段)、心許した友人と飲酒を楽しんだり(第一七五段)、夫婦が良好な関係を保つための方法を提案したり(第一九〇段)している。したがって、第五八、五九段で述べているような、さまざまな人々との縁を断ち、恩愛の情を棄《す》て、仏道一筋に打ち込むような生き方は、していない。

このことは、兼好の伝記に照らしてみても証明される。小川『兼好法師』の成果を踏まえながら、いくつかの事実について紹介しよう。

　たとえば、よく知られた資料であるが、兼好は正和《しょうわ》二年（一三一三）九月一日に、山科頼成《やましなよりなり》・維成《これなり》父子から、山科小野庄《おののしょう》の名田《みょうでん》一町の土地を銭九十貫文で購入している（大日本古文書『大徳寺文書《だいとくじもんじょ》』）。そのことを証明する文書には、宛名として「兼好御房」とあって、明らかにこれが出家以後の行動であることが確かめられる。

賀茂の競馬（奈良絵本） 金沢文庫図録『兼好と徒然草』神奈川県立金沢文庫、1994年

　さらにその十年ほど後の元亨《げんこう》二年（一三二二）四月二十七日には、兼好はこの土地を後宇多院《ごうだいん》の庇護《ひご》が手厚かった禅刹《ぜんさつ》、龍翔寺《りゅうしょうじ》（当時は西京安井《やすい》に所在）に寄進する。小川によれば、このあと兼好は事実上の歌壇デビューを果たすが、それとこの寄進には何らかの関連があるのではない

かという。不動産の売買などは、文学それも古典の世界とは程遠いような気もするが、現代の作家が土地や住居を売買することが当然ありうるように、中世の人物においても、これは特段におかしな行動ではない。

また、公家で太政大臣《だいじょう》も務めた洞院公賢《とういんきんかた》の日記『園太暦《えんたいりゃく》』には、兼好がしばしば公賢邸を訪れた旨が記されており、そのうちの一つ、貞和《じょうわ》四年(一三四八)十二月二十六日条では、「兼好法師」が、幕府執事高師直《こうのもろなお》の正月の装束について相談に来たという記事がある。当時の公家と武家との間には大きな溝があり、師直クラスの武家は、直接公賢邸に相談に訪れることもできなかった。そこで兼好のような、知識と経験のある、しかも身分的にフリーな「遁世者」が重宝されたのである。兼好と高師直との関係といえば、次節に述べる艶書《えんしょ》代筆事件が有名であるが、その事実の是非はともかくあれ、『園太暦』の記事は、兼好がこういった朝廷・幕府の要人と関係をもっていたことを示す格好の資料と言える。

「隠者」兼好の実際とはいかなるものであったか。小川が、そのことについてまとめているところから引用しよう。

以後〔応長元年〈一三一一〉三月〕、兼好の活動は、若干の空白の時期は遺《のこ》しながら、ほぼ京都において展開する。まさに「市中の隠」であるが、もちろん後世の人間が憧《あこが》れた隠者とは異なる。その実態は「侍入道」とでもいうべきであろう。公家・武家・寺院にわたり幅広い知己を有して活動するもので、経済的な基盤にも支えられ、清貧とはほど遠い生活を垣間見せる。（『兼好法師』六一頁）

兼好は「市中の隠」のような遁世のかたちを厳しく否定していた。しかしその実、彼はまさしく、そのようなかたちの「隠者」だったのである。

「なりきり」の文学

ここでもう一度、第五八、五九段を振り返ってみよう。

これを兼好の生きた現実と擦り合わせて考えるならば、たしかに市中から離れた場所に籠ることはあり（『兼好法師家集』に横川《よかわ》・修学院《しゅがくいん》に籠ったという詞書が見える）、交友関係を整理したことくらいはあったかもしれない（第一一七段に「友とするにわろき者」をあげつらう）。しかし第五八、五九段で言うほどに、世俗との交渉をきれいさっぱり断ち切ったというわけではなさそうである。とするならば、小川も「清貧とはほど遠い」と言うように、これらの章段は兼好の現実をそのままに反映しているものではなく、理想が述べられたものと解するほかはない。

かといって篤胤のように、これが兼好の偽りであったと考えるのもまた、当たらないであろう。これらの章段には、道元《どうげん》『正法眼蔵随聞記《しょうぼうげんぞうずいもんき》』との類似が指摘されているように（安良岡康作『徒然草全注釈』）、その内容・語勢ともに、当時の仮名法語の影響があると思われる。けだし、それらを読んで強い感銘を受け、彼らの気持ちになりきって、筆を走らせたということではなかろうか。

もちろん兼好は、そのような理想と、みずからの現実との間に存するギャップを自覚してもいたであろう。だからこそ自戒を込めて、より熱く、激しく、理想を語る必要があったかもしれない。結果としてそれは、後世、より現実的な観点から批判されることとなったが。

ところで、この「なりきり」という考えは、『徒然草』を考えるうえで有効な方法論になる可能性がある。兼好は『徒然草』のなかで、第一〇四、一〇五段のように、まるで王朝物語の一部をスクラップしたような文章も書いている。ある時は厳しい仏教の伝道者、ある時は物語作者、ある時は説話作者、ある時は有職故実家、ある時は市井の観察者。そうした「なりきり」で書かれた部分が、この作品には所々にある。それが『徒然草』の、良く言えば多彩さ、悪く言えば雑駁《ざっぱく》さであり、また時に言論の矛盾、人格の分裂のようにも見えてしまうのではなかろうか。さらにいえば、このような一種の仮構性が、いわゆる「随筆」との微妙な差異にまで及んでいくのではないか。

国文学者の中野貴文は、『徒然草』序段から第三〇段までの諸段は、政界を失脚して須磨への流遇を余儀なくされた、光源氏の面影に寄り添った形で筆が進められていると指摘している（「「つれづれ」と光源氏」）。それもこの仮構性の問題とかかわるものであろう。このことは、これから『徒然草』を読む人たちとともに、考えていきたい問題のひとつである。

2　恋の指南書として？――「玉の巵」の衝撃

兼好の恋愛論

前節では、あまりに急進的な遁世論を述べているがために、後代あまり評判がよろしくなく、現代の教科書にも載らない章段を紹介した。ここではそれとは反対に、中世の真面目な隠者のイメージとあまりにかけ離れるために、教科書などには載らない章段を紹介しよう。

教科書があまり採らない、『徒然草』のウラの定番といえば、第三段である。本章段は、近世期には最も著名な章段の一つであった。

万事に秀でていたとしても、恋愛の情を解さない男は、玉でできた盃の底がないようなものだ。露霜に濡れながら、あてどもなく彷徨《さまよ》い歩き、親の批判や世間の誹謗《ひぼう》を受け入れる余裕もなく、あれやこれやと思い乱れ、一人寝の寂しい日々を送りがちで、一睡もできない夜がうち続く――そんな恋愛が素晴らしいのだ。

とはいえ、あまりに恋に浮かれ過ぎてはいけない。女性に一目置かれるようなやり方が理想的である。

〈よろづにいみじくとも、色好まざらん男は、いとさうざうしく、玉の卮《さかずき》の当《そこ》なき心地ぞすべき。露霜にしほたれて、所さだめずまどひ歩き、親のいさめ、世のそしりをつつむに心の暇《いとま》なく、あふさきるさに思ひ乱れ、さるはひとり寝がちに、まどろむ夜《よ》無きこそをかしけれ。さりとて、ひたすらたはれたる方にはあらで、女にたやすからず思はれんこそ、あらまほしかるべきわざなれ。〉

「玉の卮《さかずき》の当《そこ》なき」とは、顔がよいとか字が上手だとか、そういう外面だけはたいへん立派であるが、男として一番肝心な部分（盃でいえば底）が抜けている、ということ。つまり兼好は、恋愛の情を理解することを、男として何よりも重要な要素だと言っている。それも、親の諫めを振り切ってまでも成就しようとするような、激しい恋愛の経験に裏づけられたそれを。

兼好の恋愛への一家言は、第一三七段の中にも見える。

男女の関係も、逢瀬《おうせ》がかなうことだけが、素晴らしいものだと言えようか。逢《あ》えずに終わってしまった苦しさを思い、当てにならない約束を嘆き、長い夜を独りで明かし、遠く手の届かない恋人を思いやり、浅茅《あさじ》が生え広がった家を見て昔の恋人を懐かしんだりする、そのような経験をもっている人をこそ、本当の色好みというのだ。

〈男女《おとこおんな》の情《なさけ》も、ひとへに逢ひ見るをば言ふものかは。逢はでやみにし憂さを思ひ、あだなる契りをかこち、長き夜をひとり明《あか》し、遠き雲井《くもい》を思ひやり、浅茅が宿に昔を偲《しの》ぶこそ、色好むとは言はめ。〉

逢えぬときほど、思いはつのる。和歌の題には「不逢恋（逢はざる恋）」「忍恋（忍ぶ恋）」などというものがあって、円満に成就していない状態の恋愛を詠むことがあるが、そういうときこそ恋愛の情趣は深く表現されると、兼好は言う。また、すでに終わってしまった恋愛にも情趣を見出すなど、なかなかの恋愛通であることを窺わせる。

妻はもつべきでない

さらに、「妻というものを、男はもつべきではない」という文で始まる第一九〇段では、次のように言う。

どんな女であっても、毎朝毎晩寄り添って顔を合わせれば、とても気に食わなくなり、憎くもなるだろう。女にとっても、それは中途半端な状態と言えるかもしれない。普段はそれぞれ別居しながら、男が女のもとに時々通ってくるならば、年月が経《た》っても途絶えぬ仲になるだろう。かりそめにやってきて泊まるくらいの関係であれば、新鮮であるに違いない。

〈いかなる女なりとも、明暮《あけくれ》添ひ見んには、いと心づきなく、憎かりなん。女のためも、半空《なかぞら》にこそならめ、よそながら時々通ひ住まんこそ、年月経てもたえぬなからひともならめ。あからさまに来て泊りゐなどせんは、めづらしかりぬべし。〉

兼好はかように、夫婦が同居するのではなく、夫が妻のもとに時々通ってくるという、いわゆる「通い婚」をこそ、男女の関係を長続きさせるための最上の方法だと断ずるのである。兼好の真意は測り知れないが、ともかくも彼は同居婚という婚姻の形態を、男女の恋愛感情の喪失という側面において批判的に論じようとする。

他にも、物洗う女性の白い脛《はぎ》を見て、久米《くめ》仙人が空中飛行の通力を失ったのは仕方ないとした第八段、色欲というものは老若・賢愚を問わず逃れがたいものだとした第九段などもある。兼好が「隠者」であり、『徒然草』が「無常観の文学」であると学校で習ってきたわれわれは、このような発言に出くわすと、少し戸惑ってしまう。たとえば国文学者の安良岡康作は『徒然草全注釈』のなかで、第九段について、「この時代の、しかも遁世した人間としては、破格的とでもいいたいほど、大胆に、赤裸々に、問題を追及している点は認めなくてはならない」と言っている。

墜落する久米仙人（『頭書徒然草』）　家蔵、元禄11年（1698）刊

伝説のなかの兼好

兼好と恋――。しかしこの組み合わせは、『徒然草』以外に、ほぼ同時代の軍記物、『太平記』からも抽出される。その巻二一には、足利尊氏の執事で当時権力をほしいままにしていた高師直《こうのもろなお》が、塩冶判官高貞《えんやはんがんたかさだ》の妻に横恋

慕し、そのために兼好が艶書（ラブレター）を代筆したという、仰天の逸話が残っているのだ。要約して示そう。

師直は塩冶の妻にまったく心を奪われ、「何度も言い寄っていれば、情けにほだされることがあるかもしれない。手紙を送ってみよう」と言って、兼好という、書に堪能な遁世者を呼び寄せ、豪華な料紙に香をたっぷりと薫《くゆ》らせて、言葉を尽くして書き送らせた。(1)（巻二一「塩冶判官讒《ざん》死《し》のこと」）

しかしながらその艶書は、結局中身を読まれることもなく、庭に打ち捨てられる。短気な師直は激怒して、「いやいや、物の用に立たぬ物は手書《てかき》〔書の上手な人〕なりけり。今日よりその兼好法師、是《これ》へ寄すべからず」と、兼好を自邸に出入禁止とする。この話はもともと師直の横暴ぶりを表す一話として描かれたものであるから、出入禁止になったとしても、兼好にとってはさほど不名誉なことではなかったであろうが、ともあれ、ここにはそういう話が書かれてある。

この話が事実に基づくものなのか、それともまったくのデタラメであったのかを、現存する史料から判断するのは難しい。兼好という人物が、日常的にどのような発言や行動をしていたのか、これもよく分からないが、生《なま》の兼好を知る世代にとっては、艶書も『徒然草』中の恋愛論も、さほど違和感のあるものではなかったかもしれない。
そして、そのようなイメージが母体となって生み出されたと思われるものに、近世期に流布した兼好の偽伝、『園太暦《えんたいりゃく》』偽文がある。この偽文は十七世紀後半ばに、その原型ともいうべきものが出現し、その後、十八世紀初頭までにさまざまなエピソードが付加されて、かなりのボリュームをもった伝記資料として伝えられた（川平敏文『兼好法師の虚像』）。その原型とも言える、『伊水温故《いすいおんこ》』（延宝七年〈一六七九〉成）所載の話の大筋はこうだ。当面必要な、後半部の大意のみ記す。

兼好は出家の後、伊賀国の領主であった橘成忠《たちばなのなりただ》の招きを受けて、国見山麓《くにみさんろく》の田井庄《たいのしょう》というところに庵を結んだが、そこで当時十七、八であった成忠の娘（名は小弁《こべん》）と、ひそかに恋仲になってしまった。そのときに詠んだ兼好の歌が、「忍山《しのぶやま》またことかたに道もがなふりにし跡は人もこそしれ」という、『新拾遺《しんしゅうい》和歌集』恋の部に入集する和歌である。「好色の法師」だ。兼好はこのように和歌に堪能であったので、伊勢から常直《つねなお》なる神官が、毎月和歌の稽古《けいこ》に来ていた。その後、兼好は貞治《じょうじ》元年（一三六二）五月二十三日、六十三歳で亡くなったので、国見山麓に葬った。

「忍山」の歌は、「あなたに忍んで通うこの道。他に道はないものでしょうか。私の通いつめたその跡を、人が見つけてしまいそうで」という意。まさしく「忍恋」の歌である。

これはむろん作り話であるのだが、兼好と同時代に生きた洞院公賢の日記（『園太暦』、前節参照）から抜粋された記事という触れ込みで流布したものだから、近世期の人々は、基本的にはこれを真実として迎え入れた。まったく罪な話である。

ところで、この偽文のなかの恋愛譚には、やや注意すべき点が存する。それは、この恋愛がいつの時点でなされたか、という問題である。兼好の出家前の逸話であるならば、それは許されよう。若かりし頃の実体験に基づいて、『徒然草』の第三段や、第一三七段が書かれたと考えられるからである。

だがこの偽文のなかで兼好は、「好色の法師」と評されているように、出家後に成忠の娘と通じたことになっている。そういえば『太平記』の逸話のなかでも、兼好は「兼好法師」と書かれていた。出家後も『徒然草』第三段のような恋愛論を展開し、時には人妻への艶書の代筆まで引き受ける――そういう型破りで、やや無節操に見える隠者像が、これらの伝説には投影されているのである。

ちなみに、右の偽伝をもとにして後世作られた兼好伝記のなかでは、成忠娘との恋愛は出家前のことに改変されている（図版参照）。やはり、少し問題を感じたのであろう。

近松門左衛門と深井志道軒

このようにあらぬ「実話」まで捏造《ねつぞう》されるほどであるから、「兼好」と「恋」という、一見アンバランスな取り合わせは、近世期の市井人をよほど面白がらせたと見える。出家してからもこのような発言をするくらいであるから、さぞかし若い頃は恋多き人だった、と思われていたに違いない。そのような想像のもとで創作された浄瑠璃《じょうるり》のひとつが、近松門左衛門《ちかまつもんざえもん》の『兼好法師物《もの》見車《みぐるま》』（宝永《ほうえい》七年〈一七一〇〉以前上演）である。この話は、先に見た『太平記』の艶書代筆事件を題材として描かれている。

恋に落ちる兼好（『種生伝』） 家蔵、正徳2年（1712）刊

　後宇多院《ごうだいん》の第八姫卿《きょう》の宮《みや》は、

高師直が言い寄るのに困じ果て、かねてからお気に入りだった北面の侍、卜部兼好に身の処し方を相談する。そこで兼好は侍従《じじゅう》という女房に頼んで、塩冶判官高貞の妻の美貌《びぼう》を師直に吹聴《ふいちょう》し、師直の気持ちを卿の宮から逸《そ》らすことに成功する。
さて師直から艶書の代筆を頼まれた兼好は、艶書ではなく、こっそり貞節の道とは何かという教訓を書いて塩冶の妻に送ったので、当然ながら師直の思いは成就することなく、怒った師直は兼好を自邸に出入禁止にする。しかし、それはもともと兼好の思惑どおりで、師直との縁を絶ち切りたかったのであった――近松はこのように、艶書代筆事件の「真相」を描く。そして兼好は、姫宮に「もうこれで安心です」と申し上げる。それを聞いた姫宮の言葉はこうだ。

嬉《うれ》しい話を聞きました。恋に機転がきく兼好だ。そなたのような恋知りに、惚《ほ》れることができないのは残念。もし私が平民の身分の娘として生まれていたならば、他人の手にかけさせるような男ではないのに。

さらに姫宮が腰元たちに、そなたたち、あのような「恋知り」の男を放《ほう》っておく手があるものか、とけしかけると、腰元たちはわれ先にと兼好にすがりつき、袖《そで》を引くやら褄《つま》を引くやらの大騒ぎ。兼好は逃げまどいながら、「ああかしましい、やかましい。これは恋の大《おお》晦《つごもり》か」と嘆く。かく言いながら、兼好はみずから烏帽子《えぼし》を取ると、じつは髪と見えていたのは付け髪であって、すでに頭は丸められていた。あまりにモテすぎて、俗人でいることに嫌気がさし、出家していたのである。

それでも性懲りのない姫宮は、のちに兼好の庵室を訪れた時に、彼に色めきかかろうとするが、道心堅固の兼好はもとよりそれを受け入れようはずもない。再びドタバタと逃げ回るはめになるのであったが、そこで姫宮は、次のように兼好の言行不一致を指摘する。

この書きかけの草子〔徒然草〕を見れば、意味深長な文章があるなかに、「よろづにいみじくとも、色好まぬものは、玉の巵《さかずき》の当《そこ》なき心地」とも書いておきながら、このみっともない振舞は何ごとだ。筆で書いたことは偽りごとか。人徳があるように見せかけて名望を求める、名聞売僧《みょうもんまいす》の嘘つきめ！「玉の巵の底抜け」め！

このように、さんざんに罵倒される兼好であったが、しかしこのあと彼は、皆のために率先して高師直討伐に立ち向かうという、勇敢な役回りを演じることになる。つまり最終的にはヒーローに転じるわけであるが、それでも前半にこれだけ色男としての造型がなされるということは、「玉の巵」の段が、いかに兼好のイメージを規定しうるほどの大きなインパクトをもっていたかが知られる。

もう一つ俗流の兼好像を紹介しよう。近世中期、江戸浅草の名物として知らぬ者はなかったと言われるのが、講釈師の深井志道軒《ふかいしどうけん》である。その講釈は陰茎の形をした棒切れを手に持って、見台《けんだい》（机）を叩きながらの色講釈、艶笑話にからめて人の興味を惹き、最後は教訓に落とすという体のものであったらしい。

その志道軒の狂講になぞらえた戯作に、『〈兼好今法師《けんこういまほうし》／志道軒《しどうけん》〉徒然夢物語夜講釈《つれづれゆめものがたりよるごうしゃく》』なる奇書がある。その複製本の解説によれば、宝暦《ほうれき》頃（一七五一～六四）の刊行かという。同書の口絵部分には、志道軒が例の棒切れを持って、燭台《しょくだい》と見台の前にやや斜めに座り、次のように語っている様子が書かれている。

徒然《つれづれ》なるままに、日暮らし、硯にむかいて、そこはかとなき嘘《うそ》を絵に写せば、をかしうこそ物狂《ぐる》おしけれ。色好《この》まざらん男はいとさうざうしく、玉の巵の底なき心地こそすべき。

書名の角書《つのがき》（冒頭に二行書きされる部分）に「兼好今法師」とあるように、この口絵はまさしく兼好図の、そして『徒然草』のパロディである。『徒然草』を色道の方面から語った先蹤としては、増《ます》穂《ほ》残口《ざんこう》の注釈書『徒然東雲《しののめ》』（享保三年〈一七一八〉刊）があるが、その残口の講釈に影響を受けたと言われる志道軒であってみれば、彼が当代版の兼好を演じたというのはまったくの虚構ではないはずだ。おそらく実際に、この「玉の巵」のフレーズを幾百回となく唱えていたことであろう。

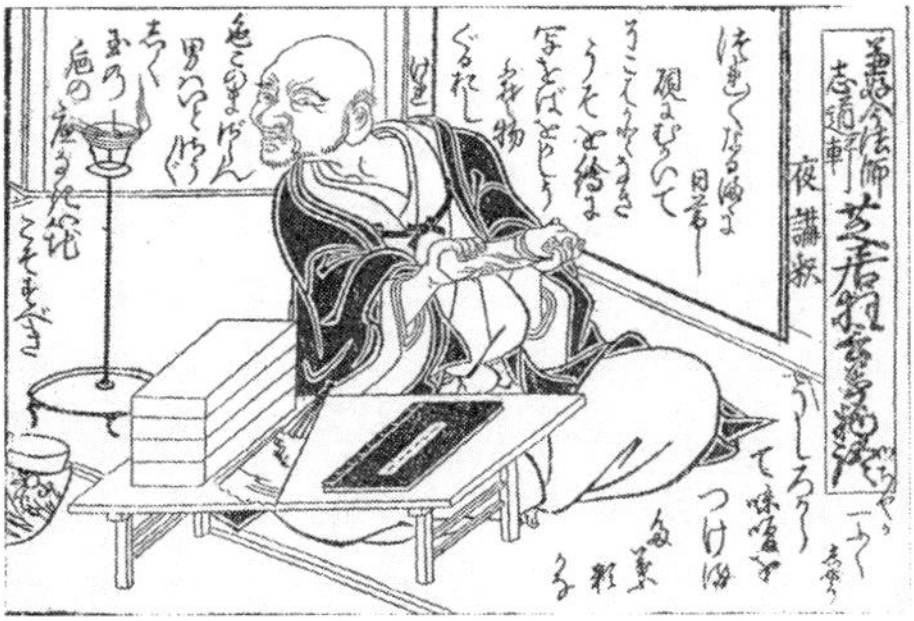
志道軒（『徒然夢物語夜講釈』）岡田甫校訂、有光書房、1974年

あまりに多くて紹介しきれないが、このように通俗文芸の世界では、「兼好」と「恋」の結びつきは、ほとんど当たり前のように出てくる。現代からすればあまりピンと来ない兼好像が、近世期の文芸界では躍動していたのである。

学者たちの議論

では、『徒然草』を学術的に研究・評論した人々の間では、この問題はどう取り扱われたであろうか。

それについての最も早い反応は、やはり林羅山の『野槌』に見られる。羅山は第三段の恋愛論について、次のような反駁を加えている。以下、要約して示す。

「色を好まないのは人間の自然なあり方ではない」とする兼好の考えは、仏教者にしては殊勝な考えである。なぜなら男女の道は、飲食にもまして捨てがたいものだからだ。けれども同じ兼好が、恋に迷って親の諫めや世の譏《そし》りをも顧みないのを良しとするのはいかがなものか。恋愛は大事なものであるが、度が過ぎてはいけないのである。

仏教は基本的には色欲を認めない。すべての欲望を捨て去ることで、はじめて悟りに近づくからである。しかし儒教は逆に、色欲を人間に本源的に備わる欲望として肯定する。子が生まれなければ、社会が成り立たないからである。羅山はそういう意味では、兼好のこの刺激的な恋愛論を「仏教者にしては殊勝な考え」だと評価している。しかし恋も度が過ぎれば、儒教の大事な徳目としての「孝」に支障が出てくる。親の言うことを素直に聞き入れるのは、子としての大切な務めだからだ。そういう意味では、兼好の論は行き過ぎであると羅山は批判しているのだ。

『徒然草』が全篇「真面目」なものであると考え、兼好の節操を弁護しようとする側の人々は、このような批判に対してどういった反論をしたか。たとえば羅山とも親交が深かった松永貞徳は『慰草』のなかで、次のように言う。

若い時に女色にふけるのは、中国でも日本でも忌み嫌うことなのに、『徒然草』ではそれを奨励するようなことが書かれているのを、人は不審に思うかもしれない。しかしここが兼好の新しい書き方で、このように恋の道を褒めるのは、後にきちんと戒めるためである。たとえば、良医が虫薬《むしぐすり》〔子どもの腹痛を治す薬〕を飲ませる時に、先に砂糖を口に含ませるのと似ている。

恋愛を奨励しているように見えるのは、いわば「方便」であって、そのような話で人の関心を惹きつけておいて、じつはのちに教訓を垂れることが主たる目的だったという。言い換えれば、「玉の巵」云々の言葉は、釣り餌であったというのである。

また、彼らより一世代ほど後の歌学者高田宗賢《たかだむねかた》は、『徒然草大全《たいぜん》』〈延宝五年〈一六七七〉刊〉という注釈書のなかで、この段を、たとえば歌人が恋の題を前にして歌を作る場合のように、歌人としての兼好が、業平や光源氏といった色好みになったつもりで、その気持ちを書いただけなのだと説明している。つまりこれはあくまでも虚構であって、兼好の本心というわけではないと言うのである。

節操のない「好色法師」というイメージに堕《お》ちぬよう、兼好擁護派の学者たちはいろいろと苦心したようだ。

これらの擁護論に対しては、同時代からかなり激しい反論が起こったが、ここでは十九世紀の批判の一部を紹介しよう。前節でも取り上げた、平田篤胤の『悟道弁』の一節である。原文で掲げる。

この法師の色好《いろこのみ》なることとは、この書の中、ここかしこに見えて蔽《かく》されぬことでござる。「四十に足らぬうちに死ぬが宜《よ》い」〔第七段〕などと云《いふ》たけれども、それなら自分は四十ぐらゐの時に首でも絞《くく》ればよいに、六十余の皺《しわ》くたに成るまで生きて居て、高師直が塩冶高貞の妻に恋慕する時の艶書をかいてやったり何かして、口と心とは、いかう〔とても〕相違して居る。そこで偽言ぢゃと云のでござる。

このように「兼好」と「恋」という命題は、文芸界のみならず学芸界においても、等閑視できない問題なのだった。

無常観との乖離

恋する兼好。あまりイメージが湧かないかもしれないが、少なくとも近世期までは、そのような兼好像が息づいていた。ならば、このような兼好像が陰に追いやられ、兼好はきわめて真面目な人で、『徒然草』は隠者文学の傑作だ、というようなイメージが定着するのはいつ頃なのだろう。

それはやはり、本格的な国民教育が始まろうとする明治十年代後半からで、『徒然草』からためになる章段ばかりを書き抜いた、副読本や教科書が現れ始めてからだと推測できる。それらの先駆けである高津柏樹《たかつはくじゅ》の『徒然草読本《どくほん》』（明治十七年〈一八八四〉刊）の凡例には、前述のような好色の諸段について、

何《いず》れも文を舞《ぶ》し意を巧にして、限りなき風韻ありて面白けれど、道徳上より看《み》る時は、これ亦疵《またきず》なき物ともいふべからず。

としている。ゆえに「これ等《ら》の件々を削除し、文章の優美にして、意味の精妙なる者のみを採らば」、『徒然草』はもっと輝きを増すであろうというのである。同じように、大和田建樹《おおわだたけき》『徒然草類選《るいせん》』（明治十八年〈一八八五〉刊）の巻頭言には、「文章はよしといへども、事猥褻《わいせつ》にわたりて教科書に不適当のものはこれを撰ばず」と断られている。

もちろん明治に入って、『徒然草』の注釈書がこれらダイジェスト本ばかりになったとい

うわけではない。きちんと全章段を注釈したものもあるが、それにしても「教科書」の威力は絶大であるには違いない。

さらに、特に戦後になって、わが国の文学史の中に「中世」という時代区分を設けることが一般化し、その時期の文学が「無常観の文学」として総称されるようになったとき、「恋する兼好」像はほとんど陰に追いやられてしまった。「無常」とはあまりにイメージが乖離《かいり》しすぎていて、説明がしにくいからである。

艶《やさ》隠者のイメージ

だが、私は、前述したような近世期の兼好像は、やや揶揄《やゆ》しすぎたきらいはあるが、ある本質を見抜いているように感じる。それは、兼好はけっして道心堅固の修行僧のような者ではなく、風流や、世俗への強い関心をもっているということである。

これについては、灰屋紹益《はいやじょうえき》の『にぎはひ草』（天和《てんな》二年〈一六八二〉刊）に、傾聴すべき説が展開されている。「妻というものを、男はもつべきではない」という、先述した第一九〇段についての論である。引用が長くなるが、重要なので、言葉を補いつつ現代語訳で紹介してみよう。

この段を、「人倫の基本を忘れている」などと強く難じる人もいる。そのような人の側から見れば、兼好はたいへんな変わり者であり、阿呆《あほう》である。しかしこの段は、そのような批判をする人とは別の観点から述べているのであって、「天下一同の」（万民に通用する）教えとして書かれたものではない。

たとえば、秋の月が面白いといって、浮かれ出て歩き回り、月が傾くのを惜しみつつ眺め、次の日は昼寝をしてしまう人がいたとする。その人に向かって、「そのような楽しみは、生活の役には立たない。夜は寝るもの。早朝に起きて、自分の仕事をこなし、家を裕福にすることが大切だ」と説くことには、誰も反論できないだろう。それは「桜を植えるよりも、野菜を植えたほうが有用だ」というのと同じだ。だが、道理を正しくとばかりしていると、（人の心は）優艶さや穏健さがなくなり、いずれは狭く詰まって、ひしゃげて壊れてしまうだろう。

紹益は、兼好が一般的な道理とは別の、「もう一つの道理」とでも呼ぶべきものを書いていると言う。それは儒教・仏教などの正面切った議論では回収しきれない、「風流の道理」のようなものである。そういう道理の存在に気づいたところが、兼好の素晴らしさだと言うのである。

ここには、本居宣長の「物のあはれ」論にも通じる考えが見えて興味深いが、その問題はとりあえず置こう。ここで注意したいのは、兼好がいわば「風流の隠者」として認識されていることとである。紹益はそれを、先に掲げた文章のあとで「世に交はりて、心、世に交はらず、一物に心を残し留め」ない姿だと表現している。つまり、身は世俗のなかで生活しつつも、心はそこから隠遁するという、いわゆる「市中の隠」のスタイルである。

このようなスタイルの遁世者は、近世では「艶隠者《やさ》」とも称された。西鷺軒橋泉《せいろけんきょうせん》の『近代艶隠者《きんだいやさいんじゃ》』（貞享《じょうきょう》三年〈一六八六〉刊）という作品は、そういった人々のエピソードを描いた浮世草子である。その巻四に、作者の橋泉が、近江彦根《おうみひこね》からの帰り道、偶然に出会った隠者の話を聴くという話がある。その隠者は橋泉に、「吾《われ》、世俗にあって世俗にうつり、人を愛して人を楽しむ」と語ったという。

世間と適度な距離を保ちながら生き、「人を愛して人を楽しむ」というあり方――このような「艶隠者」的なあり方が、兼好という人物の生き方の本質に近かったのではなかろうか。

第三章　兼好の巧みな話芸

1　噺家の元祖――「猫また」の恐怖

誰もが知る名文

『徒然草』のなかで誰もが知っている章段の一つが、第八九段、いわゆる「猫また」の段であろう。こんな話だ。

「近頃このあたりに、猫またという化け物が出るそうだ」という噂を、何とか阿弥陀仏とかいう名前の、連歌好きの法師が小耳にはさみ、密かに用心せねばと思っていた。ちょうどその頃、夜が更けるまで連歌をして、川沿いの道をひとり家に帰っていると、あの噂に聞いた猫またが、自分めがけてまっすぐに近寄り、そのまま飛び掛かって、首のあたりに食いつこうとした。

肝魂《きもたましい》も潰《つぶ》れてしまって、防ごうとするにも力がなく、足も立たず、小川へ転び入って、「助けてくれ、猫まただ、猫まただ！」と叫ぶと、近隣の家々から、松明《たいまつ》をともして人々が飛び出してくる。近寄って見ると、この辺りで顔見知りの僧ではないか。「これはどうなされた」と川の中から抱き起こしてみると、連歌の会で景品を獲得して、扇・小箱などを懐に入れて持っていたのだが、それらも水に浸《つ》かってしまった。そうして、奇跡的に助かったという様子で、ほうほうの体で家に戻った。

飼っていた犬が、暗かったけれど主人だと気づいて、飛びついたということだ。

〈肝心《きもこころ》も失《う》せて、防かんとするに力もなく足も立たず、小川へ転び入りて、「助けよや、猫またよや、猫またよや」と叫べば、家々より、松どもともして走り寄りて見れば、このわたりに見知れる僧なり。「こは如何《いか》に」とて、川の中より抱き起したれば、連歌の賭物《かけもの》取りて、扇・小箱など懐に持ちたりけるも、水に入りぬ。希有《けう》にして助かりたるさまにて、はふはふ家に入りにけり。

飼ひける犬の、暗けれど主を知りて、飛び付きたりけるとぞ。〉

これを読んで私が思ったのは、「まさしく落語だ」ということである。最後の一文に至るまで、読者は猫またの正体を知らない。猫またに襲われ、「頸《くび》のほどを食は」れんとした法師の恐怖が、切実なものとして共有される。そして最後の一文で話は急転直下、思わず笑みがこぼれる。いわゆる「落ち」である。近代の注釈家の誰もが、その文章の巧妙さを称《たた》えている。

私はひそかに、噺家《はなしか》あるいは説教師としての兼好の素質に目をつけている。それは後述するとして、この一段を読んで現代人が感じるのは、まずはその叙述の「面白さ」であろう。われわれはそれ以上の意味を、あえて考える必要はないと思っている。

ところが、近世期の人々はそうではない。われわれとは少し違う読み方をしていた。まずはその差異から見ていくことにしよう。

『慰草』第八九段　国文学研究資料館高乗勲文庫蔵

嗤《わら》う兼好

徒然草注釈書の嚆矢、秦宗巴の『寿命院抄』には早くも、いわば「近世的」な考えが出てくる。

（この段は）さまざまに心が愚かなる者のこ

とを論じて、前の章段につなげたものである。

前の章段とは、小野道風《おののとうふう》の書いた『和漢朗詠集《わかんろうえいしゅう》』を所持していると言って自慢する人の話（第八八段）。ある人が、「道風は『和漢朗詠集』成立以前に亡くなった人だから、それを書けるはずはないでしょう」と言うと、「だからこそ貴重なのだ」と答えたという。これも落語というか、小咄風の章段である。

宗巴は、この話の続きであるから、この段もやはり愚かな人の話が書かれているのだ、と言う。つまりこの話の重心を、法師の「愚かさ」に置いているのである。では、この法師のどこが愚かなのだろうか。

『寿命院抄』から約六十年の後に出た高階楊順《たかしなようじゅん》の『徒然草句解《くげ》』（寛文元年〈一六六一〉刊）には、それが次のように詳しく論じられている。

（この段は）前の段でたいへん愚かな者のことを述べたのを受けて、心が愚かで迷いのある者の眼前には、本来ないはずのものが現れて、その身に害をなすということを述べたものだ。しかしそれはみな自己が原因である。そういった道理を表し、このような患いのある人の心を、恥じ改めさせようとしたのだろう。

猫またを恐れたのは、法師の心に迷いがあったから。心さえしっかりしていればこのような失敗は防げる。兼好はこの話を示して、心に迷いのある者に注意を促したのだ、と。法師の「心」を批判する人は他にも多い。たとえば黒川由純《くろかわゆうじゅん》の『徒然草拾遺抄《しゅういしょう》』（貞享三年〈一六八六〉写）では、

この段は、（法師が）驚き恐れて平常心を失ってしまったことを嘲《あざけ》ってこのように述べたのだ。あわせて教訓ともしている。

とある。ここには、現代のわれわれがまず一番に感じるような、話の「面白さ」への指摘がまったく見られない。あるのは兼好が、法師の臆病に対して批判的な視点をもっていたという指摘のみである。

犬の忠義

さらに近世中期になれば、次のような批評も出てくる。大坂の儒学者井村信成《いむらのぶなり》の『徒然草隠解《いんかい》』（宝暦十二年〈一七六二〉写）という注釈書である。

『隠解』はまず、「「何阿弥陀仏」といってその名をたしかに言わないのは、この法師を誹《そし》るために、わざと実名を隠して言ったのだ」と指摘する。これは、「実名が記されない場合は、基本的に兼好がその人を批判したものである」という、信成が考える『徒然草』の「読みの法則」のひとつを適用したもの。実名を記さないのは、はっきり誰々と書いてしまうと差し障りがあるような場合だというのである。逆に実名が記されていれば、基本的にその人に好意的な内容が書かれているということになる。

信成がユニークなのはここからである。彼は言う。

(動物なので忠義という概念はないが)日頃飼い馴《な》らしていた犬なので、暗かったけれども主人だと気づいて向かってきたのだ。それなのに法師が臆病の一念で、犬の志を台無しにしたのは残念だ。……

連歌を嗜《たしな》むほどの人なのに、この振舞は、あるまじきことである。どれほど連歌の達人と言われていたとしても、心が定まらないときは、その他は見るに堪えないものである。

このように信成は、犬の忠義という側面に注目する。法師が猫またの噂を聞いて怯《おび》えている、その臆病さがいけないと言っているのではない。怯えたがゆえに、飼い犬の忠義を無駄にしてしまったのが問題だというのである。

また、「連歌を嗜むほどの人なのに」などという言い方をしているところは注意される。後でも触れるように、連歌はその発生時においては通俗的な要素が多分にあったようだが、次第に和歌に準ずる雅の文芸となっていった。近世期の連歌師のなかには、幕府から召抱えられている人もいたくらいで、俳諧《はいかい》や戯作《げさく》などの俗の文芸とは身分が違うのであった。しかし、いくらそのような連歌の達人と言われる人であろうとも、心が定まっていない人は見劣りがする、と信成は言うのだ。

このように近世期の人々は法師の「心」の不安定さを問題とし、そこからある種の教訓を読み取ろうとする。

文学と教訓

だからといって、近世人がこの話に面白さを感じていなかったかといえば、そんなことはなかろう。やはり近世人が読んでも滑稽だったろうし、話の運びのうまさには感嘆せずにいられなかったであろう。しかしそれをいったん正面から批評しようとするとき、彼らはその奥にある教訓的な意味のほうを、まずは読み取らずにはいられない。それが彼らの考える「文学」の読み方であったからだ。

その中核には、文学というものは、すべからく世道人心に益あるものでなければならない、という信念がある。つまりそれを読む者が、何らかの知識を得るなり、精神を成長させるなりの効果があることが期待される。「文学」と「教訓」とは、表裏一体であることが理想だったのだ。十七世紀の徒然草注釈書が、こぞって教訓的解釈をする傾向があるのは、このような文学の理想に合致する「読み」をしていたからである。

ひるがえって近代では、「文学」と「教訓」という二つの要素は、親和性が非常に薄い。坪内逍遥《つぼうちしょうよう》がかの『小説神髄《しょうせつしんずい》』（明治十八年〈一八八五〉刊）のなかで西洋の文学理論を紹介し、「小説の主脳は人情なり。世態風俗これに次ぐ」（「小説の主眼」）云々といって、わが国近世の勧善懲悪主義的な小説を非難して以後は、むしろ教訓から離れたところにこそ、ほんとうの文学が成り立つと考えられてきた節もある。

しかし近世期は前述のように、文学＝教訓といってもよい認識が基本であって、教訓は文学を成り立たせるために必須《ひっす》の要素であった。すなわち近世人にとっては先のような「読み」こそが、『徒然草』の文学的な価値を正確に評価したことになるのである。それが兼好の真意に近いかどうかは、また後で考えることにしよう。

滑稽と嘲笑

じつは近世のみならず、明治も終わりに近づくまでは、先のような教訓的な「読み」が、この章段の解釈の中心であった。十指にあまる注釈書類が、みな一律にそうなのである。しかし考えてみれば、これは当然と言えば当然で、明治の終わりくらいまでの学者は、みな江戸時代の教育を受けた人だったから、そうなるのは致し方ない。明治になったからといって、あるいは逍遥が『小説神髄』を発表したからといって、一気に日本中の文学観がひっくり返ったわけではないのである。

そんななかでも、演劇改良運動に加わったことで知られる依田学海《よだがっかい》（一八三四〜一九〇九）の『徒然草評釈《ひょうしゃく》』（刊年未詳、国立国会図書館蔵）は、近代的な評価につながる視点がいち早く現れたもので、注目される。学海は「猫またよや、猫またよや」のくだりに、

滑稽に書ける体なり。その叫びたる詞など、げに、さもありぬべく見えて妙なり。又前より読み来れば、まことに猫またの如く思はせ、後に至りてはじめてそれにあらざるをいふ。

と、これが滑稽の叙述であること、そして話の展開に巧みさがあることを指摘している。近世的な、法師の臆病心への批判が述べられていないという点で、これは画期的なものであ

依田学海　『学海日録』第6巻、岩波書店、1992年

った。

ところで、「滑稽の発見」と大げさに言えば言えるこの解釈史上の事件のあと、近代人はこの話に、さらにもう一つの意味を見出す。国文学者内海《うつみ》弘蔵《こうぞう》の『徒然草評釈』（明治四十四年〈一九一一〉刊）である。内海は、

> 文の趣は、その滑稽な趣の叙事の上にあるのは、いふまでもないが、これに伴うて、別に、当時の連歌師の俗悪な風を嘲る意味がこめてある。……『何阿弥陀仏』の『何』といふやうなことばづかひが、既に、嘲弄《ちょうろう》の意をあらはしてゐる。

と言っている。「滑稽な叙事」がきちんと指摘されているところに近代的な観点を見出すことができるが、後半ではそれに加えて、「当時の連歌師の俗悪な風」を兼好が嘲笑して書いたのであろうと指摘する。

この章段の法師は「夜更くるまで」連歌に興じていた。そしてその帰り道に猫またに出く

わし、せっかく獲得した賭物（景品）の扇や小箱などを川の中に取り落とし、台なしにしてしまう。その叙述のなかに、当時の連歌師への嘲笑が込められているというのだ。

この解釈を引き継ぐのが国文学者である冨倉徳次郎・貴志正造の『方丈記・徒然草』（一九七五年刊）である。同書には次のようにある。

当時の連歌師のある者は、民間芸術家というよりは、むしろ幇間《ほうかん》的存在であったといってもいい。……民間の大衆相手の文芸人に対して、平安朝以来の貴族文芸の伝統に敬意を持つ兼好としては、必ずしも好意は感じ得なかったであろう。この一文で、兼好の筆に、多少なりともこの連歌師に対する嘲笑の色合いが見えるとすれば、そうした彼の心を示すものといってよいであろう。

幇間とは「太鼓持ち」とも言い、遊郭などで客にべったりと張り付いて、酒宴を盛り上げるのを職業とした人のことである。少し控えめな言い方であるが、やはり当時の連歌師への嘲笑が見え隠れすると述べている。

連歌の流行

この、内海が「俗悪な風」と言い、冨倉・貴志が「幇間的存在」と言う当時の連歌、あるいは連歌師とは、いったいどのようなものだったのだろうか。

有名な『二条河原落書《にじょうがわららくしょ》』（建武《けんむ》元年〈一三三四〉成）に、

京・鎌倉ヲコキマゼテ　一座ソロハヌ似非《えせ》連歌
在々所々ノ歌連歌　点者ニナラヌ人ゾナキ
譜第非成ノ差別ナク　自由狼藉《ろうぜき》ノ世界也

という一節がある。これは、当時の世相を口さがなく批判した、匿名の文章の一節なのであるが、そこには連歌についても言及がある。ここでは、京都の公家も鎌倉の武家も区別なく、形式にこだわらぬ連歌に打ち興じているさまが「似非連歌」とされ、また都でも田舎でもそれが流行して、誰でも点者（宗匠）になれるような状況であることが批判的に述べられている。

では兼好本人は、当時の連歌をどのように見ていたか。『徒然草』ではこの段以外に、第八〇段、第一三七段に「連歌」が出てくるが、たとえば後者は以下のような文脈で出てくる。

花見の場面である。

片田舎の人は、大げさに何でも面白がるものだ。花のもとには人を押しのけて立ち寄り、よそ見もせずにじっと眺め、酒を飲んで連歌をして、しまいには大きな枝を心なく折り取ってしまう。

〈片田舎の人こそ、いろこく、よろづはもて興ずれ。花のもとには、ねぢよりたちより、あからめもせずまもりて、酒飲み連歌して、果ては、大きなる枝心なく折り取りぬ。〉

連歌会席の図（『邸内遊楽図』）　東京国立博物館蔵、部分

ここでいう「酒飲み連歌して」は、現代で言えば、酒をガブ飲みしてカラオケでも歌っているようなイメージだろう。そ

ういう「片田舎」の人の典型的な行動のひとつとして「連歌」が取り上げられているところをみれば、必ずしもよい文脈では語られてはいない。とすれば、当時の連歌師への嘲笑という見方は、たしかに一面の真実をはらんでいるように思える。

説話的構造

以上をまとめれば、叙述の滑稽性と、当時の連歌師への嘲笑的視点の指摘。これが、近現代における猫またの段解釈の二大潮流であった。そしてここでは、法師の「心」のあり方(臆病心)を問題とし、この話から教訓性を見出した近世人の感覚は、もはや完全に忘れ去られた感がある。

しかし私は、近代が捨ててしまったこの話の教訓的側面も、もう少し見直す必要があるのではないかと思っている。

この章段の前後三段は、すべて滑稽譚である。前の段(第八八段)は、先ほど紹介した、小野道風筆『和漢朗詠集』を所持していたという人の話。後の段(第九〇段)はこうである。大納言法印《だいなごんほういん》という僧が、稚児《ちご》(寺院に仕える子ども)の乙鶴丸《おとつるまる》に尋ねた。「おまえは最近、やすら殿という人のもとに度々通っているようであるが、その人は出家した男か、そうでない男か」。法印は稚児に焼きもちを焼いているのである。すると稚児は袖を掻《か》き合わせて、

「さあどうでしょうか。頭をちゃんと見ておりませんもので」と答えたという話。

私にはこれら三話が、近世の噺本（落語のネタ帳）から抜き出したものにすら感じられる。近世の噺本、特に初期のそれには、滑稽のなかにおのずからなる教訓が含まれている場合がある。これは落語が説教という、一種の話芸のなかから生まれたことと大いに関係している。

説教とは、仏教の教えを分かりやすく説くことで、その歴史は平安時代まで遡ると言われる（関山和夫『説教の歴史』）。難解な教えを分かりやすく説くためには、目配りのしかた、声の質や言葉の抑揚、喩え話の引き方など、さまざまな技術が必要となる。鎌倉時代には、そうした説教の技術をマニュアル化した書物までも作成されたほどで、ひとつの芸（話芸）として確立されたものであった。

『徒然草』のなかにも、説経師（この場合、説教師とほぼ同意）となるために、乗馬やら早歌《そうか》やらといった補助的な芸を身に付けているうちに、肝心の説経の芸を勉強することなく年老いてしまった、間抜けな僧の話がある（第一八八段）。

『今昔物語集』や『宇治拾遺物語』といった説話集は、そうした説教師が、喩え話として引くためのネタ帳であった。説話が教訓的であるというのは、これが単なる文学というわけではなく、仏教思想と結びついているからに他ならない。一見、特に教訓臭のしない滑稽話があったとしても、それは本格的な教えを説くための導入部（マクラ）のネタであったり、またそれ自体がいつでも教訓へと転化できるネタであったりしたのである。たとえば、ある人の失敗談などは、まさしくそれである。よって、その話だけを切り離して、その意味や機能を論じることはできないのだ。

近世期になると、そういった滑稽話だけを集めた書物も登場する。安楽庵策伝《あんらくあんさくでん》の『醒睡笑《せいすいしょう》』がそれで、近世の噺本の祖と言われているが、編者の策伝は、後水尾《ごみずのお》天皇に説教をしたほどの高僧であった（関山和夫『安楽庵策伝』）。この本に載せられている笑い話も、それだけを見れば単なる滑稽話だが、策伝はみずからの説教のなかで、これらの笑い話をマクラとして、あるいはそこに何らかの教訓的な意味を付与して利用していたに違いない。

この猫またの段を含む前後三話、および次節で述べる仁和寺《にんなじ》関連三話などには、そういう兼好の説教師としての顔が、ときどき見え隠れする。第二章第1節で、兼好の「なりきり」の問題を論じたが、ここもそのように、兼好が説教師になりきって話している（書いている）、そういう印象があるのである。

兼好の話芸

『本朝話者系図《ほんちょうわしゃけいず》』という写本がある。幕末の落語家武正可楽《ぶせいからく》なる人物が編集したもので、おもに烏亭焉馬《うていえんば》（一七四三～一八二二）以降の、江戸・上方落語家のべ六百人ほどの略伝がその門流に沿って記されている、落語史を考えるうえではたいへん貴重な資料である。

さて同書の冒頭、すなわち系図の始祖には、「宇治大納言《うじだいなごん》　源　隆国卿《みなもとのたかくにきょう》」が置かれ、保元《ほうげん》・平治《へいじ》（一一五六～六〇）頃に『宇治拾遺物語』を著述したという事蹟が説明されている。源隆国が、本朝の話者（噺家）の元祖という理解である。そして、その次に置かれているのが「吉田兼好法師」で、観応《かんのう》（一三五〇～五二）の頃鎌倉に住し、『徒然草』という草紙を編んだ云々と説明されている。そして兼好の後は、近世初期の曽呂利新左衛門《そろりしんざえもん》・東西太郎左衛門《とうざいたろうざえもん》・鹿野武左衛門《しかのぶざえもん》と続いていく。

これはあくまでも武正可楽という人の認識ではあるが、説話から落語につながる話芸の伝統のなかで、『徒然草』が位置づけられているのは興味深い。次章では、一種の「芸」として確立していた近世の徒然草講釈について述べるが、これは、『徒然草』にそのような説話的構造が内在したからこそ、成立したものではなかったろうか。たとえば同じように「随筆」と分類される『枕草子』では、このような講釈はけっして成立しないのである。

そう思っていろいろ調べものをしていると、『徒然草』の説話性に注目している論考は、かなり早くからあったことに気づく。しかしそれらの指す「説話的」というのは、主に逸話・奇聞・滑稽譚といった、個別具体的な話の内容（筋、趣向）のことで、その話のなかに構造として存在する、教訓性に注目しているものではなさそうだ。

猫またの段に話を戻せば、たしかに叙述の滑稽性は指摘すべきであるし、当時の連歌師への嘲笑的視点も当たっているかもしれない。しかし私には、近代人が見捨ててしまった近世の教訓的解釈が、この『徒然草』に内在する説話的構造という問題を、鋭く見透かしていたように思えてくる。何の変哲もないように見える、ただの笑い話ではあっても、それはあくまで表層部分であって、その基底には、言葉には表されていない教訓が潜んでいる。これらの章段は、そういう説話的構造において語られていると思われるのである。

前述のように、文学と教訓との表裏一体の関係というものは、古く『今昔物語集』の昔から存在していたものであるが、近世期の注釈者たちは、そういう近代以前の「文学」が一般にもっていた構造を、きちんと分析してくれたことになる。

次節ではこの問題について、もう少し考えてみよう。

2　教訓か？　滑稽か？──「鼎」の悲喜劇

鼎が抜けず大騒ぎ

今ではほとんど見かけなくなったが、私が小さい頃には、近所の駄菓子屋に、飲み切りサイズの瓶入りジュースが必ず置いてあった。そしてそれを、店頭で豪快にラッパ飲みするのである。そうして友だちと何やらしゃべっているうちに、なぜか人差し指を瓶の口につっこんでしまい、いざ抜こうとするとなかなか抜けずに冷や汗をかいた、などということが再三あった。

ジュースの瓶であれば、最終手段として割ってしまえばそれでよいかもしれないが、公園などで一人遊びをしているとき、遊具の穴で同様のことが起こった場合などは、どうしようもない。そういうときは下半身がむずむずするような、なんともいえない焦燥感があって、いまでも当時の気持ちを生々しく思い出すことができる。そういう事態の最悪のケースが、これから述べる『徒然草』第五三段の話だ。

舞台は京都の仁和寺。稚児が成人して剃髪《ていはつ》し、「法師」になるその記念というので、先輩の法師たちが酒宴を開いた。そこで、ある法師が酔っぱらい、興に入るあまり、そばにあった鼎（三つ足のついた鍋のような、金属性の祭具）をとって無理やり頭をねじ込み、舞い始めた。その姿がなんともおかしくて、座は大いに盛り上がった。

ところが、しばらくして鼎を抜こうとすると、どうしても抜けない。はじめは面白がって見ていた周囲の人々も、だんだん血の気が引き始め、「酒宴ことさめて、いかがはせん《まわ》〔ど〕うしよう〕と惑ひけり」。みんなで力を入れて引き抜こうとすると、首の廻《まわ》りが赤く擦れて、そこから血が垂れ、そのうちどんどん腫《は》れてくる。呼吸も困難な様子であるから、いっそ鼎を叩いて割ってしまおうとするのだけれど、金属だから簡単には割れない。また当の法師も、その叩きつける音が直接耳に響いて堪え難いらしく、「やめてくれ！」という素ぶり。そのあとのくだりを、少しだけ本文に即して読んでみよう。

「鼎」の踊り（奈良絵本）　金沢文庫図録『兼好と徒然草』

どうしようもなくて、三本足の角《つの》の上に着物を掛けて、手を引き、杖《つえ》を突かせて、京の町医者のもとに連れて行ったが、その道の途上、人が怪しみ見ることと言ったらこの上なかった。

医者のいる部屋に入って、「鼎」と医者が向かい合っている様子は、さぞかし異様な光景であったろう。何かものを言っているが、声が籠っていて聞き取れない。「このような症例は、医書にも書かれておりませんなあ」と医者が言うので、また仁和寺に連れて帰るしかなかった。親しい者や老いた母などが「鼎」の枕元《まくらもと》に集って、泣いて悲しんでいるけれども、それが聞こえているのかどうかも分からない。

〈すべきやうなくて、三足《みつあし》なる角の上に帷子《かたびら》をうちかけて、手をひき杖をつかせて、京なる医師《くすし》のがり率《ゐ》て行きける道すがら、人の怪しみ見ること限りなし。医師のもとにさし入りて、向ひゐたりけんありさま、さこそ異様《ことよう》なりけめ。物を言ふもくぐもり声に響きて聞えず。「かかることは文《ふみ》にも見えず、伝へたる教へもなし」と言へば、また仁和寺へ帰りて、親しき者、老いたる母など、枕上《まくらがみ》に寄りゐて泣き悲しめども、聞くらんとも覚えず。〉

着物を頭からかぶらされて、おずおずと手を引かれていく様子、医師がごく真面目に診断し、文字通り匙《さじ》を投げる様子など、いずれも現代のコントを見ているかのようだ。

さて、このどうしようもない状況を展開すべく、ある者が言った。たとえ耳や鼻が切れ失せても、命だけは助かるに違いない、「ただ力を立てて引き給へ」。そこで藁《わら》しべを鼎と首の間に差し込み、鼎が直接肌に触れないようにして、首もちぎれるほどに引き抜いたところ、耳と鼻はちぎれてしまったが、どうにか鼎は抜けた。辛うじて一命を取りとめ、久しく病んでいたということだ——。

この話を一読して、現代の読者はどのような感想をもつだろうか。大学生に聞いてみると、まず出されるのはやはりその「滑稽味」であり、またその結末がやや「残酷」だということである。どちらのウェイトが高いかと聞けば、たいていは「滑稽味」であると答える。では、近世の徒然草注釈はこの章段にどのようなコメントを付けるであろうか。

近世と近代の違い

まず松永貞徳の『慰草』は次のように言う。

この段においては、兼好の慈悲心が表れている。この本〔徒然草〕を読んでいない人などは、きっとこのような過ちをするだろうから、この段だけは書き抜いても、広く後世に知らせたいものである。

つまり、ゆめゆめこんな馬鹿な真似《まね》をしないようにという後世人への慈悲心から、兼好は本章段を書いたのだという。この段だけでも後世に伝えたいと貞徳は言うが、結果として本段は現代の教科書でも人気の教材となっている。

　もう一例、浅香久敬の『諸抄大成』の評を見よう。

> この段は、前の段で仁和寺の僧が先達を求めなかったために失敗した話を受け、また仁和寺の僧が先聖の戒めを守らずにこのように酒宴遊興し、挙句の果てには身体的障害を負ってしまったことを述べて、後の人をいましめたものだ。

ここにも貞徳とほぼ同様の見解が見える。引用文の前半に、前の章段とのつながりを指摘している点は重要なので、ちょっと覚えておいていただきたい。

　近世期の注釈はだいたいこの調子なのであるが、明治期に入っても、たとえば小中村《こなかむら》（池《いけ》辺《べ》）義象《よしかた》『標註《ひょうちゅう》徒然草読本《どくほん》』では、「この段、興を好みて軽躁《けいそう》に陥る弊〔軽率なことをしてしまう誤り〕を論ず」と簡単に書かれてあって、やはり近世の教訓的理解の延長にあることが分かる。すなわち、明治も二十年代頃まではおしなべて、この段の「滑稽」はどこにも指摘されないのである。

　この段に滑稽を指摘した比較的早い例は、やはり依田学海の『徒然草評釈』あたりではなかろうか。先に引用した、「鼎」を医者に連れて行く場面の、「道すがら、人の怪しみ見ること限りなし」以下の一文について、学海は次のように言う。

この句、また警句にて、滑稽の妙を見る。尤《もっと》も必要の句なり。凡《およそ》、滑稽の文に、殊更にをかしく思はせんとて、文を舞はしたるは、かへりてをかしからず。じほう（ママ）にかき流したるかた、おのづからなる滑稽となる。この文中に「鼻をおしひらめ」、又「医師のもとにて対《むか》ひ居たりけむ」などいふ所は、ただありのままなれども、これをおもへば、腹筋のよれるばかりにをかし。

学海は、ことさらに笑わせようとするのではなく、さらりと書き流したところに、この段の「腹筋のよれるばかり」なる滑稽味が見出せるという。

また、内海弘蔵の『徒然草評釈』は、「法師のばかあそびを咎《とが》めた意味も、多少はあらうが、まあ、滑稽の趣を見せたのが、この文の主題だ」、つまり教訓よりも滑稽の描写が、この段を執筆した兼好の本意であったとし、

その勿体《もったい》ぶった医者と、三足の鼎をかぶった看者〔患者〕とが、――おまけに、それが法衣《ころも》を著《き》て、――今、相対《あい》座して、お互にとりすましてゐる、後の方には、心配な顔をし

たつき添の人々がひかへゐるのだ。さあ、その滑稽のさまったら、なからうではないか。それが、いかにもよくでてゐるのだ。
　その次の「かかることは書にも見えず、伝へたる教もなし」といふのは、更にうまい。この一句が、この文の滑稽趣味の頂点だ。

と、「滑稽味」の解説に余念がない。

手を引かれる「鼎」（『徒然草絵抄』）
家蔵、元禄4年（1691）刊

　現代の注釈としては、たとえば久保田淳「徒然草評釈」（『国文学』三四—二、一九八九年二月号）には、「『この段にて兼好の慈悲心あらはれたり…』という貞徳の実利的な受け留め方にはいささか辟易《へきえき》する」とある。「辟易」はあきれるということ。近世と近代との間には、このように大きな溝が横たわっている。

近世文学のなかの「鼎」

　では近世人は、この話をまったく滑稽だと思わなかったのかといえば、そんなことはない。注釈書では教訓的な話と解釈されているが、俳諧や川柳、絵画などを見れば、これが明らかに笑いの対象だったことが分かるのである。

たとえば元禄期（一六八八〜一七〇四）に活躍した井原西鶴。彼は浮世草子作者として著名であるが、その文事の本筋は俳諧であった。次に見るのは、『西鶴俳諧大句数《さいかくはいかいおおくかず》』第四所収の独吟連句百韻（ひとりで五七五／七七／五七五／七七……と百韻詠み連ねた作品）のうち、末尾三韻を抜き出したものである。

連句の面白さは、その世界が、ひとつ前の句から次の句へと次々に展開していくところにある。よってここでは、そのひとつ前の句（前句《まえく》＝A）から、そのひとつ後の句（付句《つけく》＝C）への流れ、いわゆる「三句の渡り」をいささか解説しよう。

（A）春のはじめの興のさめ肌
（B）屠蘇《とそ》酒に酔《えい》狂《くるい》して足鼎《あしがなえ》
（C）野辺にもえ出る草《くさ》双《ぞう》紙《し》よむ

まず（A）から。春のはじめに、鮫肌《さめはだ》（ざらざらした皮膚）のように興が醒《さ》めてしまった、というのがその意。ここでは示していないが、この句もその前の句を受けて、このような句になっている。

次に（B）は、（A）を受けて、春のはじめになぜ興が醒めたのかといえば、正月に酔狂で足鼎（鼎に同じ）をかぶったはいいが、それが取れなくなったからだ、と付けた。これが『徒然草』の一場面であることは、当時の人ならば皆すぐに分かったであろう。「酔狂」「足鼎」とくれば、すぐにこの段が連想されるわけである。

さらに（C）は、春の野辺に若草が萌《も》え出でる頃に、（B）の話が載った草双紙――薄手の絵本で、おもに児童が読者対象。新春の祝い物でもあった――を読む人がいる、という情景へと展開させ、百韻をめでたく言い納めた。

以上、この「三句の渡り」は、「鼎」が連想の軸となっていることが分かるであろう。別の作品も見てみよう。近世中期の代表的俳人、与謝蕪村《よさぶそん》は、

春やむかし頭巾《ずきん》の下の鼎きず

という発句《ほっく》を残している。その昔、例の騒動で耳と鼻とをなくしてしまった法師が、いまは人目をはばかり、頭巾をかぶって歩いているという、法師の「その後」を詠んだもの。これも、「春」「鼎」「きず」などの言葉から、『徒然草』が容易に連想される。滑稽のなかにも

元三大師（『元三大師御籤絵抄』） 早稲田大学蔵、近世後期刊

哀愁が漂う作品である。

川柳にも面白いものが多い。すでに国文学者の島内裕子が『徒然草の変貌』（一五六頁）にいくつか紹介しているが、それも含めてもう少し列挙してみよう。

仁和寺の障子にうつる角大師《つのだいし》

医者へ行く鼎を犬がやたら吼《ほ》へ

仁和寺の化《ばけ》もの脈を診てもらい

容体《ようだい》を言へば鼎はうなづきて

鼎以後　仁和寺釜も用心し

など。最初の句の「角大師」とは、天台宗の高僧元三大師《がんさんだいし》こと良源《りょうげん》の厳《いか》めしい風貌を象《かたど》ったという黒鬼を指す（これは刷り物などに描かれて、魔除けとして使われた）。鼎を被った法師の影が障子に映っているさまを詠んだのである。

あとは特に注解はいらないであろう。要するに俳諧や川柳で「鼎」といえば、近世人の常識としては、祭具としての「鼎」ではなく、この『徒然草』の「鼎」がすぐに連想されるわけである。

こうして見れば、近世人はけっして、この話を教訓としてばかり、しかつめらしく考えていたわけではないことが分かる。近世人にとっても、この話は十分に滑稽だったはずなのである。

「亀山殿」と「石清水」

ならば、どうして近世期の徒然草注釈家たちは、滑稽であることを指摘せず、教訓的な読みに終始するのか。これはやはり前節で述べたような、当時の文学観に起因する。「鼎」の段の注釈における、近代とそれ以前の「読み」を分かつその理由は、近世人と近代人の『徒然草』に対する読み方の姿勢が、そもそも違っているということだ。では、どう違うのか。

私たちは『徒然草』を章段ごとに区切って、それらを独立・完結した一箇の短編として読んでしまいがちである。が、じつは、それは危ない見方である。すでに序章第1節で述べたように、『徒然草』はある程度、章段間の連続性を想定したうえで読まなければ、兼好の真意がどこにあるかを定位できない。先に見た連句の解釈と同じ要領だ。では、この「鼎」の段はどうだろうか。

「鼎」の段のふたつ前、第五一段はこうである。亀山殿《かめやまどの》という御所の池に大井川《おおいがわ》の水を取り込もうとして、その周辺の人々に水車を作らせたことがあったが、どうやってもうまく回転しない。

そこで水車が多いことで知られる宇治《うじ》の住民を召し寄せて、水車を作らせたところ、思い描いたとおりに回転して、見事に水をくみ上げた。

何につけても、その道を心得ている人は尊いものである。

〈さて宇治の里人を召して、こしらへさせられければ、やすらかに結《ゆ》ひて進《まい》らせたりけるが、思ふやうにめぐりて、水を汲み入るることめでたかりけり。

よろづに、その道を知れる者は、やんごとなきものなり。〉

兼好がこの章段の末尾に付したコメントに、もう一度注意しておこう。「よろづにその道を知れる者は、やんごとなきものなり」（何につけても、その道を心得ている人は尊いものである）。そうして、これも教科書ではおなじみ、第五二段「石清水《いわしみず》」の法師の段に続く。仁和寺にいた老法師が、あるとき思い立って、かねて念願だった石清水八幡宮の参拝に行った。ところが、山のふもとにある極楽寺《ごくらくじ》・高良《こうら》神社などは参拝したものの、これが石清水の本社だと勘違いして帰って来てしまった。

そうして、周囲の人に会って、「長年の思いを、果たすことができました。聞きしにまさる尊さでございましたなあ。ところで、参りに来た人は皆、山の方へ登っておいでしたが、何ごとがあったんでしょうか。気になりましたが、神様に詣でるのが私の目的だと思って、山の方までは見ませんでした」と言った。

ちょっとしたことでも、先達《せんだち》というものはあってほしいものだ。

〈さて、かたへの人にあひて、「年ごろ思ひつること果し侍《はべ》りぬ。聞きしにも過ぎて尊くこそおはしけれ。そも、参りたる人ごとに山へ登りしは、何事かありけん、ゆかしかりしかど、神へ参るこそ本意なれと思ひて、山までは見ず」とぞ言ひける。

少しのことにも、先達は、あらまほしきことなり。〉

あまりに純粋に感動している様子なので、友人も、「本当のことを教えるのはかわいそうだ」と、ためらわれたかもしれない。

主題の連続性

ところで、この段の最後は、「少しのことにも、先達は、あらまほしきことなり」（ちょっとしたことでも、先達というものはあってほしいものだ）と言うのであるが、よく見れば、これは前の章段の末尾の一文と、その主題が非常によく似ていることに気づく。二つの文を並べてみるとこうなる。傍線や波線がその対応箇所である。

よろづに、その道を知れる者は、やんごとなきものなり。（五一段）
少しのことにも、先達は、あらまほしきことなり。（五二段）

つまりこの二つの章段は、話の内容自体はまったく異なるものなのだが、それを底辺で支える主題は同じような構造をしているのである。

では、この「石清水」の段と次の「鼎」の段はどうつながるのか。「鼎」の話には、前二段のような締めくくりの教訓的な言葉は書かれていない。が、兼好の意識の連続性を重視して、ここにも教訓的な主題が伏在していると考えるのが、近世期の注釈者流である。加藤磐斎『磐斎抄』は次のように言う。

この段は、自分の知見で判断して仕損じた例である。先達の訓戒に学び従わなかったために起きた失敗を述べているのだ。

すなわち、先達（ここでは友人）に意見を求めず、「ただひとり」で石清水に詣でたために起こしてしまった仁和寺の法師の失敗談を受けて、同じ仁和寺つながりで、酒宴で「鼎」をかぶって失敗した法師の話を出したと見るのである。

あるいは、前の章段とではなく、その次の章段との関係において考える注釈もある。なぜなら次の段もまた、同じ「仁和寺の法師」の失敗談だからだ。第五四段を要約して記そう。

仁和寺に非常に美しい稚児がいた。何人かの法師が、風流かつ美味なる弁当を作って、あらかじめ双《ならび》ヶ丘（仁和寺近くの丘陵）に埋めておき、しばらくしてこの稚児を誘い出した。そうして法師たちが、あたかもその念力によって弁当を取り出したかのように、さまざまに芝居をうって稚児をびっくりさせようとしたところ、肝心の弁当が出てこない。

埋めているところを誰かが見ていて、こっそり盗んでしまっていたのだ。「あまりに興あらんとすることは、必ずあいなきものなり」（過剰に面白くしようとしたことは、きまってつまらないものである）。

浅香久敬の『諸抄大成』は、この最後の教訓的な一文に注意して、次のように言っている。

この段は、前段と同じ意図で書いたものである。「あまりに興あらんとすることは」云々の一文があることで、そのことがよく分かる。よい大人は十分に心得るべき章段である。

すなわち、「鼎」の段において伏流していた「あまりに興あらんとすることは、必ずあいなきものなり」という主題が、ここで浮上したものと考えるのである。

このように、第五一段から五四段のあいだには、それぞれの話を最後にきりっと引き締める、このような主題が存在していると考えるのが、近世期の「読み」であった。彼らは、表面的な滑稽は言わずもがなのこととしてさておき、その基底に存在する教訓的な主題をしっかりと評価しようとしたわけである。

近世の「読み」のセンス

前述のように、近代に入ると「文学」の評価軸は大きく揺れ動き、教訓的要素は前代的なものとして退けられるようになった。さらに近代の『徒然草』テキストにおいては、抜粋本も多くなり、なおさら教訓的な主題が見えにくくなってしまっている。より表層的な部分、つまり滑稽ばかりに評価の比重が移ってしまうのも無理はない。

しかしこれらの章段において、内海の『評釈』ように、教訓は軽い付け足し程度であり、滑稽こそがその主題だと言いきってしまうのは、どうであろうか。事実はその逆で、そこには教訓的な主題が錨《いかり》のように下ろされており、その上に滑稽的な表現が繰り広げられていると見るべきではないだろうか。これが、前節で述べた説話的構造というものである。

私はこのように、「鼎」の段を含む第五一段から五四段までの解釈については、近世期の注釈者たちの「読み」のセンスに学ぶべきところがあると考えている。ただし念のために言うが、私はこれらの段を教訓として読むべきであり、滑稽として読むべきではないと言いたいのではない。説話的構造においては、教訓と滑稽はいわば「体」と「用」の関係であり、矛盾するものではない。両者は表裏一体なのである。

だから、あまりに教訓を毛嫌いし、それに「辟易」してしまっていては、『徒然草』の本質を見誤りかねない。教訓と滑稽が見事に融和した理想的な姿がここにはあるのだ。

第四章　黙読だけではない楽しみ方

1　徒然草の講釈──何が、どう語られたのか

教える技術の向上

こんにち大学では、FD（ファカルティ・ディベロップメント）という言葉がほぼ完全に定着している。FDとは、教員集団（Faculty）の教える技術を向上させること（Deveropment）である。

かつて「大学の先生」と言えば、それはほぼそのまま〈研究者〉であることを意味し、〈教育者〉という一面は必ずしも強くは意識されなかった。しかし国公立・私立を問わず、あらゆる大学が「評価」によって動こうとしている現在、大学は教育の最前線である授業に

どうやって学生の関心を惹きつけるかを、真剣に考えなければならなくなった。そのためには、教材選び、講義の組み立て、声の大きさ、板書のしかた、教室の雰囲気づくりといった、きわめて基本的かつ実践的な教授技術を向上させる必要がある――ごく簡単に言えば、それがFDという動きの背景である。

ところで、このFD――教授技術の向上という事柄についてだけ言えば、日本にはそれに類するものが古くから存在した。たとえば仏教における説教は、あまり知識教養のない庶民を対象に、少々小むずかしい道理を説くものであるから、聴衆が理解しやすいよう、さまざまな工夫をこらしたものだ。「はじめシンミリ、なかオカシク、おわりトウトク（尊く）」というのは、浄土真宗における説教の構成を、ごく大まかに捉えた言いかたであるが、より細かな技法の習得には、たいへん厳しい修行が課せられたという（関山和夫『説教の歴史』）。高座にのぼる時の作法、声の調子・抑揚、笑いの取りかた泣かせかた、それらは多く師匠や先輩の説教を見ながら体で覚えたものであろうが、平安時代にはすでに『転法輪秘伝《てんぽうりんひでん》』（醍醐寺蔵）という、説教の技法を一種のマニュアルとしてまとめたものも残っている。

庶民が学ぶ時代

では、文学の教授にかんしてはどうであろうか。

室町期あたりまでは、文学といえば和歌・漢詩文を中心とした雅文芸の世界を指すものであり、また基本的にそれは一部の限られた知識層の玩《もてあそ》びものであった。説教のごとく、庶民を対象とするものではない。したがってその教授ということになると、教える内容そのものが大事なのであって、その教えかたが喋々《ちょうちょう》されるようなことは、ほぼなかったと考えられる。これは、エリートのみを対象とすればよかった、前時代の大学教育と似ている。

しかし近世期に入ると、一種の文明開化と称してもよい出版文化発達のおかげで、文学も従来に比べて庶民層により近しい存在となる。これまで文学とは一生無縁で過ごしてきたような階層の人々が、それを学べる時代が到来したのである（もっとも庶民とはいっても、こんにち言うところの大衆とは、その規模において格段の差があることは言うまでもない）。そうなると今度は、このような新しい聴衆をも意識した教えかたの工夫が必要となってくる。

では実際に、どのような工夫がなされたのか。近世人が最も親しんだ古典の一つ、『徒然草』を中心に、この問題を考えてみよう。

徒然草講釈の広がり

先述のように、近世は出版文化の時代である。その拡大にともなって、『徒然草』はまさしく全国規模で読者をもち始め、一種の流行現象を巻き起こした。旧来の仏教思想を中心としながら、新しい儒教思想をかすめたようなその内容、伝統的な和文の系脈にありながら、論理性も兼ねそなえた達意の文章。つまり『徒然草』は、思想と文学の両方を学ぶことができる書物として歓迎されたのだ。

かくのごとく『徒然草』は人気の古典であったため、市中でこの書が教授されることも、けっして珍しくはなかった。その元祖と自称するのは、十七世紀初頭の松永貞徳である。『慰草』に、彼が「儒学・医学の若き人々」の依頼を受けて同書を講義したことは序章で紹介した。以下、この貞徳以外で徒然草講釈を行った人を何人か紹介してみよう。

まず、備前《びぜん》岡山の人で、元禄頃に大坂で活躍した岡西惟中《おかにしいちゅう》という人がいる。この人は、談林俳諧《だんりんはいかい》という俳諧流派の論客として知られているが、儒学や禅学、古典学にも明るい博識の人で、『徒然草』についても『徒然草直解《じきげ》』（貞享三年〈一六八六〉刊）という本格的な注釈書を残している。彼が天和二年（一六八二）六月に伊予《いよ》（現在の愛媛県）に招かれたとき、こんなことがあった。

俳諧を好むたくさんの人たちが私に、『徒然草』の講釈を懇望した。その望みにまかせて、浄蓮寺《じょうれんじ》・法泉寺《ほうせんじ》の二つの場所を使って、毎日辰《たつ》の刻〔午前八時頃〕から講釈をした。老若貴賤《きせん》の人々、もちろん武士や僧侶のお歴々など、およそ二百有余人が群れをなして行列を

つくった。（『白水郎記行《あまのこのすさび》』巻二）

二百人というのは誇張に過ぎると思われるかもしれないが、後に紹介する資料の著者の一人、斎藤唱水《さいとうしょうすい》が高知城下で行った『観音経』の講釈は、やはり市中に二百人を動員し、一回ではとても座敷に入りきれないので、二回の入れ替え制にして行ったともいうから、あながち虚誕《きょたん》とも言えない。

農村でも、船上でも

また元禄から享保期（一六八八〜一七三六）の大坂周辺村落社会においては、実践道徳を学ぶための書物として、『徒然草』が盛んに読まれていただけでなく、その講釈も行われていたという（横田冬彦「『徒然草』は江戸文学か？」）。大和国藤堂藩《とうどうはん》の郷士山本平左衛門《やまもとへいざえもん》の日記によれば、元禄九年（一六九六）三月八日、法隆寺《ほうりゅうじ》門前の興留《おきどめ》村長福寺《ちょうふくじ》において、小倉《おぐら》玄斎《げんさい》なる者が『徒然草』第五〇段の「談義」を行い、近隣の村人十余人が聴聞したとある（『大和国無足人日記』）。

第五〇段は、応長（一三一一〜一二）の頃、伊勢の国から女が鬼になって京都に上ってきたという噂が広まり、京中が一種のパニック状態になったという話。時代は下るが、静観《じょうかん》

徒然草講釈の図（『当世下手談義』）国文学研究資料館蔵

房好阿《ぼうこうあ》の『当世下手談義《いまようへただんぎ》』（宝暦二年〈一七五二〉）巻四には、鵜殿退卜《うどのたいぼく》という人が徒然草講釈をするという話があって、そこでも本章段が取り上げられている。退卜はまず本文を読み上げ、次に当時の事件や自分の経験談に引き付けながら、最終的には、このような噂に惑わされないようにという教訓に落とし込む。玄斎の講釈も、おそらくこのような教訓談義的なものだったのではないだろうか。

さらに元禄から少し後、井原西鶴没後に多数の浮世草子を執筆して人気作家となった、都《みやこ》の錦《にしき》という人がいる。この人もなかなか面白い経歴の持ち主で、京都でひとしきり執筆活動をした後、江戸に出ていたときに何らかの罪を得て捕らえられ、九州は薩摩《さつま》（現在の鹿児島県）の山《やま》ヶ野金山《のきんざん》へ流刑に処せられた。無宿浪人として検挙されたというが、まさかそれくらいでこれほどの罪は蒙《こうむ》るまい。弁舌巧みの人であるから、きわどい時事ネタを講釈するなどして、舌禍を蒙ったのではないかと想像している。

さて、罪人として護送されるとき、この人は鉄舟《てっしゅう》と名乗っていた。

流人鉄舟は吉田家神官であるとの由。御国〔鹿児島〕に流罪になった時、船中で『徒然草』ばかりを読んでいたので、護送責任者が鉄舟に講釈をするよう言いつけたところ、彼は「まず神道に基づいて講じましょう」と言って、始めから終わりまで神道の立場から講釈した。それからまた同じように、仏教の立場からも講釈した。まことに博学広智の者であった。（『三暁庵随筆《さんぎょうあんずいひつ》』巻下「流人鉄舟の事」）

神道からも仏教からも講釈できたというので、この人の博識ぶりが知られる。ちなみに都の錦には『女訓《じょくん》徒然草』（元禄十五年〈一七〇二〉刊）なる注釈書があり、彼の解釈の一端が窺える。

二つのマニュアル本

当時『徒然草』は、このような講釈の上手たちによって講じられる機会も多かったのであるが、ここにその講釈指南書ともいうべき本が二つある。

一つは、『徒然草大意読方秘伝抄《たいいよみかたひでんしょう》』（京都大学文学部蔵。以下『秘伝抄』）。写本で、元禄十五

年（一七〇二）の成立。巻頭の署名から、著者は随世軒一器子《ずいせいけんいっきし》、および斎藤唱水なる人物の共著であると判断される。前者については伝未詳。後者はもと江戸の人で、高知藩主山内豊房《やまうちとよふさ》に迎えられ、さまざまな書物を講釈して生計を立てていた、いわばプロの講釈師である。

書名の「大意」とは、概要・要点の意。「読方」とは、講釈の方法の意。つまり同書は、『徒然草』の教師用参考書のようなものだ。ちなみに近世期までは、「読む」と言えば音読のこと、声に出して本文を朗誦《ろうしょう》することであった。聴衆の面前で本文を朗誦すれば、適宜言葉を解説しながら、その文章の意味を明らかにする必要も生じよう。「読む」という言葉はそこから、聴衆の前で講釈するという意味をもつようになったと考えられる。

もう一つは、『徒然種講筵要集《こうえんようしゅう》』（松井屋酒造資料館蔵。以下『講筵要集』）。こちらも写本で、享保十三年（一七二八）の成立。著者は安田迂菴《やすだうあん》なる人物で、美濃国の人。迂菴は青年時から『徒然草』を愛読し、暗唱できるまでに読み込んでいたが、壮年時、京都の禅刹妙心寺《みょうしんじ》で修行していたときに、貞徳の高弟宮川松堅《みやがわしょうけん》に出会い、本格的に『徒然草』の研究に勤《いそ》しんだという。

同書も文字どおり、『徒然草』の「講筵」（講釈）において、講師が気をつけるべき要点を集めたもの。貞徳―松堅と連なる徒然草講釈の技法を直に伝える資料として興味深い。

このように『秘伝抄』と『講筵要集』は、『徒然草』をどのように講釈すればよいかという、その具体的な技法が書かれた書である。『徒然草』を「どう理解するか」を書いた本は、注釈書をはじめとして多数あるが、「どう教授するか」を書いたものは非常に珍しい。
では、その内容はどのようなものだろうか。

持つべき教養と心構え

まず総論として、次のようなことが言われる。

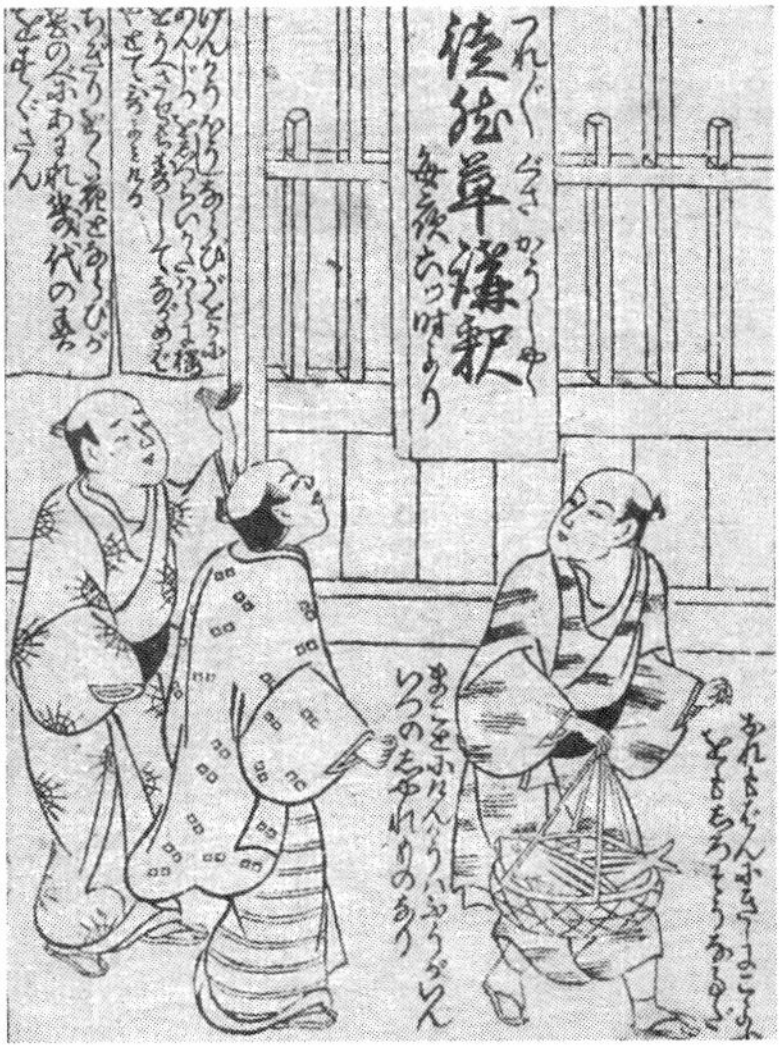

『新板吉田兼好北山桜』宝暦8年(1758)刊、金沢文庫図録『兼好と徒然草』

　『徒然草』全体を暗唱できるほどにならないと、講釈の役に立たない。覚えるのは、志さえあればたいへん簡単なことだ。(『秘伝抄』)

『講筵要集』でも同様に、「和歌に限らず、どんな分野の学者であっても、本文を暗唱できるほどでないと、講釈はするべきできはない」と言う。

現代でも、講談師が立て板に水を流すように、長編の文章を暗唱するのを見て感服することがあるが、それと同じように、『徒然草』でも本文を暗唱できるほどであることが、よい講釈をするための基本条件というのである。

もちろん本文だけではなく、その典拠や解釈なども事前にしっかりと吟味しておけば、弁舌はいっそう滞りのないものとなる。「この話はここで引用し、この章段はこのように解釈しようと、胸のなかに整理整頓して高座につく時は、それをしていない時とはまったく違うものである。とにかく胸のなかに道具を持っていないと、講釈はうまくいかない」(『秘伝抄』)。「普段の話のときでも、その始めと終わりを心のなかできちんと把握している時は、うまく話ができ、聞く方も聞きやすいのである」(『講筵要集』)。事前準備と予行演習——耳が痛いが、これらはこんにちでもプレゼンテーションの基本であろう。

聴衆の「機」を見る

ところで、講釈において忘れてならないのは、聞き手の存在である。いかに高遠な思想を教えようとしても、聴衆にそれを受容する気構えや知識教養がなければ、まさしく馬の耳に念仏ということになり、良い講釈は成立しない。よって講釈をする人は、まず聴衆の「機」をよく見極めて、どの章段を講釈すればよいかを判断する必要がある。「機」とは仏教語で、人がそれぞれ、心のなかに持っている機根のこと。仏道に目覚めるための因子のようなものである。「対機説法《たいきせっぽう》」という言葉があるように、仏教では人の「機」を見て説法の内容を変化させることが重要とされた。

先方の機を褒めてやると、道に入る人がいる。逆に謗ることで、道に入る人もいる。たとえば、若い人などを道に入れようとするならば、「荒れたる宿の人目なき」（第一〇四段）、「万にいみじくとも」（第三段）などという段を、さも面白いように講釈すると乗ってくる。そうして後に、実義を教えるのが良い。褒め方、謗り方には、さまざまな方法がある。自我や自尊心が強い人は褒め、おとなしい人にはビシッと謗って、機を奮い立たせて道に引き入れるやり方もある。（『秘伝抄』）

ここでいう「道」とは、儒教・仏教・道教といった特定の思想を表すのではなく、それらを一括りにして、もう少し大雑把に捉えられたところの、「人としての道」くらいの意である。『徒然草』にはさまざまな章段があるが、その選択および教授方法は、聞く人の年齢や性向に応じて、臨機応変に変える必要があるのだ。

聴衆に見合った章段選択

『秘伝抄』によれば、前記の他に「老人」「家臣」「偏屈な人」「うっかりした人」「好色な人」「財産が多い人」「女性」「欲深い人」「才芸のある人」などなど、それぞれの年齢・身分・性格・性別などに適した、おススメの章段があるという。

『講筵要集』においても、「貴人」に講釈する場合には、無常の段、禁忌の段は避けるべきとか、「婦女子」から頼まれた場合には、恋愛の段は避けて時間も短く切り上げること、などといった具体的な注意が書かれている。

たとえば前者の例として、『講筵要集』は次のような逸話を載せる。昔、松永貞徳は、公家の名門九条家において『徒然草』第二三段を講釈したとき、「衰へたる末の世とはいへど、なほ、九重《ここのえ》の神さびたる有様こそ、世づかず、めでたきものなれ」(衰えた末の世ではあるが、やはり、宮中の神秘的な様子は、世俗っぽさがなく素晴らしい)という一文を、わざと「衰へぬ末の世とはいへど」云々と読み換えた、というのだ。公家の前で「衰えてしまった末の世」と言うのは失礼なので、「衰えていない末の世」と、勝手に本文を改竄《かいざん》して読み上げたわけである。これは、基本的には文字に残ることはない、講釈という一回性の場での機微を伝える貴重な逸話である。

ちなみに『徒然草』ではないが、夜食時分《やしょくのじぶん》というペンネームの作者が書いた『座敷はなし』（元禄七年〈一六九四〉序刊）という噺本には、まず、噺をするときには場所・時節・聴衆の年齢層などに気を配るべしとあり、続いて、五十歳以上の女性には仏書、六十歳以上の男性には軍書、四、五十代の人には大名の出世噺や裁判物、十七、八歳から三十歳くらいまでの人には好色物や諸芸能、芝居噺や世話《せわ》物（市井の日常を題材にした話）などがよく受けるとある（巻五「はなしの弁」）。近世前期には、噺や講釈の技術はここまで洗練していたのだ。

眠気覚ましの戯言

次は、講釈の大まかな流れについて。昔から「下手《へた》の長談義」と言えば、退屈で要領を得ない長話を指すが、聞く側からすれば、そのような講釈はいただけないし、居眠りの一つもしたくなる。それを防止するにはどうすればよいか。

講釈をする時、府中〔講釈の場、の意か〕に心を付けるということがある。言葉の調子を揚げたり抑えたりという、あしらいである。これをよく心得るべきだ。そのとき、言葉づかいを下品にして、耳に立つようなことを言ってはならない。ただし府中がシンとして、聴衆に眠りが兆しはじめるほどならば、ハッと目を覚ますことはあるだろう。……そうして講釈の最後に、しっかりとした品位のある道理でまとめるのがよい。（『秘伝抄』

私自身の経験に即して考えてみると、眠気というのは人に伝染するもので、そういうときは教室全体の空気が澱《よど》んだようになっている。このような場合に、やや言葉遣いを崩して雑談風の話をし始めると、とたんに学生の目が輝きを増し、空気が一新されることがある。教師ならば誰しも経験することであろうが、それを計算してとり行うのが、上手の講釈なのである。

和歌・故事の引用

また講義の途中で、その内容にちなむ和歌や俳句、あるいは漢詩の一節などを紹介したりしたときも、同じような空気の変化が起こる。これは近世期の講釈でも同じであった。

思いがけないところで、その章段の意によくかなった和歌などを引用すると、はっきりとした手応えがあるものである。歌は講釈の花である。(同)

しかし、詩歌をあまり多く引用しないほうがよい、ともある。なぜなら詩歌を解説するときに、座中の人々がその詩歌を覚えようとしたり、書き留めようとしたりするので、その章段の主意があやふやになってしまうからである。これは、故事因縁の喩え話を引用する場合も同じで、次のような注意がある。

故事因縁を引用しすぎてはいけない。これまた章段の主意が失われてしまうからである。あくまでも、(『徒然草』の) 道理を尽くして読むべきだ。(同)

私なども、喩え話をし始めたところ、本題よりもむしろそちらのほうに学生の興味が移ってしまったなどということは、日常茶飯事だ。自戒せねばならない。

本文の朗読

古典を講釈するに際しては、どのように読み解くかというだけではなく、どのように本文を朗読するかということも重要であった。

学生に本文を朗読してもらうと、どこで息継ぎをするか、どうアクセントを付けるかによって、その本文を理解できているか否かがおおよそ判断できる。また朗読の上手が読めば、『源氏物語』のような難解な文章でも、なぜかスッと理解できるものである。室町後期の公家三条西実隆は、人が所望すれば『源氏物語』を酒の肴《さかな》として朗読することもあったらしい

（飛鳥井雅章《あすかいまさあき》述『尊師聞書《そんしききがき》』）。

朗読は近年、教育上さまざまな点において注目されているが、もともと近世期においては、これは「素読《そどく》」ないし「素読《そよ》み」などと言われ、学問の基本中の基本として、たいへん重視されていた。『論語』でも『源氏物語』でも、まずは声に出して読み上げることから始めるのである。さらに同じ古文であっても、物語と説話、軍記と有職故実書とでは読みかたが違うのであって、『徒然草』各章段についても、その内容に応じて読み分ける高度な技術が求められた。引用が少々長くなるが、貴重な資料なので煩をいとわず掲出しておく。

素読は、心を落ち着かせて静かに読むものだ。気持ちとしては、幽玄〔優美なこと〕の段は声を和らげて趣深く、穏やかに読み上げる。『源氏物語』『伊勢物語』のように、いかにもしみじみと読むのだ。幽玄のなかには哀傷の段がある。「風も吹きあへず」「人の亡き跡ばかり」などの段の類である。いかにも哀れに読むべきだ。

因縁〔説話風〕のところは、ただすらすらと読み上げる。『保元物語』『平治物語』『源平盛衰記』などの軍書を読む類である。事柄をたくさん入れて張り詰めて読めば、学識のほどが顕れて聞きやすくなる。

有職故実のところは、『職原抄《しょくげんしょう》』『禁秘抄《きんぴしょう》』の類であるから、心を落ち着けて、はっきりと読み上げる。こちらは逆に事柄を少なくして切り上げ、深い部分は確かに知らないように読むとよい。

儒教のところは四書五経の講釈のごとくし、神道のところは神妙さを基本とし、道教のところはおとなしく読み上げる。殊に仏教のところは声・言葉を力強く発音し、談義を説くように「はえて」〔引き伸ばして、の意か〕読むのがよい。中にも、道念を述べた部分は、自分を忘れて理を尽くして読むべきだ。(『秘伝抄』)

たとえば『源氏物語』を、軍書講談における「修羅場《しゅらば》読み」（合戦シーンなどの読み方）のごとく、畳みかけるように早口で朗読すれば、その文脈に流れる柔らかな時間の感触を失ってしまうだろうし、逆に『太平記』の合戦シーンをたゆたうように朗読しても、その死と隣り合わせの緊迫感を無視してしまうであろう。また儒教の講釈は理路整然と明快に説かれたであろうし、仏教の談義は聴衆の善根を奮い立たせるべく、要所にくれば鬼気せまる迫力で説かれたであろう。

こんにち、われわれが古典に接する場合、基本的には現代文と同じく、そこに書かれた文字を目で読む（黙読する）ものであるが、その長い享受の歴史を遡ってみると、こちらは声というメディアによって立体的に再生され、伝えられてきた側面も大きい。つまり、「読む」のではなくて「聞く」のである。

たとえば謡曲や平家語り、浄瑠璃などがその代表的なもので、それらには各々、長い間の実演の積み重ねによって定着した、節回しや「語り」の型というものがある。古典の朗読、それもジャンル別の読み分けなどというものは、われわれにはほぼ完全に失われてしまった文化だ。

なぜ『徒然草』なのか

最後に、なぜ『徒然草』については、このような古典講釈マニュアル本が残されたのかということを考えてみたい。

これらの講釈は、こんにち高校や大学で行われているところの講読とは、その目的を異にする。古文単語や古典文法の知識を駆使して、「中世文学」として読む（鑑賞する）のが現代の講読だが、前述の近世期の講釈は、究極のところ、『徒然草』から人生の教訓を得ることに主眼があった。その意味では仏教における説教と、その目的を同じくするものである。

事実、ここでは詳しく触れないが、先述した講釈の技法にかんすることどもは、『説法式要《せっぽうしきよう》』（延宝四年〈一六七六〉刊）、『小僧指南集《しょうそうしなんしゅう》』（元禄三年〈一六九〇〉刊）といった当時の説教マニュアル本と共通する記述が多いのである。たとえば聴衆の性別や年齢に応じた話題の選択について、『小僧指南集』には次のようにある。

女性の中陰《ちゅういん》〔四十九日の喪中〕のときに、女性を誡《いまし》める経説を出したり、老人に対して若い人の発心を勧めた文章を講じたり、中陰の法事のときに地獄廻りのことなどを言ったり、俗人に対して僧侶のことを論じたりする。これらは時宜に適《かな》わず、好機を逸しているというものだ。

つまり徒然草講釈の技法とは、このような説教の技法をベースとして、そこに古典講釈の風味を加えたものであった。そしてこのような説教との類似から逆に類推できることは、第三章で述べたように、『徒然草』そのもののなかに説教的な要素があったということである。兼好の説教的な口調が、説教の変形としての徒然草講釈を成り立たせているのだ。

もうひとつは、『徒然草』がそのような講釈の場において、きわめて使いやすい素材でもあったということである。

この草紙〔徒然草〕が他の古典に比類ない点は、あるいは儒教・仏教・道教の道の誠を述べ、あるいは有職故実、幽玄の優美な趣を述べ、また世俗の沙汰、下々の身分の行動などまで端正に書き綴っていることである。花と実をともに備えた草紙というのは、この『徒然草』以外にない。
（『秘伝抄』）

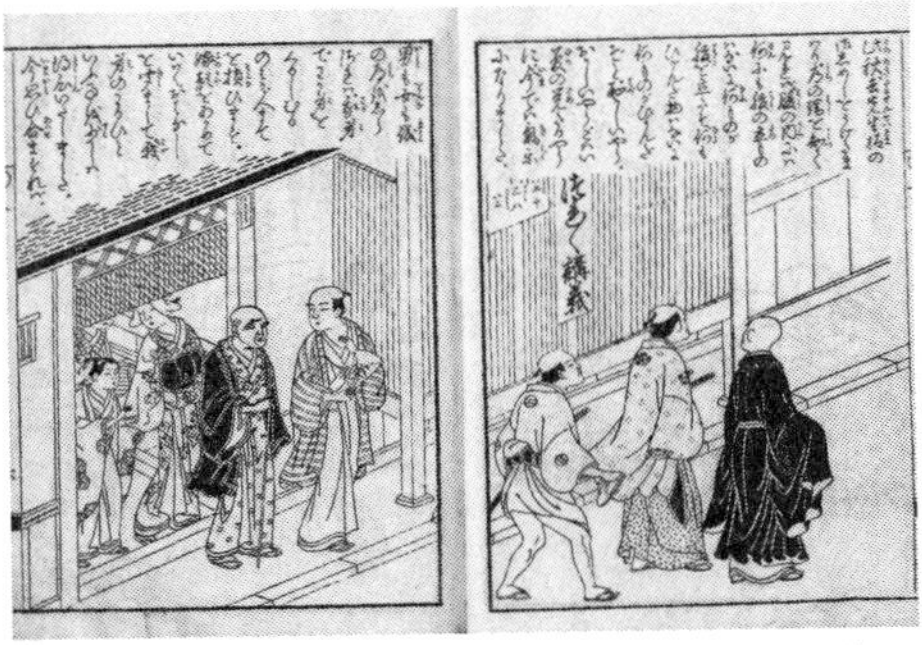
徒然草講釈から帰る人々　『絵本雨やどり』安永９年（1780）刊、宮崎修多氏蔵

『徒然草』は、上は公家から下は庶民にいたるまでのさまざまな社会的身分、儒教・仏教・道教というさまざまな思想的立場、そういった幅広い聴衆に対応でき、内容も教訓性・実用性・文学性などバラエティに富んでいる。まことに優秀なテキストなのであった。

もちろん兼好は、後世、自分の書いたものがこのような講釈の素材となるとは思いもしなかったであろう。したがって兼好が意図的に、このような汎用《はんよう》性をもたせたというわけではないだろうが、彼の抱いていた関心と修めていた教養の多様性が、結果としてこのような形で活用されたというべきである。

兼好をいまのテレビのワイドショーで、コメンテーターとして起用するならば、きっとどんな話題にでも即座に対応でき、かつ当意即妙なコメントを残したであろう。

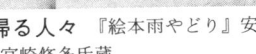

2　秘伝の正体は？――「しろうるり」の謎

あくび指南

落語に「あくび指南」という話がある。流行もの好きの江戸っ子が、何かもの珍しいものを習いたいというので、友人を連れて「あくび指南」という看板の掛かった家の門を叩く。現代風に言えば、「あくび講習所」である。さて先生が出てきて早速指導となり、まずは先生があくびの手本を示す。

場面は昼下がりの隅田川《すみだがわ》。舫《もや》ってある小舟を、波がゆらり、ゆらりと揺らしている。体をゆっくりと前後させせながら、おもむろに煙管《きせる》をくゆらすしぐさ。そして次の台詞《せりふ》。「船頭さん、舟を上手《うわて》へやっておくれ。これから堀へ上がって一杯やって、晩には吉原《なか》へ行って新造（遊女）でも買って、粋《いき》な遊びでもしましょうか。…………（しばらくの間《ま》）。あー舟もいいが、それにしても、タイクツでタイクツで……ふわ～ァ（あくび）、ならねえ」。先生「ハイ、まずはこれをやってみてください」。

入門の男は「えぇーっ、そいつをやるんですか」などと驚きながらも、いちおう手本どおりにやってみる。しかし、身振りや台詞に変に力が入ってしまい、なかなか先生のような自然なあくびにはならない。オチは楽しみのためにあえて書かないこととするが、それにしても、何とも暢気《のんき》なお稽古ごとではないか。あくびという、人間の行動のなかでも一番間が抜けた行動を、しかつめらしく「指南」するというそのところに、何とも言えないおかしみがある。

芋頭の僧都

話は変わって『徒然草』第六〇段に、芋頭《いもがしら》の僧都《そうず》こと真乗院《しんじょういん》の盛親《じょうしん》僧都の話がある。僧都は容貌がよく体力もあり、手蹟《しゅせき》・学問・弁舌も人に優れているという、三拍子も四拍子もそろった高僧であったが、世間を超脱したような変わり者の一面もあった。以下、要約してみよう。

盛親僧都は芋頭(サトイモの塊茎)が大好物。仏書の講義の時ですら、これを大きな鉢にうず高く盛って膝元《ひざもと》に置いておき、それを食べながら行うという始末。その芋頭好きたるや、先代の住職から引き継いだ寺の財産を、計画的にその購入資金に充てて、すべて使い果たしたというほど。僧都のこの金銭に頓着《とんちゃく》しない様子を見て、人々は、「まことに立派な道心者だ」と褒め称えた。

この僧都が、ある法師を見て、「しろうるり」というあだ名を付けた。『しろうるり』とは、いったいどんなものでしょうか」と別の人が尋ねると、「そんなものはワシもしらぬ。だが、もし『しろうるり』というものがあるならば、この僧の顔にきっと似ているはずだ」と言ったそうだ。

盛親の奇行はこればかりではない。法事などで膳《ぜん》が出れば、皆が着座するのも待たずに食べ始め、自分が食べ終われば勝手に立ち退く。寺で定められた時間どおりには絶対に食事を取らないし、眠ければ昼から奥の間に引きこもり、どんな大切なことがあっても人の話に耳を傾けようとしなかった。また目が覚めれば何日も寝ないで嘯《うそぶ》き歩いたりする。かくのごとく尋常ではない様子であったものの、人から嫌われることもなく、なんでも許してもらって

盛親の談義（奈良絵本）　金沢文庫図録『兼好と徒然草』

いた。徳が高かったからであろうか——。

これが第六〇段の大概である。原文によれば、盛親は「世をかろく思ひたる曲者《くせもの》にて、よろづ自由にして、大方、人に従ふといふことなし」とある。豪放磊落《らいらく》・天真爛漫《らんまん》・傍若無人——、そのような言葉がよく似合う人物だ。後世で言えば、臨済宗の一休宗純《いっきゅうそうじゅん》（「一休さん」のモデル）などとも通じるキャラクターである。そしておそらく兼好も、この盛親に憧れを抱いていたに違いない。なぜなら、『徒然草』のなかにときどき見られる、やや過激な発言の数々は、盛親の言動と通じるところがあるように思われるからである。

ところで、本節で取り上げるのは、前記の「しろうるり」という言葉である。高徳の僧の言葉であるだけに、じつは何か深い意味があるのかもしれない——。近世期には、このことが、そのように真面目に考えられ、何と秘伝にまでされたのだ。

現代の解釈では、「しろうるり」とは盛親が勝手に生み出した造語であり、ことさらに深い意味はないと考える。したがって、その意味を真面目に考え、さらに秘伝にまでするというのは、現代から見ればさながら「あくび指南」のごとく滑稽至極な話なのである。

徒然草伝授の起こり

室町中期から近世後期にかけての歌学界には、「古今集三木三鳥《さんぼくさんちょう》の大事《だいじ》」などと称される秘伝が存在した。『古今和歌集』のなかに出てくる三つの木、三つの鳥についての秘伝であるが、それらは「古今伝授」という儀礼的システムのなかで、きわめて厳かに相承されてきた。

この「古今集三木三鳥の大事」に倣って、いつしか『伊勢物語』や『源氏物語』、そして『徒然草』にも「三ヶの大事」なる伝授が制定された。くだんの「しろうるり」は、その「徒然草三ヶの大事」のうちの一つに他ならない。

徒然草注釈書の嚆矢、秦宗巴の『寿命院抄』のなかには先の「しろうるり」を含め、どこにも「大事」などという言葉は見えない。『寿命院抄』の次に刊行された林羅山の『野槌』においても、それは同様である。「大事」という言葉が出てくるのは、その次に出た松永貞徳の『慰草』からである。

貞徳が、「儒学・医学の若き人々」に向けて徒然草講釈をしたことは、すでに何度も述べたとおりだ。貞徳の自叙伝『戴恩記』によれば、彼はこのとき若き学究たちの学問への探求心に刺激されたのか、『徒然草』の「大事の名目」を人目をはばからず「読みちらし」た。しかし後に、その行為が師である中院通勝の不興を買っていたということを知り、心から後悔したという。

ところで、ここで言われる「大事の名目」とは何か。それは同じく『戴恩記』に、通勝から授かった秘伝の一つとして見える「徒然草の切紙《きりがみ》」のことであろう。「切紙」とは、秘伝の内容を記した紙のこと。とすれば、通勝のときにはすでに、『徒然草』にも伝授が存在したことになる。その内容の具体は『戴恩記』には詳《つまび》らかにされていないが、『慰草』によれば次の三つの章段に、何らかの秘伝があったことだけは分かる。各章段に対する貞徳のコメントを引用しておこう。

（第二八段）この段は忌々しい段なので、講釈もしないほうがよい。これは相伝の説である。しかしながら、「三ヶの大事」の一条は、この章段にある。

（第六〇段）この段には、この物語〔徒然草〕の「三ヶの大事」の一条が込められているという。

（第二三一段）この「放免《ほうめん》」という言葉は、今の世に伝え知る人がいないという。これは、『徒然草』の「三ヶの大事」のうちの一つと聞いている。

貞徳は第二八・第六〇・第二三一の各章段のなかに「三ヶの大事」が含まれるというのであるが、秘説であるから当然、ここにはその内容までは明らかにされない。しかし後世、いわゆる「徒然草三ヶの大事」とは、「布の帽額《もこう》」（第二八段）、「しろうるり」（第六〇段）、「放免の附物《つけもの》」（第二二一段）という語彙の内容にかんする秘伝として定着し、流布する。「布の帽額」は宮廷の葬儀にかかわること、「放免の附物」は賀茂祭に警護役として出る役人の衣装にかかわることだが、なぜこれらが秘伝とされたのかは、よく分からない。ともあれ、ここでは「しろうるり」に絞って見ていくこととしよう。

磐斎と季吟

「しろうるり」の大事とは何か。貞徳の後、この問題をめぐって最初に見える発言は、貞徳晩年の弟子、加藤磐斎の『磐斎抄』である。

磐斎は言う。「しろうるり」のことを、大事などと言う人がいるが、貞徳先生はそうはおっしゃらなかった。この段の秘事というのは、「しろうるり」という言葉ではない——。たしかに磐斎が言うとおり、貞徳は第六〇段に秘事があると言っているだけで、「しろうるり」という言葉が秘事であるとは明言していない。しかし磐斎の頃にはすでに、そのような説が存在したようである。

「しろうるり」を、この僧都が言い損なって「しろうるり」と言ったのを、人に問われて、

「私も知らない」と答えたのだ。つまり、「しろうるり」とは「しろうり」である、これが秘事だ。

盛親は、本当は「しろうり」のような顔、と言いたかった。漢字を宛てれば「白瓜」で、色白で瓜実形の顔といったところか。そこを思わず「しろうるり」と言い間違ってしまったので、「それは何ですか」と問われた時、「我も知らず」と返答したのだというのである。「しろうるり」＝「白瓜」説。磐斎はこの説を紹介したうえで、「信用するに足りない」と一蹴《いっしゅう》する。ならば、彼が貞徳から聞いたという、この章段の秘事とは何か。気になるが、やはり秘伝であるから、磐斎もそれをはっきりとは書いていない。

けれども彼は、この章段の注釈の後半で、盛親が金銭にまったく執着しなかった様子を、ありがたいことだと繰り返し述べている。奇行が多いけれども人から尊敬されていたという盛親の高徳、それを読み取ることこそが、この段の秘事なのだと言いたげである。

いっぽう同じ貞徳の弟子でも、磐斎のように秘伝の内容について何らかのコメントをするのではなく、ほとんどノー・コメントの姿勢を見せるのが北村季吟である。『文段抄』第六〇段、「しろうるり」の語釈には次のようにある。

貞徳いわく、「この段にはこの物語の『三ヶの大事』のなかの一箇条が込められている」と。すなわち、それがこの箇所〔しろうるり〕である。

季吟はこのように、貞徳の説をそのまま引用するのみで、もちろんその内容は明かさない。だが彼は「しろうるり」という言葉が秘事であると言っており、この点は先に引いた磐斎の言に照らし合わせて、やや注意が必要である。

季吟は『文段抄』とは別に、『徒然草拾穂抄《しゅうすいしょう》』〔元禄十七年〈一七〇四〉識語〕という注釈書を残している。同書は、身分が相当高い人に献上したと思われる写本の注釈書で、その巻末には、「徒然草之三ヶ大事」なる付録的な文章が付けられている。それはまさしく、季吟が版本の『文段抄』では匿《かく》していた、秘伝の内容に他ならない。そこには次のようにある。

「しろうるり」とは、草子〔徒然草〕にも盛親僧都が「私も知らない」と言っているので、実在するものではなかろう。例の僧の顔を「白瓜」などになぞらえて言おうとしたところ、僧都はふと「白うるり」と言い損なったのだ。それを、人が「どんな物ですか」と咎めたとき、僧都は屈せずして「私も知らない。もし実在すれば、この僧の顔にきっと似ているだろう」と切り返した。この後に、僧都の弁舌が人に優れていることが書かれているが、

北村季吟　『北村季吟』島内景二著、ミネルヴァ書房、2004年、口絵

そのくだりと合わせ考えると面白い。

すなわち季吟は「白瓜」説を採っている。これは磐斎が「不審」として退けた説とほぼ同じである。

ただし、磐斎の退けた説は、「しろうるり」という言葉の意味を秘事とする説であったが、季吟がこの言葉を秘事とする理由は、そういったことではないようである。『徒然草』本文ではこの逸話のすぐ後に、盛親を評して「能書・学匠・弁舌、人にすぐれて」という文章が出る。自分が言い間違っていても、逆に相手を言い伏せてしまうような盛親の弁舌の巧みさ、それを読み取ることが秘伝であると、季吟は貞徳から聞いたと言うのである。

泉下の貞徳先生、果たしてどちらを自分の真意に近いと言ったであろうか。

ちなみに、この「徒然草三ヶの大事」をめぐっては、季吟は磐斎にライバル心をむき出しにしていたようなところがある。たとえば第二二一段「放免」の秘伝について、彼は磐斎の説を批判して、「この説は『放免』のことを貞徳に聞かなかったのだろうか」と挑戦的なもの言いをしている。これを見れば季吟と磐斎とのあいだに、師説の継承をめぐって何らかの確執があったことは明らかである。

続出する珍説・奇説

何でもないことでも、ひとたび秘伝などと言われると、それを知りたくなるのが人情というもの。前述したように、貞徳門弟の二大古典学者の間でも、その見解については食い違いを見せているのであるが、逆にそれゆえに、「三ヶの大事」なるものの実態は衆人の興味をそそったもののようだ。

高田宗賢の『徒然草大全』には、世間で次のような「しろうるり」の説があったことが紹介されている。

一説にいう、「しろう」と句を切って読むのが秘事であると。また一説にいう、『源氏物語』の「雲隠《くもがくれ》の大事」が、この箇所に適合していると。これらは田舎の人が語ったものだ。

一つめの説は、「しろぅ／るり」と句を切って読むという説。これは何とも意味不明の説である。二つめの説の、「雲隠の大事」とは、『源氏物語』の散逸巻とされる『雲隠六帖《くもがくれろくじょう》』にかんする秘伝なのだろうが、これまた何やら大げさなものである。

宗賢はさらに先に見た磐斎の説も引いたうえで、私見も述べている。

右の説どもは、しいて意味を求めようとしたものと言うべきだ。「しろうかり」というのがその真相である。むかし、活字を使って植字というものをしたとき、「か」を「る」に取り違えたものと思われる。そうして「しろうかり」で意味を考えてみれば、盛親が異名を付けたほどの僧であるから、想像できるだろう。愚鈍で粗雑であるうえに顔の色が白くて、うっかりした僧であったのだ。

「しろうるり」ではなく、じつは「しろうかり」が正しい。色白でうっかり者、それで「白うかり」。ではなぜ「しろうるり」になったかと言えば、むかし「植字」(印刷のために活字を組むこと)のとき、「か」を「る」に取り違えたのだというのが、宗賢の説である。

木活字による印刷は、近世初頭にたいへん流行し、『徒然草』のテキストもこの方式で多数出版されたが、「しろうるり」の間違いはそのときに誕生したと、彼は推定しているので

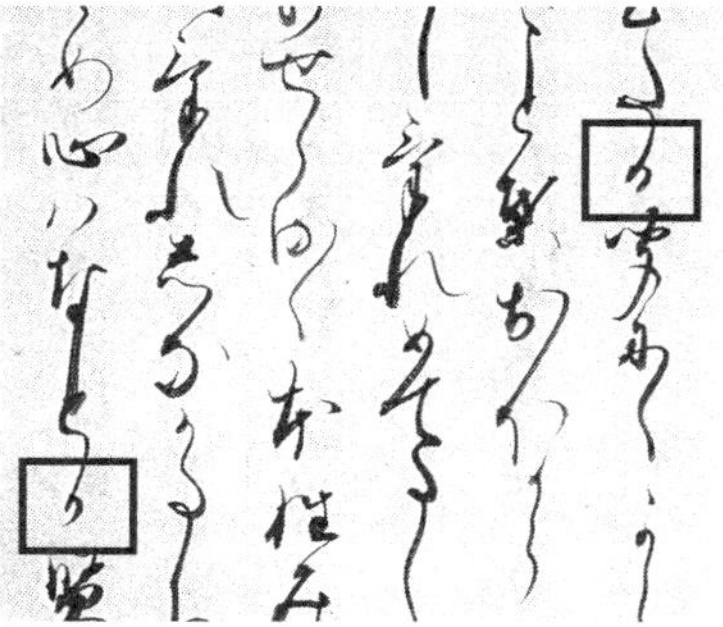

「る」（1行目）と「か」（6行目）『徒然草　詳密彩色大和絵本』勉誠出版、2006年

ある。たしかに「か」と「る」は、崩し方によってはたいへん類似した字形になることがある（図版参照）。だが、室町期の古写本（たとえば正徹本）にはすでに「しろうるり」と記されているから、これは活字版が作成されたときに起こった間違いではあり得ない。宗賢の時代は、今のように『徒然草』の古写本が何種類も閲覧できる環境ではなかったであろうが、それにしても、これはやや迂闊《うかつ》な推論ではあった。

珍説・奇説はその後も後を絶たない。浅香久敬『諸抄大成』には、次のような説が紹介されている。

ある説に、「しろうるり」とは「白得利」と書く。そこで「白」の字を「なまなか」と読めば、「白《なまなか》ニ利ヲ得ル」と読み下すことができる。例の法師〔あだ名を付けられた法師〕は学問のない者でありながら、僧侶の格好をしている。それを僧都が、「なまなかに人を利し得ている〔人のために役に立てている〕」と思っているのか」と、ことのほかに侮り謗った言葉である。

こうなると、まさしく深読みである。

さらに『和歌秘伝抄《わかひでんしょう》』という、和歌や物語に関するさまざまな秘伝が集められた本には、「美女の容貌を指す」という一説もあったようだ（横井金男『古今伝授の史的研究』所収）。「しろうるり」のような美女の容貌とは、どんなものだろう。色白で肌がつるりとした美人の顔だろうか。しかしここは僧（男）に向かって言っているわけであるから、女性のような容貌の僧侶であったということであろうか。だんだんと混迷を加えていく。

このように「しろうるり」の意味をめぐっては、じつにさまざまな珍説・奇説が飛び交っていたのである。

秘伝のその後

かかる珍説・奇説の横行を端で見て、それを冷笑していた人がいる。それは大坂の学僧契《けい》沖《ちゅう》である。契沖といえば『万葉代匠記《だいしょうき》』『勢語臆断《せいごおくだん》』など、のちの国学ひいては現代の国文学研究にもつながる帰納的・実証主義的な手法で、旧来の古典学を刷新した人。彼の言はさすがに、これまでの人々とは一味違う。

「しろうるり」を、この草紙〔徒然草〕の大事などという者は、笑うべきだ。この国〔日本〕の後世の癖である。万物の名前は、みずから名乗り出たものではない。皆、人が名付けたものだ。この僧の顔の「しろうるり」というのは、盛親が初めて名付けたものである。もし、このような顔の様子のものがあったならば、それが「しろうるり」であろう、ということだ。（『鉄槌書入《てっついかきいれ》』）

「三ヶの大事」のような秘伝主義を、「この国（日本）の後世の癖」、すなわち中世以降の悪習と言い、また「しろうるり」を盛親の造語として、そこに何の深き意味をも求めない。契沖の生きた元禄期（一七〇〇年前後）という時代は、中世以来の秘伝主義的な歌学の学問体系が、少しずつ切り崩され始めた時期であった。斯界《しかい》で最も権威ある古今伝授においても、それは例外でなかった。ましていわんや、後発の秘伝である『徒然草』の秘事においてをや。同時代の公家の有職学者野宮定基《ののみやさだもと》が、その友人と『徒然草』の読書会をしたときの覚書である『徒然草删翼《さんよく》』（宝永六年〈一七〇九〉写）には、「三ヶの大事」は、

松永貞徳が、みだりに人を惑わそうとして、このようなことを言い始めたのだ。……失笑に堪えない。

ともある。貞徳が「三ヶの大事」を師である中院通勝から授かったと言っていることは先に見たとおりで、もしそれが本当ならばとんだ濡《ぬ》れ衣《ぎぬ》であるが、世の中にはこれを貞徳の創始したものと見る者も多かった。たとえば少し時代が下るが、近世中期の有職学者伊勢貞《いせてい》丈《じょう》の『安斎随筆《あんさいずいひつ》』巻二九には、

貞徳が『徒然草』に「三ヶの大事」があるなどと言ったのは、金儲《かねもう》けのためであろう。「三ヶの大事」の内容は、何の難しいこともなく分かることである。

などと批判されている。何やら俗臭芬々《ふんぷん》たる、腹黒い歌学者像が思い浮かんでくるではないか。そのうえ秘事の内容が、前述のような些末《さまつ》でナンセンスな語彙考証に堕してしまっているものだから、よけいにイメージが悪い。

ではなぜこのような、貞徳創始説が生まれたのであったか。それは、それらの秘事の具体的な所在が、彼の『慰草』において史上初めて明かされたということが、まずは一番の要因であろう。現代のサスペンス・ドラマなどで、被害者の遺体の第一発見者、あるいは事件の第一通報者が、なぜか嫌疑をかけられてしまうというパターンと似ている。

だが、彼の直弟子の磐斎が次のように言っているのを見ると、貞徳創始説ということにも一考の余地があるように思えてくる。『磐斎抄』巻頭の「口決の事」という項目である。

むかしからは存在しないものであるが、貞徳が「三ヶの大事」ということを、『源氏物語』の例を思って立てられたのだ。……このようにしたからといって、人に知りたがらせようとする悪意からではない。この草紙〔徒然草〕をきちんと知らせたいという謀りごとなのである。

この言を信じれば、「三ヶの大事」は、貞徳が『徒然草』の真意を伝えるために、『源氏物語』などの例にならって、「善意」で創始したものということになる。

秘伝と公開

しかし、貞徳自身は師である通勝から「三ヶの大事」を受け継いだという体で記しているから、もしこれが磐斎の言うように貞徳の創始したものであるならば、貞徳は嘘をついていたということになる。だとすればなぜ、貞徳は偽ってまで、このような秘伝を創始する必要があったのかということが問題になるだろう。磐斎は「善意」と言っているが、それはどういうことだろうか。

そもそも伝授とか秘伝とかいうあり方は、現代人から見れば、学問の理念や目的から大きく外れるように思われる。特に現代は、よりオープンであることが求められるから、このような知識の専有・秘匿というあり方は、基本的に理解できない。

だが、学問がこのようにオープンになってきたのは、十七世紀初頭に、朱子学が流行し始めて以後であって、中世までの学問・芸道には基本的に、このような秘伝主義的性格、そして伝授というシステムが備わっていた。そしてそれが、その学問・芸道の品質を保証してきた一面も、たしかにあったのである。

伝授というのは、ごく大雑把に言えば、一種の免許状の発行である。教員免許・医師免許などと同様に、「この人の知識・技術は信頼に値する」と証明することであった。だから伝授の「内容」自体は、じつはそれほど重要ではない。「しろうるり」でも何でもよい。それを受けたという「事実」のほうが、より重要なのである。

これを『徒然草』の研究・教育に置き換えてみると、十七世紀初頭は、誰もが勝手に自分の学説を述べられる状況であった。教員免許状なしに学校の教壇に立ち、医師免許状なしに病院で診断しているようなものである。このとき「三ヶの大事」を伝授したかどうかを、ひとつの指標としてみる。そうすれば、その人が『徒然草』にかんして信頼できる学識をもっている人かどうかが、とりあえず判別できるのではないか。

もし貞徳が、偽ってまで「三ヶの大事」を創始したとするならば、それは磐斎が言うように、「新しい古典」の普及に道を開こうとした、彼の慈善の精神であったと思われる。『古今和歌集』『伊勢物語』『源氏物語』、こうした「一流」の古典には中世以来、みな伝授が備わっていて、それが学問の品質を保証してきたのだから。

『徒然草』を「新しい古典」として普及させようとした貞徳が考えたのは、このようなまことに中世的な、ただし少々時代遅れの紹介の仕方ではなかったのだろうか。後世噂されるような、名声を得るためとか、金儲けのためだったとは、私には思われない。「鼎」の段を、ここだけ抜き出してでも遍《あまね》く世に広めたいとまで言う、根っからの教育者であったことを思い合わせてほしい。


それにしても、「しろうるり」が後世これほどまでに議論されようとは、兼好は思いもしなかったであろう。念のため、もし兼好に「『しろうるり』とは何ですか」と聞いたとしたら、それこそ「そんなものはワシもしらぬ」と答えられるに違いない。

第五章　古典としてのポテンシャル

1　近世文学の母体――パロディ・模倣・潜在

古典と当代文学

いまの日本の国語教育では、現代文が「主」で古典は「従」という関係が、制度的にも意識的にも定着していると言えるだろう。国語の「実用性」を重んじる現今の風潮からすれば、この関係性はますます強くなりそうな気配である。

しかし、近世にもし国語の教科書なるものがあったとすれば、その関係性は、いまとは逆転する。なぜかといえば、近世までは基本的に、書記言語は文語（古典語）であったからである。つまり語彙、文法、仮名遣いなど、その模範は古典にある。よって古典こそが学ぶべき主体であり、現代文は参考程度にとどまったに違いないのである。それくらい、古典が尊重された時代であった。

近世における古典とは、いまのようにどこか遠くにある、特別な存在というのではなく、当代文学と肩を並べて共存していたと言ってもよい。ゆえに、当代文学を生み出す重要なモチーフにもなっていたのである。

たとえば井原西鶴の『好色一代男《こうしょくいちだいおとこ》』（天和二年〈一六八二〉刊）は、世之介《よのすけ》という名の色好みの男と、さまざまな女性との恋愛を描いた短編集であるが、これは『伊勢物語』『源氏物語』の当世化・卑俗化であって、そのことは当時少し学のある人ならば誰でも知っていた。『伊勢物語』『源氏物語』がなければ、『好色一代男』は生まれなかったのである。

『徒然草』は、この『伊勢物語』『源氏物語』に負けず劣らず、近世文学の成立を考えるうえで重要な存在である。ここでは『徒然草』の本文が近世文学にどのように取り込まれたかを、(1)パロディ、(2)模倣、(3)潜在という三つの類型に分け、それぞれ具体的な作品を紹介してみよう（もっとも、この三つの類型のうち、複数の要素を含む作品もあるが、便宜上ひとつの分類の代表として取り上げる）。『徒然草』が近世文学へと変貌するさまをご覧いただきたい。

パロディ（1）―『犬つれづれ』

古典のような確固たる評価が定まったものを素材として、その本文をもじって卑俗化してみたり、その趣向を反転させて茶化してみたりするのが「パロディ」である。パロディは、和歌に対する狂歌、連歌に対する俳諧、能に対する狂言などのあり方と連動して、室町後期以降、徐々に発達してきたものであるが、そのような試みが一気に花開くのは、十七世紀になってからである（今栄蔵「パロディの世紀」）。

近世初期に書かれた『似勢《にせ》物語』という作品は、その代表だ。書名から容易に予想されるとおり、本作は『伊勢物語』のパロディである。「イセ」を「ニセ」にもじっているわけだが、「ニセ」は「似《に》せ」（模倣）であり「偽《にせ》」（虚偽）である。『伊勢物語』の全一二五段はもちろん、最後の天福本《てんぷくぼん》奥書（『伊勢物語』の写本の一つ、天福本に付けられた藤原定家の書写奥書）まで徹頭徹尾もじって、卑近日常の世界に落とし込んでいくそのあり方には、何やら執念に近いものすら感じる。ここでは詳述できないが、非常に完成度の高いパロディだと言える。

『徒然草』について言えば、近衛信尋《このえのぶひろ》作『犬つれづれ』（元和五年〈一六一九〉成、承応二年〈一六五三〉刊）が、そのような試みの早い例である。同書は、『徒然草』の本文を一部もじりながら、男色にかかわる故事・逸話や、男色をする者の心得などといった内容を、六四箇

『**犬つれづれ**』『江戸時代文芸資料』第四巻、国書刊行会、1916年

条並べたもの（書名の「犬」とは、本物に対して一段劣るものの意）。たとえば、同書の序段は、次のように始まる。

　つれづれなるままに、とぢこもり、硯に向かひて、心に思ふよしなし事を、そこはかとなく書きつくれば、片腹いたくいとおかし。

もじりというにはあまり大きな変更とはなっていないが、同書の目的はそれよりも、『徒然草』という存在に寄りかかりつつ、新たな「よしなし事」（ここでは男色にかんすること）を書き連ねることにあった。冒頭部の挿絵には、著者と思《おぼ》しき武士が、縁側で机の前に座って物を書き、その傍らに若衆らしき者が控えている様子が描かれている。むろんこれは『徒然草』版本の口絵などでよく見られる兼好対硯図《たいけんず》のパロディ。そのような、新たな作品を作る際の「枠組み」として、『徒然草』が採用されているのであった。

十七世紀頃これと同様な試みをした例としては、『垣下《えんかの》徒然草』（野郎評判記）、『新吉原《しんよしわら》常々草《つねづねぐさ》』（浮世草子）、『西鶴俗《さいかくぞく》つれづれ』（浮世草子）などがあり、それぞれ趣向を凝らして面白いが、ここでは、先述の『似勢物語』と同様、『徒然草』を丸ごともじり倒すことに全精力を傾けた、『吉原《よしわら》徒然草』（宝永・正徳《しょうとく》〈一七〇四～一六〉頃成立）を紹介しよう。

パロディ（2）――『吉原徒然草』

同書は、文字どおり吉原遊郭の風物を、『徒然草』の本文に沿って落とし込んだ作品である。著者と伝えられる来示《らいじ》は、吉原の妓楼《ぎろう》であった結城屋《ゆうきや》の主人で、其角《きかく》門の俳諧師でもあった。ゆえに吉原の故実や風物に詳しかったのである。

試みに第一段の一節を対照させてみよう。まずは『徒然草』から。

法師ばかり、うらやましからぬものはあらじ。「人には木の端《はし》のやうに思はるるよ」と清少納言が書けるも、げにさることぞかし。勢ひ猛《もう》にののしりたるにつけて、いみじとは見えず、増賀聖《ぞうがひじり》の言ひけんやうに、名聞《みょうもん》ぐるしく、仏の御教《みおし》へに違《たが》ふらんとぞ覚ゆる。ひたふるの世捨人《よすてびと》は、なかなかあらまほしきかたもありなん。

（法師ほどうらやましくないものはない。「人には木の端のように思われているよ」と、清少納言が書いたのも、まことにそのとおりだ。時勢に乗り、名前が知られるようになるにつけても、立派とは見えない。増賀僧都が言ったように、名声の獲得にあくせくしているようで、仏の御教えには背いているように思われる。いちずな世捨人になるのは、かえって理想的な姿でもあろう。)

この文章を、『吉原徒然草』では次のようにもじる。

野暮《やぼ》ばかりこそ、うらやましからぬ物はあらじ。「人には木の端のやうに思はるるよ」と、西鶴が書けるも、げにさる事ぞかし。半可の悪じゃれたるにつけて、いみじとは見えず、わけ良き大臣の言ひけんやうに、づにてほてくろしきは、粋《すい》のおしへに違ふらんとぞ覚ゆ。銭なしのぞめき衆は、なかなかはがゆき事のみありなん。

(野暮ほど、うらやましくないものはない。「人には木の端のように思われているよ」と西鶴が書いたのも、まことにそのとおりだ。半可通が悪ふざけをするのは、立派とは見えない。色道をよく弁《わきま》えた上等の客が言ったように、調子に乗ってうっとうしいのは、粋《すい》の教えに背いていると思われる。金銭を持たない冷やかしだけの客は、かえって腹立たしいことばかりであろう。)

原文といちいち対照してみれば、文章の構成はなるべくそのまま残しながら、「法師」→「野暮」、「清少納言」→「西鶴」、「勢ひ猛にののしりたる」→「半可の悪じゃれたる」、「増賀聖」→「わけ良き大臣」といった具合に言い換えて、すっかり色道論へと変換してしまっているのが分かる（傍線部が変更箇所）。万事この調子で、『徒然草』全二四四段を言い換えるのであるから、ある意味、偉業と称してもよかろう。

ところで、ここに挙げた『徒然草』のパロディ作品のほとんどが、男色や女色に関連するものであったことには、やや注意が必要である。このことは、第二章第2節で見たような、恋愛の指南書としての『徒然草』という一面と、おのずからつながってくる。たとえば『論語』のような思想書を、好色指南本に引き落とすというような、原典からの距離や落差を楽しむためのパロディもありうるが、『徒然草』の場合、その内部から必然的に展開したパロディであったという側面もある。このことは、現代人の『徒然草』観からすれば、やや意外な感じがするかもしれない。

模倣（1）──『にぎはひ草』

次に見るのは「模倣」である。ある作品が、同時代であれ後代であれ、相応に評価されたとする。そうして多くの読者が生まれてくると、その作品のストーリー・趣向・表現などが一つの定型となり、それを模倣した新しい作品が生まれてくる。先述の「パロディ」には多かれ少なかれ、何らかの諧謔的な精神が含まれているが、こちらは同じく『徒然草』の「枠組み」を借りつつも、いわば真面目に、その続編を書くような気持ちで書き綴られたものである。

　では、そのような作品はいつ頃から発生するのか。

　室町時代、『徒然草』を意識的に模倣して書かれたと思われるものは、じつは皆無である。もっとも和歌や能楽といった芸道関連書、説話集や仮名法語集のような仏教関連書など、ある分野に特化した随筆風のものはあるが、それらと『徒然草』との関係は明瞭《めいりょう》ではないし、また『徒然草』ほど種々雑多な内容が見られるものはない。これは室町時代における『徒然草』の価値評価や流布状況とも関係することであろう。

　それが近世になると、前述のような『徒然草』の大流行と言える状況を反映して、書名を「○○草」と称する随筆風の作品が、ちらほらと出始める。『わらんべ草』『ひそめ草』『悔《くやみ》草』『めざまし草』『ねごと草』『続徒然草（別名「睡余《すいよ》操筆《そうひつ》」）』『たはれ草』等々。おおむね十七世紀に限ってみてもこれだけの数がある。これらは明らかに『徒然草』の存在を意識しつつ——実際にその本文を引用したりする——、みずから見聞した知見や、日頃の所感などを箇条書きしたものである。

一例として紹介するのは、第二章第2節でも引用した、灰屋紹益の『にぎはひ草』（天和二年〈一六八二〉刊）である。分かりやすく、書き出しの部分を掲出しよう。

つれづれなるいとまなく、一生をくるしめ、七十年にあまりて、夢のさめたる心ちするにもあらず、現《うつつ》ともなくまぎらはしく、日ぐらし、硯のほこり打ちはらひて、たまたま筆とり、おもひ出ること、そこはかとなく書つけ侍る。

（「つれづれ」なる暇もなく、私は一生を苦しめ、七十年以上も生きてきたが、夢から覚めるでもなく、かといって現実でもないような、紛らわしい状態で一日を過ごしている。そこで硯の埃をうち払って、たまに筆を執り、思い出すことどもを、あれこれと書きつけてみた。）

一見して『徒然草』序段をもじっていることが分かるが、続きを読んでいけば分かるように、ここにはパロディの意識は薄い。むしろ、これはオマージュ（敬意）に近い。

さて、ここの「つれづれ」、あえて訳でもそのままにしておいたが、この文章に続いて同書の題名の由来を説明しているところを読めば、紹益はこれを「静寂の境地」説に近いものとして考えていたことが分かる。すなわち、私（紹益）は家業に打ち込んでいるために、心に余裕がまったくなく、「身心ことごとく、兼好には黒白《こくびゃく》うらはら」である。よって「つれづれ草によせて、にぎはひ草とや名づけ侍らん」と言うのである。

紹益は京都の豪商で、島原の名妓吉野《よしの》を身請けしたことでも有名。「つれづれ」＝静寂の境地で書かれた『徒然草』に対して、自分は「にぎはひ」＝繁忙の最中に書いたのだと卑下したのである。当時「つれづれ」が、「退屈」以上の深い意味合いで解されていたことが分かるだろう（第一章参照）。

『にぎはひ草』には、言語、故事、茶道、華道、蹴鞠《しゅうきく》、経済など多岐にわたる内容が箇条書きで記されており、『徒然草』の構造に非常に近い。そしてこれは、先に挙げた「〇〇草」と称する書物が、基本的にもっている構造である。近世期にはこういった随筆・雑記的な書物がたくさん編述されているが、『徒然草』はその型（モデル）なのであった。特に序段は、書き出しのテンプレート（定型文）としてたいへん便利で、これを適当にもじって書いておけば、読者には『徒然草』の模倣作であることが了解されると同時に、少々おかしなことを書いていたり、あるいは少々雑な編集であったりしても、「あやしうこそ物狂ほしけれ」などと言って空とぼけることもできた。

模倣（2）——『可笑記』

次に、「〇〇草」という書名ではないので、一見『徒然草』の模倣作には見えないが、形態・内容ともにその影響を色濃く受けている作品として、如儡子《にょらいし》の『可笑記《かしょうき》』（寛永十三年〈一六三六〉刊）を紹介しよう。

まず如儡子が『徒然草』をどのように捉えていたか、それを端的に示す部分がある。巻三―三二には、客人を招くときの書斎の設《しつら》えかたを述べた部分があるが、それを現代語訳で示してみよう。

床の間には、時代のついた掛物を飾り、少しばかりの、しっとりと香る花を活けるのが奥ゆかしくてよい。他に『四書』（朱子学の経典）、『七書』（中国の軍法書）、仮名書きの『養生論《じょうろん》』（日本の医学書）、『徒然草』、『甲陽軍鑑《こうようぐんかん》』（日本の軍法書）、そして硯、料紙などを置いておくも良い。

思想書・軍法書・医学書と並べて、『徒然草』が挙げられていることに注意したい。『徒然草』は、その人が一廉《ひとかど》の「教養人」であることを示すための、分かりやすいアイテムなのであった。

『可笑記』は全体で約二八〇段からなる随筆的作品であるが、そのうち『徒然草』から直接影響を受けていると見られるのは二五段ほどである（吉澤貞人「可笑記と徒然草」）。全体からすれば割合はさほど多くないかもしれないが、しかし序文に「浮きに浮いたる心にまかせ、よしあし難波入江《なにわいりえ》の藻塩草《もしおぐさ》、書き集《あつ》べたる」などとある文言を見ても、その影響は大きいであろう。

では、直接的影響と言われる章段を一例だけ見てみよう。

以下は、『徒然草』第七二段の全文である。本章段は、『枕草子』の「物は尽くし」に倣って、「賤《いや》しげなるもの」（下品に見えるもの）が列記される。

賤しげなるもの。居たるあたりに調度《ちょうど》〔家具〕の多き。硯に筆の多き。持仏堂に仏の多き。前栽《せんざい》に石・草木の多き。家の内に子孫《こうまご》の多き。人にあひて詞《ことば》の多き。願文《がんもん》に作善《さぜん》〔自分の善行〕多く書き載せたる。多くて見苦しからぬは、文車《ふぐるま》〔書籍を運ぶ車〕の文《ふみ》。塵塚《ちりづか》の塵。

『可笑記』巻五—五九では、これを模倣して、次のように記している。

むかし吉田の兼好が詞に、「物により、多くありてあしき物あり。硯箱に筆の多くある。持仏堂に本尊の多くある。銭なし貧家に子どもの多くある」と書けり。又それがしの中さんならば、お大名衆の文庫に金銀のたくさんにあると。

「吉田の兼好が詞に」として『徒然草』の文章を要約して示しつつ、さらに大名が蓄財するのも見苦しい、というような独自の一文を付け加えている。

このような当世の政治に対する風刺的な姿勢をもっているところが、『可笑記』の一つの特徴であるが、『徒然草』のなかにも、たとえば、盗人を捕まえて懲らしめるよりは、世の人の衣食が行き渡ることを優先すべきだ（第一四二段）といった為政者論が、まま見受けられる。如儡子の執筆姿勢も、これとまったく無関係とは思われない。

また、如儡子の『徒然草』利用の方法を見ていると、徒然草講釈との関係を考えてみたくなる。『可笑記』には口頭話体的な表現が多用されることから、如儡子は講釈・講談・夜咄などを生業とした経験があったのではないかという指摘がある（渡辺守邦「『可笑記』と講釈」）。いっぽう当時、徒然草講釈が流行していたことについては、第四章第1節で述べたとおりであって、如儡子もまた『徒然草』の文章を取り上げ、講釈する機会はあったはずである。右に紹介したような『可笑記』の章段は、そのような徒然草講釈のなかから生まれたものかもしれない。

潜在――『宝蔵』

これまで、『徒然草』の本文をもじったり、その随筆的な形態に倣ったりしたものを見てきた。それらは比較的分かりやすい例だが、一見無関係に見える作品であっても、じつは『徒然草』の影響を強く受けていることが明らかなものがある。そのようなものを「潜在」と呼んでおく。

一例として、山岡元隣《やまおかげんりん》の『宝蔵《たからぐら》』（寛文十一年〈一六七一〉刊）を取り上げてみたい。元隣は北村季吟門の俳諧師。だが本業は医者である。また禅や老荘に造詣が深く、そのような思想的・学問的知見をベースにした、文学色の濃い教訓本を何篇か述作・刊行している。さらに茶道や音楽にも精通しており、まさしく多芸多才の人物であった。

『宝蔵』は、筆や紙、鍋《なべ》や徳利といった身近な道具類を題材として、それらがどれほどわれわれの生活に恩恵をもたらしているかということを、その道具の特性、その道具にまつわる故事などをからめながら、それぞれ五、六百字程度の文章で記したもの。その諧謔味あふれる飄逸《ひょういつ》な文体は、のちに松尾芭蕉《まつおばしょう》やその弟子たちによって確立される俳文（俳諧の文章）の先駆けとなったとされる。

『宝蔵』で取り上げられた道具類は七十二種。さらにそれぞれの条に、その文章の内容を要約したような発句と狂詩を一首ずつ配するという、形式的にも内容的にもたいへん趣向を凝らした作品で、まことに十七世紀文学の白眉《はくび》と称してよい。

その巻一から、「土圭《とけい》」と題する条を紹介しよう。土圭とは時計のことである。図版は近世期の櫓《やぐら》時計で、土台の内部には、動力を生み出すためのオモリが何本か吊るされている。

さて、元隣はまず時計の起源を述べ、次にその仕掛け（歯車や軸が回転するさま）を観察した文章を書いている。考えてみれば、時計を取り上げることはもちろん、このような観察文そのものが、これまでの文学作品にはない新鮮味をもっていた。文章は続いて、次のように展開する。ここからは原文を掲げよう。

櫓時計（『セイコー時計資料館蔵　和時計図録』、小田幸子編、1994年）

①寸陰を惜しみ分陰を惜しまば、などこの錘《おもり》を軽めざらん。よしや、錘を軽むるとも、土圭の時節をこそ止むべけれ、真の光陰は止めがたし。しかするとも何の益かあらん。土圭のきざの、廻れば外れ、外れては露のかかる身に、②朝には名利《みょうり》を貪《むさぼ》り、夕には子孫を愛して、③外物にのみつかはれ、身を身とし心を心とする④いとま、いくばくもなし。土圭の車の返らざる事をしらば、

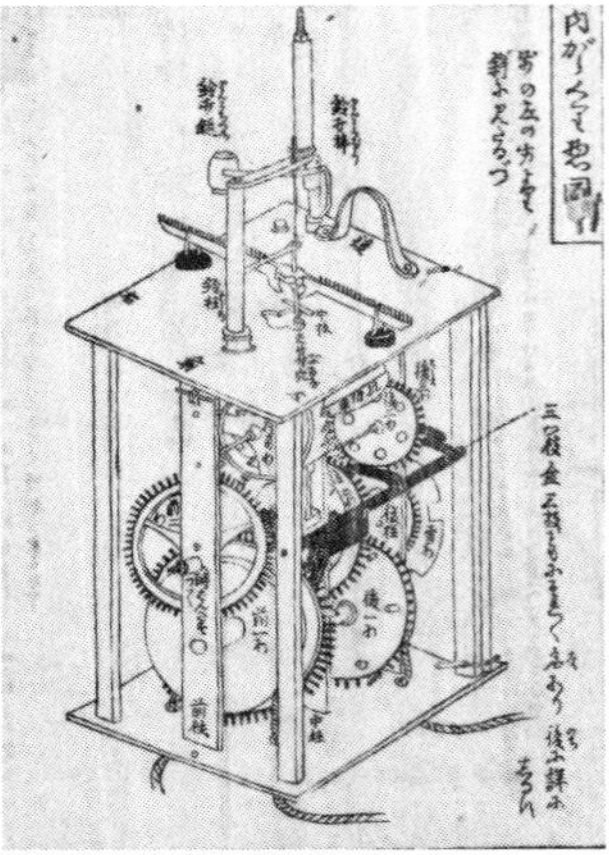

時計の内部　『機巧図彙』国立国会図書館蔵、寛政８年〈1796〉刊

なにとて月日を惜しまざらん。

（少しの間をも惜しむのならば、どうしてこの錘を軽めて、時の流れに抵抗しないのか。とはいえ、錘を軽めたとしても、時計の時間は止めることができるが、本当の光陰は止めることはできない。だとすれば、そんなことをして何の益があろう。時計の歯車のように、廻れば外れ、外れては掛かる、このようなはかない身の上では、朝には名利を貪り、夕べには子孫を愛して、世間との付き合いのみに心身を使われ、わが身をわが身とし、わが心をわが心として見つめる余裕はほとんどない。時計の車が逆方向に回らないこと知るならば、どうして月日を惜しまないことがあろうか。）

元隣は時計のメカニックな運動を、人間の一生に喩える。老いや死は誰しも怖い。だから「時間よ止まれ」「時計の針を巻き戻したい」などという歌謡曲の歌詞も生まれるわけである。しかし、実際に時の流れを止めたり、戻したりすることはできない。また、自分の生き方も時計の歯車のように、見えざる力に押し動かされるだけで、わが身を振り返る余裕などない。時は止まらない。このことを知るならば、どうして時間を大事にしないことがあろうか、と。このように、日常の道具の具体的な観察から、普遍的な人生論へと展開するところが、『宝蔵』の一つのパターンである。

さて、この文章のベースにあるのが、『徒然草』である。まず、『宝蔵』の傍線部①「寸陰を惜しみ分陰を惜しまば」という表現は、直接的には中国の歴史書『晋書《しんじょ》』列伝に載る陶侃《とうかん》の言葉が典拠になっているが、『徒然草』第一〇八段を経由していることは、『宝蔵』傍線部④「いとま、いくばくもなし」とも文言が一致していることからも明らかであろう。全体のテーマもこの段と共通している。

寸陰惜しむ人なし。……一日のうちに、飲食《おんじき》、便利《べんり》、睡眠《すいめん》、言語《ごんご》、行歩《ぎょうぶ》、やむことを得ずして、多くの時を失ふ。その余りのいとま、いくばくならぬうちに、無益《むやく》のことをなし、無益のことを言ひ、無益のことを思惟《しゆい》して時を移すのみならず、日を消《しょう》し、月を亙《わた》りて、一生を送る、もっとも愚かなり。……

また、『宝蔵』の傍線部②「朝には名利を貪り、夕には子孫を愛して」の部分、ここも直

接には中国の詩人白居易《はくきょい》の漢詩「不致仕」（『白氏文集《はくしもんじゅう》』巻二所収）に基づくものであるが、後半部は『徒然草』第七段の、

夕の陽《ひ》に子・孫を愛して、さかゆく末を見んまでの命をあらまし、ひたすら世をむさぼる心のみ深く、もののあはれも知らずなりゆくなん、あさましき。

を経由していると考えられる。さらに、『宝蔵』傍線部③の「外物にのみつかはれ」の部分は、

名利《みょうり》に使はれて、閑《しず》かなる暇なく、一生を苦しむるこそ、愚かなれ。（第三八段）

世に従へば、心、外《ほか》の塵に奪はれて惑ひやすく、人に交はれば、言葉よその聞きに随ひて、さながら心にあらず。（第七五段）

といった章段に、類似した文意・表現を見つけることができる。このように見てくると、「土圭」という文章には、『徒然草』的な発想と表現が「潜在」していると言える。これは元

隣が意識的にそれらをちりばめたというのではなく、彼が『徒然草』の言葉で思考していたからであろう。

このことは、子息元恕《げんじょ》が書いた跋文（あとがき）からも確かめられる。元恕は、元隣の人となりについて次のように言っている。要約して示す。


元隣は、世間のしがらみを絶ちつつも、しかし一市民として生きようとするものであった。ゆえに進んでは仕えず、退いても隠れなかった。……また元隣は、世の中を正そうと発奮し、そのため人を驚かすような発言をすることがあった。


「市中の隠」のような身の処し方、そしてやや過激な言動――これらは当世における兼好の評価と重なってくるのだ（第二章参照）。

元隣にとって『徒然草』は、単なる古典だったのではない。リアルな生き方・考え方の手本であり、自己表現のための手段なのであった。『徒然草』の言葉で思考していたとは、そういうことである。

以上本節では、『徒然草』が近世文学へと変貌するさまを、その本文の取り込み方という部分に焦点をあてて考えてみた。

特に十七世紀の文学は、思想的にも文章的にも中世から地続きの部分が大きいため、『徒然草』に大きな影響を受けたものと思われる。明治期の文学が西洋の詩歌・小説という「黒船」によって刺激され、劇的な変貌を遂げていったことになぞらえるならば、十七世紀の文学は『徒然草』という古典の再発見、つまり「内なる黒船」によって活性化した要素が大きいと言えるのである。

『徒然草』はそれだけでも魅力がある。しかし『徒然草』の魅力は、その作品の内部だけにあるのではない。先に見たような十七世紀の作品は、文字列（テクスト）という形で、『徒然草』の遺伝子をはっきりと宿している。こうした「子孫」たちのなかにも、『徒然草』の魅力は十分探ることができるのではなかろうか。

2　漢文への翻訳――「乾き砂子」の故実

近世人の漢文力

高校生のとき、あまり得意ではなかった英語の授業のひとつに、コンポジション（英作文）という科目があった。現代では「読む」「書く」「聞く」「話す」のうち、「聞く」「話す」にかなり重点が置かれているようだが、私の頃までは「読む」がほとんどで、「書く」が申しわけ程度に教えられていた、という印象がある（「聞く」「話す」はほぼゼロである）。そのせいにするわけではないが、「読む」のにくらべて、「書く」（作る）のは暗がりを灯りなしに歩いているような、覚束《おぼつか》ないものであった。

ところで、近世期、現代の英語にあたるような外国語とは何だったかといえば、漢文ということになろう。もっとも、漢語は日本語の中にすでに溶け込んでいたから、単純に現代の英語とは比較できないが、やはり本格的な漢文を読むには、それなりのまとまった勉強が必要になった。その意味で、外国語といってもよいだろう。

近世期の寺子屋では、児童は手習い（習字）・算用を勉強するかたわら、『実語経《じつごきょう》』『童子経《どうじきょう》』といった日本製の初等用教科書を使って、漢文の読み方を習い始める。そうして、やや長じては『孝経』や『四書』（大学・中庸・論語・孟子）といった本格的な漢籍の勉強へと進んでいくのを常とした。和歌・漢詩・俳諧・戯作・演劇などなど、さまざまな文芸ジャンルで活躍した文学史上の人物たちも、その少年期にはこういった漢文の知識・思想が叩き込まれているのである。その意味で、漢文は近世文学の骨格をなしていると言ってもよい。私たちが国語の教科書の片隅で、これまた申しわけ程度にちょこちょこっと習うのとは、土台が違うのだ。

しかし、そのような近世人においても、漢文が「読める」のと「書ける」のとでは、大きな差があったに違いない。また「書けた」としても、その内容にはおのずから、力量の差やその人の個性（時代性・学問的立場）というものが、表れてくるであろう。本節ではそういった漢作文上の問題が、『徒然草』を素材として議論された事例を紹介するとともに、なぜそれが『徒然草』だったのかという意味を考えてみたい。

漢訳前夜――岡西惟中

まず最初に取り上げるのは、岡西惟中の、その名も『真字寂寞草《まなつれづれぐさ》』（元禄二年〈一六八九〉刊）。「真字《まな》（真名）」とは、平仮名や片仮名といった「仮字《かな》（仮名）」に対する言葉で、漢字ということ。『徒然草』全篇を漢文に置き換え、しかもその訳文の根拠を頭注で記すという企てを試みたものだ。

惟中はなぜこのようなものを作ろうと思ったのか。これと同じような試みとしては、古く南北朝期に六条宮《ろくじょうのみや》が撰したという『真字《まな》伊勢物語』があり、それに倣ったものであるということだけはたしかである。あるいは『徒然草』を使って、和語／漢語の関係（訓読の要領）を教授するためのテキストとしたものでもあろうか。いまひとつその意図は分からないが、ともあれ、その漢訳がどのようなものであるのかを見てみよう。たとえば『徒然草』序段はこうなっている。

徒然有随《ツレヅレナルママニ》、終日《ヒグラシ》、松蘇利《スズリ》爾対而《ニムカヒテ》、情《ココロ》爾遷去《ニウツリユク》無二来由一《ヨシナシ》故乎《ゴトヲ》、莫其許《ソコハカトナク》書撲者《カキツクレバ》、奇怪《アヤシウ》社《コソ》
狂《モノグルヲシ》計礼《ケレ》。

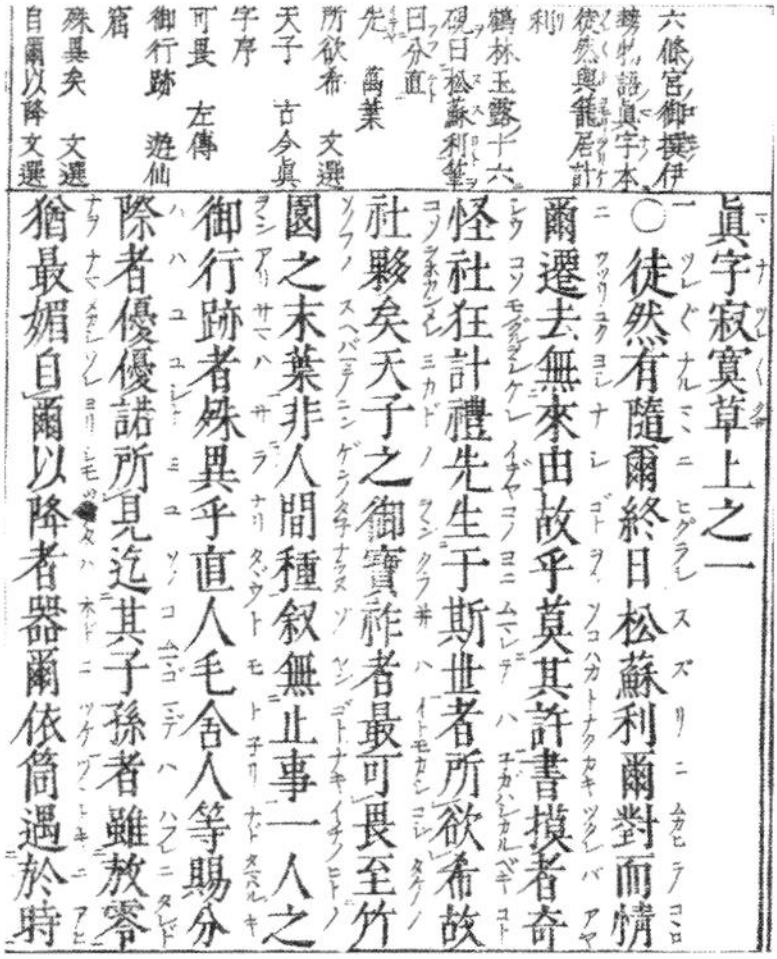
六條宮御撰伊
勢物語眞字本
徒然與籠居計
利
鶴林玉露十六
硯日松蘇利筆
日分直
先　萬葉
所欲希　文選
天子　古今眞
字序
可畏　左傳
御行跡　遊仙
窟
殊異矣　文選
自爾以降　文選

眞字寂寞草上之一
一○徒然有随爾終日松蘇利爾對而情
爾遷去無來由故乎莫其許書撲者奇
怪社狂計禮先生于斯世者所欲希故
社夥矣天子之御寶祚者最可畏至竹
園之末葉非人間種叙無止事一人之
御行跡者殊異乎直人毛舎人等賜分
際者優優諸所見迄其子孫者雖放零
猶最娟自爾以降者器爾依倚遇於時

『真字寂寞草』　国文学研究資料館蔵

いかがであろう。助詞の「に」を「爾」、「て」を「而」、「けれ」を「計礼」とするなど、一目これは正式な漢文ではないことが分かる。いわゆる変体漢文であって、『万葉集』などのごとく、正式な漢文と万葉仮名（一字一音表記）が混在したものである。

そして、この部分の頭注には、

六条宮御撰『伊勢物語真字本』ニ、「徒然《ツレヅレ》与《ト》籠居計利《コモリヲリケリ》」。『鶴林玉露』十六ニ、硯ヲ「松蘇利《スズリ》」

ト曰《い》フ。筆ヲ「分直《フデ》」ト曰フ。

と、訳出の根拠が述べられる。すなわち、前者は「つれづれなるままに」の「つれづれ」に「徒然」という漢語を宛てた理由を、後者は「すずりにむかひて」の「すずり」に「松蘇利」という漢字を宛てた理由を、それぞれ説明しているのである。頭注に挙げられる文献は他に、『万葉集』『日本書紀』『文選《もんぜん》』『遊仙窟《ゆうせんくつ》』『白氏文集』などで、「あさましく」は「甘身」(『日本書紀』)、「きよらをつくし」は「究奇」(『文選』)などと、要所要所でこのような特殊な漢語を宛てがいつつ、全篇を「漢訳」していく。

漢語から和語へという、通常の作業とはちょうど反対の、和語から漢語へという作業であるから、惟中本人はさぞかし苦労したことであろうが、周囲の人々にとっては、「『徒然草』全篇を通して漢訳するなんて、何とも物好きなことで」というくらいが、正直な反応だったのではなかろうか。

古文辞学派の漢訳(1)——服部南郭

『徒然草』の本格的な漢訳は、近世中期のいわゆる古文辞《こぶんじ》学派の登場以後に始まる。

古文辞学派とは、儒者荻生徂徠《おぎゅうそらい》の門人たちを指す。それまで日本の儒学は、中国の宋代に成立した朱子学を学ぶのが主流であったが、徂徠は朱子学以前に遡って、もう一度自分の目で、中国古代の経典（たとえば『詩経』や『論語』）を理解しようとした。そのためには当然、中国古代の言語、すなわち「古文辞」に通じておかねばならない。そこで彼は、その学習のための一助として、古文辞を使って実際に詩や文章を作る練習を門人に奨めたのだった。
その徂徠の高弟服部南郭《はっとりなんかく》の著に、『大東世語《だいとうせいご》』（寛延《かんえん》三年〈一七五〇〉刊）なる書がある。中国の『世説新語《せせつしんご》』に倣い、奇特なる人物たちの伝を漢文体で綴ったもので、いわば日本版『世説新語』である。そのなかには『徒然草』に取材した箇所もたくさん見える。
「しろうるり」の盛親僧都の話（第六〇段、前章第2節参照）も、その一つである。その前半部が漢訳されているのであるが、それはどのようなものであったろうか。一部を書き下し文で示そう。

僧都盛親……任達不羈《にんたつふき》、甚だ芋魁《うかい》〔芋頭〕を嗜む。談義の座側、大盂《おおばち》に佇盛《ちょせい》し、且つ啖《くら》ひ、且つ論ず。未だ始めより人に進めず。病《やまい》あれば必ず芋魁の殊に美なる者を択《えら》び、閉居して飽食す。疾《しつ》、亦《ま》た誠に愈ゆ。（巻四「任誕」）

まず、本文冒頭に「任達不羈」とあるが、これは原文にはない。自由気ままで礼法などに

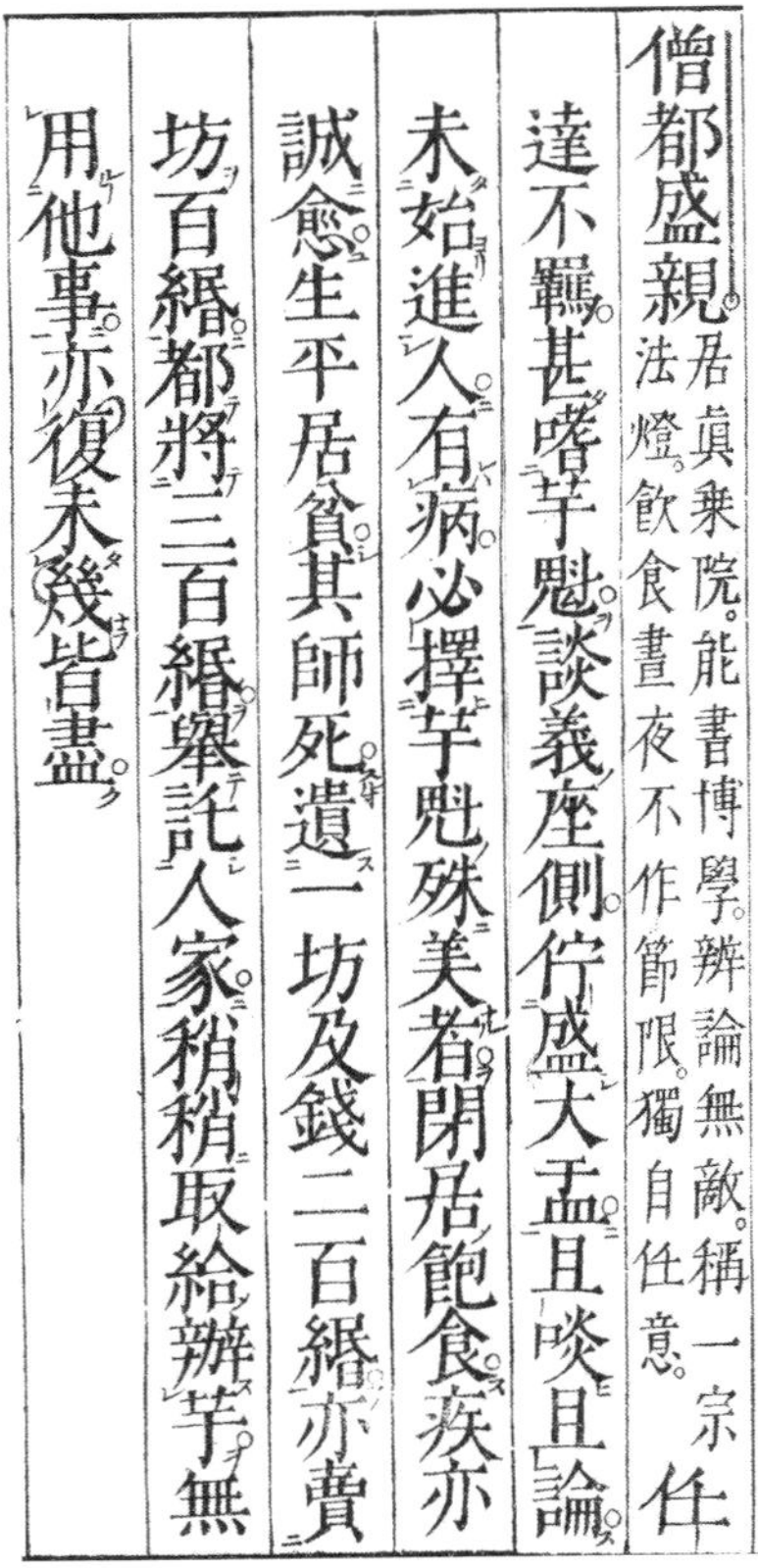
僧都盛親居眞乗院。能書博學。辨論無敵。稱一宗法燈。飲食晝夜不作節限。獨自任意。任
達不羈。甚嗜芋魁。談義座側。佇盛大盂。且啖且論。
未始進人。有病。必擇芋魁殊美者。閉居飽食。疾亦
誠愈。生平居貧。其師死。遺一坊及錢二百緡。亦賣
坊百緡。都將三百緡。舉託人家。稍稍取給。辨芋無
用他事。亦復未幾皆盡。

『大東世語』　国文学研究資料館蔵

こだわらないという意で、南郭は盛親のキャラクターをこの四字に集約して、読者に最初に提示したのである。以下、原文の要所をしっかりと押さえながら、逐語的に訳していく。この南郭訳については、また後述する。

古文辞学者の漢訳をもう一つ見てみよう。

京都の儒者宇野明霞《うのめいか》の詩文集『明霞先生遺稿《めいかせんせいいこう》』（寛延元年〈一七四八〉刊）には、『徒然草』の七つの章段の漢訳が収められている。それらの前書きとして、明霞はこんなことを言っている。――僧兼好の書（徒然草）は、いま広く流布している。ただしそれはみな和文で書かれていて、内容も大したことはない。とはいえ、そのなかには当時の史実を述べたもの、あるいは卑近日常の出来事で、他書には見えぬものもある。そこで暇なときに、これを漢訳してみた、と。

ここでは、第三章で紹介した「鼎」の段（第五三段）を見てみよう。こちらは南郭のそれのように原文に忠実というわけではなく、細部に明霞の解釈を含んだ「意訳」が見られる。例によって書き下せば以下のとおりだ。

仁和寺に又一僧有り。一日、諸僧集飲し、各《おのおの》所能〔手持ちの芸〕を出して以て戯れ歓ずること甚し。時にその僧、小鼎《しょうてい》を冒《かぶ》りて出る。鼎《かなえ》、尽《ことごと》くその首を呑み、黒臀黔然《こくとんけんぜん》として〔尻もくろぐろと〕、三足倒立《とうりつ》す。忽《たちま》ち俄然《がぜん》として傾き、又矗然《ちくぜん》〔まっすぐ〕として竪《た》つ。婆《ば》娑《さ》として〔衣が翻るさま〕その舞ひその面を見ず、唯《た》だ襟領《きんりょう》〔えりくび〕以て前後を弁ず。僛々《ぎぎ》〔かたむくさま〕や、僊々《せんせん》〔軽く飛び上がるさま〕や、傞々《ささ》として〔酔って舞うさま〕東且《ま》た西、盃に躓《つまず》き、尊《たる》に触れて醜態横出、衆皆絶倒、その歓すること益《ますます》甚し。或は喧呼《けんこ》抃手《べんしゅ》〔大声をあげたり、手をうったり〕してこれを助け、或は捧腹《ほうふく》して仰覧《ぎょうらん》すること能《あた》はず。

（巻七）

まず仁和寺のある僧が、酒宴を盛り上げるため、小さな鼎をかぶった。ここまではだいたい原文に忠実である。その次の、「鼎、尽くその首を呑み、黒瞖黚然として、三足倒立す」は原文にない部分で、鼎がすっぽりと首を呑みこんだと擬人的に表現しているところが面白い。さらに、鼎が真っ黒なおしりを見せて、三つの足を立てて逆立ちしていると見立てるのも、なかなか秀逸だ。

さらに原文にない文章が続く。「鼎」は、にわかに傾いたかと思えば、またすっくと立ちあがり、衣を翻して踊り舞う。傾いたり飛び上がったり、あっちに行ったりこっちに行ったり、盃につまずいたり樽にぶつかったり、とにかくハチャメチャな乱れよう。

皆はそれを見て笑い転げ、大声で叫んだり手を打ったりして、「鼎」を囃し立てる。ある者は腹を抱えて大笑いし、そのあまりのおかしさに、もはや仰ぎ見ることさえできない。とこんな調子で、酒宴の場を活写している。ここまで酔い乱れた酒宴の経験がない人でも、このような異常なノリは想像できるであろう。原文にはないそれを、明霞は想像して書き込んだのである。

しかもここに使われている用語はいわゆる古文辞で、中国古代の文献に典拠をもつような、いわば由緒正しい言葉である。たとえば「儆々」「僊々」「偞々」などといった擬態語、これらは『詩経』を出典とする、格調高き古典語であった。そうでありながらも、情景はとても活き活きと甦《よみがえ》ってくるから不思議である。

古文辞学派を駁す――山本北山（1）

ところで、このような古文辞学派の文章を、最も毛嫌いしたことで知られているのが、山《やま》本北山《もとほくざん》という江戸の儒者である。その若き頃の著作『作文志彀《さくぶんしこう》』（安永《あんえい》八年〈一七七九〉刊）では、「徂徠・南郭などの文を模範として、『徂徠の文にかくあり、南郭の文にしかあり』などといって自分の文章に用いるのは、みっともなく、また危ないことだ」と罵《ののし》っている。

北山は続けて言う。今の世の人は、徂徠・南郭を神様のように思って、その奴隷となっている。これはみんな、徂徠にたぶらかされたのだ。世の人は古文辞でなければ時流に合わないように思い、これを法律のように遵守しようとし、「修辞、修辞」（古文辞派の口癖）と口うるさく言い立てて、古人の文章を剽窃《ひょうせつ》している。嘆かわしいことだ、と。

しかしその北山も、「自分は数年の精力を古文辞の勉強に費やし、それを修得したあとで、その間違いを悟った」（『作文率《さくぶんりつ》』寛政十年〈一七九八〉刊）という。そうして、中国明《みん》の文人袁中郎《えんちゅうろう》が唱えた、「古人の言葉に拠《よ》らず、自分の性霊から発して、物事の委曲を詳密に描き尽くす文章」（『作文志彀』）、簡単に言えば、古人の形骸化した言葉ではなく、今の自分の心から湧き出てくる、分かりやすい文章を好《よ》しとするに至ったという。

その北山が、南郭の古文辞による『徒然草』漢訳を滅多切りにしたものが、『作文率』に載っている。南郭が訳したのは『徒然草』第一七七段で、内容はこうである。――鎌倉の中書王《ちゅうしょおう》（将軍宗尊親王《むねたかしんのう》）が蹴鞠の会を催そうとしたが、あいにく前日の雨で、庭がぬかるんでいた。しかし佐々木隠岐入道《ささきおきのにゅうどう》が大量の鋸屑《のこくず》を庭に敷きつめさせたので、会は予定どおり執り行われた。みな入道の準備の良さに感心していたが、ひとり吉田中納言《よしだちゅうなごん》は、「どうして乾いた砂を用意していなかったのか」とおっしゃった。乾いた砂の用意は、蹴鞠の会を預かる者の故実（古来からの慣《なら》わし）のよし。これを聞いて入道の「鋸屑」は、とたんに賤しいものになってしまった、というもの。

まずは南郭の文章全体を『大東世語』から書き下しで掲げる。

鎌倉中書王、蹴鞠の会に、雨場未だ乾かず。俄《にわか》にして左隠州〔佐々木隠岐入道〕、鋸屑を車載してこれを進む。乃《すなわ》ち場に撒して、湿妨無きことを得たり。後に或いは陶侃《とうかん》が事〔中国古代の武将陶侃のいわゆる「竹頭木屑」の故事」を憶《おも》ひ、その幹有ることを賞す。吉田黄門の曰《いわ》く、「故事に乾沙を儲くること有り。鋸屑の陋《ろう》、何ぞ必ずしも嗟賞《さしょう》せん」。（巻五）

先の盛親の話と同様、これも基本的には逐語訳に近いものに見える。しかしこの文章に対して、北山はまさしく徹頭徹尾、厳しい批評を寄せている。たとえば右の傍線をつけた部分についてのコメントを見てみよう。

一般に文章というのは、人の伝記を記すときは、その人柄を映し出すのが大事だ。有徳〔富裕〕の人は有徳らしく書き、暴戻《ぼうれい》〔荒々しく道理にそむき悖《もと》る〕の人は暴戻らしく書くのである。『徒然草』の、「吉田中納言の、乾き砂子の用意やはなかりける、とのたまひたりし」という文章からは、吉田殿の優美なありさまが、なるほどと推し量られる。しかし「鋸屑の陋、何ぞ必ずしも嗟賞せん〔鋸屑のような下品なものを使ったのは、どうして誉められたことであろうか〕」というのは、器の小さい人間が言い争っているときの口ぶりである。吉田殿のような君子の口ぶりに、このような野鄙《やひ》な言葉が合うだろうか。

こんな具合である。さらにそのあと、自分自身の試訳として、原文を短く縮めた文体、長

伝山本北山像　東京藝術大学蔵

く引き伸ばした文体、それから微妙な変化をつけた文体など、八つの訳例を出す。よくもここまで書き分けられたものだと感心するが、参考までに、短いものを書き下しで掲げてみよう。

> 鞠社、雨霎後の為に事を掌《つかさど》る者、予《あらかじ》め乾沙を備ふを故事と為す。鎌倉中書王、雨後鞠を蹴るにこの備へ無し。この日、佐佐木入道、この事を管す。乃《すなわ》ち数斛《こく》の木屑を将《ひき》ひて、場《にわ》に布《し》き、以て事を卒《おえ》ることを得たり。衆、皆これを悦ぶ。吉田中納言は達者なり。独りこれを笑ふ。

原文とは反対に、まず冒頭に結論を切り出しておいて、次に事の経緯を記す。最初に種明かしがしてあるので、読者はなぜ、最後に吉田中納言が笑っていたかを知っている、という仕掛けだ。面白いが、こうなると話の構成まで作り変えているわけで、翻訳の領域を超えてしまっていると言われるかもしれない。

白話体の習作——山本北山（2）

この八つの訳例のあと、さらに北山は、白話《はくわ》体の訳文の例も記している。白話とは何か。たとえば、有名な『三国志演義《さんごくしえんぎ》』や『水滸伝《すいこでん》』などは、明代に成立したと言われており、同じ漢文でも、『論語』や『史記《しき》』などと違って当時の口語に近い文章で書かれている。これが白話で、わが国でも十八世紀以降になると、広い意味での中国学の一環として、漢学者たちは白話で書かれた小説類を好んで読んだり、またそれを翻訳・翻案したりした。

特にこの白話、というより唐話《とうわ》（現代中国語会話）の学習を強く奨めたのは、荻生徂徠であった。徂徠は、漢文を訓点（読み方や返り点）に頼りつつ、たどたどしく読んでいるようでは、その文章の真意は理解できないと考えた。そこで〈生きた中国語〉を学ぶことによって、中国人の思考回路を体得すべし、と教えたのである。

それに対して北山は、唐話は現代の中国人と会話する際には良いかもしれないが、書物を理解するときには役に立たないし、文章を作るときにはもっと役に立たない、と言う。なぜなら、文章とは基本的に「古人の言」を文字に綴るものであって、現代の唐話とはあまりに異なっているから、と（『作文志彀』）。

これは、文章は古人の言葉ではなく、自分の言葉で書くべきだという先ほどの主張と矛盾するようであるが、先ほどの主張は、古文辞という、あまりにも古すぎる言葉を使って作文することに対する反発であった。しかるにここは、口頭語と文章語の違いに注目しているのである。文章語である以上、「自分の言葉」で書くとは言っても、語彙の面でも文法の面でも、古人の言葉から完全に逃れることは不可能である。その点において、口頭語である唐話の学習は、ほとんど益がないと言うのである。

北山は続けて言う。唐話に通じていなければ白話は読めない、あるいは作れないという人がいるが、それも間違いだ。自分も幼い頃、好んでこうした白話小説を読んでいた。唐話はできなかったが、『水滸伝』『西遊記《さいゆうき》』『龍図公案《りゅうとこうあん》』などの書は読めないことはなかった。そもそも白話は正式な文章よりも簡単なのだ、その証拠を見せようといって、日本初の裁判物といわれる『板倉政要《いたくらせいよう》』の一話（いわゆる瓢箪公事《ひょうたんくじ》）を白話訳してみせる。

その出来の善し悪しは私には分かりかねるが、北山は器用な人だから、『徒然草』の白話訳もお手のものであった。彼が例の「鎌倉中書王の蹴鞠」の段を「小説体」で書いた文章を、『作文率』から抜き出してみる。これは書き下しではなく、原文の雰囲気を味わってもらうため、前半部をそのまま掲げよう。

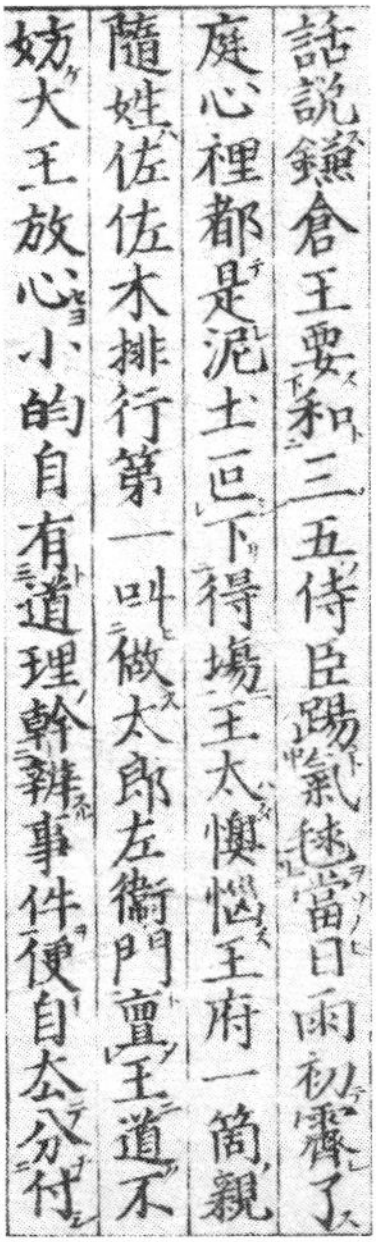
話説鎌倉王要和三五侍臣踢氣毬當日雨初霽了
庭心裡都是泥土叵下得場王太懊惱王府一箇親
隨姓佐佐木排行第一叫做太郎左衛門稟王道不
妨大王放心小的自有道理幹辦事件便自去分付

『作文率』巻２
家蔵

冒頭の「話説」は、そもそも、という言葉。以下、「排行」は兄弟の序列、「叫做」は呼びなすこと、「放心」は安心する、というように、普通の漢文ではあまり見かけない単語が多く出てくる。これがいわゆる白話であるが、じつはこれらの語の多くは、当時の白話小説やその辞典類を繙《ひもと》けばすぐに見出されるような、ポピュラーな単語ばかりである。つまり、それだけ類型的な文章ということだ。

たとえば北山は、雨でぬかるんだ庭を前に困っている鎌倉王に向かって、佐々木が「不妨大王放心。小的自有道理幹弁事件」（頭領様、ご安心なさいませ。私めに、この件を解決する方法があります）と言ったと訳している。これは『水滸伝』第二に、「不妨母親放心。児子自有道理措置他」（母上、ご安心なさいませ。私にこれを処理する方法があります）とある言い方と、ほとんど同じ構文であることが分かる。これは単なる偶然の一致ではなかろう。

とは言うものの、たとえ類型的な文章とは言っても、書かれている内容を読むことと、白話を使って自由にものを書くこととの間には、やはり大きな懸隔がある。たしかに当時、白話小説は流行したが、かといって誰もが北山のように、簡単にそれらしい白話体の漢文を作れるというものでもない。その意味で北山の語学・作文の才能は、やはり優れていたと言えるだろう。

山本北山への批判

同じ話を数種類に訳し分けるという、ある意味、曲芸のような北山の技を紹介したが、その後も同じ物好きを試みた例がある。瑞花和尚《ずいかおしょう》なる人物の『一笑七変《いっしょうしちへん》』（文化元年〈一八〇四〉跋刊）という小冊がそれで、小野道風が書いたという『和漢朗詠集』を、ある人が珍蔵していたという笑話（『徒然草』第八八段）を、七通りに分けて漢訳している。同書にはさらに、その門人と思われる道振《どうしん》・道宣《どうせん》らの試訳も数通り付されているから、その訳のバリエーションは十数種に上る。何ともご苦労なことではあり、こうなると一種の戯作と言ってもよいかもしれない。

さらに後年になると、北山の所業を批判したものも出てくる。越前《えちぜん》の儒医であった松村《まつむら》九山《きゅうざん》の『芸園鉏莠《げいえんしょゆう》』（文化八年〈一八一一〉刊）である。九山は、北山が第一七七段を九通りに訳し分けていることを挙げて、それはとんだ心得違いというものであり、読む者にあくびを催させるだけだと言う。そのように、まずはこの試みの無意味さを指摘しつつ、北山のそれぞれの訳文について分析し、短評を加えていく。たとえば二つめの訳文については、「徒然草の文章は優美で、その内容は婉曲《えんきょく》的である。それを、このような粗野な言葉で書き曲げられては、兼好も泉下で大いに恨みを抱くだろう」（巻上）、と。

しかし九山が最も問題と言うのは、例の白話体の訳例である。

ああ、北山氏は自分の文章を誇る心から、その技量を示そうとして、このような卑俗な文章を著書の中に入れた。これは大いなる誤りではなかろうか。ことさら『徒然草』のなかの短い一話に、さまざまに尾鰭《おひれ》をつけ、いろいろの枝葉を加え、ありもしないでたらめを演《の》べるのは、当今、江戸で流行している絵本や小説の趣と異ならない。学者は慎んで、この轍《てつ》を踏まないようにせよ。（巻上）

北山の白話体の訳文は、少なくとも九山にとっては、自分の才能をひけらかしているようにしか見えなかったようだ。

なぜ漢訳されたのか

このように『徒然草』は、漢作文の格好の素材とされた。では最後に、なぜ『徒然草』はこのように漢訳の対象として好まれたのか、ということについて考えてみよう。

近世期における『伊勢物語』『源氏物語』の漢訳本というのは、寡聞にして知らない。もっとも冒頭で述べたように、『伊勢物語』には真字本というのがあるが、これはいちおう、古くから伝来している本ということで、近世人の新作ということではない。

再び問う、なぜ『徒然草』は漢訳されたのか。一つにそれは、ある程度のまとまりのある文章を、短編として切り出しやすかったという点が挙げられるだろう。しかしそれだけならば『伊勢物語』とて同じこと。あるいは『枕草子』などでも作り得たはずであるが、それは伝わっていない。とするならば、その要因はやはり、『徒然草』の内容そのものに求めるしかない。

卵が先か、鶏が先かという議論に似ているが、けだしこれは、『徒然草』の内容あるいはその文体が、漢籍に大きな影響を受けていたからであろう。近世期の漢学者にとって、『徒然草』は比較的なじみやすい和文であり、『伊勢物語』や『源氏物語』などとは截然《せつぜん》と一線を画す存在だった。

十七世紀の漢学者たちが『徒然草』を「発見」したことは序章に述べたが、十八世紀を代表する朱子学者室鳩巣《むろきゅうそう》の随筆『駿台雑話《すんだいざつわ》』（寛延三年〈一七五〇〉刊）にも、次のような言がある。——わが国の物語草子類は、歴史物以外はどれも取るに足りないものであり、大かたは甘ったるい仏教話か好色話ばかり。『徒然草』にもそのような要素がないわけではないが、おおむね道義を説いたものである。鳩巣はそう言って、いくつかの章段を具体的に挙げたあと、「これらはいずれも簡潔な文章で、聖賢の教え（すなわち儒教）にも適っている。兼好はやはり怜悧《れいり》な人物なので、その発言は時として道理に当たることがあるのだろう」（巻四「つれづれ草」）と述べている。

このように漢学者のあいだでは、『徒然草』は少し特別な存在だったのである。音楽に喩えるならば、根っからの洋楽好きの人が、「邦楽は全般的につまらないが、〇〇だけはまあ聴けるよね」と言うのに似ている。ちなみに鳩巣も、『徒然草』第九八段の「しやせまし、せずやあらましと思ふことは、おほやうは、せぬはよきなり」（しようか、するまいかと思っていることは、だいたい、しないほうがよい）という一文を漢訳している（『可観小説《かかんしょうせつ》』巻三一）。漢訳してみたくなるテキスト、だったのだろう。

このように、彼らの考える『伊勢物語』と『徒然草』、『枕草子』と『徒然草』の間には、現代人には容易に計れない距離が横たわっている。漢訳という営為は、そのような『徒然草』の内的特質を、一面で物語ってくれているのだ。

終章　再び「つれづれ」とは何か

1　「退屈」な近代——思想から文学へ

「つれづれ」の変容

本書もいよいよ終章だ。ここまで、先人が『徒然草』をどのように読んできたかを具体的にたどりながら、『徒然草』の特質や魅力を探ってきた。特に、現代とは言語的にも思想的にも大きく隔たる近世人の読み方は、私たちが読めたつもりになっているだけでじつは読めていなかった、いわば解釈の盲点を、いくつも指摘してくれるものであった。

十七世紀の注釈者たちは、『徒然草』が『伊勢物語』や『源氏物語』などに連なる「文学」の書であるとともに、儒教・仏教・老荘などの道を説いた「思想」の書であるという認識を示した。そして後者の観点から、冒頭の「つれづれ」という言葉に、「静寂の境地」という過度に観念的な解釈を施したのである。ここで兼好は、人生の酸いも甘いも嚙み分けた、悟道の隠者のようにイメージされたわけであるが、しかし儒教や仏教といった思想を批判した十八世紀の国学者たちは、『徒然草』は人間の自然な心情のあり方を捻《ね》じ曲げた、いわば「偽りの古典」だと批判した。

とはいえ、『徒然草』が古典として一定の人気・需要を保っていたことは、その後も近世後期までテキストが刊行されていること、諸書に『徒然草』の引用や、それを踏まえた表現が散見することなどからも明らかである。しかし、十七世紀の熱狂的ともいえるほどのブームは、ついに起こらなかった。

そして時代は明治を迎える。政治的には、封建制にとって代わって、天皇を頂点とする中央集権制へと大きく変貌し、また文化的には、西洋の思想・芸術・文学が怒濤《どとう》のごとく流入した時代であった。そしてそのような国家体制の変化、あるいは文化的な新知見に基づいて、国文学の歴史も再構築されることになる。『万葉集』をはじめとして、古典の読み変え・再定位が行われていくのである（品田悦一『万葉集の発明』）。

そのとき、『徒然草』はどう読み変えられたのか。そしてその読みは、どのように現代につながっているのか。最後にこの問題を、「つれづれ」という言葉の解釈を中心にたどってみよう。当面の関心は、あの「静寂の境地」説が、どのように「退屈」説へと取って代わられたのか、ということである。

「退屈」説の登場

それを見ていく前に、まずは十八世紀以降、「つれづれ」という言葉が、辞書類でどのように解説されてきたかについて簡単に整理しておきたい。

たとえば、十八世紀後半に出された、俳諧師谷吾山《たにござん》の『俳諧翌檜《あすなろう》』〈安永八年〈一七七九〉刊〉には、「徒然《つれづれ》」が、「しづかに、さびしきこころ」と解説されている。これは十七世紀の辞書類とほぼ同様の解説で、「退屈」的な意味はまだ前面には出ていない。

しかし同じ十八世紀後半には、少しニュアンスの違う解説も見え始めている。次に掲げるのは、儒学者五井蘭洲《ごいらんしゅう》が『源氏物語』の語彙について解説した『源語梯《げんごてい》』〈天明四年〈一七八四〉刊〉の一節である。蘭洲はまず、「つれづれ」とは「さびしきさまなり」と言い、次に、「つらねつらね」という言葉が省略されてできた言葉だと解説する。そして、

つらねつらね物を思ひつつ居るは、暇《いとま》ありてわざなき時のことなれば、さびしき意にも言へるなるべし。

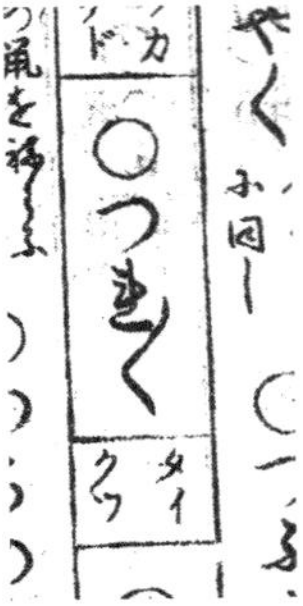
『雅語訳解』国文学研究資料館蔵

（「つらねつらね」と物を思いながらそこにいるというのは、時間があるのに為すことがない時のことであるから、さびしいという意味でも使うのだ。）

と言う。これは、第一章で示した私の分類に従えば、「行為の欠如感」を表す解説である。「さびしい」とあるから「寂寥」と紛らわしいが、「することがなくて、さびしい」というのであるから、「退屈」の意味に近い。

次に、国学者富士谷御杖《ふじたにみつえ》の『詞葉新雅《ことばのしんが》』（寛政四年〈一七九二〉刊）を見てみる。この辞書は、俗語（口語）を雅語（文語）で言い換えればどうなるかという、一種の逆引き辞典であるが、そこでは、「スルコトモナシニ」という俗語が、「つれづれと」という雅語で説明されている。これも、「行為の欠如感」の意のみを特記した形と言ってよい。この頃になると、「つれづれ」の原義のニュアンスは、もはや忘れ去られつつあったということだろう。

さらに、国学者鈴木朖《すずきあきら》の『雅語訳解《がごやくかい》』（文政《ぶんせい》四年〈一八二一〉刊）では、「つれづれ　タイクツ」とあるように、まさしく「退屈」という言葉が使用されている。

こうして十八世紀後半から十九世紀前半までには、「つれづれ」という言葉の説明として、「寂寥」系の意味ではなく、「退屈」系の意味をその中心に置く辞書が、徐々に表れ始めるのである。

「退屈」とは何か

ところで、そもそも「退屈」とは当時どんな意味で使われていたのであろうか。この点もいちおう確認しておかねばなるまい。

「退屈」はもともと仏教語らしく、その用例は古く十世紀末の『往生要集《おうじょうようしゅう》』にも見える。以後、「疲れる、困る、怠ける」などの意味で諸文献に使用されているが、室町後期には「暇を持て余す」という、現代一般的に使われている意味で使用された例を認めることができる。ここに、「つれづれ」と「退屈」という二つの語意の重なる部分が出てくるのである。

具体的な用例を探れば、次のようなものがある。

①『玉塵抄《ぎょくじんしょう》』（永禄六年〈一五六三〉成）巻三二
客人ヲ物ヲヒロウシニキタ者ヲ久《ひさし》ウ待《また》スレバ、人ガタイクツスルゾ。

②『新可笑記《しんかしょうき》』（元禄元年〈一六八八〉刊）巻二―六
（将棋）一番に半年もかかれば、随分気の長い国の人さへ、これには退屈して、……

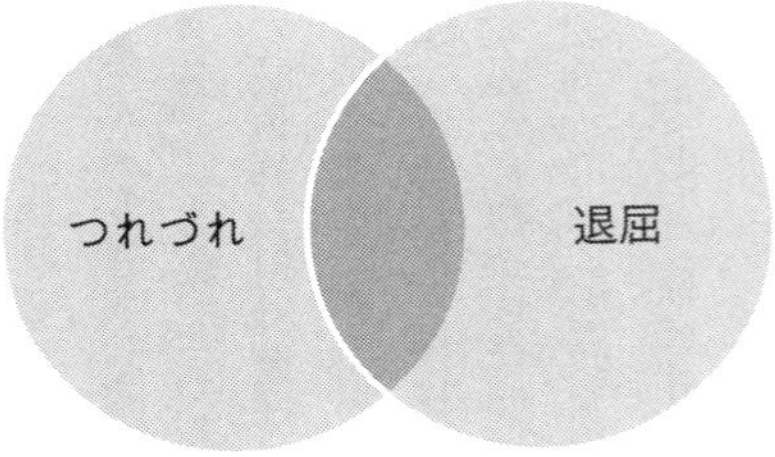

←孤独感・欠乏感　疲労感・倦怠感→

これらは現代の「退屈」とそう変わらない。時間を持て余しているために生じる倦怠《けんたい》の気分である。

だが、「つれづれ」と「退屈」には本来、意味上のずれがある（図参照）。「つれづれ」には、どことなく寂しい、どことなく物足りないという、その孤独感や欠乏感の因子を明確に意識する以前の――つまり「退屈」と感じる一歩前の、もやもやとした感情の広がりがある。何かが足りず、ゆえに停滞し、逡巡し、憂慮している気持ち。「退屈」ほど感情がはっきりしていない状態である。ゆえに「つれづれ」＝「退屈」としてしまうと、「することがなくて、つまらない」という、輪郭のはっきりした意味だけが浮き上がってしまうのだ。

とはいえ、明治時代の辞書になると、以下に見るように、「退屈」は「さびしい」「無聊」などいくつかの意味と併記される形ではあるが、「つれづれ」の意味を表す訳語として定着していくようになる。

③佐々木弘綱《ささきひろつな》編『雅言小解《がげんしょうかい》』（明治十二年〈一八七九〉刊）

モノサビシイ、ヒマナ、タイクツナ。

④落合直文《おちあいなおぶみ》編『ことばの泉』（明治三十一～三十二年〈一八九八～九九〉刊）

徒然。なす事もなくて、物淋しきこと。たいくつ。無聊。

『明治期国語辞書大系』（大空社）を利用して、明治十一年（一八七八）から同四十五年（一九一二）までの辞書三十四点を確認したが、このうち「つれづれ」の説明に「退屈」の語を含むものは十二点、およそ三分の一であった。

明治前期の抄録本

ところで、先述のとおり『徒然草』は十八世紀以後も、教養書として安定した需要はあったが、研究という点ではほとんど進展しなかった。これは第二章で見たように、本居宣長ら十八世紀以降の国学者が、中世以降の作品を仏教や儒教といった外来思想に汚染されたものとして毛嫌いし、基本的には研究対象としなかったという要因が大きい。明治期に入っても十数年はその状況に変わりはなく、新しい注釈書の刊行は見られなかった。だが明治十七年（一八八四）頃から、『徒然草』の本文を抄録したダイジェスト版が出始めていることは、やがて来る十七世紀以来の『徒然草』ブームの予兆として注意されるであろう。

『徒然草読本』　高津栢樹　明治十七年（一八八四）木版
『徒然草類選』　大和田建樹　明治十八年（一八八五）木版
『徒然草ぬきほ』　下田歌子《しもだうたこ》　明治十八年（一八八五）木版
『徒然草鈔録《しょうろく》』　島地黙雷《しまじもくらい》　明治二十一年（一八八八）活版

これらは、その表紙や奥付に「尋常師範学校用教科書」とか、「和文学教科書」などと明記されていることからも分かるように、国語教科書の一つとして編纂されたものである。明治政府は欧化政策の次の段階として、日本という「国家」、および日本人という「国民」のアイデンティティを確認（構築）するために、国文学の研究とその教育を推進したのである。なお、これらは教科書なので、基本的には本文のみであり、注釈は付けられていない。付けられていたとしてもごく簡単なもので、当面の目的である「つれづれ」の解釈が窺えるのは、高津の『徒然草読本』のみである。そこでは、「つれづれは、独単、又寂寞共かきたり」（巻上）とあり、どちらかといえば「寂寥」に近い意味が記されているのが確認できる。近世期の徒然草注釈の伝統を引きずっていると言うこともできよう。

文学のために――鈴木弘恭

こうした国文学界の上げ潮的なムードに乗って、明治期において初めて、本格的な注釈書と呼んでよいレベルの研究書が刊行される。国文学者鈴木弘恭《すずきひろやす》が行った『徒然草講義』（『国語講義録』所収、書名は仮題。明治二十三年〈一八九〇〉刊）である。同書は鈴木が国語伝習《こくごでんしゅう》所《じょ》において行った講義を筆録・整理したもの。

国語伝習所は明治二十一年（一八八八）、名古屋出身の教育事業家杉浦鋼太郎《すぎうらこうたろう》が東京九段《くだん》に設立した学校で（『大成七十年史』。なお、ほぼ同時期に台湾総督府が台湾各地に設立した同名の機関とは別）、ここでは鈴木のほか、黒川真頼《くろかわまより》・落合直文・服部元彦《はっとりもとひこ》・高津鍬三郎《たかつくわさぶろう》・小中村《こなかむら》清矩《きよのり》ら錚々《そうそう》たる学者たちが、国文学や修辞学の講義を行っている。

『徒然草講義』巻頭に置かれた「聴者心得」によれば、じつはこれより先、鈴木は明治十八、九年頃から何度か『徒然草』の講義録を『新婦人《しんふじん》』『通信女学《つうしんじょがく》』といった女子教育系の雑誌に掲載していた。しかしいずれも女学校での講義を基としたものであったため、「聊《いささ》か卑猥めきたる所、またあまり仏法じみたる所は悉《ことごと》く省き去りつる」ものであった。しかし今回は「片端よりびしびしと、一言一語も漏らさず講説せんといふ、愉快なる事になった」という。

では、序段の「つれづれ」はどのように解説されているか。

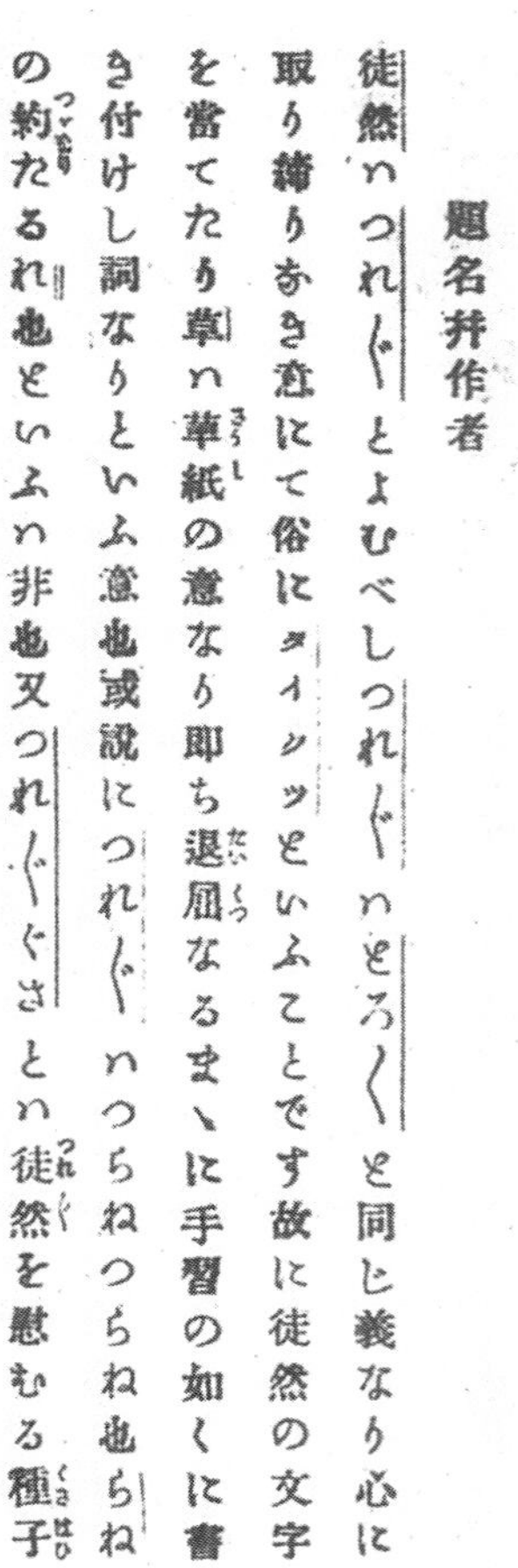

題名幷作者

徒然はつれづれとよむべしつれづれはとろとろと同じ義なり心に取り締りなき意にて俗にタイクツといふことです故に徒然の文字を當てたり草は草紙《さうし》の意なり即ち退屈《たいくつ》なるまゝに手習の如くに書き付けし詞なりといふ意也或説につれづれはつらねつらね也られの約《つゞまり》たるれ也といふは非也又つれづれさとは徒然《つれづれ》を慰むる種子《くさはひ》

鈴木弘恭『徒然草講義』『国文講義録』所収、国立国会図書館蔵

徒然は「つれづれ」とよむべし。「つれづれ」は、「とろとろ」と同じ義なり。心に取り締まりなき意にて俗に「タイクツ」といふことです。

ここに徒然草注釈史上、初めて「つれづれ＝退屈」説が出てくる。近世後期の辞書類ですでに定着し始めていたそれを、『徒然草』の注釈でも採用したのである。これは、十七世紀に一般的であった「つれづれ＝静寂の境地」説を否定することを意味する。

ではなぜ鈴木は、近世的な「つれづれ」解釈をしなかったのだろうか。その理由は彼の

『徒然草』観によるところが大きいと思われる。『〈訂正増補〉徒然草文段抄《もんだんしょう》』（明治二十七年〈一八九四〉刊）という注釈書の冒頭「一部の体の事」で、彼は次のように述べている。――諸注釈書はどれも大同小異の説を挙げて、全体として老荘思想に基づいているとか、天台宗の奥義が見られるとか、神道・儒学・仏教にわたるとか、思い思いにさまざまな説を説いているが、「これは却《かえり》て蛇足とやいふべかん」。

弘恭按《あんずる》に、兼好の意は決してさる事にはあらざるべし。本文にも、「心にうつりゆくよしなしごとを、そこはかとなくかきつくれば」と言はれたるがごとく、ただ心やり〔気晴らし〕に筆をとりて、さまざまの事ども書き付けたるが、この草子の面目〔名誉〕なるをや。

『徒然草』のなかに、儒・仏・老荘などの思想の片鱗《へんりん》が見られることは、さほどありがたがることでもない。ただ気晴らしに筆をとり、さまざまの事ども書き付けたという、そこがこの作品の優れた点なのだ、と。ここには、『徒然草』の「思想」ではなく、むしろ「文学」を評価しようとする考え方が窺える。

『徒然草』から思想性を過剰に読み取ることを否定する考え自体は、近世期にもまま見受けられるが、弘恭の『徒然草』観は、直接的には、近世中期の有職学者伊勢貞丈の『徒然草大《たい》意《い》』（安永二年〈一七七三〉写）に影響を受けているのではないか。鈴木が同書を見たという証拠はつかめていないが、同書は伝存する写本の数が多く、また彼の和学の師であり、前記『〈訂正増補〉徒然草文段抄』に序文を寄せる黒川真頼も所蔵しているから（『ノートルダム清心女子大学付属図書館　特殊文庫目録』）、鈴木が知っていた可能性はきわめて高い。『徒然草大意』には次のようにある。原文で示そう。

今の世にいたりて、これ〔徒然草〕をもてはやすにつけて、注釈をつくる人、強《しい》て人のため、教訓の初《はじめ》に書きけるなど云は、兼好の本意にはあらじ。ただ兼好の随筆なりと見るべし。強て人のため、教訓の書となして説くゆへ、好色のことなど書ける章にいたりては、教訓にあらざるゆへ、さまざまにむつかしき説を述べて、まげて教訓のおもむきに説きなすこと、牽強《けんきょう》〔こじつけ〕と言ひつべし。人の教《おしえ》になるべき章をば教訓に説き、さもなきことを書ける章をば、さもなきやうに、素直に、安らかにこそ説くべきことなれ。

『徒然草』は「随筆」である、ゆえに無理に教訓にこじつけず、「素直に、安らかに」解釈すべしという貞丈の論は、彼の有職学者という学問背景からすれば、文学的というよりはむしろ、文献学的な態度から生まれたのかもしれない。

鈴木の注釈は、おそらく貞丈のこのような『徒然草』観を継承しつつ、十七世紀的な注釈態度の象徴ともいうべき「つれづれ」解釈を批判した。兼好は、哲学者のように思索しながら本書を書いたわけではない。ただ退屈なままに、自分の思うこと、感じることを書き綴っただけだ――。『徒然草』の思想的な統一性よりも、文学的な多様性を評価すること。そのためには、「つれづれ」は「静寂の境地」のような、重い意味ではなくて、「退屈」のような、軽い意味で解釈されなければならなかったのだ。

念のために言うが、鈴木はここで新しい解釈を創り出したのではない。「退屈」とて「つれづれ」という言葉のまとっている意味の一つであるには違いないからである。ただ、その言葉のどの部位を、どのようにルーペで拡大するかで、解釈は変わってくるということなのである。

『文学界』周辺の人々

鈴木の『徒然草講義』の後、注釈書としては伊沢孝雄《いざわたかお》『増注《ぞうちゅう》徒然草』、伊藤平章《いとうへいしょう》『徒然草講義』、渡辺弘人《わたなべひろと》『徒然草新釈』などが出ているが、これらの「つれづれ」解釈は「寂寥」説あるいは「静寂の境地」説であって、やはり近世期の注釈を引きずっている。これを見ても、鈴木の解釈がかなり斬新なものであったことが分かるが、井上喜文《いのうえよしぶみ》『徒然草俊解《しょうかい》』（明治二十六年〈一八九三〉刊）あたりから、鈴木の「退屈」説を踏襲するものが出始める。

『徒然草』を「文学」として評価しようとする動きは、学問の世界ではないが、当時の文壇のなかにも見出すことができる。

のちに北村透谷《きたむらとうこく》らと文学雑誌『文学界《ぶんがくかい》』を立ち上げる星野天知《ほしのてんち》が、『女学雑誌《じょがくざっし》』第三二九甲号（明治二十五年〈一八九二〉十月）に掲載した「徒然草に兼好を聞く」というエッセイは、それまでの兼好像と一線を画すものであった。天知が病後、もの憂く沈みがちであったとき、妹が自分のために『徒然草』を読み聞かせてくれたという。「その声ふかく悲調を含みて、秋色いとど心泉に響く。思はず瞑目《めいもく》して静聴」しつつ、天知は『徒然草』の文章および兼好の生涯に思いを馳《は》せた。

兼好は実にこの多数異種の人々を抱合せる如き、徒然草たるの人なりき。徒然草は間違ひなき兼好なり。その多数異種の性質――寧《むし》ろ反対の如き多くの性質――は、多情多感の深刻なる所以《ゆえん》にして、この多くの兼好はダマスコの近辺《あたり》愕《おどろ》くべき天光に撃たれたる結晶ポ《(ママ)》ーロの如く、強大なる悲恋は終《つい》に一兼好に結晶せしめたるなり。

ここではまず、『徒然草』の内容の多様性は、兼好が「多情多感」の人であったからだという。そしてそれは、ダマスカスの付近で天からの強烈な光に遭遇し、のちにキリスト者となったパウロのように、兼好においては大きな悲恋の経験が、その人格形成の決定的な要因となったのだという。

その悲恋とは、兼好が伊賀国に隠棲していたとき、小弁という若い女性とのあいだで起こったと伝えられるもの（第二章第2節参照）。もっともこれは近世期に広まった偽文書に記されている逸話であり、信憑性があるものではない。しかしそれが偽文書であるという理解が広まったのは大正頃からで、天知がこの文章を書いたときには、この逸話は一般的に信じられていた（川平『兼好法師の虚像』）。

そして天知は、この「悲恋」をキーワードとして『徒然草』を読む。兼好の人格は、「悲恋に湧きたる人世の涙より凝結せし」ものであり、その出家遁世の原因もその「涙」によるところが大きい、と。

文を味はんとする者、先《ま》づ情を知れ。情を知らんとする者、先づ至愛を悟れ。至愛を悟らんとする者、先づ悲恋を読め。しかして悲恋の涙を以て徒然草を読め。然らずんば兼好微笑するの時なけん。豈《あ》に無味淡泊、器械的冷情の口舌を以て、この文豪の肺腑《はいふ》を講述し去るものならんや。

「無味淡泊、器械的冷情の口舌」というのは、「つれづれ」を「静寂の境地」と解釈するような十七世紀的な『徒然草』観のことであり、天知はそれへのアンチ・テーゼを示しているのである。

平田禿木と樋口一葉

この文章が書かれた翌年に創刊された『文学界』第一号（明治二十六年〈一八九三〉一月）には、天知と同じく本誌の同人である平田禿木《ひらたとくぼく》による「吉田兼好」というエッセイが掲載されている。当時、平田は第一高等中学校在学中の二十一歳。その内容は、『徒然草』のさまざまな章段の文章を引用しながら、先述した天知の『徒然草』観を詳述したようなものとなっている。そして兼好の出家隠遁についても、次のような解釈を示している。

彼〔兼好〕は世を離れて更に深く世を知れり。その、道の前に直進せんとする彼が赤誠《せきせい》の熱涙と、今昔を想ふ至恋の悲涙とは、沸《に》え湧きて如何《いか》なる苦悶《くもん》を彼が胸裡《きょうり》に生じけん。

悲絶惨絶、彼が精霊は冷凄《れいせい》〔つめたく、さびしい〕の境に出でて、如何なる悲夢をか結びけん。

道念と情愛との葛藤《かっとう》。そのような兼好の苦悶を思いやっているのである。このような、いわば「等身大」の人間味あふれる兼好観は、従来にないものであった。のちに平田が回想した文章によれば、このころ彼は、「ひどくあの双《ならび》が岡《おか》の法師〔兼好〕の人生観に打たれた。どうぞしてその魂の奥の奥まで突き留めたいと、上野の図書館に於けるあらゆるその文献を漁《あさ》り尽した」（『文学界前後《ぶんがくかいぜんご》』昭和十八年〈一九四三〉刊）という。

平田禿木

実際、平田は兼好の生き方を自分に引き付けてこのエッセイを書いたことが、友人の樋口一葉《ひぐちいちよう》『よもぎふ日記』の記述から窺える。明治二十六年（一八九三）三月二十一日、平田は一葉のもとを訪れ、幸田露伴《こうだろはん》や西行・兼好・芭蕉などについて語り合った。このとき彼は第一高等中学二年であったが、じつは数学が不得意で、そのために一年留年していた。また父親は早世して不遇の身であり、心を許せる友人もいない。

講師もおもしろからず、学友もうれしからず、なべてうき世のはかなきをうんじて、日夜の友をつれづれの草紙に求むれば、いよいよ学校などの厭《いと》はしく、知りつつ人よりはおくるるぞかし。この程まではかしこの寄宿舎に起きふししたれど、又家に呼かへされて風塵に立ちまじりつつ、もだえ苦しむこと堪えがたき身なり。

こうして世をはかなみ、『徒然草』を毎日読み耽《ふけ》っていると、いよいよ学校が厭わしくなって、勉強せねばならないとは思いつつも、学業が人より遅れてしまった。これまでは寄宿舎生活をしていたが、このまま落第すれば家に呼び戻されて、世俗に立ち交わらねばならなくなる。その苦しみは耐え難いと、文学青年らしい心情を吐露する。

それを聞いた一葉は、前記『文学界』第一号に掲載された、兼好の出家隠遁の苦悶を連想しつつ、平田に同情するが、しかし兼好法師とてしばらくの間は凡夫のままであった。いま学校を辞めても、それで悟道できるというものでもない。「猶《なお》、よく戦ひ給ひてこそ」と平田を励ます。すると平田は、友人の星野（天知）もそのように自分の退学を制止した、たしかに兼好法師も四十二歳までは心清く世を離れられなかったことですと、涙を胸に打ちたたえつつ嘆息したという。

『徒然草』が明治時代の文学青年たちの心に、鮮やかな感情の起伏を呼び起こしていることが分かる。彼らはあたかも当代の小説のように『徒然草』を読み、兼好の苦悶——と彼らが感じたところのもの——を、自分の身に重ね合わせていたのである。

ちなみに、平田のエッセイが載った『文学界』第一号は、販売当日に一五〇〇部すべて売り尽くし、すぐ増刷一〇〇〇部を出したが、これも一週間で売り切れたという（『文学界前後』）。

2　新「静寂の境地」説の誕生——大正期の転換

藤岡作太郎の趣味説

明治末年、国文学者藤岡作太郎《ふじおかさくたろう》は、『鎌倉室町時代文学史』のなかで、『徒然草』について次のように言っている。

徒然草一篇を読んで、その無常を説き厭世《えんせい》を説く所、深き渠《かれ》の経験より来れりとは覚えず

藤岡作太郎　『藤岡東圃追憶録』
非売品、1962年

して、その趣味を説ける所こそ、却《かえ》って自家の経験をその儘《まま》に記せるものと思はる。而《しか》して、徒然草が撰集抄、宝物集、発心集などに比して遥《はるか》に興味深きは実にこの点にあるなり。(『東圃《とうほ》遺稿』第三巻、大正四年〈一九一五年〉刊)

兼好が仏教思想を説いているような部分は、彼の深い経験に根差しているとは思われない。しかし「趣味」を説いた部分には、経験に裏打ちされた彼の真実の言葉がある、と。「趣味」とは後述するように、英語の**hobby**の意ではなく、美意識・感性くらいの意。そして『徒然草』は、「感情」や「美」というものを重視した兼好が、自分の「趣味」を説くことを目的とした作品だ、と言うのである。

ここで藤岡は兼好を、まるで一人の芸術家か評論家のように見ている。十七世紀的な思想家的・教訓家的な兼好像とは、雲泥の違いと言わねばならない。『文学界』の同人たちが、『徒然草』を「文学」として読んでいたことは先述のとおりであるが、アカデミズムのなかでは、これはかなり早い例に属するであろう。

ちなみに、藤岡は明治四十三年（一九一〇）に四十一歳という若さで早世していて、『徒然草』に関する詳しい注釈や評論は残してくれていない。よって藤岡が序段の「つれづれ」をどのように説いたかは不明であるが、先述した思想離れ・教訓離れの見解から推察すれば、彼が「静寂の境地」説を採ったとは考えられない。

趣味論の金字塔――内海弘蔵

さて、この藤岡の『徒然草』にかんする見解と相前後する形で、近代の徒然草注釈史上、最も注目すべき書が刊行される。内海弘蔵の『徒然草評釈』（明治四十四年〈一九一一〉刊）である。内海は落合直文の弟子であるが、これまでの訓詁《くんこ》注釈的な国文学の枠にはまらない、評論的なスタイルの注釈を刊行した。

内海弘蔵

その巻頭に置かれた「兼好が趣味論」に、同書の基本方針がまとめられている。それによれば、彼は従来の注釈書でよく問題にされる、仏教・老荘思想の影響を受けているという説、論理的な矛盾や人情への背反があるという説について、「趣味論」という立場から異論を唱えたいという。いまそれを要約して示せば、『徒然草』における仏教・

老荘思想の影響というのは、理性による信仰のレベルではなく、趣味性による直感のレベルの話である。また論理的な矛盾や人情への背反と見えるものは、ものごとの一面を外側から観るのではなく、その両面を内側から見るという、趣味論者の特性であると、内海は論じる。「趣味」という言葉をキーワードとしている点で、同書の説は藤岡のそれと似ているが、藤岡は同書が刊行される前年に早世しており、またその遺稿が発刊されたのは同書の刊行より後のことであるから、両者に直接的な関係はなかったかと思われる。それでもこのような一致を見たということは、「趣味」という言葉・概念が当時、文学・思想界において定着していたということが考えられよう。

「趣味」とはGeschmack（独語）、taste（英語）の訳語であり、もともと十七〜十八世紀に西欧の美学・芸術批評において使われていた言葉である。それが日本に定着した過程についてはいま詳らかにしえないが、明治二十年代の徳富蘇峰《とくとみそほう》の文学論、森鷗外《もりおうがい》の美術論などにおいて多用されているという報告がある（澤本亜希「国木田独歩「武蔵野」考」）。

また、たとえば大和田建樹『修辞学』（明治二十六年〈一八九三〉刊）に、「趣味は、物事に細かく注意して美妙の性質を味ひ分くる能力を謂《い》ふ」というような説明があるように、修辞学の用語としても知られていた。こうして、これまでの道徳や理性といった要素とは別に、美意識や感性といった要素が、文学を評価する尺度となっていく。『徒然草』もまた、このような文学観において再評価されたのである。

それでは、内海は序段の「つれづれ」をどのように解釈しているか。彼はまず「つれづれなるままに」の箇所に、「たいくつなのにまかせて」と注する。そして本段の評釈部分には、

何もすることがなく、いかにも退屈、いかにも徒然《とぜん》なので、……かやうの次第で、この書はほんの随筆なので、もとより、何の主張があるのでもない。又、何の寓意があるものでもない。――から、作者がまづ、ことわつてゐるのだ。(3)

としている。何の主張も寓意もない、単なる退屈しのぎの慰みであるという序段の読みが、きわめて明快に主張されている。

「退屈」説の定着――沼波瓊音

内海の本が非常な好評をもって世に迎え入れられたことは、多くの重印版・改訂版が残ることから容易に察せられるが（私の手もとには昭和二十二年・改訂一一、一三版がある！）。そのことについては内海自身が、同書の増補版ともいうべき『徒然草詳解』（大正八年〈一九一九〉刊）序文で次のように述べている。

沼波瓊音　『七面鳥』春陽堂、1913年

（『徒然草』を分かりやすく解くという）自分のこの企ては、予期以上の効果を以て酬《むく》いられ、拙著『徒然草評釈』は年を追うて頻《しきり》にその版を重ね、つれてまた自分のそのあとを学んで、同じやうな形の新釈書が多くの人の手によって、続々世にあらはれてきたのであった。

俳人であり、国文学者でもあった沼波瓊音《ぬなみけいおん》の『徒然草講話《こうわ》』（大正三年〈一九一四〉刊）も、「同じやうな形の新釈書」の一つである。内海のスタイルを踏襲して、語釈的な部分は最小限にとどめ、評釈に相当多くの文字数を費やしている。

そして、沼波もまた趣味論に立って『徒然草』を読み解こうとする。同書の刊行年次から言えば、内海の著書の影響かと思われるのであるが、しかし瓊音は内海の著書が出る以前、袖珍《しゅうちん》文庫本『徒然草』（明治四十三年〈一九一〇〉刊）の解題において、すでに次のように書いている。

この書は敢えて仏道にも孔孟にも老荘にも拠らず、唯だ自己の趣味性を唯一の標準として、心に映じた一切の事物を描写し、或いは批評した所に特色がある。ここに兼好の動かすべからざる箇性が躍動して居る。……又自然主義、デカダン、所謂《いわゆる》新人の新思想と全く同傾向なものが、この大昔の坊主の筆端から迸《ほとばし》ってゐるのを注意して読み給へ。ここに今日読むと殊に面白い味がある。

これを見れば、沼波の趣味論的解釈は、内海に影響を受けたものではないということになる。先述の藤岡の説も含めて、趣味論による『徒然草』読解は、誰が先鞭《せんべん》をつけたのかを断定するのは難しい。ともかくも、明治末年から大正初年にかけて、このような趣味論的解釈が流行したことはたしかである。

さて、その沼波は、序段を次のように解説している。

退屈なのに任せて、終日硯に向って、我が心にそれからそれと浮んで来るタワイも無い事を、その浮かぶ儘《まま》に、無目的に書いてみると、さて妙なものが出来上って行く。非常識・

矛盾・独断、まことに変に気違ひじみたものになって行く。

ここでも、「つれづれ」は「退屈」だ。またこの段の「評」で、瓊音は、

大いに世道人心を益する為とか、富国強兵の為とか、何の為、彼《か》の為と云《いう》やうな目的あって書くのではない。唯、以下書くやうな感想印象が自分の心に段々と浮かんで行く、それを片っ端から書いて行く、それだけの事だと云っている。……これが文士の述作の態度である。かくあらねばならぬのである。

としている。兼好は、大正期の文士と同様の心性をもつ者としてイメージされた。「自然主義、デカダン、所謂新人の新思想と全く同傾向なもの」（前出・袖珍文庫本解題）が見出されたのである。となれば、兼好は「静寂の境地」にいるような、聖人君子ではあり得ない。「退屈」な時間を持て余す、等身大の人間でなければならなかったのだ。

こうしてこの時期の徒然草注釈書においては、「静寂の境地」説はだんだんと劣勢になっていき、「退屈」説を取るものが増えていく。

現代の「つれづれ」注釈の尻尾《しっぽ》がようやく見えてきた。

新「静寂の境地」説の登場――島津久基

ところが、問題はここでは終わらない。内海や沼波が痛烈に批判した訓詁註釈の側、すなわち伝統的なアカデミズムの陣営から、新たな「静寂の境地」説とでも言うべきものが湧き起こるのである。

国文学者島津久基《しまづひさもと》は、「国文学と註釈――「つれづれなるままに」――」（大正十五年〈一九二六〉）という論文のなかで、最近（大正頃）の注釈書が、「つれづれ」をたいてい「退屈」の一語で片付けてしまうことに、「我々国文学に携はる者自らの罪を深く感ずるのである」と言っている。

島津は言う。古典を語彙レベルで分析・考証する、いわゆる訓詁註釈という研究態度はたしかに古めかしいし、そこに終始しては意味がない。だが、「その不備を補ふことも、今日の我々に残された仕事の一面でなければならぬ。否、真の意味の註釈はまだ成し遂げられてゐない」。ここには、訓詁註釈を軽視した内海や沼波の仕事が、明らかに意識されている。そして、訓詁註釈を尽くしたうえで、さらにその作品を鑑賞・批評することが、「真の註釈」だと言うのである。

そこで島津は、中古・中世文学における「つれづれ」の用例を広く分析したうえで、「つれづれ」とは、「しづかな余裕のある気持ちではあるが、何となく落ちつかぬやうな、物足りぬやうな、心細いやうな、慰めを求めてゐるやうな、さりとて自らそれをどうすることも出来ない、かなり複雑した繊細な心境」であると述べる。また「退屈」の意を表した用例も稀には見られるが、それは「決してこの語の内容の主部、中心ではない」とも言っている。

島津のこれらの考証は、第一章で述べた私見と照らし合わせてみても、その方法論といい結果といい、基本的に同意できる点も多い。しかし彼はそこからさらに進んで、「つれづれ」をある特別な状態であると説く。すなわち、

兼好の「つれづれ」は、まぎるる方なくただ一人ある状態である。心を捉へらるべき外部生活の世界から暫《しばら》く全く解放されて、一人静かに自分をみつめることの許された時間ではなからうか。

と、自己を内省することができる静かな時間であると言うのである。また別の箇所では、「ほんたうにひろく深い思索の出来るのは唯この時のみである。ほんたうに豊かなそして透徹した人生の観照の出来るのもまたこの時である」とも言っている。

このような「つれづれ」の解釈は、十七世紀の「静寂の境地」説に近いとも言える。しか

し、その拠って立つところは異なっている。島津は以下のように続けるのだ。

> あらゆるよき芸術、よき哲学、よき宗教の創生、それは「つれづれ」の心境を度外視しては説き得ない。何となれば、これは人性本然の姿の、縦《たと》へ全体でないまでも、そが実相に於てのみ顕《あらわ》るる生命の躍動であり、又かれはその偽りなき表現であるからである。

「つれづれ」の状態が、いわば真なるもの、善なるもの、美なるものを生み出すための心的環境として捉えられているのが見て取れる。

これはたとえば、フェノロサの『美術真説』（明治十五年〈一八八二〉刊）に、

> 美術の性質なる者は、その事物の本体中に在りて存するや、疑ひを容《い》れず。而してその性質たるや、静坐潜心してこれを熟視せば、神馳《は》せ、魂飛び、爽然《そうぜん》として自失するが如きものあらん。

などと説明されるような、美術鑑賞における「静坐潜心」の必要性の問題を想起させる。つまり、同じく「つれづれ」に「静寂の境地」というような意味を見出しながらも、十七世

紀のそれは儒教・仏教・老荘といった東洋的な「静」の思想に立脚していたが、島津のそれは、哲学のみならず芸術一般にまで拡張された、西洋的な「静」の思想の影響を受けていると見られるのである。いまこれを、「新・静寂の境地」説と呼んでおこう。

フェノロサの著書をはじめとする西洋の芸術論は、当時の文学論にも多大な影響を与えたが、その影響を受けたものの一人に、評論家の島村抱月《しまむらほうげつ》がいる。その「観照即人生の為也」（明治四十二年〈一九〇九〉）という論文には、次のようにある。——われわれの人生には悶々と思い悩むことがある。しかし、それをそのまま表現しても芸術にはならない。

かくの如き悶々の炎を、そのまま観照の域に移す。そのあはひから始めて芸術になる。言はば、今までの赤熱を白熱にするのである。……観照とは、言ふまでもなく単に見聞することとも違ひ、単に実行することとも違ふ。部分的現実に即して直ちに全的存在の意義を瞑想する境地である。

この「観照」についての考えは、島津の「つれづれ」説の拠って立つところをよく説明しているであろう。

評論家たちの追随――小林秀雄・唐木順三

島津論文の影響は、特に評論家たちの『徒然草』観に顕著に認められる。たとえば小林《こばやし》秀雄《ひでお》は、のちに『無常といふ事』に収められる「徒然草」（昭和十七年〈一九四二〉初出）と題するエッセイのなかで、「兼好にとって徒然とは、「紛るる方なく、唯独り在る」幸福並びに不幸を言ふのである」とし、次のようにも言う。

「つれづれ」といふ言葉は、平安時代の詩人らが好んだ言葉の一つであったが、誰も兼好のように辛辣《しんらつ》な意味をこの言葉に見付けだした者はなかった。彼以後もない。……徒然草の二百四十幾つの短文は、すべて彼の批評と観察との冒険である。それぞれが矛盾撞着《どうちゃく》しているというようなことは何事でもない。どの糸も作者の徒然なる心に集まってくる。

小林によれば、「つれづれ」とは、兼好の「批評と観察との冒険」を成り立たせるための心身の環境である。では、なぜそれが「幸福」であると同時に「不幸」でもあり、また「辛辣な意味」を帯びることになるのか。

それは、兼好が鋭利な刃物のような批評眼をもっていたからである。「つれづれ」であることによって、「目が冴えかえって、いよいよ物が見えすぎ、物がわかり過ぎる辛さ」、それが彼にとっての「不幸」なのである。そして、古今東西に類を見ない「空前の批評家」としての兼好が、その天才的な眼力のために思わずも発してしまう「批評精神の毒」を、小林は「辛辣な意味」と言ったのである。「つれづれ」とは、そのような兼好の切れ味の鋭い批評が生み出される緊迫した場なのであり、けっして「退屈」などという生ぬるい状態ではない。

また、小林とほぼ同時代の評論家唐木順三《からきじゅんぞう》は、「兼好」（昭和三十年〈一九五五〉）と題する評論のなかで、「つれづれ」とは、「すさび（荒び）」とほぼ同義であると述べる。兼好が生きた時代は、鎌倉末期の動乱の世。「人心もまた荒廃し殺風景極まる時代、王朝宮廷の文化が極まり闌《すが》れ、いまや滅亡に瀕《ひん》して手のつけやうもな」い時代であった。慰みごとに耽溺《たんでき》してそこから逃れようとしても、結局はまたもとのすさびの現実に引き戻される。この事実を自覚すれば、「単に己が時代や人心の荒廃、無聊としてではなく、時間といふもの、生起といふもの、人心といふものの根底としての「すさび」がみえてくるであらう」と言う。そして、

兼好は右のやうな「すさび」の感得において、「つれづれ」を言った。彼は宗教家ではない。一箇の芸術家、批評家であった。荒びからの逃亡の無益、慰めごとの結局は無益を感じ取って、むしろすさびに住し、すさびを主《あるじ》とした。それが彼の「つれづれ」の出所であ

った。

と述べるのである。「静寂の境地」とは少し違うかもしれないが、しかし「つれづれ」を、どこか達観した境地であると解釈していることに変わりはない。そしてここでも、兼好は「一箇の芸術家、批評家」と評されているのだった。これは小林の評論からの影響もあるかもしれない。

このように昭和前期の評論には、兼好の「つれづれ」なる態度に、芸術家・批評家としての自己内省や、人生観照の精神をオーバーラップしたものが見出される。評論家が兼好に、みずからの理想を投影している部分も大きいであろう。

評論家たちが論じたこのような兼好像は、国文学の世界に逆輸入されていく。たとえば冨倉徳次郎『類纂評釈《るいさんひょうしゃく》徒然草』（昭和三十一年〈一九五六〉刊）では、「生活・人事・技能・学問は仮象的な人生の営みに過ぎず、「つれづれ」こそ人生の本質的な時なのである」などとある。再び、「つれづれ」が『徒然草』の主題のように解されている。

そしてこのような「つれづれ」解釈は、「孤独で閑暇な「つれづれ」の境地」（『徒然草を読む』、昭和五十七年〈一九八二〉刊）などと表現する永積安明あたりまで、ひとつの系譜として続くのであった。

「退屈」説への回帰——安良岡康作・井手恒雄

しかし、こうした新しい兼好の「神格化」に対する国文学界からの揺り戻しは、すでに昭和三十年代後半から四十年代前半にかけて起こっていた。たとえば国文学者安良岡康作は、『徒然草』の執筆動機や意識の全体を「つれづれ」という言葉に収斂《しゅうれん》させようとした小林秀雄の評論について、「つれづれ草における、作品としての統一は、そういう一語句によって代表させるには、あまりにも複雑である」(『徒然草』昭和三十六年〈一九六一〉)と批判した。

そして、近代における徒然草注釈書の金字塔とも言うべき『徒然草全注釈』のなかで、序段の「つれづれ」について次のように述べる。

これを、清閑とか、閑寂とか、悠々自適とか、「まぎるるかたなく、ただひとりある」(第七五段)心境とか解して、何らかの価値ある生活感情を認めようとするのは考え過ぎであろう。することもないやりきれなさ・所在なさが、随筆の執筆を促す動機となったのである。

「つれづれ」に崇高な精神的境位を認めず、「することもないやりきれなさ・所在なさ」をその原義とする点で、「退屈」説への回帰と言ってもよいだろう。芸術家・批評家のようなイメージであった兼好が、再び普通の人間に戻ったという印象である。

また、安良岡とほぼ同時期に、同じく国文学者の井手恒雄は、「今日、徒然草の読者・研究者は「つれづれ」の語にあまりにも深い意味を与えすぎていはすまいか」（「「つれづれ」の意味」昭和四十年〈一九六五〉）とし、もう一度、鈴木弘恭の「退屈」説に戻る必要があると説いた。

そうして、『徒然草』のなかの「つれづれ」の用例は、すべて「退屈」の意で解釈できることを論証しようとする。たとえば序段は、これは私が「退屈しのぎ」に書いた「ものぐるほしき」（意味不明の）文章ですという予防線を張って、読者の批判を回避しようとしたのだという。それが本当に「退屈しのぎ」の、「ものぐるほしき」文章であったかどうかは、ここでは問題ではない。しかし、兼好はそう言っているのであるから、それを言葉どおりに受け取るべきであって、「兼好法師独自の「つれづれ」の境地だとか何だとかいうのは、見当ちがいというものではないか」（「「つれづれ」の誤解」昭和四十一年〈一九六六〉）と論じている。

いずれの論も、『徒然草』の主題が「つれづれ」の一語に集約されているという、重い解釈の風潮に対して、「退屈」説を主体とした軽い解釈のほうに大きく舵《かじ》を切りながら、『徒然草』という作品のもつ内容の多様性、構造の複雑さを主張したものである。

近代以降のこうした解釈の転変の果てに、第一章で紹介したような現代の徒然草注釈書の所説が定着する。すなわち「手持ち無沙汰」「所在ない」といった、「退屈」系の解釈である。

3 「つれづれ」問題の意味

「つれづれ」の現在

現在、文部科学省検定済みの高校国語教科書を発行している会社は、九社ある。高校国語教科書は、「国語総合」「古典A・B」「現代文A・B」「国語表現」などの科目に細分されるが、このうち「国語総合」は、現代文と古典（古文・漢文）がほぼ等分に配され、基本的に必修科目として指定される教科書だ。

そこで九社の「国語総合」の中身を、各社のホームページを利用して調査したところ、九社すべてが、『徒然草』を教材として採用していることが確認された。『徒然草』は古文入門書として、現在も不動の地位を保っていると言える。

そして、それら『徒然草』の教材には必ず序段が含まれている。とすれば、こういう推論も十分に成り立つであろう。高校生が「つれづれ」という古文単語に最初に出会うのは、この序段の学習においてである、と。むろん、中学生の段階で学習する場合もあろうが、状況はおそらく同じだ。

「つれづれ」という言葉の存在を、彼らは『徒然草』序段によって知る。かく言う私も、たぶんそうであったろう。では、彼らは「つれづれ」をどのように理解しているであろうか。

私は先頃、次のようなアンケートを、勤務先の大学の文学部二年生八五人に実施した。まず『徒然草』序段の本文を示し、そのあとに以下のような質問をしたのである。

「つれづれ」という心情について、あなたがイメージするのはどれですか（一つのみ）

①退屈である。時間があるのにすることがなく、つまらないと思っている状態。
②もの寂しい。どこか心が満たされない気分であり、もやもやとしている状態。
③リラックスしている。のんびりと気ままな気分であり、落ち着いている状態。

八五人の答えは、次のような内訳であった。①四七人、②一九人、③一九人。①は「退屈」、②は「もの寂しい」、③は「リラックス」がそれぞれキーワードと言えよう。このうち全体の約半数が、①の「退屈」を選んだ。

これは、「つれづれ＝退屈」という、高校生のときに覚えた古文単語の知識を、そのまま適用したのだと考えられる。「退屈」説は、現在進行形で続いているのだ。

解釈は変わる

以上、近代から現代にいたるまで、「つれづれ」という言葉がどのように解釈されてきたかを見てきた。そこにはその時期の思想や文学観のトレンドが、そのまま反映していることが分かったと思う。とすれば現代の解釈も、じつは長い徒然草解釈の歴史の一コマでしかない。今後も世界観や美意識が変容していけば、解釈も更新されていく可能性は十分ある。解釈というものの面白さ、そして怖さはここにある。

解釈というものは摑《つか》みどころがないものである。では、そのような正解が変動する問題を考えることに、どれだけの意味があるのか、という疑問も浮かんでこよう。あるいは、それは学問と言えるのか、と。

たしかに、一理ある。だが逆に問おう。確固とした正解が出る問題を考えることだけが、ほんとうに意味のあることなのか。正解の出ない問題に取り組むことは、ほんとうに意味のないことなのか。

確固とした正解が出ないからこそ、古典はずっと読み継がれてきた。簡単に正解が導き出されるものは、その時代には価値あるものとしてもてはやされているかもしれないが、何百年という時の審判に堪えることができない。たとえば、戦前は名著として読まれていたものが、戦後になってパタリと読まれなくなったという例は、けっして珍しいものではないのである。

ほんとうの古典は、その時々に価値を見出される、いい意味での「ゆるさ」を備えている。ゆえに絶対的な正解はなく、相対的な正解しか出ない。しかし、たとえ相対的なものであれ、その正解を求めるという行為自体に、じつは大きな意味がある。人間や社会、生き方や美意識といった、すぐれて現代的な問題について内省するきっかけを、古典は与えてくれるからだ。『徒然草』で言えば、恋愛、地位、名誉、孤独、虚偽、友人、親子、節義、臆病、慢心、飲酒、慳貪《けんどん》、豪胆……そういったさまざまなテーマが思い浮かぶ。そして正解が出ないからこそ、それらの問いは永遠に続くのである。

いま、自分の立っている場所を疑え。そしてその是非を問い直せ――。本書で論じてきた「つれづれ」問題は、とてもとても小さなテーマではあるが、ある意味普遍的な課題を、われわれに自覚させてくれるものである。

あとがき

『徒然草』の注釈史にかんする最初の論文を発表してから、すでに四半世紀が経過しようとしている。その間、二つの論文集をまとめたのであるが、自分の研究を、同業者だけではなく、もっと多くの人に知ってもらいたいという思いをずっと抱いていた。

本書のベースとなったのは、前任校で発行されていた年刊誌に連載したものと、現勤務校で文学部学生のための教科書として刊行された本に収録されたものである。またごく一部であるが、近年、日本近世文学会シンポジウムで語った内容も取り入れた。以下にそれらを列記しておく。

「江戸のFD—徒然草講釈指南書を読む—」（『文彩』創刊号、熊本県立大学文学部、二〇〇五年）
「徒然草の「しろうるり」—古今伝授の周辺」（同第二号、二〇〇六年）
「恋する兼好」（同第三号、二〇〇七年）

「徒然草「猫また」の段を読む」（同第四号、二〇〇八年）
「徒然草「鼎」の段を読む」（同第五号、二〇〇九年）
「徒然草の漢訳」（同第六号、二〇一〇年）
「「つれづれ」とは何か―『徒然草』の転変―」（岡崎敦・岡野潔編『テクストの誘惑　フィロロジーの射程』、九州大学出版会、二〇一二年）
「吉田家と徒然草―近世初頭における徒然草受容史の一齣―」（『近世文藝』第一一〇号、二〇一九年）

これらの素稿を大幅に修正するとともに、新たな原稿を書き足して一書とした。

本書のなかでいちばん力を入れたのは、第一章第1節である。中古・中世文学に見られる「つれづれ」約三百例を、作品の文脈を考慮しながらひとつずつ点検していった。インターネットで公開されるテキスト・データの増大によって、このように大量の用例が、たちどころに検索できるようになった。だが、その検索結果からいかなる「意味」を見出すかは、結局のところ、研究者の力量と地道な努力によるほかはない。まだまだ精進が必要であると思い知らされた日々であった。

また、先に記した二つの論文集では、私は基本的に、兼好が『徒然草』をどのように書いたかではなく、近世人が『徒然草』をどのように読んだかを明らかにしようとした。つまり、『徒然草』を媒介とした近世文学研究、それが私の研究のテーマであった。

だが、本書はそこから一歩進んで、そのような近世人の「読み」を参考にしながら、『徒然草』の本質とは何かという問題に挑戦してみた。考えてみれば、たとえば十七世紀初頭の人々は、われわれよりも四百年も兼好に近い時代の人間である。むろん、単純に時代が近いからといって、彼らの「読み」がすべて正しいとは思っていない。しかし彼らが現代人よりも、『徒然草』の本質をより直感的に読み取れた部分は、おそらく少なくないだろう。

兼好も言っている。「少しのことにも、先達はあらまほしきことなり」（第五二段）と。われわれはみすみす、仁和寺の法師の失敗を繰りかえす必要はないのだ。

本書が多くの人の手に取られ、新しい学問的関心を呼び起こすことを願ってやまない。

なお、本書刊行後の補足的なコメントなどは、左記の著者のウェブサイトで公開していくつもりである。参照されたい。

閑山子LAB. http://www2.lit.kyushu-u.ac.jp/~kawahira/

最後に、本書を書き上げるにあたっては、その構想段階では元中公新書編集部の藤吉亮平氏に、また企画段階以降では現編集部の吉田亮子氏にお世話になった。そのほか、さまざまな方々の励ましもありがたかった。記して御礼申し上げる。

なお、本書脱稿からまもなくして、学問の手ほどきを受けた中野三敏先生が他界された。ささやかではあるが、本書を手向草とさせていただく。

令和二年一月

川平敏文

参考文献

◇全体的なもの

荒木浩『徒然草への途　中世びとの心とことば』（勉誠出版、二〇一六年）
市古貞次編『諸説一覧 徒然草』（明治書院、一九七〇年）
稲田利徳『徒然草論』（笠間書院、二〇〇八年）
小川剛生『徒然草』（角川ソフィア文庫、二〇一五年）
小川剛生『兼好法師　徒然草に記されなかった真実』（中公新書、二〇一七年）
川平敏文『近世兼好伝集成』（東洋文庫、平凡社、二〇〇三年）
川平敏文『兼好法師の虚像　偽伝の近世史』（平凡社、二〇〇六年）
川平敏文『徒然草の十七世紀　近世文芸思潮の形成』（岩波書店、二〇一五年）
高乗勲『徒然草の研究』（自治日報社、一九六八年）
島内裕子『徒然草の変貌』（ぺりかん社、一九九二年）
島内裕子『徒然草文化圏の生成と展開』（笠間書院、二〇〇九年）
中野貴文『徒然草の誕生　中世文学表現史序説』（岩波書店、二〇一九年）
有精堂編集部『徒然草講座』全五巻（有精堂、一九七四～七七年）

◇序章　第1節

小川剛生『徒然草』（前出）
小川剛生『兼好法師』（前出）
風巻景次郎「家司兼好の社会圏―徒然草創作時の兼好を彫塑する試み―」（『国語国文研究』第五号、一九五二年）
川平敏文「吉田家と徒然草―近世初頭における

徒然草受容史の一齣―」(『近世文藝』第一一〇号、二〇一九年)
桑原博史『徒然草研究序説』(明治書院、一九七六年)
齋藤彰『徒然草の研究』(風間書房、一九八八年)
島内裕子「「連続読み」で読み解く徒然草の諸相」(『徒然草文化圏の生成と展開』第Ⅰ部第二章、前出)
鈴木貞美『「日記」と「随筆」ジャンル概念の日本史』(日記で読む日本史・19、臨川書店、二〇一六年)
西尾実「随筆の特性と研究方法の問題―徒然草磐斎抄に於ける来意の考察―」(『文学』第二巻二号、一九三四年)

◇序章 第2節

青木賢豪「『崑玉集』の紹介」(『古代中世文学論考』第四集、二〇〇〇年)
荒木尚「細川幽斎筆『徒然草』について」(『中世文学叢考』所収、和泉書院、二〇〇一年)
荒木浩「徒然草の「心」」(『徒然草への途』第三章、前出)
揖斐高『江戸幕府と儒学者 林羅山・鵞峰・鳳岡三代の闘い』(中公新書、二〇一四年)
大谷俊太『和歌史の「近世」道理と余情』(ぺりかん社、二〇〇七年)
小高敏郎『近世初期文壇の研究』(明治書院、一九六四年)
川平敏文「徒然草の「発見」」(『徒然草の十七世紀』第Ⅰ部第1章、前出)
川平敏文「林羅山の儒仏論―『野槌』和文序を緒として―」(鈴木健一編『形成される教養 十七世紀日本の〈知〉』所収、勉誠出版、二〇一五年)
小秋元段『太平記と古活字版の時代』(新典社、二〇〇六年)
島本昌一「『なぐさみ草』版本考」(『近世初期文芸』第四号、一九八八年)
鈴木健一『林羅山』(ミネルヴァ日本評伝選、

ミネルヴァ書房、二〇一二年）
高木浩明『中院通勝真筆本『つれ〴〵私抄』―本文と校異―』（新典社、二〇一二年）
中村幸彦「細川幽斎の文学生活―慶長初年―」（『中村幸彦著述集』第一二巻所収、中央公論社、一九八三年）
野上潤一「『太平記鈔』と『徒然草寿命院抄』と『太平記賢愚抄』―慶長年間の学問の一隅をめぐって―」（『国語と国文学』、二〇一〇年一二月）
山田健三・伊東莉沙「烏丸本徒然草の印刷技法」（『信州大学人文学部人文科学論集〈文化コミュニケーション学科編〉』第四六号、二〇一二年）

◇第一章　第1節

荒木浩「心に思うままを書く草子―〈やまとうた〉から〈やまとことば〉の散文史へ―」（『徒然草への途』第二章、前出）
かめいたかし（亀井孝）「つれづれのこころ―老憊散録―」（『むらさき』第二八号、一九九一年）
川平敏文「つれづれの季節」（『徒然草の十七世紀』第I部第2章、前出）
ドナルド・キーン訳『Essays in Idleness』（チャールズ・イー・タトル出版、一九六七年）
佐々木和夫「「つれづれ」考―徒然草序段の解釈について―」（『解釈』三八―一、一九九二年）
島津久基「「つれづれ」の意義―国文学と註釈―」（『国文学の新考察』所収、至文堂、一九四一年）
下房俊一「「つれづれ」考―『徒然草』序文の解釈をめぐって―」（『国語国文』一九七七年一二月）
塚本康彦「徒然草の鑑賞（序段）」（『徒然草講座』第二巻、前出）
中野貴文「「つれづれ」と光源氏」（『徒然草の誕生』第一篇第四章、前出）
藤田加代「「つれづれ」考」（『高知女子大国

文』第五号、一九八〇年）
◇第一章　第2節
井上敏幸「隠逸伝の盛行」（国文学研究資料館編『芭蕉と元政』所収、二〇〇一年）
揖斐高「風雅論―江戸期朱子学における古典主義詩論の成立―」（『江戸詩歌論』所収、汲古書院、一九九八年）
小島毅『朱子学と陽明学』（ちくま学芸文庫、二〇一三年）
土田健次郎『江戸の朱子学』（筑摩書房、二〇一四年）
◇第一章　コラム
遠藤好英「古代における漢語の意味・用法―「徒然」のわが国と中国での違いをめぐって―」（『訓点語と訓点資料』第九〇号、一九九三年）
遠藤好英「漢語「徒然」の語史―和化漢語の成立まで―」（『文芸研究』第一四七集、一九九七年）
遠藤好英「「徒然」の語史―文章史の観点から見た問題点―」（宮城学院女子大学『日本文学ノート』第三三号、一九九八年）
遠藤好英「平安時代の記録体の文章の性格　上―「徒然」の意味・用法を中心に―」（『日本文学ノート』第三四号、一九九九年）
福島邦道「とぜん（徒然）考―漢語史と方言―」（『実践国文学』第一号、一九七二年）
◇第二章　第1節
稲田利徳「「徒然草」の虚構性」（『徒然草論』第一章第三節、前出）
島本昌一『松永貞徳　俳諧師への道』（法政大学出版局、一九八九年）
中野貴文「「つれづれ」と光源氏」（前出）
◇第二章　第2節
岡田甫校訂『徒然夢物語夜講釈』（有光書房、一九七四年）
川平敏文『兼好法師の虚像』（前出）

◇第三章　第1節
稲田利徳「「徒然草」の説話的章段考」（『徒然草論』第一章第二節、前出）
川平敏文「誤読と精読―井村信成『徒然草隠解』論」（『徒然草の十七世紀』第Ⅰ部第5章、前出）
関山和夫『安楽庵策伝―咄の系譜―』（青蛙房、一九六一年）
関山和夫『説教の歴史―仏教と話芸―』（岩波新書、一九七八年）
西尾実「説話」（『徒然草講座』第四巻、前出）
本朝話者系図の会編『本朝話者系図』（演芸資料選書11、日本芸術文化協会、二〇一五年）
綿貫豊昭『連歌とは何か』（講談社選書メチエ、二〇〇六年）
◇第三章　第2節
岡田三面子編『日本史伝川柳狂句』第一五冊（古典文庫、一九七七年）
島内裕子『徒然草の変貌』（前出）
◇第四章　第1節
飛鳥井雅章述『尊師聞書』（『近世歌学集成』巻上所収、明治書院、一九九七年）
海野圭介『和歌を読み解く 和歌を伝える―堂上の古典学と古今伝受―』（勉誠出版、二〇一九年）
川平敏文「〔翻刻〕徒然草大意読方秘伝抄」（『文献探究』第四二号、二〇〇四年）
川平敏文「〔翻刻〕徒然種講筵要集」（『国文研究』第五三号、二〇〇八年）
川平敏文「徒然草講釈の技法」（『徒然草の十七世紀』第Ⅲ部第1章、前出）
小松操「『徒然草古今鈔』と草子の朗読」（『金沢文庫研究』第八七号、一九六三年）
島本昌一「貞徳と『伊勢物語秘訣』（一）」（『近世初期文芸』第一六号、一九九九年）
平山敏治郎編・校訂『大和国無足人日記』（「清文堂史料叢書」第二一・二二、一九八八年）
武藤禎夫編『座敷はなし』（『未刊軽口咄本集』下巻、古典文庫、一九七六年）

横田冬彦「『徒然草』は江戸文学か？」（『日本近世書物文化史の研究』第六章、岩波書店、二〇一八年）

◇第四章　第2節

榎坂浩尚「季吟の古典注釈の成立」（『北村季吟論考』所収、新典社、一九九六年）

西田正宏「松永貞徳の学芸」（『松永貞徳と門流の学芸の研究』第一章、汲古書院、二〇〇六年）

西田正宏「伝授と啓蒙と―松永貞徳『なぐさみ草』をめぐって」（鈴木健一編『形成される教養　十七世紀日本の〈知〉』所収、前出）

野村貴次「『徒然草拾穂抄』」（『北村季吟の人と仕事』第二章第三節、新典社、一九七七年）

久松潜一校訂『鉄槌書入』（『契沖全集』第一六巻所収、岩波書店、一九七六年）

福田安典「秘伝の公開としての講釈―医師の講釈と『徒然草』注釈―」（『伝承文学研究』第四五号、一九九六年）

横井金男『古今伝授の史的研究』（臨川書店、一九八〇年）

◇第五章　第1節

上野洋三編『吉原徒然草』（岩波文庫、二〇〇三年）

雲英末雄「俳文と先行文学―「宝蔵」と「徒然草」をめぐって―」（『文芸と批評』第四号、一九六四年）

今栄蔵「パロディの世紀」（『初期俳諧から芭蕉時代へ』第三章、笠間書院、二〇〇二年）

吉澤貞人「可笑記と徒然草」（『徒然草古注釈集成』所収、勉誠社、一九九六年）

渡辺守邦「『可笑記』と講釈」（『仮名草子の基底』第一章第二節、勉誠社、一九八六年）

◇第五章　第2節

黄昱「漢訳される『徒然草』―異種『蒙求』をめぐって―」（『総研大文化科学研究』第一〇号、二〇一四年）

中村幸彦「型の文章」（『中村幸彦著述集』第二巻第四章、中央公論社、一九八二年）

◇終章　第1節

学校法人大成学園編『大成七十年史』（一九六七年）

齋藤希史編『近代日本の国学と漢学　東京大学古典講習科をめぐって』（東京大学グローバルCOE「共生のための国際哲学教育研究センター」、二〇一三年）

笹沼俊暁『「国文学」の思想―その繁栄と終焉―』（学術出版会、二〇〇六年）

品田悦一『万葉集の発明　新装版』（新曜社、二〇一九年）

島内裕子「樋口一葉と徒然草」（『徒然草文化圏の生成と展開』第三章、前出）

鈴木貞美『「日本文学」の成立』（作品社、二〇〇九年）

飛田良文・松井栄一・境田稔信編『明治期国語辞書大系』（大空社、一九九七年〜）

◇終章　第2節

井手恒雄「「つれづれ」の意味」（『思想と文芸』第二七号、一九六五年）

井手恒雄「「つれづれ」の誤解」（『徒然草通説批判』所収、世界書院、一九六九年）

岩佐壯四郎『島村抱月の文藝批評と美学理論』（早稲田大学出版部、二〇一三年）

澤本亜希「国木田独歩「武蔵野」考―「趣味」の語を中心として―」（『高知大国文』第二九号、一九九九年）

島津久基「国文学と註釈―「つれづれなるままに」―」（『国語と国文学』第三巻第七・八号、一九二六年）。のち『国文学の新考察』（至文堂、一九四一年）に「「つれづれ」の意義―国文学と註釈―」として再録。

W・ヘンクマン、K・ロッター編『美学のキーワード』（勁草書房、二〇〇一年）

安良岡康作「徒然草」（『国文学解釈と鑑賞』第二六巻一一号、一九六一年）

渡辺護『芸術学』（東京大学出版会、一九七五年）第一二章

昭和17	1942	小林秀雄「徒然草」発表
昭和27	1952	風巻景次郎「家司兼好の社会圏」発表
昭和30	1955	唐木順三「兼好」発表
昭和32	1957	西尾実『徒然草』（日本古典文学大系）刊
昭和36	1961	安良岡康作「徒然草」発表
昭和40	1965	井手恒雄「「つれづれ」の意味」発表
昭和43	1968	安良岡康作『徒然草全注釈』刊、注釈史上最も詳細
昭和46	1971	永積安明『徒然草』（日本古典文学全集）刊
昭和57	1982	三木紀人『徒然草全訳注』刊
平成元	1989	久保田淳『徒然草』（新日本古典文学大系）刊 ＊底本に正徹本を採用
平成７	1995	永積安明『徒然草』（新編日本古典文学全集）刊
平成27	2015	小川剛生『徒然草』（角川ソフィア文庫）刊 ＊人物考証など新知見に富む
平成29	2017	小川剛生『兼好法師』刊

享保3	1718	増穂残口『徒然東雲』刊
享保12	1727	利微『奈良比野岡』刊　＊兼好伝
享保13	1728	安田迂菴『徒然種講筵要集』成　＊講釈の技法が記される書
元文5	1740	◇『徒然草』（大本14行本）刊
寛延3	1750	服部南郭『大東世語』刊　＊徒然草漢訳あり
寛延4	1751	◇『徒然草』（大本14行本）刊
宝暦2	1752	静観房好阿『当世下手談義』刊　＊徒然草講釈の話あり
宝暦12	1762	井村信成『徒然草隠解』成　＊独自の読解理論による読み
宝暦年間		志道軒『徒然夢物語夜講釈』刊
安永2	1773	伊勢貞丈『徒然草大意』成
天明3	1783	厭求『徒然要草』刊　＊仏教的見地からの注釈、没後五十年に刊行
寛政10	1798	山本北山『作文率』刊　＊徒然草漢訳あり
文化10	1813	平田篤胤『悟道弁』刊
文化12	1815	◇『徒然草』（大本10行本、屋代弘賢本）
文政4	1821	鈴木朖『雅語訳解』刊　＊つれづれ＝退屈と記載
天保7	1836	大国隆正『兼好法師伝記考証』刊　＊兼好伝
明治17	1884	高津栢樹『徒然草読本』刊　＊抄録・頭注本の初発
明治18	1885	大和田建樹『徒然草類選』刊
明治23	1890	鈴木弘恭『徒然草講義』刊　＊序段「退屈」説の初発
明治26	1893	平田禿木「吉田兼好」発表
明治42年以前		依田学海『徒然草評釈』刊
明治末年頃		藤岡作太郎、『鎌倉室町時代文学史』（大正4年刊）の基となった講義を行う
明治44	1911	内海弘蔵『徒然草評釈』刊　＊趣味論を普及させた評注、大ベストセラー
大正3	1914	沼波瓊音『徒然草講話』刊　＊内海『評釈』と並び称される評註
大正15	1926	島津久基「国文学と註釈」発表

延宝5	1677	高田宗賢『徒然草大全』刊
延宝6	1678	恵空『徒然草参考』刊
延宝7	1679	『鉄槌』（大本12行本）刊　菊岡如幻『伊水温故』成　＊『園太暦』偽文の初出
延宝8	1680	『鉄槌』（大本11行本）刊
天和2	1682	灰屋紹益『にぎはひ草』刊　＊徒然草模倣作
貞享2	1685	『鉄槌』（中本8行本）刊
貞享3	1686	岡西惟中『徒然草直解』刊　黒川由純『徒然草拾遺抄』成
貞享5	1688	藤井懶斎『徒然草摘議』刊　浅香久敬『徒然草諸抄大成』刊　＊諸説が一覧できる便利な書
元禄2	1689	岡西惟中『真字寂寞草』　＊徒然草漢訳
元禄3	1690	三木隠人『〔首書〕徒然草』刊　不明『徒然草吟和抄』刊　◇『徒然草』（半紙本12行本）刊
元禄4	1691	苗村丈伯『徒然草絵抄』刊　＊上欄に全章段の挿絵を附載
元禄6	1693	不明『徒然草貫旨』刊　◇『徒然草』（豆本11行本）刊
元禄7	1694	◇『徒然草』（半紙本12行本）刊　篠田厚敬『種生伝』成　＊兼好伝、正徳2年刊
元禄11	1698	苗村丈伯『〔頭書絵抄〕徒然草』刊
元禄14	1701	閑寿『徒然草集説』刊
元禄15	1702	都の錦『女訓徒然草』刊　斎藤唱水他『徒然草大意読方秘伝抄』成　＊講釈の技法が記される書
元禄16	1703	◇『徒然草』（大本14行本）刊
元禄17	1704	北村季吟『徒然草拾穂抄』成
宝永3	1706	閑寿『兼好諸国物語』刊　＊兼好伝
宝永4	1707	◇『徒然草』（小本11行本）刊
宝永6	1709	野宮定基他『徒然草刪翼』成
宝永7年以前	1710	近松門左衛門『兼好法師物見車』上演
宝永～正徳		来示『吉原徒然草』成　＊徒然草影響作
正徳元	1711	各務支考『徒然の讃』刊
正徳2	1712	◇『徒然草』（大本13行本）刊
享保元	1716	高屋近文『徒然草明汙稿』刊

元和～寛永		◇『徒然草』（大本10行本、杉田良庵本）刊
寛永13	1636	如儡子『可笑記』刊　＊徒然草影響作
寛永以前		◇『徒然草』（大本11行本）刊
正保2	1645	◇『徒然草』（大本12行本）刊
正保2		◇『徒然草』（大本11行本）刊
慶安元	1648	〔伊藤栄治〕『鉄槌』（大本８行本）刊　＊『野槌』の簡約版、異版も多い ◇『徒然草』（大本11行本）刊
慶安2	1649	『鉄槌』（大本８行本）刊
慶安5	1652	松永貞徳『慰草』刊　＊大量の挿絵と教訓的論評を附載
明暦3	1657	『鉄槌』（大本11行本）刊
明暦4年以前		『野槌』（14巻本）刊
明暦4（万治元）	1658	◇『徒然草』（大本10行本）刊　西道智『金鎚』刊　大和田気求『徒然草古今鈔』刊　大和田気求『徒然草古今大意』刊
万治2	1659	◇『徒然草』（大本13行本）刊
寛文元	1661	加藤磐斎『徒然草抄』（磐斎抄）刊　＊「静寂の境地」説の初発 高階楊順『徒然草句解』刊
寛文4	1664	『兼好法師家集』（林鵞峰跋）刊
寛文7	1667	清水春流『寂寞草新註』刊　北村季吟『徒然草文段抄』刊　＊歌学的見地からの注釈◇『徒然草』（大本12行本）刊
寛文8	1668	◇『徒然草』（大本13行本）刊
寛文9	1669	南部草寿『徒然草諺解』刊　山岡元隣『徒然草抄増補』（鉄槌増補）刊　『鉄槌』（中本11行本）刊
寛文10	1670	◇『徒然草』（大本16行本）刊 ◇『徒然草』（大本13行本）刊
寛文11	1671	山岡元隣『宝蔵』刊　＊徒然草影響作
寛文12	1672	著者不明『徒然草嫌評判』刊　『鉄槌』（大本11行本）刊
寛文～延宝		兼好偽伝（『園太暦』偽文）が作られる 伊賀国で兼好塚が「発見」される

関連年表

一、本年表は近世期を中心に作成した。
一、版本は後印・修訂本は除き、復刻を含む異版種を挙げた。参考：高乗勲『徒然草の研究』（自治日報社）、河村真理子「『野槌』の諸版とその影響」（2008年度日本近世文学会春季大会発表資料）
一、ゴシック体は主な注釈書、◇は主な徒然草テキストを示す。

年号	西暦	事項
弘安６年頃	1283	兼好、誕生か
永仁元年頃	1293	兼好一家、鎌倉へ下向し金沢氏に仕えるか
延慶３年頃	1310	兼好、内裏に仕えるか
正和２年以前	1313	兼好、出家するか
元弘元年頃	1331	『徒然草』成立か
貞和２年以後	1346	兼好、『兼好法師家集』を自撰か
延文３年頃	1358	兼好、卒去か
応永19年頃	1412	今川了俊『落書露顕』に兼好伝あり
永享３	1431	◇正徹本『徒然草』成　＊現存最古の写本
文安５年頃	1448	正徹、『正徹物語』に『徒然草』第一三七段の評
室町中期		◇常縁本『徒然草』成
		吉田兼倶、「卜部氏系図」に兼好を組み込む
文禄５	1596	細川幽斎、木下延俊に『徒然草』を推奨
慶長２	1597	◇幽斎息幸隆、『徒然草』を書写（東大本）
慶長９	1604	**秦宗巴『徒然草抄』（寿命院抄、古活字版）刊**　＊『徒然草』注釈書の嚆矢
慶長前半		松永貞徳、林羅山らに『徒然草』を講釈
慶長18	1613	◇烏丸本『徒然草』（古活字版）刊
慶長～寛永		◇『徒然草』（嵯峨本他多数、古活字版）刊
元和５	1619	近衛信尋『犬つれづれ』成　＊徒然草影響作、承応２年刊
元和７	1621	**林羅山『野槌』（10巻本）序**　＊儒学的見地からの注釈、寛永頃刊

川平敏文（かわひら・としふみ）

1969年福岡県生まれ．九州大学大学院博士後期課程修了．九州大学准教授．博士（文学）．熊本県立大学文学部助教授，准教授を経て，2010年より現職．専攻は日本近世文学・思想史．

著書『近世兼好伝集成』（平凡社東洋文庫，2003年）
『兼好法師の虚像』（平凡社選書，2006年）
『徒然草の十七世紀』（岩波書店，2015年／やまなし文学賞，角川源義賞受賞）
『長崎先民伝注解』（共編，勉誠出版，2016年）
ほか

徒然草《つれづれぐさ》
中公新書 *2585*

2020年3月25日発行

著　者　川平敏文
発行者　松田陽三

本文印刷　三晃印刷
カバー印刷　大熊整美堂
製　　本　小泉製本

発行所　中央公論新社
〒100-8152
東京都千代田区大手町 1-7-1
電話　販売　03-5299-1730
　　　編集　03-5299-1830
URL http://www.chuko.co.jp/

Published by CHUOKORON-SHINSHA, INC.
Printed in Japan　ISBN978-4-12-102585-2 C1295

中公新書刊行のことば

いまからちょうど五世紀まえ、グーテンベルクが近代印刷術を発明したとき、書物の大量生産は潜在的可能性を獲得し、いまからちょうど一世紀まえ、世界のおもな文明国で義務教育制度が採用されたとき、書物の大量需要の潜在性が形成された。この二つの潜在性がはげしく現実化したのが現代である。

いまや、書物によって視野を拡大し、変りゆく世界に豊かに対応しようとする強い要求を私たちは抑えることができない。この要求にこたえる義務を、今日の書物は背負っている。だが、その義務は、たんに専門的知識の通俗化をはかることによって果たされるものでもなく、通俗的好奇心にうったえて、いたずらに発行部数の巨大さを誇ることによって果たされるものでもない。現代を真摯に生きようとする読者に、真に知るに価いする知識だけを選びだして提供すること、これが中公新書の最大の目標である。

私たちは、知識として錯覚しているものによってしばしば動かされ、裏切られる。私たちは、作為によってあたえられた知識のうえに生きることがあまりに多く、ゆるぎない事実を通して思索することがあまりにすくない。中公新書が、その一貫した特色として自らに課すものは、この事実のみの持つ無条件の説得力を発揮させることである。現代にあらたな意味を投げかけるべく待機している過去の歴史的事実もまた、中公新書によって数多く発掘されるであろう。

中公新書は、現代を自らの眼で見つめようとする、逞しい知的な読者の活力となることを欲している。

一九六二年一一月

日本史

d2

- 608・613 中世の風景(上下) 阿部謹也・網野善彦・石井進・樺山紘一
- 1503 古文書返却の旅 網野善彦
- 1392 中世都市鎌倉を歩く 松尾剛次
- 2336 源頼政と木曽義仲 永井晋
- 2526 源頼朝 元木泰雄
- 2517 承久の乱 坂井孝一
- 2461 蒙古襲来と神風 服部英雄
- 1521 後醍醐天皇 森茂暁
- 2463 兼好法師 小川剛生
- 776 室町時代 脇田晴子
- 2443 観応《かんのう》の擾乱《じょうらん》 亀田俊和
- 2179 足利義満 小川剛生
- 978 室町の王権 今谷明
- 2401 応仁の乱 呉座勇一
- 2058 日本神判史 清水克行
- 2139 贈与の歴史学 桜井英治
- 2481 戦国日本と大航海時代 平川新
- 2343 戦国武将の実力 小和田哲男
- 2084 戦国武将の手紙を読む 小和田哲男
- 2350 戦国大名の正体 鍛代敏雄
- 1625 織田信長合戦全録 谷口克広
- 1782 信長軍の司令官 谷口克広
- 1907 信長と消えた家臣たち 谷口克広
- 1453 信長の親衛隊 谷口克広
- 2421 織田信長の家臣団―派閥と人間関係 和田裕弘
- 2503 信長公《しんちょうこう》記《き》―戦国覇者の一級史料 和田裕弘
- 2555 織田信忠―天下人の嫡男 和田裕弘
- 784 豊臣秀吉 小和田哲男
- 2146 秀吉と海賊大名 藤田達生
- 2557 太閤検地 中野等
- 2265 天下統一 藤田達生
- 2372 後藤又兵衛 福田千鶴
- 2357 古田織部 諏訪勝則
- 642 関ヶ原合戦 二木謙一
- 711 大坂の陣 二木謙一

中公新書

日本史

d3

476 江戸時代　大石慎三郎
870 江戸時代を考える　辻 達也
2552 藩とは何か　藤田達生
2565 大御所 徳川家康　三鬼清一郎
1227 保科正之《ほしなまさゆき》　中村彰彦
740 元禄御畳奉行の日記　神坂次郎
2531 火付盗賊改《ひつけとうぞくあらため》　高橋義夫
1945 江戸城―本丸御殿と幕府政治　深井雅海
1099 江戸文化評判記　中野三敏
853 遊女の文化史　佐伯順子
929 江戸の料理史　原田信男
2376 江戸の災害史　倉地克直
2380 ペリー来航　西川武臣
1621 吉田松陰　田中 彰
2047 オランダ風説書　松方冬子

1619 幕末の会津藩　星 亮一
1958 幕末維新と佐賀藩　毛利敏彦
2497 公家たちの幕末維新　刑部芳則
1754 幕末歴史散歩 東京篇　一坂太郎
1811 幕末歴史散歩 京阪神篇　一坂太郎
60 高杉晋作　奈良本辰也
69 坂本龍馬　池田敬正
1773 新選組　大石 学
2040 鳥羽伏見の戦い　野口武彦
455 戊辰戦争　佐々木克
1235 奥羽越列藩同盟　星 亮一
1728 会津落城　星 亮一
2498 斗南《となみ》藩―「朝敵」会津藩士たちの苦難と再起　星 亮一
1033 王政復古　井上 勲
2584 椿井文書―日本最大級の偽文書　馬部隆弘

日本史

中公新書

言語・文学・エッセイ

言語・文学・エッセイ

ライアー・ライアー 5
嘘つき転校生は運命の幼なじみに試されています。

久追遥希

MF文庫J

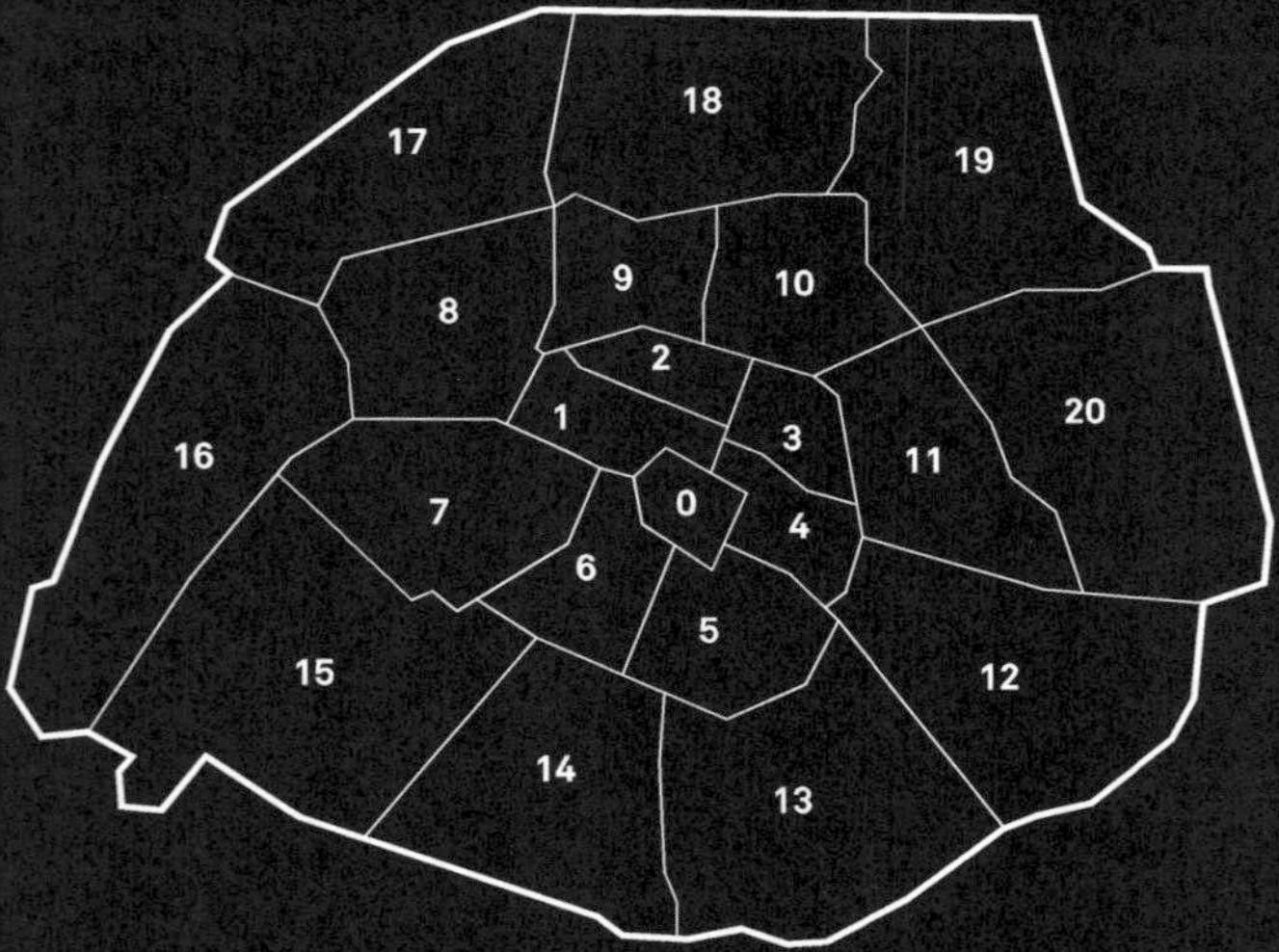

学園島

Academy

学園島……正式名称“四季島”。

東京湾から南南東へ数百キロ進んだ地点に作られた、人工の島。

全二十の地区で構成される一大都市で島の総人口は約百万人（そのうち半数近くが学生）。

“真のエリート育成”を掲げ、学生間の決闘を推奨した結果、優秀な卒業生を数えきれないほど輩出している。

●口絵・本文イラスト：konomi（きのこのみ）

プロローグ　いつかの記憶

liar liar

――もう、はっきりとは覚えていない記憶がある。

俺が小学生だった頃の話だ。近所にある一軒の家――そこに同い年くらいの女の子が住んでいることを多分俺だけが知っていた。何故《なぜ》ならうちの地区には未《いま》だに回覧板という制度があり、俺がそれを持っていく担当だったからだ。そこで初めて彼女と対面した。

正直なところ、容姿なんてほとんど思い出せない。……が、少なくとも当時の俺はあっという間に魅せられて、回覧板を手渡すほんの一瞬で何か話そうと躍起になった。そのうち彼女の方もだんだんと自分のことを喋《しゃべ》ってくれるようになり、身体《からだ》が悪いわけでもないのになかなか外に出られない……と愚痴めいたものまで零《こぼ》してくれるようになった。

そこからだった。俺が〝誘拐〟と称してこっそりと彼女を連れ出すようになったのは。

もちろん、今思えばお遊びレベルのささやかな抵抗だ。けれどそれでも、その行為は俺たちにとって明らかに特別だった。だから彼女が学園島《アカデミー》へ行ってしまった時は喪失感で立ち直れなかったし、高校生になった今でもその頃の思い出が脳裏にチラついている。

だから、そう――きっと、あれが〝初恋〟というやつだったんだろう。

第一章　探し人からの挑戦状

liar liar

＃

「ぁ、んっ……」

　昼下がりの洋館に、何かを堪《こら》えるような甘い声が響いた。

「ダメです、ご主人様。それ以上激しく動かれたら……ん、んぅっ！」

　どうしようもなく劣情を掻《か》き立てる吐息と嬌声《きょうせい》。見慣れたメイド服は彼女――姫路《ひめじ》が身体《からだ》を捩《よじ》らせる度に微《かす》かな衣擦《きぬず》れの音を奏でていて、それが余計に俺の心をざわつかせる。

「動くなって言われても……もう少し奥まで、ダメか？　ゆっくりなら大丈夫だと思うんだけど」

「お、奥まで……」

　はぁはぁと荒い息を零《こぼ》しながら俺の言葉を反芻《はんすう》する姫路。そうして彼女は、覚悟を決めたように白銀の髪をさらりと揺らして頷《うなず》く。

「……分かり、ました。ご主人様のお望みであれば、わたしも全力で受け止めます」

「ありがとう」

　従順な口調でそんなことを言う姫路にストレートな感謝を返しつつ、俺は少しだけ体勢を変えた。途端に彼女の身体が服越しにぎゅうっと押し付けられ、その体温にドキドキしながら優しく丁寧な動きを再開する。全身の感覚に意識を張り巡らせる。

……そして、

「あ、んっ、待って、くださっ、ご主人さ――……んぁあっ」

瞬間、一際大きな悲鳴が耳朶《じだ》を打った。ビクンと跳ねる華奢《きやしや》な肢体。澄んだ碧《あお》の瞳は刹那の間ぎゅっと閉じられて、強烈な余韻が抜け切った後にゆっくりと開かれる。くたりと全身を弛緩《しかん》させた彼女は乱れた呼吸を整えるようにしばらく無言でいたが、やがて桜色の唇をそっと開いて――

「ゲームオーバーになってしまいました」

――どこかむすっとした声で言いながら、持っていたコ､ン､ト､ロ､ー､ラ､ー､を手放した。

「ふぅ……」

無駄に広いリビングに設置された無駄に上質なソファ。そいつに俺と並んで腰掛けた姫路は、さらさらの銀髪を揺らしながら微かに息を零してみせる。

「だから言ったではありませんか、ご主人様。あれ以上激しく動くべきではないと。あそこはきっと、一旦下がって別のルートから攻めるのが正解です」

「かもな……うーん、慎重にやればいけると思ったんだけど」

静かに繰り出される姫路の力説に対し、指先で頬《ほお》を掻きつつ反省の色を示す俺。

ハイドラジア——俺と姫路《ひめじ》が躍起になってプレイしているのは、つい先週発売されたばかりの新作ゲームだった。ジャンルはいわゆる〝死にゲー〟で、理不尽な強さの敵キャラやステージギミック満載のダンジョンを生身の人間が攻略していく類《たぐい》のモノ。難易度のバランスが絶妙で、国内外から高い評価を受けている。

ただ、この手のゲームは得てして時間泥棒としても有名だ。一回の挑戦《トライ》に要する時間はせいぜい数分だが、繰り返し挑んでいるうちにいつの間にか日付が変わっている。

それでも俺がこのゲームの購入に踏み切ったのは、今の〝時期〟に理由があった。

今日の日付は五月十七日——島を挙げての大型イベント・五月期交流戦が開催された翌週の火曜日だ。大半の生徒は普通に学校へ行っているはずだが、件《くだん》のイベントが学園島《アカデミー》における休暇期間（イベントウィークというらしい）を使って実施されていた関係上、その参加者には代休が与えられている。

故に当然と言えば当然の措置なのだが、とはいえ一週間もの連休だ。加えて大型イベントをこなしたばかりで疲れているとなれば全力でダラダラする以外になく、こうして姫路とゲームに興じているのだった。

（……まあ、姫路がこんなに熱中してくれるとは思ってなかったけど）

そんなことを考えながら、すぐ隣でむむむと画面を見つめるメイド服姿の少女に視線を移す俺。ゲームオーバー後に流れるリプレイ映像を研究していたらしい彼女は、やがてこ

ちらを振り向いて涼やかな声を上げる。

「ここ、ですね。この崖をどう切り抜けるかが重要な気がします。悠長に上っていると背後から敵に攻撃を受けてしまいますが、ジャンプ台を使うと着地の衝撃で崖そのものが崩れ、飛んでくる大鷲《おおわし》の背に乗ると巣まで連れていかれるバッドエンド。現状、いずれも不正解かと思われます」

「だな。って言っても、他に試せる手なんて……いや、ちょっと待て。今のところ、大鷲の巣に投げ込まれてからゲームオーバーの表示が出るまで、一瞬だけど間がないか？」

「間、ですか？　……！　確かに、ありますね。ほんの一秒程度ですが、明らかに意図的な空白があります。このタイミングで操作が利くということでしょうか？」

「ああ、多分そうだと思う。ほら、鷲の身体《からだ》で隠れてるけど巣の奥に穴みたいなのが映ってるだろ？　きっとあそこから別の道に繋《つな》がってるんだ。もしくは、あの穴に身を潜めて鷲がいなくなるのを待ち続けるとか」

「なるほど……ふふっ。さすがの観察力です、ご主人様」

ゲーム画面から視線を切り、上半身を捻《ひね》るようにしてこちらを向きながら感心の声を零《こぼ》す姫路《ひめじ》。当然メイド服の胸元がぐっと俺の目の前に寄せられる形になり、同時にふわりと甘い女の子の匂いが容赦なく鼻腔《びこう》をくすぐってくる。

「………………」

一つ、気付いたことがあった――ゲームをプレイしている最中の姫路は、操作に集中しているせいかひどく無防備だ。それなりに大きなソファだというのにいつの間にかぴったりと俺に寄り添っているし、操作キャラの動きに応じて微《かす》かに身体を揺らすから二の腕やら太ももやらが頻繁に俺の身体に押し付けられるし、時折発せられるダメージボイスはやけに色っぽいし……何というか、色々と可愛《かわい》すぎてしょうがない。

「……？　ご主人様、いかがなさいましたか？」

と、俺の反応が突然鈍ったのを見て、姫路は不思議そうに首を傾《かし》げた。そうして、何を思ったのかさらにこちらへ身体を近付けてくると、半ば覆《おお》い被《かぶ》さるような格好でじっと俺の目を覗《のぞ》き込んでくる。透き通るような碧色《あおいろ》の目。油断していると見惚《みと》れてしまいそうで、吸い込まれてしまいそうで――

「っ……きゅ、休憩！　そろそろ休憩にしよう！　……な!?」

俺は、ぎゅっと目を瞑《つぶ》りながらそんな提案をすることにした。

――姫路白雪《しらゆき》は料理が上手《うま》い。

いや、もちろんそれはある意味で当然のことだ。嘘《うそ》とはいえ〝7ツ星〟である俺の従者として白羽の矢が立った少女なんだから、イカサマや《決闘《ゲーム》》だけじゃなく家事全般が得意なことは最初から分かり切っていた。けれど、姫路のそれは次元が違う。

「うっま……」

「お褒めに与《あずか》り光栄です、ご主人様」

ソファの前のローテーブルに二人分のティーカップをコトンと置きながら、彼女はそう言って微《かす》かに口元を緩ませた。今日のお茶菓子は一口サイズのマドレーヌだ。芸術的なまでに食欲をそそる焼き色と香ばしいバターの匂い。口の中に入れた瞬間にふわりとした甘さが広がり、全身が多幸感で満たされる。甘さ控えめな紅茶との相性も抜群だ。

「ふふっ。……では、わたしも失礼します」

囁《ささや》くような声音でそう言って、そっと俺の隣に腰掛けてくる姫路《ひめじ》。出会った当初は隣の席どころかテーブルを挟んだ斜向《はすむ》かいに座っていたくらいなのに、今や一つのソファを共有するレベルの距離感だ。それだけ心を許してくれているのかと思うと、くすぐったいやら嬉《うれ》しいやらで無限にドキドキすることになる。

と……まあ、そんなこんなで幸福の具現化みたいな時間をたっぷりと堪能《たんのう》して。

そろそろゲームの続きでもするかとコントローラーに手を伸ばした——その瞬間、ポケットの中の端末が短く振動したのが分かった。既にスタンバイを終えている姫路に軽く断りを入れながら、端末を取り出して通知を確認してみることにする。

「って……《決闘》の申請？」

そこで画面の真ん中に表示されていた一文を見て、俺は思わずそっと眉を顰《ひそ》めた。

《決闘》の申請――これを説明するためには、まず学園島独自の評価システムについて触れる必要があるだろう。この島の学園に通う高校生は誰もが〝星〟と呼ばれる重要アイテムを持っていて、その所持数が各生徒の〝等級《ランク》〟を表している。要は、目に見えるカースト制度のようなものだ。等級が上がれば上がるほど各種の権限も強くなる。

そして、そんな星を手に入れるための最も王道かつ効果的な方法というのが、他でもない《決闘《ゲーム》》だった。自分よりも高い等級の相手だけに申請することができ、お互いの星とプライドを賭けてぶつかり合う〝星獲《と》り〟のゲーム。敗北すると自身の星を一つ失い、勝利した場合は条件次第で昇格する。また、学園島《アカデミー》には個人の等級の他に学園同士の優劣を決める〝学校ランキング〟なるものも存在するため、他学区の生徒から星を奪うという行為は所属学園からの評価にも直結する。

そんな事情があるからこそ、現7ツ星である俺は他学区の連中にとって格好の〝的〟とも言えた。倒せば次の英雄になれるし、学校ランキングは大きく上昇する。だから、こうして《決闘《ゲーム》》を挑まれること自体は別に不思議でもないのだが――

「変だな……通知は基本切ってるはずなんだけど」

そう言って、俺は小さく首を傾《かし》げる。……例の〝嘘《うそ》〟の関係で俺の名前が学園島《アカデミー》中に轟《とどろ》いているのは良《い》いのだが、見知らぬ連中からの通知を全て受け取っていたら面倒なことこの上ない。そんなわけで、現在の俺は仲間内からの連絡や例外的な申請を除いてほぼ全ての通知をオフにしている――それなのに、今回はわざわざ端末が振動した。

「……どう思う、姫路《ひめじ》？」

「そう、ですね……その申請がリナや秋月《あきづき》様といった方からのものでないのであれば、まずはお相手がご主人様よりも上位の権限を持っているという可能性が考えられます。ですが、そのようなことは滅多《めった》に起こり得ませんので――もしかすると、申請されている《決闘《ゲーム》》の形式というのが少し特殊なのではないでしょうか？」

「特殊？」

「はい。確かにご主人様の端末は余計な通知を受け取らないよう調整させていただいていますが、それで重要な連絡まで見逃してしまっては元も子もありません。ですので、気を配るべき通知に関してはそのまま表示されるようになっているのです。具体的には６ツ星プレイヤーから申請があった場合と、それから《決闘》形式が通常のものでない場合ですね。……ええと、少しよろしいですか？」

「？　ああ」

隣から身を乗り出すようにして俺の端末を覗《のぞ》き込んできた姫路に操作方法を教わるがまま、俺は申請された《決闘《ゲーム》》の詳細欄を開いてみることにする。すると、そこには《ディアスクリプト》という端的な《決闘《ゲーム》》名と、それから《種別・ゲームブック》なる聞き覚えのない括《くく》りが表示されていた。

「ゲームブック……？」

それを見た姫路が、白銀の髪をさらりと流しながら怪訝《けげん》な声音で呟《つぶや》く。

「わたしも初めて見る《決闘《ゲーム》》形式です。ええと……概要を見る限り、通常の〝プレイヤーVSプレイヤー〟という構図ではなく、状況を設定する側とそれをクリアする側、つまり〝ゲームマスターVSプレイヤー〟という構図を取るようですね。ただし、ゲームマスターとプレイヤーは対等な立場でないため、勝敗に関《かか》わらず星の移動は発生しません」

「星の移動が発生しない……？　それは、ちょっと気になるな。他学区の連中がこぞって俺に《決闘《ゲーム》》を挑んでくるのは、当然〝7ツ星である俺から星を奪うため〟だ。なのに星を賭けない特殊《決闘《ゲーム》》って……それ、何の意味があるんだよ？」

「ん……どうでしょうね。星を賭けないということは〝ノーリスクでご主人様を倒せる可能性がある〟ということでもありますので、単に目立ちたいだけであればそう悪い手段ではありません。もしくは、倉橋御門様――はいなくなりましたが、あの方の仲間である誰かが何かしらのデータを取ろうとしている、とか」

突拍子もない、とも言い切れない姫路の発言に、俺は思わず黙り込む。

倉橋御門《くらはしみかど》というのは、十二番区聖城《せいじょう》学園の元学長にして理事会の正規メンバーでもあった権力者だ。先月の《区内選抜戦》から執拗《しつよう》に俺の星を狙っており、最終的には五月期交流戦における妨害行為が発覚して島外追放処分となった。……が、同じく五月期交流戦の中で、七番区森羅《しんら》高等学校所属の６ツ星・霧谷凍夜《きりがやとうや》が彼の仲間（そういう表現はしていなかったが）であることを明かしている。つまり、倉橋は個人ではなく組織の一員だったわけだ。７ツ星に君臨している俺のことが邪魔で邪魔で仕方なくて、どうにかして潰しに掛かろうとしている連中——その、ほんの一部が崩れただけに過ぎない。

確かに、彼らならどんな手を使ってきてもおかしくはないが。

「……まあ、でも内容くらいは見てみるか」

考えているだけじゃ埒《らち》が明かないと悟った俺は、指先で端末を操作して《ディアスクリプト》の画面を投影展開させることにした。すると直後、目の前にこんな文章《テキスト》が現れる。

【——《特殊決闘》：ディアスクリプト】
【《ディアスクリプト》は、ゲームブックをモチーフにした《決闘《ゲーム》》である】
【《決闘《ゲーム》》参加者には、それぞれ《ディアスクリプト》という名の電子書籍《デジタルブック》アプリが与えられる。《ディアスクリプト》には各ページに〝現在の状況《テキスト》〟と〝次へ進むための指令《オーダー》〟が記載されており、それをクリアすることで自動的にページが捲《めく》られる】
【勝利条件：途中で脱落することなく最終ページまで辿《たど》り着《つ》くこと。これを達成したプレイヤーには、報酬として《ディアスクリプト》管理者《ゲームマスター》との面会権が与えられる】
【敗北条件：課されている指令《オーダー》のうち一つ以上が〝絶対にクリア出来ない状況〟に陥るこ

と。これを満たしたプレイヤーは、自動的に《ディアスクリプト》から脱落する】
【以下に0ページ目の指令を記載する。これを実行した瞬間、あなたは《ディアスクリプト》への参加を表明したものとする】

「「……？」」

ズラリと並ぶ文字を追いながら二人して眉を顰《ひそ》める俺と姫路《ひめじ》。……何というか、全体的によく分からない、いルール設定だ。状況《テキスト》やら指令やらはまだいいとしても、肝心の意図が分からない。だって、このルールなら俺が負けても何らデメリットはないということだ。もちろん勝利報酬は手に入らなくなるのだろうが、その報酬というのもあまりピンと来ていない。管理者との面会権と言われても、それが何だという話だろう。

「ん……」

しばらく無言で画面を見つめていた姫路も、やがて小さく首を横に振る。

「少し違和感は残りますが……無視してしまって良《い》いと思いますよ、ご主人様。この《決闘《ゲーム》》はお互いにとってノーリスクノーリターン、十中八九ただの売名です」

「ま、そうだよな。そんなの受けてやる義理もないし、このまま放置で——って、ん？」

俺の唐突な反応に対し、傍《かたわ》らの姫路がこてりと小さく首を傾《かし》げてきた。それに対し、俺は「いや……」と曖昧な呟《つぶや》きを零《こぼ》しながら目の前の投影画面を拡大する。

「今の今まで気付かなかったけど……これ、《決闘《ゲーム》》内容の他にもう一つメッセージが添付されてるみたいなんだよ。ほら、ここ」

「確かに、ありますね。……どうなさいますか？　もしかすると、《決闘《ゲーム》》申請をダイレクトメッセージ代わりに使った性根の悪い誹謗《ひぼう》中傷かもしれませんが」

「い、いやいや、それはさすがにないだろ。……ないよな？」

冗談とも本気ともつかない（多分心配してくれたんだと思うが）姫路《ひめじ》の表現に若干怯《おび》えながらも、俺は一思いに当のメッセージを開くことにした。飾りっ気のないテキストファイル。おそらく《ディアスクリプト》の補足か何かだろうとは見当が付いていたし、実際その認識も間違っていたわけではないのだが……しかし、

「「え……？」」

そのメッセージに目を通した瞬間、俺と姫路はほとんど同じタイミングで呆然《ぼうぜん》とした声を発していた。……何というか、予想外のところからぶん殴られたような感覚だ。乱れた思考を落ち着かせるためにもどうにか右手を口元まで持っていき、意識的に呼吸をしながらもう一度画面に視線を向けてみる。

『やっほー。何年かぶりだね、緋呂斗《ひろと》』

『私からの挑戦状——《ディアスクリプト》のルールはちゃんと読んでくれたかな？　い

つも緋呂斗がやってるみたいな殺伐とした《決闘《ゲーム》》じゃないけど、でもクリアするのは結構難しいよ。油断してると痛い目見るかもね』

『で、もし最後のページまで辿《たど》り着《つ》けたら——ご褒美に、私に会わせてあげる』

『だって、ずっと私のこと探してくれてたんでしょ？　私に会いたくて学園島まで来てくれたんでしょ？　……うん、凄《すご》く嬉《うれ》しい。幸せだなぁって思う』

『でもさ、わざわざ探しに来たっていうのに、その相手が簡単に見つかっちゃったらつまんないじゃん。もしかしたら幻滅しちゃうかもしれない。私のことなんかすぐにどうでもよくなっちゃうかも』

『そんなの、嫌だから……だから、緋呂斗には頑張って私を探して欲しい。見つけて欲しい。《ディアスクリプト》をクリアして、私に会いに来て欲しい』

『それじゃあ——約束、ね？』

……メッセージはここで終わっていた。

音声ファイルではないから声のトーンや特徴なんかは分からない。加えてデジタルテキストだから筆跡だって読み取れない。

けれどそれでも、その内容は明らかに一人の人物を示唆していた。

「ご主人様の、探している人……？」

困惑と動揺の交じった声で、姫路《ひめじ》がポツリとそんなことを言う。

そう、そうだ――つい二ヶ月ほど前に英明《えいめい》の学長からスカウトされて学園島《アカデミー》へ移り住むことになった俺だが、急な転校を二つ返事で承諾したのにはもちろん理由があった。それこそが、もう何年も前にこちらへ来ているはずの〝幼馴染み〟を探すことだ。ついでに言えば、転校初日にちょっとした事故で〝お嬢様〟を倒してしまったにも関《かか》わらず、特大の嘘《うそ》をついてまで島に残る選択をした理由も同じくそれ。あいつともう一度会うために、俺ははるばる海を渡ってこの島に来た。

ただ、あいつとの記憶なんてもう十年近く前のものだ。断片的なエピソードならともかく、見た目や名前なんかはとてもじゃないが覚えちゃいない。だからこそ探す方法は皆無に近く、唯一の可能性は〝学園島《アカデミー》が有する全情報へのアクセス権限〟を持つ本物の7ツ星になること、だったのだが――

「……そいつが、向こうから俺に《決闘》を仕掛けてきた？」

鼓動が否応《いやおう》なしにドクドクと速くなっていくのを感じながら、俺は震える声でどうにか呟《つぶや》いた。……ああ、少なくとも文面からはそのようにしか読み取れないだろう。あいつは俺が学園島《アカデミー》に来ていることも俺の目的も全て知っていて、その上でコンタクトを取ってきたんだ。自分に会いたければこの《決闘》をクリアしてみせろ、と。

もちろん、この《ディアスクリプト》とやらの管理者《ゲームマスター》が俺の探している少女だという確証はない。が、俺が人探しのためにこの島へ来たことを知っている人間なんて相当限られているし、そもそもそんな嘘で俺をぬか喜びさせたって何の意味《メリット》もないだろう。

「もし、これが本物なら……チャンス、だよな」

知らず、端末を握る右手にぐっと力が入る。

「…………」

そんな俺の反応を間近で見つめながら、姫路はいつもの無表情で何やらじっと考え込んでいるようだった。迷いながらも何か言おうと小さく口を開きかけて、やっぱり何も言わずに首を振って、それからもう一度顔を持ち上げて……静かに一言、

「そう、ですね。0ページ目の指令《オーダー》というのも何やら気になる内容ですし、無視するわけにもいかなさそうです。では、ご主人様——これが手の込んだ悪戯《いたずら》である、という僅かな可能性を潰しておくためにも、まずはあの女狐のところへ参りましょうか」

白銀の髪をさらりと揺らしてそう言った。

＃

明けて、翌日。

学園島《アカデミー》四番区・英明学園の学長室を訪れた俺と姫路《ひめじ》を待ち構えていたのは、この学園の若き長たる一ノ瀬《いちのせ》棗《なつめ》——ではなく、もっと幼い一人の少女だった。さらさらの黒髪に漆

黒と真紅のオッドアイ、部屋の中だというのに一分の隙もないゴスロリドレスを着込んだ中二病真っ盛りの女子中学生。その名も、椎名紬《しいなつむぎ》だ。

「わ、お兄ちゃんだ！」

小さなスプーンを使ってフルーツグラノーラ的な何かをもきゅもきゅと食べていた椎名だったが、俺の来訪に気付くやパッと顔を輝かせ、ソファを立つなりたたたっとこちらへ駆け寄ってきた。彼女はそのまま一切減速することなくバフっと俺の腰に抱き着いて、何ともキラキラした瞳で見上げてくる。

「先週ぶりだねお兄ちゃん！　もしかして、わたしに会いに来てくれたのっ？」

「え？　いや……ん、まあ、それもなくはないか。凹《へこ》んでないか気になってたし」

信頼と好意100％のオッドアイで見つめてくる椎名に若干の照れを感じつつ、そんな気配はおくびにも出さず答える俺。……まあ、気になっていたというのは本当の話だ。何せ正体不明の《百面相《カメレオン》》として五月期交流戦をめちゃくちゃにした彼女は、当のイベントが終わるなり島の警察組織である風紀に身柄を拘束されていたんだから。

その後、すぐに〝倉橋《くらはし》が純粋無垢《むく》な椎名を騙《だま》していた〟という構図が発覚し、椎名自身は晴れて解放されることになったわけだが、とはいえ史上初の偽アカウントを作るようなスーパー問題児であることには変わりないため元いた学園が引き取りを渋り、本土の親元に返そうにも《決闘《ゲーム》》に未練がある椎名本人がそれを嫌がり……そうやって全員が妥協点を探り始めた辺りで、英明《ウチ》の学長が引き取り手として名乗りを上げたらしい。

（何でも、椎名が一番懐いてるのは俺だから、英明《えいめい》以外じゃろくにあいつの面倒を見られない……とか何とか、そんな理屈で無理やり丸め込んだみたいだけど）

相変わらず強《したた》かというか狡猾《こうかつ》というか、やたらと口が回る学長である。

ともかく、そんなこんなで彼女は英明の管理下に置かれることとなった——が、そこは引きこもりエリートの二つ名を持つ椎名紬だ。学長には当然のように懐かず、かと言って生活力も皆無なため、独り暮らしなんてさせようものなら何をしでかすか分からない。そこで現在は、学長室の奥にある小部屋で仮住まいしていると聞いていた。

件《くだん》の小部屋へ続く扉を何気なく確認しつつ、俺はそっと話を戻す。

「学長室のすぐ隣だから環境的には問題ないだろうけど……ほら、先週の土日で取り調べとかもあったんだろ？　大丈夫だったのかよ」

「うん、全然平気だよ？　知らない人とお喋《しゃべ》りするの怖かったから——じゃなくて、わたしのオーラで怖がらせちゃったら悪いから、ずっと後ろ向いてお返事してたけど！」

「そっか、そりゃ頑張ったな。……ちなみにお前、しばらくはここにいるんだよな？」

「そうだよ！　えっと、今はわたしのしょぐう？　がまだちゃんと決まってなくて、それが決まるまではお引越しできないんだって。だから、お兄ちゃんもいっぱい遊びに来ていいよ！　また《アストラル》みたいな《決闘《ゲーム》》したい！」

「や、遊びに来るのはいいけど《アストラル》みたいな《決闘《ゲーム》》ってのはちょっとハードル高すぎるだろ。人見知りだってのに何人巻き込むつもりなんだ」

「むむ、そうだけど〜……でもでも、お兄ちゃんだって毎日《決闘《ゲーム》》してるんでしょ？」

「してねえよ。毎日《決闘《あんなこと》》してたらいつか心労でぶっ倒れるぞ」

「そうなの？　そっかぁ……あれ、じゃあ今日は？　今日は何のお話なの？」

「え。…………いや、まあ《決闘《ゲーム》》の話だけど」

「やっぱり！　えへへ、わたしの魔眼は誤魔化《ごまか》せないんだよお兄ちゃん。わたしもやりたい、やりたい〜！」

俺の胸元にぐりぐりと頭を押し付け、子供みたいに駄々《だだ》を捏《こ》ねる椎名《しいな》。彼女はしばらくそうやってじゃれついてきていたが、やがて「くぁ……」と一つ欠伸《あくび》をした。それからみるみるうちに両の瞳をとろんと蕩《とろ》けさせ、俺に抱き着いたままの体勢でくーすーと寝息を立て始める。……狸《たぬき》寝入りにはとても見えない、あっという間の就寝だ。

「《アストラル》の時もそうだったけど……どうなってんだよ、この寝付きの良さは」

「――くくっ、当然だろう？　何せその子は、昨日から一睡もしていない」

（!?）

そこで突然背後から投げ掛けられた声に、俺は内心度肝を抜かれながらパッと後ろを振り向いた。すると、そこには今度こそ不敵な笑顔を浮かべた学長が立っている――が、その表情はいつもの獰猛《どうもう》なばかりのそれとは少し違う。

「ふむ。私がいる間はろくに姿を見せてもくれないというのに、君は随分慕われているようだね篠原《しのはら》。柄にもなく嫉妬してしまいそうだぞ？」

「……う、にゃぁ……にゃふ」

「全く、中学生とは思えない幼さだな……」

呆《あき》れたような口振りでそんなことを言いながら、その反面うずうずとした仕草で椎名の頭に手を伸ばし、さらさらの髪の毛を一頻《ひとしき》り撫《な》でる学長。彼女はしばらくそれを堪能《たんのう》してからやがて満足げに息を吐き、そのまま俺と姫路《ひめじ》を追い越すように学長室へと入っていった。そうして、身体《からだ》を翻《ひるがえ》しつつ対面のソファに腰掛けると、大胆に足を組んで一言。

「――さて君たち。それで、今日は一体何の用かな？」

瞬《また》く間に熟睡モードに入った椎名を隣の部屋へ運んでから、俺と姫路は改めてテーブル越しに学長と向かい合った。

一ノ瀬《いちのせ》棗《なつめ》――彼女は、ここ英明《えいめい》学園の当代学長にして四番区の責任者も務める妙齢の女性だ。オフィススーツを着こなす黒髪の麗人、と言えば聞こえはいいが、その性格は獰猛で嗜虐《しぎゃく》的。学園島《アカデミー》の覇権を握るべく、偽7ツ星である俺とは相互利用の関係にある。

そんな学長に《ディアスクリプト》の件をざっと伝え、直球で悪戯《いたずら》なのかどうかと尋ね

てみたところ、彼女はからかうような視線と共にこんな言葉を返してきた。

「くくっ……全く、実に馬鹿だね君たちは。悪戯《いたずら》？　私が、篠原《しのはら》に？　おいおい、冗談もほどほどにしてくれよ。私はそんなに暇な人間じゃない。何故《なぜ》ならハイドラジア9面の攻略に四時間ばかり行き詰まっているからだ」

「めちゃくちゃ暇じゃないですか」

呆《あき》れたように呟《つぶや》く俺。いつも思うが、この学長はいつ仕事をしているんだろうか。

「まあいいですけど……とにかく、あれは学長の暇潰しってわけじゃないんですね？」

「逆に訊《き》くけど、どうして私だと思ったのかな？」

「や、それは――」

「……貴女《あなた》くらいしか候補がいないからですよ、女狐《めぎつね》様」

俺の答えを遮って少しムッとしたような声を上げたのは、当然ながら姫路白雪《ひめじしらゆき》だ。ソファのすぐ隣に控えた彼女は、両手を揃《そろ》えたまま碧色《あおいろ》の瞳をじっと学長に向けている。

「わたしの知っている限り、ご主人様がこの島へ来た目的を把握している方はほとんどいません。そして、女狐様以外の該当者は、このような悪戯をする方ではありません」

「へえ？　まるで私ならやりかねないとでもいうような口振りだね」

「ですから、そう言っているのです。一度胸に手を当ててじっくりと考えてみては？」

「ふむ。……うん、君には及ばないけどそれなりにある。感度もいい。触ってみるかい？」

「っ……そ、そんな話はしていません」

スーツの上からむにっと自身の胸を触ってみせた学長に対し、微《かす》かに頬《ほお》を赤らめて小さな声で反論する姫路。そんな彼女の反応に、学長は可笑《おか》しげに喉を鳴らして続ける。

「くくっ……ごめんごめん、虐《いじ》めるつもりはなかったんだ。だけどね白雪、今回に限っては、私は嘘《うそ》などついていないよ？　さっきの話は何から何まで初耳だ」

「そう、なのですか……？　本当に？」

「神に誓って本当だ。……もしかして、悪戯の方が安心できたかな？」

「！　そんなことっ……」

動揺したように声を上擦らせながら一歩前に進み出た姫路だったが、そこでハッとしたように口を噤《つぐ》んだ。それからか細い声で「……し、失礼しました」とだけ口にして、微かに俯《うつむ》いたまま元の位置まで戻ってくる。

「ご主人様、あの……」

「え？　あ、ああ」

碧《あお》の瞳に見つめられたことでようやく我に返り、俺は改めて学長に身体《からだ》を向けた。何となく居住まいを正しながら、わざとらしい咳払《せきばら》いを挟んでこんなことを言う。

「こほん。……とりあえず、あの特殊《決闘《ゲーム》》が学長の悪戯じゃない、ってことは分かりました。でも、だとするとちょっと妙なことがあるんですよ」

そこで一旦言葉を止めて、俺はポケットから端末を取り出すことにした。視線を落としながら操作を進め、例のゲームブック――《ディアスクリプト》の画面を投影展開してみせる。もちろん、全体のルールや《決闘《ゲーム》》形式なんかはさっき学長にも話した通りだ。ただ一点、それとは別に、0ページ目の指令としてこんなテキストが表示されている。

【指令《オーダー》：桜花の6ツ星・彩園寺更紗と〝色付き星争奪戦〟を行うこと】

【補足説明：これより《ディアスクリプト》上に合計三つの恋愛相談クエストが提示される。あなたと彩園寺更紗《さいおんじさらさ》はこれに挑み、各クエストで設定される〝勝利条件〟の達成を目指す。先に二つのクエストを制したプレイヤーが色付き星《ユニークスター》争奪戦全体の勝者となり、《アストラル》で椎名紬が失った〝紫の星〟の入手権利を得るものとする】

【この指令への同意をもって、あなたの《ディアスクリプト》を開始《スタート》する】

――色付き星争奪戦。

一見しただけでは突飛に思える単語だが、しかし前後の文脈を踏まえれば意図するところは明白だった。要するに、椎名の持っていた色付き星を誰が手に入れるのかという問題だ。様々な不正と才能を駆使して《アストラル》をめちゃくちゃにした彼女だが、その判決が〝無罪放免〟だったということは、すなわちあいつの色付き星も生きているということになる。没収されたり無効になったりはしていない。

それを〝争奪〟するという話だが……その前に、指令に出てきたもう一つの名前についても説明しておかなければならないだろう。桜花《おうか》の6ツ星にして常勝無敗の《女帝》・彩園寺更紗。学園島《アカデミー》における最高権力者である彩園寺政宗《まさむね》の娘、というとんでもない嘘をついており、その嘘《うそ》が俺のそれと絡み合った結果、表面上はバチバチに敵対しつつも裏では協力せざるを得ないという奇妙な共犯関係が成立している。

そして、そんな俺と彩園寺は、《アストラル》の後半で椎名《しいな》と一つの《決闘《ゲーム》》を行っていた。《盤上交差》という名の《決闘《ゲーム》》内《決闘《ゲーム》》。倉橋御門《くらはしみかど》との盤外戦、という意味合いも強かったその《決闘《ゲーム》》は結局椎名の敗北で終わり、彼女は色付き星を失った。……のはいいのだが、実は肝心の〝勝者〟の方がまだ決まっていなかったんだ。椎名が一足先に脱落したというだけで、俺も彩園寺もあの《決闘《ゲーム》》の勝利条件を満たしてはいなかった。そのため、椎名の〝紫の星〟は今も保留《ステイ》されている。

本来なら英明《えいめい》と桜花の間でどうにかして話を付けるものなのだろうが、如何《いかん》せん、モノが島内でも十数個しか現存が確認されていない色付き星だ。俺にとっては真の7ツ星に近付くための、そして彩園寺にとっては色付き星所持者《シングルカラー》に舞い戻るための重要な星。どちらもそう簡単に譲れるはずはなく、学長同士の交渉は今も難航しているらしい。

「……それで」

頭の中で今の状況をざっと振《ふ》り返《かえ》ってから、俺は静かに顔を持ち上げた。

「椎名《しいな》の色付き星《ユニークスター》をどうするかで英明《えいめい》と桜花《おうか》が揉《も》めるのは当然なんですけど、その状況を外部のやつが知ってるっていうのはちょっとおかしいじゃないですか。それに【色付き星争奪戦を行うこと】とか言われても、そんなの俺の独断で決められることじゃないっていうか……まあ、だから学長が関《かか》わってるのかなと思ったんですけど」

右手を口元へ遣《や》ったままそんな言葉を紡ぐ俺。……胸に渦巻く感情のうち八割は疑問と困惑だ。だって、仮に俺がこの《ディアスクリプト》に参加したいと思ったとしても、最初の指令《オーダー》を突破するには英明と桜花と彩園寺《さいおんじ》の同意が全て必要になる。色付き星の所在に関わる重要な問題だし、そう簡単にはいかないと思うのだが。

「……へえ、何とも懐かしいね」

しかし、俺の言葉を半ば聞き流しながら画面を覗《のぞ》き込んでいた学長は、ふと誰にともなくそんな感想を口にした。それに対して俺が何かしらの反応をするよりも早く、彼女は豊満な胸元で腕を組みながら熟考の姿勢に入ってしまう。

そうして、一言。

「《ディアスクリプト》――お互いに星を賭けない特殊《決闘《ゲーム》》か。なるほど、それは確かに都合がいい」

「……都合がいい、ですか？」

「ああ。……いいかい？　まず椎名紬《つむぎ》の色付き星を君と《女帝》のどちらが所有するかという話だけど、これは《決闘》で決めるのが最も自然だ。だってこの島はそういうルールの下にある。だけどね篠原《しのはら》、君も分かっているとは思うけど、英明からすればそんな提案は絶対に出来ないんだよ。一敗でもしたら社会的に死ぬ君を《女帝》にぶつける、なんて文字通り自殺行為だ。敗北時のリスクがあまりにも大きすぎる」

「ん……ですが、女狐《めぎつね》様。英明《こちら》はともかく、桜花の方は《決闘《ゲーム》》を希望するのでは？」

「いいや、それもないね。桜花にとっても、7ツ星から陥落したばかりの《女帝《エース》》がさらに等級を落とす、なんてことになったらイメージ戦略的に大打撃だ。もちろん勝てば元の等級に返り咲けるとはいえ、桜花からすれば篠原緋呂斗《君》は三色所有《トリプルカラー》の7ツ星。明確な格上に向かってそこまで軽率な手を打つとは思えない」

「なるほど……」

　俺のすぐ隣で納得したように頷《うなず》く姫路《ひめじ》。……まあ、実際の彩園寺は俺の嘘《うそ》を知っているから〝格上〟だなんて一ミリも思っちゃいないだろうが、それはそれとして、彼女の側からしても俺との《決闘》は絶対に避けなきゃいけない、というのは確かだ。お互いの嘘が複雑に絡み合っている関係上、俺と彩園寺はどちらが負けても揃って破滅する。勝っても負けてもダメなのに《決闘《ゲーム》》をするなんて、そんなのは選択肢として有り得ない。

　――が、

「だからこそ、この提案は都合がいいと言っているんだ。通常の《決闘《ゲーム》》を行うのは確かに自殺行為だけど、《ディアスクリプト》なら仮に負けても星は失わない。公平性、安全性、ギャラリーに対するエンターテインメント性。全てにおいて完璧だろう」

「……まあ、それは確かに」

得心して小さく呟《つぶや》く。実際、勝敗による星の移動が発生しないなら〝負け＝即死〟の図式もなくなるわけで、それなら俺と彩園寺《さいおんじ》の直接対決というのも一気に現実味を帯びてくる。総じて、《ディアスクリプト》は誰にとっても都合がいい。

と……そこで、不意に「ちょっと待っていてくれ」と言い残すと、学長はすっとソファから立ち上がった。そうしてコツコツとヒールの音を響かせながら部屋の奥にあるデスクへ戻り、スリープ状態になっていたＰＣを立ち上げて何やら高速で打鍵《タイピング》を始める。

「とりあえず、今の話を桜花の学長とも共有してみよう。向こう《向こう》にとっても悪い話じゃないし、多分乗ってくれると思うけど――うん？」

「……？　いかがなさいましたか、女狐《めぎつね》様。わざとらしい疑問の声など上げて」

「君は相変わらず私に厳しいね、白雪《しらゆき》。……いやね、実は桜花《おうか》から早々に返信があったんだけど、どうやら向こうの《女帝》も既に動いているみたいなんだよ。両学長立ち合いの下で篠原《しのはら》と通信を繋《つな》げないか、と打診が来ている」

「……え？　彩園寺が既に動いてる、って……それ、どういうことですか？」

「さあ？　はっきりとは分からないけど、多分そういうことなんじゃないかな。……くっ、これは、なかなか面白くなってきたね」

ニヤリと獰猛《どうもう》な笑みを浮かべたまま、学長はノートPCを持ってテーブルの方へ戻ってきた。そうしてくるりと差し向けられた画面の中では既にビデオチャットのようなツールが起動しており、画角の中に二人の女性が映っているのが見て取れる。一人は桜花の学長と思わしき上品な女性。そしてもう一人は、豪奢《ごうしゃ》な赤髪に意思の強い紅玉《ルビー》の瞳を輝かせる制服姿の美少女――彩園寺更紗《さらさ》。

『……えっと？　これで繋がってるのかしら。もしもし篠原、聞こえてる？』

画面の中の彼女は、こちらに……つまりPCに手を伸ばして音量調節を行いながら、小さく首を傾《かし》げてそんなことを訊《き》いてきた。それに対していつもの笑みを浮かべると、俺はマイクに向かって口を開く。

「――よう、彩園寺。久しぶりだな」

『あ、聞こえたわ。ご機嫌よう、篠原。……でも、久しぶりっていうのは挨拶としてどうなのかしら？　ほんの数日前まで《アストラル》で顔を合わせてたじゃない』

「まあ、言われてみればそれもそうか。イベントじゃ毎日会ってたからちょっと感覚が狂ってるのかもしれないな」

『ふぅん？　本当は、私に構ってもらえなくなったのが寂しいだけだったりして』

「いや、どっちかって言うと会わずに済んで清々《せいせい》してる」

『あら、それじゃ私と同意見ね。……ふふっ、まあいいわ』

言って、彩園寺《さいおんじ》はそっと右手を腰に当てた。自信と余裕に溢《あふ》れた《女帝》のポーズ。微《かす》かな笑みを口元に湛《たた》えながら、彼女は紅玉《ルビー》の瞳で俺を見る。

『特殊決闘《ディアスクリプト》――どうやら、貴方《あなた》にも申請が来ているようね？』

「え？　って、ああ……何だ、そういうことか」

一拍遅れて全ての事情を察する俺。……要するに、ただ色付き星争奪戦《ユニークスター》の対戦相手として指定されているだけじゃなく、彩園寺もプレイヤーとして《ディアスクリプト》に参加しているということらしい。ゲームブックという大きな枠組みの中で、俺と彼女は〝紫の星〟を奪い合う。だからこそ、こうして動き出しのタイミングが被《かぶ》ったわけだ。

画面の向こうの彩園寺はくすっと笑っている。

『これ、貴方が探している人からの《決闘《ゲーム》》申請みたいじゃない？　律儀にも私への挨拶メッセージが付いてたわ。ふふっ、忘れられてなくて良かったわね？　……ただ、私の方にも魅力的な報酬を提示されちゃったから、貴方に譲ってあげるつもりはないけれど』

「俺だってお前に譲ってもらうつもりはねえよ。ちなみに、0ページ目の指令《オーダー》は？」

【英明《えいめい》の7ツ星・篠原緋呂斗《しのはらひろと》と〝色付き星争奪戦〟を行うこと】……状況を見透かされてるみたいでちょっと気味が悪いけれど、でも都合がいいっていうのは確かよね。いつまでも私の色付き星が浮いたままになってると桜花《おうか》のみんなにも心配かけちゃうし』

「ま、そうだな。英明にも気になってるやつは多いだろうし、あれは俺の星だってそろそろはっきりさせないと」

互いに煽《あお》るような口調でそんなことを言い合ってはいるものの、俺と彩園寺の意見は完全に〝乗る〟方向で一致している。色付き星争奪戦……例の指令を見た時はあまり現実的とは思えなかったが、結果だけ見れば意外とすんなり話がまとまった形だ。

（あいつが――管理者《ゲームマスター》がどこまで仕組んでるのかは知らないけど）

どちらにしても、ここまで来て躊躇う理由なんか一つもない。

「ハッ……それじゃ、せいぜいお手柔らかに頼むぜ彩園寺？」

『あら、それは難しい相談ね？　私、手加減できない性質《たち》だから――特に、貴方には』

不敵な笑顔のままにそう言って画面越しに端末を掲げ合う俺たち。そうして、まるで選手宣誓でもするかの如《ごと》く、全く同じタイミングで指令の受領を選択する。

そんなわけで。

ここに、俺と彩園寺による〝色付き星争奪戦〟が――同時に、俺にとっては思い出の幼《おさな》馴染《なじ》みを見つけるための特殊決闘《ディアスクリプト》が正式に幕を開けた。

＃

——彩園寺《さいおんじ》と威勢よく啖呵《たんか》を切り合った、その日の夜。

俺たちは、0ページ目の指令《オーダー》を受領したのとほぼ同時に《ディアスクリプト》に追加されていた〝次のページ〟を確認するため、自宅のリビングに集まっていた。

ちなみに、俺たちというのは俺と姫路《ひめじ》ともう一人のことだ。《カンパニー》の電子機器担当にして寝癖だらけの残念美人、加賀谷《かがや》さん。どうせ作戦会議をするんだからということで、今回は最初から同席してもらっている。

「……じゃあ、開くぞ？」

「はい。お願いします、ご主人様」

こくりと頷《うなず》いてくれる姫路に見守られながら、少しだけ緊張しつつそっと端末に指を触れる。……と、はらりと紙が捲《めく》れるような演出と共に、《ディアスクリプト》が次なるページへ移行した。そこには0ページ目と同じく数行の状況設定《テキスト》が刻まれている。

曰《いわ》く、

【色付き星争奪戦《ユニークスター》・ファーストクエスト】
【依頼者：真野優香《まのゆうか》——依頼対象《クエスト》：彩園寺更紗《さらさ》】
【依頼内容：桜花《おうか》学園の6ツ星・藤代慶也《ふじしろけいや》に告白したい。そのため、今週三番区にオープンするカフェ・ド・ショコラの〝限定プレート〟を手に入れたい】

【勝利条件（彩園寺更紗）：五月二十三日に行われるカフェ・ド・ショコラのオープン記念イベントで〝限定プレート〟を入手し、依頼者に渡すこと】

【勝利条件（篠原緋呂斗《しのはらひろと》）：彩園寺更紗の勝利条件を達成させないこと】


「……なるほど、こういった形式なのですね」

しばらく画面を覗《のぞ》き込んでいた姫路が、顔を上げながらそんな言葉を零《こぼ》した。

「《ディアスクリプト》上で恋愛相談の依頼が開示され、プレイヤーにはそれぞれの〝勝利条件〟が設定される。これをいち早く達成した方がクエストの勝者になる……と」

「うんうん、そうみたいだねん。今回の場合だと、メインで依頼されてるのは《女帝》ちゃんの方で、ヒロきゅんはむしろ妨害側……ってことになるのかな？　にひひ、ルールだから仕方ないけど、いきなり損な役回りだねん」

「ですね……何で恋愛相談なのに妨害役がいるんだ、って話ですけど」

肩を竦《すく》めて答える俺。実際、そこだけ切り取るとこの《決闘《ゲーム》》には何かしらの悪意が潜んでいるように受け取れなくもない――が、考えてみれば《ディアスクリプト》の管理者《ゲームマスター》は元々〝私に会いたいならこの《決闘《ゲーム》》をクリアして〟などと無茶な注文を付けてきているわけで、おそらくその手の困難を〝刺激《スパイス》〟とでも認識しているタイプなんだろう。

ちなみに《ディアスクリプト》に提示される依頼《クエスト》というのは、そもそもＳＴＯＣ上に存在する《ミーティア》なるアカウントに寄せられた最新の恋愛相談をベースにしているそうだ。調べてみたところ《ミーティア》は〝返信は稀《まれ》だが答えてもらえた場合は完璧に依頼を実行してくれる〟都市伝説チックな依頼請負アカウントとして有名らしく、要はその運営元と《ディアスクリプト》の管理者《ゲームマスター》との間に何かしら接点があるんだろう。一応、依頼者には色付き星《ユニークスター》争奪戦のことを伝えた上で諸々《もろもろ》の許可を取っている、との注釈もある。

「あと、依頼者メッセージってのも添付されてるな……こっちもちょっと見てみるか」

そこで、俺はページの下の方に配置されていたそんな項目に触れてみることにした。すると同時に別ウィンドウが開き、添付されていた動画ファイルが自動再生される。映っているのは桜花《おうか》の制服を着た見知らぬ女子生徒だ。派手さはないが、クラス内で一定の人気を獲得していそうなくらいには可愛《かわい》らしい。

そんな彼女は、画面越しにこちらを見つめながらおずおずと喋《しゃべ》り始める。

『えっと……あれ、これで見えてます？　や、一応教えてもらった通りやってるんですけど、何か慣れなくて……あ、大丈夫？　なら良かったです、はい』

『それじゃあ、改めて。……こほん。わたし、桜花学園二年の真野優香《まのゆうか》っていいます』

『実はわたし、好きな人がいるんです。同じ学年の藤代慶也《ふじしろけいや》くん……知ってますか？　桜花の最上位クラスにいる6ツ星の人。金髪でピアスじゃらじゃらで目付きも悪くって、みんなから〝桜花の最終兵器〟とか呼ばれてるあの人です』

『もちろん、わたしなんかじゃ全然釣り合わないっていうのは分かってます。わたし3ツ星だし、そもそも藤代くんって彼女とかそういうの興味なさそうだし……それでも、せめて気持ちくらいは伝えたいなって思ってて、でもなかなか勇気出なくって』

『それで色々と調べてたら、見つけたの。……カフェ・ド・ショコラの魔法』

『や、その……あれだよ？　魔法って言ってても別にゲームとかファンタジー的なアレじゃないですよ？　単にカフェ・ド・ショコラってお店に超プレミアな限定商品があって、それに付いてくるメッセージカード——何かお洒落《しゃれ》なプレートみたいなヤツがあるんですけど、それを持ったまま好きな人に告白すると絶対成功する、って噂《うわさ》があるの。女の子の間で話題騒然みたいな、メ○カリで売ったら十万近くで落札されたみたいな……』

『で……今度、そのカフェ・ド・ショコラが学園島《アカデミー》にもオープンするんです。しかもオープン初日にはイベントもあって、それに勝つと例の限定商品が手に入るとか』

『だから、そんなタイミングであの《ミーティア》から返信もらえて、本気で運命かもって思っちゃった。魔法なんか信じてないけど、背中くらいは押してもらえるかもって』

『お願いします——わたしに、藤代くんに告白する勇気をください』

『……じゅ、十万は無理だけど、今度ちゃんとお礼するから！』

「「……」」

メッセージはここで終わっていた。

ジャージ姿の胸元で腕を組んだ加賀谷《かがや》さんが、したり顔でこくこくと頷《うなず》く。

「ううむ……可愛《かわい》い。これはヒロきゅん悪者コース」

「放っといてください……っていうか、そうでもないですよ。プレートってのが彩園寺《さいおんじ》に渡らなければいいだけなら、俺が手に入れて直接こいつに渡せば解決じゃないですか」

「確かに、そうですね。それが最も理想的な結末になりそうです」

白銀の髪をさらりと揺らして俺の提案に同意を示してくれる姫路《ひめじ》。彼女は澄んだ碧《あお》の瞳を静かに持ち上げると、いつも通り涼やかな声音で続ける。

「カフェ・ド・ショコラの魔法——と言えば、度々雑誌などでも取り上げられる有名なおまじないですね。何でもカフェ・ド・ショコラには特別なタイミングでしか販売されない伝説のチーズケーキがあり、そのケーキが入った箱にはシルバーのプレートが括《くく》り付けられているんだとか。そして、そこに刻まれているメッセージというのが〝Today might be never forgotten day for both of you〟……恋愛の成就を願うものです」

「へえ、意外と有名なんだな。えっと、それじゃ藤代慶也《ふじしろけいや》ってやつの方は？」

「そちらも同じく有名です。何せ、藤代様は桜花《おうか》の二年生の中では《女帝》に次ぐと言われるほどの実力者で、それなのに表立ったイベントには滅多に姿を現さないという〝裏のエース〟ですからね。所属は桜花学園高等部二学年最上位クラス。昨年は一年生ながら早々《はやばや》と5ツ星まで到達し、年度初めの昇級で6ツ星に繰り上がりました」

「うんうん」

「他人を一切寄せ付けない威圧的な容姿と雰囲気から〝桜花の最終兵器〟とも呼ばれていますが、その《決闘《ゲーム》》スタイルは極めて鮮やかで効率的です——第六感レベルの感覚の鋭さで常に相手の行動を先読みし、高い身体能力を武器に一瞬で相手を黙らせるようなイメージですね。頭も切れますが、フィジカルが物を言う《決闘《ゲーム》》では島内最強クラスです」

「……ええ……こっわ……」

　予想以上にとんでもない評価に思わず素の感想を零《こぼ》してしまう俺。今回は〝真野《まの》の告白相手〟というだけだから間接的な関《かか》わりにしかならないだろうが、今後どこかで遭遇するようなことがあれば間違いなく厄介な相手になりそうだ。

　そんな俺の反応を肯定するかのように髪を揺らして、姫路は透明な声音で続ける。

「そうですね。敵だけでなく仲間をも恐れさせてしまう、という理由で《アストラル》などのチーム戦にはほとんど組み込まれることがありませんが、逆に個人参加の学外戦に出場した際は必ずと言っていいほど良い結果を残しています。いわゆる孤高の存在、なのかもしれませんね。あまり人付き合いを好まず、常に一人でいるそうですし」

「へえ……ってなると、この真野ってやつはよく藤代《そいつ》に告白する気になったよな。強くて格好《かっこ》いいってのは分かるにしても、近付くのはかなり勇気が要るっていうか……まあ、何かしら惹《ひ》かれる要素があったんだろうけど」

そこまで言って、俺は無駄な思考を断ち切るように小さく首を横に振った。

「とにかく、やることとしては分かりやすいよな。来週開催のイベントで彩園寺が〝限定商品〟を手に入れるのをどうにかして防ぐ……この条件なら必ずしも俺がイベントに参加する必要はないんだろうけど、まああえて外す理由もない」

「そうですね。依頼《クエスト》の表記を見る限り更紗《さらさ》様の勝利条件は〝優勝者から限定商品を譲ってもらう〟だけでも達成扱いになってしまいそうですし、プレートに関してはご主人様が確保しておくのが最も安全かと思われます」

「だな。……ただ、気になるのは」

そこで一旦言葉を止めて、俺は手に持っていた端末の画面を一番下までスクロールさせることにした。と、そこには一つの指令《オーダー》と、それに伴う一連の文言《テキスト》が並んでいる。それ自体はもちろん構わないのだが……問題は、その内容だ。

「カフェ・ド・ショコラ開店記念イベント《虹色パティスリー》ルール一覧。……公式サイトの方でもまだルール開示はされてないのに、こんなのどうやって載せてるんだ？」

——そう、そうだ。

《ディアスクリプト》1ページ目、真野優香《まのゆうか》の依頼が書かれたそのページには、相談内容だけでなく限定イベントのルールが事細かに記載されている。最初はそういうものかとスルーしていたが、少し気になってカフェ・ド・ショコラのＨＰを見てみたところ、そちらでは〝ルール開示は当日の朝に行います〟としか告知されていなかった。つまり《ディアスクリプト》には、公的に開示されていない情報まで載っているということになる。

そこで、手元のタブレットと睨《にら》めっこしていた加賀谷《かがや》さんがむぅと唸《うな》り声《ごえ》を上げた。

「今ちょっと試してみたけど、一応おねーさんくらいの技術力《スキル》でもカフェ・ド・ショコラの公式サイトからサーバーに侵入して〝来週掲載予定〟のルール表を引っ張ってくることは出来たよん。でも、こんなのどう考えても真っ黒な違法手段だし……盗んだんじゃなければ、管理者《ゲームマスター》ちゃんはもっと上位の権限を持ってるのかな？」

「それか、単純にイベントの関係者か……ですね。テストプレイヤーなり、あるいはルールの提供者という線もあります。いずれにしてもただの高校生ではなさそうですが」

「………」

二人の推測に思わず黙り込む俺。……確かに、確かにそうだ。俺と彩園寺《さいおんじ》の〝色付き星《ユニークスター》争奪戦〟を一瞬で成立させた手腕を見ても、《ディアスクリプト》の管理者が只者《ただもの》じゃないことは間違いない。次々に指令が繰り出されるゲームブックの性質も相まって、何というか常に手のひらの上で踊らされているような感覚すらある。

が――そうだとしても、今さら降りることなんて出来ないわけで。

「……とりあえず、ルールが分かってるんだから作戦会議も出来るってことだよな。だったら早いとこ始めちまおうぜ？　何せ、指令もなかなか厄介な感じだし」

ちらり、と端末画面に目を遣《や》りながらそんな言葉を口にする俺。

落とした視線の先には、一つ目の指令《オーダー》としてこんな縛りが記されていた――

【指令《オーダー》：《虹色パティスリー》実施中において、あなたが〝篠原緋呂斗《しのはらひろと》〟であることが《ディアスクリプト》関係者以外にバレてはいけない】

♯

――夜。

今日の作戦会議は、キリの良いところでお開きになった。これまでの《区内選抜戦》や五月期交流戦といったイベントと違って、今回の《ディアスクリプト》は日程にそれなりの余裕がある。加えて特殊とはいえ公開の《決闘《ゲーム》》であるからにはその期間中に他の《決闘《ゲーム》》に巻き込まれることもないし、依頼《クエスト》は一つずつ丁寧に進めるべきだろう。

（ルールの確認は済んだから、後は設定するアビリティと攻略の流れだな……）

ベッドの縁に腰を下ろしながら、欠伸《あくび》交じりにそんなことを考える。……色付き星争奪戦《ユニークスター》ファーストクエスト、真野優香《まのゆうか》による恋愛相談。その内容もさることながら、三本勝負の一戦目というのは取れれば先制リーチを掛けることのできる非常に重要な分水嶺《ぶんすいれい》だ。相手があの彩園寺《さいおんじ》だということも踏まえれば、ここは何としてでも勝っておきたい。

(何だかんだで、一対一のまともな対決は最初の《決闘《ゲーム》》以来だしな——って、ん？)

と……そこで、不意にコンコンと控えめなノックの音が耳朶《じだ》を打ち、俺の取り留めのない思考を遮った。手元の端末を見れば、時刻は既に二十四時だ。加賀谷《かがや》さんはとっくに帰ってダラダラしている頃だろうから、考えられる相手は一人しかいない。

「……姫路《ひめじ》か？　どうした？」

「ぁ……その、ご主人様。入ってもよろしいでしょうか？」

「そりゃもちろん」

俺がノータイムで肯定を返すと、彼女は律儀に「失礼します」と呟《つぶや》いてからガチャリと扉を押し開けて部屋の中に入ってきた。既に風呂を済ませているらしく、服装はいつものメイド服ではなく薄めのパジャマにカーディガンを羽織っただけのものだ。姫路がラフな格好をしているタイミングというのはそれだけでかなり珍しいが、中でもパジャマはやはり破壊力が凄《すさ》まじい。具体的に言えば、胸部の防御力がなさすぎる。

「……？　ご主人様？」

「あ、何でもないです」

思わず硬直していた俺に対して姫路はこてりと不思議そうに首を傾《かし》げてくる。慌てて両手を振って誤魔《ごま》化《か》すと、それで納得してくれたのか彼女は小さく一つ頷《うなず》いた。

「それなら良かったです。ええと……それで、ご主人様」

「ああ、何だ？」

「……あの…………少し、隣に座っても？」

「えっ」

窺《うかが》うような囁《ささや》き声と上目遣いでそんなことを訊《き》いてくる姫路《ひめじ》。動揺した俺がそれでもどうにか頷《うなず》くと、彼女は「ありがとうございます」と頭を下げてからゆっくりと距離を詰めてきた。裸足《はだし》のままぺたりぺたりとベッドの間際まで歩み寄り、そこでくるりと身体《からだ》を反転させて俺の隣に腰を下ろす。

「失礼します。……すみません、ご主人様。こんな時間に部屋を訪ねてしまって」

「い、いや、それはいいけど……」

彼女の行動の意図が読めなくて思わずドギマギしてしまう。……何だ？　何かあったのか？　いつものように思考を巡らせようとしても、心音がうるさくて集中できない。彼女が少し身体を捩《よじ》らせるだけで甘いシャンプーの匂いがふわりと香るし、メイド服と比べてずっと隙の大きいその格好にどうしたって視線の行き場がなくなってしまう。

そんな俺の内心には気付かないまま、姫路はさらりと白銀の髪を揺らしてみせた。

「ご主人様。実は、一つ訊きたいことがあるのです」

「訊きたいこと？」

「はい。今回の《決闘《ゲーム》》——《ディアスクリプト》。その管理者《ゲームマスター》というのは、おそらくご主人様の幼馴染《おさななじ》みなのでしょう。ご主人様がわざわざ本土から学園島《アカデミー》に移り住んでまで探し出そうとしている、大切な方なのでしょう」

「？　ああ、そうだな。そのはずだ」

「しかも、女の人です」

「………それは、えっと、何ていうか」

何故《なぜ》かその部分に最も強い強調を置きながら静かに言葉を紡ぐ姫路。彼女は微《かす》かに体勢を変えてこちらへ顔を近付けると、澄んだ碧《あお》の瞳でじっと俺の目を覗《のぞ》き込む。

「ですが……それは、別に良《い》いんです。……いえ、本当は良くないですが、良いということにするだけの分別はあります。ですが、一つだけ——一つだけ、お聞かせください。ご主人様の目的は、その方と再会することだったはずです。では、もしも《ディ、ア、ス、クリプト》に勝利して、その目的を達成してしまったら——っ」

そこまで言ったところで、姫路は唐突に声を詰まらせた。どこか思い詰めたような、不安そうな表情。彼女はしばらく唇を震わせていたが、結局続く言葉は出て来ずに。

「……いえ。やっぱり、何でもありません」

仄《ほの》かに笑ってそう言った。

「～～～♪」

〝彼女〟は、端末の画面を見つめながら上機嫌に鼻歌を歌っていた。

《ディアスクリプト》。大切な〝彼〟に宛てた特殊《決闘《ゲーム》》。それは確かに受理されて、既に一つ目のクエストは進行している。指令《オーダー》の難易度もそれなりに高いはずだから、今頃彼も頭を悩ませていることだろう。

「意地悪し過ぎたかもだけど……でも、いいよね。緋呂斗《ひろと》なら絶対クリア出来るし」

信頼しきった口調でそう呟《つぶや》く。……篠原《しのはら》緋呂斗。彼女の想《おも》い人は、これくらいの逆境は簡単に乗り越えてくる人だ。それに、今までずっと会えなかったんだから、少しくらいは格好良いところを見せてくれたっていいと思う。

「でも、やるからには手加減しないから。低いハードルなんてあっても意味ないし、障害は大きい方がいいんだから」

言って、彼女は上機嫌なまま端末を閉じてしまった。この先は、もう何も余計な手出しをする必要なんてない。楽しみに待っているだけで、彼はここまで来てくれる。

……だから、

「だから──一生懸命頑張って、ちゃんと私を見つけてね？」

彼女は、誰もが見惚《みと》れる天使のような笑みを浮かべてそう言った。

第二章　《ディアスクリプト》開幕

＃

——五月二十三日、月曜日。

学園島《アカデミー》三番区の片隅にオープンしたカフェ・ド・ショコラ新店は、朝から記録的な大行列が作られるほどの盛況を見せていた。

ただ、やはり本格的なピークが訪れるのは多くの学校が放課になる午後四時を過ぎてからだ。この日のＳＴＯＣホットワードは〝＃カフェ・ド・ショコラ行ってみた〟が不動の一位に君臨しており、既に入店を果たした女子たちがこぞって写真を上げている。ちなみに、例の開店記念イベント《虹色パティスリー》は午後五時からの開始予定だ。疑似《決《ゲー》闘《ム》》という形式を取ることで店側のプロモーションも兼ねている（というかそれがメインなんだろう）らしく、イベントの様子はisland tube《アイ・チューブ》でも半リアルタイムで配信される。

「ん……」

一通りのおさらいを終えた辺りで、俺は思考を今に戻すことにした。

時刻としては午後四時三十七分——現在の俺は、当のイベントに参加するための手続きを済ませ、他の参加者と一緒に建物の一角で待機しているところだった。ざっと見渡した限り、プレイヤーと思《おぼ》しき高校生の姿は総勢で百に満たないくらい。店の前には数百からなる女子陣が列を作っているが、そちらは普通にスイーツを楽しみに来た客なんだろう。

（っていうか、見れば見るほど女子ばっかりだな……）

思わず心の中でそんな言葉を呟《つぶや》いてしまう。……お洒落《しやれ》なカフェ、というイメージに違《たが》わず、カフェ・ド・ショコラを訪れる客層は九割以上が女子。そして当然、そんな女子濃度の高い空間に一人でポツンと立っている俺はあからさまに浮いている——が、そうは言っても普段ほどの注目を集めているわけではなかった。

『——問題なさそうですね、ご主人様』

瞬間、右耳のイヤホンから飛び込んできたのは聞き慣れた姫路《ひめじ》の声だ。店の外部から状況を確認してくれている彼女は、いつも通り涼やかな声音で続ける。

『さすがは加賀谷《かがや》さんです。どこにでもいそうな男子高校生のコーディネートをさせたら右に出る者はいませんね』

『ふふーん、でしょでしょ？　今のヒロきゅんを見てすぐに正体が分かるのは普段から相当ヒロきゅんを見てる子だけだよね。さすがおねーさん……って、それ褒めてる？』

『もちろん褒めています。ちなみにわたしは一目でご主人様だと気付きましたが』

『急に惚気《のろけ》られた!?　ひどいよ白雪《しらゆき》ちゃん、おねーさんというものがありながら！』

「…………」

イヤホンからは軽快なやり取りが聞こえてくるが、まあそれは置いておくとして。

姫路の言う通り、今の俺は加賀谷さんによる変装を施されていた。度のない黒縁眼鏡とフードの付いた無地のパーカー（軽く前髪も弄《いじ》っている）。ついでに両手をポケットに突っ込んで軽く猫背になれば、それで〝誰でもない気怠《けだる》げな男子高校生〟の完成だ。

俺がこんなことをしているのは、もちろん例の指令をこなすために他ならない――【《虹色パティスリー》実施中において、あなたが〝篠原緋呂斗《しのはらひろと》〟であることが《ディアスクリプト》関係者以外にバレてはいけない】というキツめの制約。そもそも参加しないという手もあったが、それはさすがにリスクが大きすぎる。そういうわけで、こうなった。

（厄介な制限だけど……指令《オーダー》の達成を一回でも失敗すると、その時点で《ディアスクリプト》から脱落になるみたいだからな。要するに、管理者《ゲームマスター》の命令は絶対ってことだ）

お洒落なロゴの描かれた壁に背を預け、フードで顔を隠しながらぼんやりとそんなことを考える俺。……まあ、とりあえず今回の指令に関してはこれで問題ないだろう。あとはきっちりとイベントを攻略してチーズケーキを持ち帰ればいいだけだ。

『それにしても役得だよねん。カフェ・ド・ショコラの限定チーズケーキ、前から一回食べてみたいと思ってたけど、まさかヒロきゅんが買ってきてくれるなんて……じゅるり』

『む。……もしかして、加賀谷さんも食べるつもりですか？　一口目はご主人様で、二口目はわたし。その後残っていたら分けてあげなくもないですが……』

（いや、プレッシャー……）

楽しげに語る二人に俺が小さく頬《ほお》を引き攣《つ》らせた——その瞬間、

「ん……？」

壁際に立っていた俺の前を通りすがって、そこでパタリと足を止めた人物がいた。フードで覆われた俺の視界にはニーハイソックスの足元しか映っていないが、ともかくその人物は何故《なぜ》か俺の前から動こうとしない。嫌な予感に駆られながら視線をそっと持ち上げれば、案の定というか何というか、目の前に立っていたのは他でもない彩園寺更紗だ。豪奢《ごうしゃ》な赤髪を靡《なび》かせながら形の良い眉を小さく顰《ひそ》め、紅玉《ルビー》の瞳をじぃっと俺に向けている。

「貴方《あなた》は……」

（え……き、気付いたのか？　マジで？）

「？　更紗《さらさ》さん、どうしたっすか？」

ゆっくりと唇を開く彩園寺《さいおんじ》に俺がバクバクと心臓を高鳴らせていると、その瞬間、彼女の後ろからひょこっと顔を出したもう一人の少女が小さく首を傾《かし》げてそんな言葉を口にした。飛鳥萌々《あすかもも》——《アストラル》にも参加していた桜花《おうか》の一年生だ。彼女は、俺と彩園寺との間で視線を動かしながら不思議そうにしている。

「えと、お知り合いの方っすか？　そろそろ手続きしないと遅れちゃうっすけど……」

「ん……ええ、そうね」

遠慮がちな飛鳥の発言に小さく頷《うなず》いてみせる彩園寺。同時に紅玉の瞳が逸《そ》らされ、俺が内心そっと胸を撫《な》で下ろしていると……そんな安堵《あんど》も束《つか》の間《ま》、彩園寺は何故《なぜ》かとびっきりの笑顔を浮かべてこんなことを言い始めた。

「ごめんなさい萌々、悪いけど先に行っててもらえる？　私、少し用事が出来たから」

「？　分かったっす！　でも、遅れちゃダメっすよ？」

「ええ、大丈夫。心配しないで」

元気よく手を振りながらたたたっと駆けていく飛鳥と、それを見送る彩園寺と、ついでにフードの下でこっそりと溜《た》め息を吐《つ》く俺。目の前の彩園寺は少しの間飛鳥に手を振《ふ》り返《かえ》していたが、やがて不敵な笑顔のまま俺に向き直ってこう言った。

「それじゃ、ちょっとだけ付き合ってもらえるかしら――篠原？」

下手に目立つと面倒なことになるため、とりあえず場所を移すことにした。

具体的にはカフェ・ド・ショコラの入った建物の最奥、二階に続くエスカレーターの脇にある休憩スペースのような場所だ。自販機があって、ベンチがあって、観葉植物の角を曲がると化粧室に続いている。ただ、お手洗いなら店内にもあるためわざわざこちらへ来る人は滅多《めった》におらず、密会にはうってつけの場所だった。

「……それで？　何で変装なんかしてるのよ、篠原《しのはら》」

ここへ来るなりえいっと両手を伸ばして俺のフードを払《はら》い除《の》けてきた彩園寺《さいおんじ》は、いつものように腕を組みながらそんなことを訊《き》いてきた。加賀谷《かがや》さんに聞かれるとマズい話題もあるのでイヤホンの回線をオフにしつつ、俺は肩を竦《すく》めて言葉を返す。

「何でって、そんなの指令《オーダー》に決まってるだろ？　《ディアスクリプト》の関係者以外に正体がバレたらその時点で一発アウトらしい」

「やっぱりね、そんなところだろうと思ったわ」

ふふん、と得意げに宣《のたま》う彩園寺。それに思わず渋面を浮かべる俺だが、しかし《ディアスクリプト》の関係者である彼女にバレるだけなら指令には特に支障がない。そして、彼女が俺の変装を誰かにバラす、という可能性も限りなく低いと言っていい。

だって、

「……分かってるよな、彩園寺？　指令が一つでも達成できなかったら、そいつはその時点で《ディアスクリプト》から脱落する。んで、そうなったら当然色付き星争奪戦も打ち切りだ。クエストを二つ制するって条件を満たせなくなるから、紫の星は手に入らない」

「あんたに言われなくてもそれくらい知ってるわ。要するに、前回と同じで〝相手は負けたけど自分は勝ってない〟って状況……それじゃまた振り出しに戻るだけじゃない。昨日も言ったけど、紫の星はそろそろ誰かの手に収まるべきよ」

「ま、確かにそれはそうだな。俺にとってもお前にとっても、あの星はそう簡単には譲れない。けど、どっちのモノでもないっていうのは正直言って一番もったいない」

「そういうこと。だから——篠原《しのはら》、あんたとは確かに共犯者でもあるけれど、今回は正々堂々戦いましょう？　あたしは色付き星所持者《シングルカラー》に戻るために、あんたは本物の７ツ星に近付くために。どっちが勝っても恨みっこなし、ってことで」

「ああ、それでいい」

　改めてお互いのスタンスを確かめたところで、ニヤリと好戦的な笑みを浮かべながら視線を交わす俺と彩園寺。用件としてはこれで一段落し、イベントの開始時間も踏まえてそろそろ待機場所に戻ろうかという空気になっていたのだが——その時だった。

「～～～♪」

　不意に、一人の女性が鼻歌交じりにこちらへ近付いてきた。大学生くらいに見える彼女は、おそらくここの自動販売機に用があるんだろう、端末を片手にゆったりとした足取りで迫ってくる。反面、まさかこのタイミングで人が来るとは思っていなかった俺と彩園寺は、ほんの一瞬だけ思考をフリーズさせてしまう。……フードが取り払われていることもあり、俺の変装は不完全なままだ。俺と彩園寺が特殊な《決闘《ゲーム》》に挑んでいることは公開情報だから密会自体はいくらでも言い訳できるが、指令の方はどうしようもない。

「っ……」

　そこまで考えが至った、瞬間——俺は思いきり手を伸ばして彩園寺の手首を掴《つか》むと、彼女を抱え込むような形で観葉植物の陰に身を潜めることにした。空いた左手で彼女の口を塞ぎつつ、なるべく目立たなくなるようぎゅっと身体《からだ》ごと引き寄せる。

「!? む、むー！　むーっ！」

当然ながら、いきなり俺に抱き締められた形になる彩園寺《さいおんじ》の方は一瞬で顔を耳まで赤くし、じたばたと足をバタつかせようとする。……けれど、それも刹那の間の出来事で、やがて状況を察したらしい彼女はくたっと力を抜いて俺に全身を預けてくる。

そのまま無言で密着すること、およそ一分半。

「……っぷはぁ」

当の女性が最後まで俺たちに気付かないまま何かしらの飲み物を買って帰るのを見届けてから、俺と彩園寺はそっと身体を離すことにした。が、しばらくそうしていても、まだ全身に温《ぬく》もりが残っているような気がしてしまう。ちらりと隣に目を遣《や》れば、はぁはぁと荒い息を吐きながら身体を抱いている彩園寺の姿はやたらと扇情的で、乱暴に引き寄せてしまったせいか服も何やらはだけていて――

「……じ、じろじろ見ないでよ……バカ」

恥ずかしさが臨界点に達したようなその声に、俺は全力で視線を逸《そ》らすことにした。

＃

彩園寺と別れ、しばしの待機を経た午後五時。

『――それでは、時間になりましたので、カフェ・ド・ショコラ学園島《アカデミー》一号店の開店記念イベント《虹色パティスリー》を開始したいと思います！』

カフェ・ド・ショコラの一区画に集められた俺たちの前で、ここの制服――黒とピンクが基調のシックながらも可愛《かわい》らしいエプロンだ――を身に着けたお姉さんが、手袋を付けた両手でマイクを包んでそう言った。

疑似《決闘《ゲーム》》という形式を取る限定イベントだが、舞台がカフェで報酬がスイーツということもあり、堅苦しさは一切なくいかにもフランクな感じだ。周囲を見渡す限り、参加者は九割以上が女子、それも友達同士で参加している連中が大半に見える。

そんな参加者たちにぐるっと視線を向けてから、説明役のお姉さんは笑顔で続けた。

『まずは、簡単にルール説明をしたいと思います！　サイトの方で見てきてくれた人もいると思うけど、おさらいも兼ねてちゃんと聞いてくださいね？』

よく通る声で言いながら、近くのテーブルに置いていた端末にそっと指先を触れさせるお姉さん。するとその瞬間、彼女の背後に大きな投影画面が展開され、ファンシーなフォントの《決闘《ゲーム》》名が浮かび上がる。

そんな諸々《もろもろ》を背景《バック》に、お姉さんによるルール説明が始まった。

『イベント名《虹色パティスリー》――この疑似《決闘《ゲーム》》は、簡単に言うとカフェ・ド・ショコラの商品《スイーツ》をたくさんゲット出来ちゃうスペシャルなイベントです！　手続きの時に参加費として1000円分の島内通貨《電子マネー》を払ってもらったと思うけど、それを何倍にも出来る大チャンス！　もし全然勝てなくても最低1500円分の保証はさせてもらうから、気兼ねなく楽しんでもらえると嬉《うれ》しいな』

『《決闘《ゲーム》》の内容はとっても簡単！　まず、みんなには自分の端末からカフェ・ド・ショコラの商品一覧にアクセスしてもらいます。そこから好きな商品を選んで〝最初の手札〟を作ってもらうんだけど、ここで、商品にはそれぞれ〝フレーバー〟と〝価格帯〟っていう二つのステータスがあります――フレーバーの方は【イチゴ】か【抹茶】か【ブルーベリー】の三種類、そして価格帯も【☆1（300円前後）】か【☆2（600円前後）】か【☆3（900円前後）】の三種類。もちろん本当はもっと色んな味があるんだけど、便宜上この三つのどれかしらに分類してるからそのつもりで！』

『そして、商品のフレーバー三つはいわゆる三竦みの関係にあります！　【イチゴ】は【抹茶】に強く、【抹茶】は【ブルーベリー】に強く、【ブルーベリー】は【イチゴ】に強い……要するに、ジャンケンみたいなものですね。赤青緑の三色に置き換えると強弱のイメージが付きやすいかもしれません！　ちなみに、もう一つのステータスである〝価格帯〟に関しては、もちろん☆の数が多いものほど強いです』

『で！　それを踏まえた上で、みんなには〝☆の合計が10になるように〟最初の手札を作ってもらいます。フレーバーも価格帯も好きに交ぜちゃって大丈夫！　手札の枚数上限とかは特にないから、戦略次第で自由に設定してください』

『ここまで準備が済んだら、いざ尋常に《決闘》《ゲーム》スタートです！　誰でもいいので声を掛けてジャンケン勝負を始めましょう。勝負が成立したら、お互いに手札の中から一枚だけ商品を選んで、それを同時に公開します――この時、違うフレーバーが選ばれていたなら三竦《さんすく》みの関係で強い方が勝利！　価格帯よりもフレーバーの強弱が優先されるので、例えば【イチゴ☆1】と【抹茶☆3】の対決ならイチゴの方が勝ちになります』

『逆に、同じフレーバーが選ばれていた場合はもちろん価格帯の大きさで勝敗が決まるので、☆1の商品《スイーツ》よりは☆3の商品の方が絶対に勝ちやすいです。そして、ジャンケンに勝つと、相手が勝負に使った商品をそのまま奪い取ることが出来ちゃいます！　だから無闇に価格帯の大きい商品を使うのはちょっとキケンかも、なのですが、ここでもう一つ注意点！　ジャンケン勝負に出された商品《スイーツ》がフレーバーも価格帯も全く同じだった場合――つまり引《あ》き分《い》け《こ》だった場合は、どちらの商品も没収になります。要するに、勝つと一枚プラス、負けるか引き分けると一枚マイナスって感じですね！』

『でもでも、もちろんそれだけじゃありません！　《虹色パティスリー》には〝三勝ボーナス〟っていうのがあって、累計の勝利数が三の倍数になる度に商品一覧《メニュー》から好きな商品《スイーツ》を一つ獲得できちゃいます！　これを使ってどんどん手札を増やしてくださいね』

『《虹色パティスリー》自体は開始から90分経過時点で自動的に終了となります――そして、その時点で持っていた手札が全部あなたの獲得商品！　フレーバーと価格帯に応じた実際のメニューから好きなものと交換できちゃいます。ちなみに、手札を一枚消費することでいつでも途中棄権《リタイア》のコマンドが選べるようになっているので、もし挽回できそうにない状態になったら思い切って抜けてしまうのもアリですよ？』

『それと、最後にもう一つ！　……《虹色パティスリー》には〝ペア〟っていう要素があります。《決闘《ゲーム》》が始まるとみんなの端末に〝ペア候補〟の参加者《プレイヤー》がランダムで一人表示されるんだけど、ある条件を満たすことでその人とペアを組むことが出来るの。その条件っていうのが〝各フレーバーの所持枚数が同じになること〟……つまり【イチゴ】が何枚あって【抹茶】が何枚あって、っていう内訳を完璧に揃《そろ》えること。これが出来れば、その二人はペア候補から正式なペアに昇格します！』

『条件はちょっと難しいけど、ペアになるととってもお得ですよ？　なんと、勝利数が二人の間で共有になります！　二人合わせて三勝すれば商品《スイーツ》ゲット、しかも一人だけじゃなくて二人とも！　三勝ボーナスの獲得効率が二倍以上になるので、ぐーんと有利になること間違いなしです！』

『ちなみにちなみに、狙ってる人も多いと思うから先に説明しておくと、カフェ・ド・シヨコラ自慢の〝伝説のチーズケーキ〟――あの商品《スイーツ》だけは、通常の商品一覧には載っていません。三勝ボーナスを十回、つまりジャンケンに三十勝して初めて出てくる〝限定商品一覧〟から獲得できるようになっています。ただし、ゲットできるのは最初に条件を達成したペアだけ！　ゆっくりしてると誰かに取られちゃうかもしれません……！』

『はい、これでルール説明は終わりです！　というわけで、今から十分間、最初の手札《セット》を設定する時間を取りたいと思います。アビリティも一つだけ使えるので、それも登録しておいてくださいね。……そんなわけで、ご清聴ありがとうございました！』

最後までにこやかに説明を終えたお姉さんが笑顔のまま頭を下げ、それに対して周囲の女子からわーっと拍手が沸き上がった。その後めいめいに端末を取り出す彼女らを眺めながら、俺は頭の中でポツリと呟《つぶや》く。

（……やっぱり、《ディアスクリプト》で予言されてたルールと全く変わらないのか）

そう……実際に確かめるまでは〝もしかしたら適当なことを言ってるだけなんじゃ〟という疑いもあったのだが、そんな懸念に反して、お姉さんのルール説明は《ディアスクリプト》に示されていたそれと完全に同じものだった。もちろんルールが先に分かっていた方が対策も出来てありがたいのだが、どうやってという疑問は湧いてしまう。

が、まあ、ともかく今はイベントの方に集中しよう。カフェ・ド・ショコラ開店記念イベント《虹色パティスリー》——ルールとしては、要するに〝出せる手に制限のかかったジャンケン〟みたいなものだ。【イチゴ】【抹茶】【ブルーベリー】という三種類のフレーバーを駆使してジャンケン勝負を行い、勝つと相手から商品《スイーツ》を一枚奪うことが出来る。加えて三勝するごとに好きな商品をメニューからもらえるわけだから、つまり勝ち続けている限り手札は永遠に増えていくということになる。

ただ、そうは言っても、勝負内容がジャンケンである以上〝ずっと勝ち続ける〟なんて状況はまず起こり得ないだろう。十中八九どこかで負ける。それが続けばいずれ出せる手が少なくなってジリ貧になるし、さらに〝手札＝最終的に自分がゲットできる商品〟であるからには、当然欲を出したり守りに入ったりという思考も絡んでくるはずだ。ファンシーな雰囲気にそぐわず意外と心理戦的な側面が大きい《決闘《ゲーム》》なのかもしれない。

そして、肝心の限定商品《チーズケーキ》を手に入れるのに必要な勝数は――三十勝。

少し、というかかなり大変な数字だ。ジャンケンの勝率は通常三分の一だから、三十勝というノルマをクリアするためには累計九十戦以上しなきゃいけない。そんなのはまず不可能だから、代わりにそれなりのアビリティを用意する必要がある……の、だが。

（正直、今回の一番の問題はそこなんだよな。例のチーズケーキを手に入れるためには強力なアビリティが絶対に要る。けど、いつもみたいに色付き星《ユニークスター》のアビリティやら《カンパニー》のイカサマなんかを使ってたら一瞬で正体がバレちまう）

――そう、そうだ。

正体をバラしてはいけない、という厄介な指令《オーダー》が課された以上、俺がいつも使っている手段は軒並み封じられたと言っても過言じゃない。《†漆黒の翼†》や《行動予測》なんて使えるはずがないし、イカサマもはったりもご法度だ。なるべく目立たないよう大人しくしつつ、その上で彩園寺《さいおんじ》より早く〝三十勝〟を達成しなきゃいけない。

そんな無茶苦茶《むちゃくちゃ》を成立させる方法なんて、おそらく一つしかないだろう。

(彩園寺《さいおんじ》に匹敵するくらいの力を持つ参加者とペアになって、俺はそいつのサポートに徹する。で、俺じゃなくてそいつに勝ちまくってもらう——それしかない)

内心で作戦を振《ふ》り返《かえ》りつつ、そっと両手をポケットに入れる俺。……まあ、当然と言えば当然の結論だった。自分が目立っちゃいけないなら、仲間に頑張ってもらう外ない。

そんなわけで、実は俺の〝ペア候補〟というのは既に厳選させてもらっていた。STOCへの投稿を頼りに〝間違いなくイベントに参加するだろう〟連中をリスト化し、その中からとある一人を選出した形だ。もちろん《虹色パティスリー》におけるペア候補は本来ランダムで決定されるのだが、そこだけは無理を言ってでも《カンパニー》に介入してもらう必要があった。何せ、適当な誰かと組まされでもしたらその時点で敗北確定だ。

その点、俺が目を付けている彼女の強さは折り紙付きと言っていい。五月期交流戦《アストラル》でも圧倒的な実力を見せてくれたし、姫路《ひめじ》によれば『似たような形式のイベントで単独優勝している経歴もありますね』とのことだ。限定的な条件下で彩園寺に勝てる見込みがあるとすれば、それは彼女を措《お》いて他にいないだろう。

「でも、ちゃんと来てるんだろうな、枢木のやつ……」

「……む？」

と……俺がきょろきょろと辺りを見渡しながら小声でそんな言葉を口にした瞬間、斜め後ろの方から怪訝《けげん》な声が耳朶《じだ》を打った。それに釣られて振り向いてみれば、そこにはやけに見覚えのある少女が一人立っている。長い黒髪をポニーテールにまとめ、十六番区栗花《つゆ》落《り》女子学園の制服を凛《りん》と着こなした二年生——《鬼神の巫女》枢木千梨その人が。

「失礼。君、私の名前を呼ばなかったか？」

（き、聞かれてたぁあああっ！）

　唐突な邂逅《かいこう》にドクンと心臓を跳ねさせる俺。……けれど、そんな動揺は一切表に出すことなく、指先でフードを引き下げながら小さく首を横に振る。

「いや、気のせいじゃないか？　少なくとも俺は呼んでない」

「そうか？　ならばすまない、私の勘違いだったようだ」

　言って、訝《いぶか》しむような雰囲気を一瞬で霧散させる枢木《くるるぎ》。《アストラル》で対峙《たいじ》していた時とは随分違う感覚に戸惑っていると、彼女は嬉《うれ》しそうに口角を持ち上げながら続ける。

「それにしても、君のような男の子でもスイーツを食べに来るんだな。うむ、やはりカフエ・ド・ショコラは凄《すご》い。本土にいた頃はよく通ったものだが、まさか学園島《アカデミー》にも出店してくれるとは……良ければ、どんなメニューが好きなのか教えてもらえるだろうか？」

「あー……期待してくれてるところ悪いけど、実は俺、この手の店に来るのは初めてなんだ。何が好きって言われても分からないとしか答えようがない」

「なんと！　いやはや、それは失礼した。だがそれはそれで嬉しい、カフェ・ド・ショコラにそれだけ魅力があるということだからな。……ちなみに君、初めて来たということならパンケーキがおススメだぞ？　舌の上で蕩《とろ》けるくらいに美味《うま》い。あの食感、思い出すだけでも幸せになれそうだ……」

言いながら両手を頬《ほお》に当て、にへらっと相好を崩す枢木《くるるぎ》。その表情はスイーツをこよなく愛する女子そのもので、《アストラル》での彼女しか知らない俺からするといっそ衝撃を受けてしまうほどだ。……こいつ、本当にあの枢木千梨《せんり》か？　団体戦なら《女帝》に肩を並べる実力者で、戦場では会ったら逃げろがお約束の《鬼神の巫女《みこ》》？

「………………」

一抹の不安を抱えつつ、完全に一人の世界に入ってしまった枢木を無言で見つめる俺。

その後、意識を切り替えるつもりで周囲に視線を巡らせてみる――と、ほぼ同時、一番端のテーブルに座っている金髪の男が視界に入った。桜花《おうか》の制服を大胆に着崩し、耳にはじゃらじゃらとピアスを付けた強面《こわもて》の不良。常に威圧的な雰囲気を放っているため誰一人近付くことが出来ず、彼の周りにだけぽっかりと空間が生まれている。

見覚えがあるというわけじゃない、が……どこか聞き覚えのある特徴だ。

『……藤代慶也《ふじしろけいや》様、ですね』

瞬間、涼やかな声がイヤホン越しに鼓膜を撫《な》でた。

『真野《まの》様の依頼《クエスト》にあった〝告白したい相手〟の方です。依頼のことは当然何も知らないはずですが……単純にスイーツが好き、なのでしょうか？』

姫路《ひめじ》の言葉を聞きながら、俺は静かに思考を巡らせる。……藤代慶也、桜花学園の裏エース。俺と同じくお洒落《しゃれ》なカフェが似合うような風体ではないが、この場にいるということは彼もイベントに参加するようだ。さすがに彩園寺《さいおんじ》側の協力者ということはないと思うが……とにもかくにも、厄介な敵が増えたことには変わりない。

（ったく……）

前途多難な状況に心の中で軽く悪態を吐《つ》きながら、俺は手早く初期手札の設定とアビリティの登録を済ませることにした。

♯

――午後五時三十分。

イベントの参加者全員が指定された初期位置につき、調整のために与えられた数分の待機時間が明けたところで、ようやく《決闘《ゲーム》》開始のアナウンスが建物中に鳴り響いた。

カフェ・ド・ショコラはいわゆる複合商業施設の一階部分に店を構えており、二階から上は別のテナントが入ることになっている。ただし、それらの店舗は今のところ全て開店前。そこでカフェ・ド・ショコラのオーナーが各店舗に事前の許可を取り、建物全体を利用した《決闘《ゲーム》》が出来るよう入念な準備を整えたらしい。

ちなみに、最終的なイベント参加人数は九十二人とのことだ。それだけでも結構な数だが、参加者の中に《女帝》がいるという噂《うわさ》は既にそこそこ出回っているらしく、約五分遅れでイベントの様子を中継するisland tube《アイ・チューブ》の視聴者数はとっくに一万を超えている。

「ふぅ……」

ともかく、《決闘《ゲーム》》が始まったということで、俺は改めて端末を開くことにした。画面に映し出されているのは、現在の手札に加えてこの建物の見取り図だ。俺がいるのは四階の左端、エステサロンのような場所。幸い、近くに他の参加者はいないらしい。

一応周囲を警戒しながら、トントンとイヤホンを叩《たた》いてみる。

「――もしもし姫路《ひめじ》、聞こえるか？」

『はい、聞こえておりますご主人様。どうやら建物の内外での通信を制限するプログラムが働いているようですが、このくらい《カンパニー》に掛かれば造作もありません』

「なら良かった。……けど、やっぱり普通の通信手段はシャットアウトされてるんだな」

『そのようですね。イベントの様子がisland tube《アイ・チューブ》で中継されている以上、外部との通信が出来てしまったら他の参加者の状況が全て筒抜けになってしまいますし……そのため、通話機能やメッセージアプリ、ＳＴＯＣ等のＳＮＳはいずれも制限されています』

姫路の滑らかな解説に「なるほど」と小さく頷《うなず》く俺。まあ、それくらいは妥当な措置と言えるだろう。《カンパニー》との通信さえ叶《かな》うなら俺としては全く問題ない。

『ともかく――まずは重要なことだけお伝えいたします、ご主人様。つい先ほど、イベント開始と同時に全参加者の〝ペア候補〟がランダムで決定されました。ご主人様のお相手は、事前の細工通り枢木千梨《くるるぎせんり》様です』

「ああ、確認した。ありがとな」

『いえ、当然のことをしたまでです。……枢木様ですが、現在は一つ上の五階にいらっしゃいますね。手札状況はご主人様とそう離れていないようですので、今のうちにペアを成立させてしまうことをお勧めします』

「だな……っていうか、それが出来なきゃ話にならない」

エステサロンの扉を開け、四階の廊下に歩き出しながら小声で呟《つぶや》く俺。

ペア候補との合流、そしてペアの成立——おそらく《虹色パティスリー》参加者のほとんどが最初の目標とするのはその二点だ。ペアさえ成立すれば二人の間で〝勝利数〟が共有されるため、単純に二倍の速さで三勝ボーナスを手に入れられることになる。三十勝までの行程も半分で済むし、伝説のチーズケーキを狙うなら必須条件と言っていい。

そんなわけで、俺の行動方針は最初から決まっていた。

（戦場では〝会ったら逃げろ〟が合言葉の《鬼神の巫女《みこ》》枢木千梨とペアを組む……そうすれば、彩園寺《さいおんじ》に対抗できる可能性は充分以上にあるからな）

階段を上がりながらそんなことを考える俺。……一対一の《決闘《ゲーム》》ならやはり彩園寺に分があるとは思うが、しかし《虹色パティスリー》は枢木の得意とする多人数戦だ。必ず

しも一騎打ちを制する必要はないわけで、それなら充分に勝機はある。……が、

『ただ、少し意外でしたね……枢木《くるるぎ》様、普段から威圧的な方なのかと思っていましたが』

（う……そう、なんだよな）

静かに鼓膜を撫《な》でた姫路《ひめじ》の発言に、俺は小さく顔を歪《ゆが》ませる。

そう、そうだ――先ほど《決闘《ゲーム》》が始まる前に顔を合わせた枢木千梨《せんり》は、俺の知る彼女とは全くもって雰囲気が違っていた。凛々《りり》しさの欠片《かけら》こそ感じたものの、仕草やら表情はどこまでも普通の女の子。彩園寺《さいおんじ》に太刀《たち》打ち出来るような気迫《オーラ》は一切感じられなかった。

（正直、あいつだけが頼りなんだけど……）

若干の焦《あせ》りを感じながら内心でポツリと呟《つぶや》く――と、そうこうしているうちに、俺は階段を上がり切って目的の五階に辿《たど》り着《つ》いていた。道中で数人の参加者とはすれ違ったが、今はペア候補との合流を優先させたいやつが多数派なのか、一度もジャンケン勝負に縺《もつ》れ込《こ》むようなことはない。俺も俺で、姫路のガイドを受けつつ枢木を探す。

いや――探そうとした、瞬間だった。

「――今この階にいる人間、全員動くな」

（ッ……!?）

腹の底に響くような鋭い低音が鼓膜を叩き、俺は思わず足を止めた。聞き覚えのある声音。そして同時に、肌で覚えている強烈な気迫。そろそろと首を動かして声の主に目を遣《や》

れば、そこにいたのは栗花落の制服に身を包んだポニーテールの少女だ。先ほど相対した時は乙女な笑みを浮かべていたにも関《かか》わらず、今はどこからか取り出した竹刀を腰に構えて鋭い目付きで周囲の参加者を竦み上がらせている《鬼神の巫女《みこ》》──枢木千梨。

「アビリティ《一射一殺《ワンショットキル》》改訂版──《一網打尽《スイーツバスター》》発動。私は今から、貴様ら全員にジャンケン勝負を申し込む!!」

（え……な、なになになになに!?　スイーツバスター!?）

彼女の放った刃《やいば》のような宣言に、俺だけでなく、同じフロアにいた参加者全員がざわっとした反応を見せた。……いや、まあこんな平和なイベントでここまでガチな雰囲気《オーラ》を放たれたらそうなるのも当たり前と言えば当たり前だが、それだけじゃなく……この場にいる全員にジャンケンを申し込む？　そんな無茶が通るのか？

『……可能、ですね。枢木様のアビリティなら』

そこで聞こえてきた姫路の声に、俺はさっと右手を耳に当てた。イヤホンの向こうでは既に情報の解析が終わっているんだろう。涼やかな声は淀《よど》みなく続く。

『《一網打尽》アビリティ。おそらくですが、今回の《決闘《ゲーム》》に合わせて独自の調整を施された《一射一殺》の改訂版です。効果としては、視線の届く範囲にいる参加者全員にジャンケン勝負を挑むことが出来るというもの……要は〝一対多〟のアビリティですね。教壇に立った先生がクラスの生徒全員とジャンケンをするようなイメージに近いかと』

（ああ……なるほど）

そう言われれば理解はできる。そして、同時にその強力さにも当たりが付いた。……だって、一度に大勢の参加者と勝負が出来るということは、時間効率もさることながら敗北によって失う手札の枚数が最小限に抑えられるということだ。ジャンケンに負けた際に奪われるのはあくまでも〝勝負に使った商品《スイーツ》〟なんだから、仮に複数人に負けたとしても失う商品は一枚だけ。ルールの整合性を考えれば勝った側には商品一覧《メニュー》から同じ商品《スイーツ》が提供されることになるんだろうが……まあ、その辺りの細かな処理は店側に任せておけばいい話だ。いずれにせよ、とんでもなく優秀なアビリティであることは間違いない。

（めちゃくちゃガチで組み上げてきてやがる……って、いや、違う。それだけじゃない）

固唾を呑《の》んで目の前の光景を見守りながら思考を巡らせる俺。

もしもこれが普通のジャンケンなら、相手が何人になったところで勝率は常に三分の一だ。《一網打尽《スイーツバスター》》を使っても収支はそれほど良くならない——が、この《決闘《ゲーム》》には価格帯という要素がある。同じフレーバーの商品でも☆が多いほど価値が高い。

そして……それを踏まえた上で、開幕直後に《鬼神の巫女《みこ》》からジャンケン勝負を挑まれたという意味不明な状況に対して積極的に高い価格帯の商品を切れる人間がどれだけいるのか、という話だ。もちろん中にはアビリティを使うことで必勝を実現できるようなやつもいるんだろうが、とはいえそこまでして勝ちたいか？　こんなの半ば事故みたいなものだ。とりあえず☆1を出して最低限の被害で済ませた方が良《い》いんじゃないか？

（もし、全員がそう考えたとしたら……枢木《くるるぎ》だけが☆3の商品を選んでたとしたら、ジャンケンなのに勝率が三分の二になるのか）

　俺の思考がそこまで辿《たど》り着《つ》いた辺りで、枢木の《一網打尽》はようやく全ての処理が終わったようだ。見える範囲にいた参加者――ペア候補である俺は除くが――九人に対してそれぞれ勝敗判定が入り、結果は確率通りの六勝三敗。手札に関しては、敗北で一枚を失った代わり、勝利で獲得した六枚に加えて三勝ボーナスの発生が二回分……要するに、差し引きで七枚の増加だ。

「ふっ……スイーツのことなら、私は絶対に誰にも負けない」

　そう言ってようやく腰の竹刀に添えていた手を離し、近くのベンチに座る枢木。……おそらく、そのままアビリティのクールタイムを消化するつもりなんだろう。この《虹色パティスリー》では全てのアビリティに〝再使用可能までの時間《クールタイム》〟なる項目が設定されており、一度発動するとしばらくの間は使えない。あれだけ強力なら硬直も長めなはずだ。

　彼女の一閃《いっせん》に巻き込まれた参加者たちはしばし呆然《ぼうぜん》としていたが、やがてはっと気を取り直して思い思いに散っていく。

　そして、そんな中――俺はと言えば、パーカーのポケットに手を突っ込んだまま静かに天を仰いでいた。……別に、今のジャンケンで何かしらの被害を受けたというわけじゃな

い。そもそもペア候補だから勝負に参加してすらいないのだが、

（な、何でペア成立前だってのに七枚も手札増やしてんだよ枢木のやつ……ッ!?）

――そう、そうだ。

相変わらず強烈な殺気と高性能のアビリティで《鬼神の巫女《みこ》》の本領を発揮してくれたのは有り難い限りなのだが、しかしタイミングだけはもう少し考えて欲しかった。何せこの《決闘《ゲーム》》におけるペアの成立条件は〝お互いの手札にある各フレーバーの枚数が同じになること〟だ。だというのに、今の一撃で俺と枢木の手札内容は決定的にかけ離れた。

どうしたものかと頭を掻《か》きつつ、とりあえずベンチへ近付いて枢木《くるるぎ》に声を掛ける。

「あー……その、枢木。ちょっといいか？」

「む？　……おお、誰かと思えば先ほどのスイーツ少年ではないか」

俺の声に顔を持ち上げた枢木は、鋭く威圧的な表情の中に幾分か柔らかい色を織り交ぜてそんな言葉を返してきた。そうして、座ったまま流麗な髪を微《かす》かに流す。

「どうした？　私とジャンケン勝負をしたいということならいつでも受けて立つが」

「いや、残念ながらそうじゃない。っていうか、したくても出来ねえよ――実は俺、お前のペア候補なんだ。まだ条件は満たしてないけど、お互いに喧嘩《けんか》は売れない」

「おお、そうだったのか。なるほど、道理で先ほどの一撃に巻き込まれていないはずだ」

うむうむと得心したように頷《うなず》きながら胸元で腕を組む枢木。少なくとも邪険にされてい

るような雰囲気ではない、というわけで、一応ダメ元で尋ねてみることにする。

「あのさ、枢木。一つ相談があるんだけど……さっき手に入れたばっかりの商品《スイーツ》、何枚か破棄してくれないか？　このままじゃペアの成立条件が満たせない」

「……む」

そんな俺の提案に、枢木は分かりやすく難色を示した。膝の上に横たえた竹刀を指の腹でなぞりつつ、ポニーテールを静かに揺らして反論してくる。

「そういう大事なことは早く言ってくれ。スイーツを捨てるなんて私には出来ないぞ」

「言おうとしたんだよ。ただ、お前がそれより先に大技を繰り出してただけだ」

「うむ、まあ私は強いからな。……しかし、そうか。ペアか」

迷うような口調でそう言って、微かに目を伏せる枢木。

「正直なことを言えば、私には〝いつもの仲間以外とチームを組む〟という意識自体が存在していなかった。故に、一人でも勝てるようアビリティを調整してきた。他の皆のようにただ流用しているだけじゃない、この《決闘《ゲーム》》専用のチューニングだ」

「……知ってるよ。多分、そこまでしてるのは枢木だけだ」

「ああ、そうだろうとも。何故《なぜ》なら私はスイーツが大好きだからな。が、だからこそ、君が私にとって有用だというのなら足並みを揃えてやらないこともない。……少年、君の採用しているアビリティは？」

「《選択肢操作》っていう汎用アビリティだ。プレイヤー一人を対象にとって、その対戦相手に〝フレーバーの選択制限〟を与える効果——要は【イチゴ】か【抹茶】か【ブルーベリー】のうちどれか一つを選べなくする、って感じだな」

「……ほう？　フレーバーを一つ潰せるのか。その上で☆3を使えばほぼ必勝……《一網《スイーツ》打尽《バスター》》との相性も良い。限定チーズケーキを目指すには悪くないアビリティだな」

俺の話を聞いて、枢木《くるるぎ》は興味を惹《ひ》かれたように小さく眉を動かした。そうして、しばし迷った末に、切れ長の瞳を持ち上げてこんなことを言う。

「では、こうしよう。私のアビリティ——《一網打尽》は、次に使用可能な状態になるまでに二十五分ほど掛かってしまう。故に、そこを一つのタイムリミットとしよう。この時間になるまで私は誰にも勝負を仕掛けず、君はペア条件の達成を目指す。そして、時間内に君と私の手札内容が同一になれば、もちろんその時点でペア成立だ。が、逆に間に合わなかった場合、それ以上待っているのはさすがに効率が悪い。少年には悪いが、その時点で容赦なく切り捨てさせてもらう。……どうだ？」

曖昧な物言いは一切挟まず、俺に手札を見せながらそんな提案をしてくる枢木。

それを受けて、俺は小さく口元を緩めると、こくりと一つ頷《うなず》いた。

「ああ——いいぜ、望むところだ」

＃

午後五時四十七分、イベント開始から十五分余りが経過した頃。

『現在のトップ――という言い方が適切かどうかは分かりませんが、ともかく最も順調にイベントを進めているのはリナですね。最速でペアを成立させ、現在八勝です』

鼓膜を撫《な》でる姫路《ひめじ》の声を聞くとはなしに聞きながら、俺は三階のレストラン――カメラの死角になるためisland tube《アイ・チューブ》には映らない――でぐるぐると思考を巡らせていた。

本当は、こんなところで躓《つまず》くはずじゃなかったんだ。《虹色パティスリー》参加者ならまずペアを成立させたいと考えるのは当然のことで、そこまではトントン拍子に行くと思っていた。けれど、俺のペア候補である枢木千梨《せんり》が想定していた以上に強すぎたせいで、逆にペアを組まなくても勝ててしまうという異常事態が発生している。

――ただ、

（そうは言っても、悪いことばっかりじゃない……あいつのアビリティは、間違いなくこの《決闘《ゲーム》》の最適解だ。俺のアビリティとの相性がいいのも確かだし、ペアさえ成立させられれば後はあいつがどうにかしてくれる）

改めてそんな認識を固める。《一網打尽》――かなり大味なアビリティだが、一戦一戦の勝敗よりも〝リソース管理〟と〝勝利数〟の方が重要になる《虹色パティスリー》においては、あれ以上に効果的なアビリティなんてちょっと思い付かない。

（あいつと組めれば、勝てる。……だから、問題はどうやってそれを達成するかだ）

そこまで思考を進めてから、俺は手元の端末に視線を落とすことにした。画面に表示されているのは《決闘《ゲーム》》開始時点から全く変わっていない俺の手札と、それから先ほど見せてもらった枢木《くるるぎ》の手札内容のメモ書きだ。比べてみると【イチゴ】が一枚と【抹茶】が三枚、【ブルーベリー】が二枚で合計六枚の差があることが分かる。

この差をどうやって埋めるのか、という話だが。

「……まず、普通にジャンケン勝負で手に入れるってのはナシだよな。小細工なしで手札を六枚増やそうと思ったら、何の策もないのにここから五連勝しなきゃいけないってことになる。それが出来るなら俺だってペアなんか必要ない」

『そうですね。普段の演技やイカサマが使えるならともかく、今回は少し非現実的かと』

「ああ。だから、考えるべきはそっちじゃなくて――」

と……俺たちがそんな風に作戦会議を始めようとした、その時だった。

「――ひぃいいいいいっ!?」

間借りしているレストランの外から突然そんな悲鳴が聞こえ、俺は思わず顔を跳ね上げた。一体何事かとガラス窓越しに店外の様子を窺《うかが》ってみれば、そこにいたのはつい先ほども顔を合わせたばかりの桜花《おうか》の一年、飛鳥萌々《あすかもも》だ。彼女は通路の脇にしゃがみ込んでガタガタと震えながら、怯《おび》え切った声音でこんなことを言っている。

「ご、ごごごめんなさいっす許して欲しいっす食べても絶対美味《おい》しくないっす!!」

間断なく放たれる言葉は支離滅裂で、正直言って意味が分からない。……が、さすがにここまで騒がれると放っておくのも気が引けてきてしまい、俺はガチャリと扉を押し開けて店の外へ出ることにする。

「……あン？」

と――瞬間、物音に気が付いたのか、俺に背を向けて立っていた一人の男がゆっくりとこちらを振り向いた。小さく縮こまる飛鳥を壁際に追い詰めている金髪の男。《決闘《ゲーム》》の待機場所でも明らかに異彩を放っていた桜花の６ツ星・藤代慶也。

「チッ……ンだよテメェ、見世物《みせもん》じゃねェぞ」

（こっっっっっっわぁ……!!）

ドスの効いた低い声と睨《ね》め付けるような眼光に俺はほんの一瞬で震え上がった。……けれど、たとえ内心ビビり散らかしているとしてもそんな感情《モノ》を顔に出す俺じゃない。平然とした所作でポケットに手を突っ込みつつ、少し離れた位置で藤代《ふじしろ》と対峙《たいじ》する。

藤代慶也《けいや》――学年で言えば俺と同じ二年生だが、体格のせいか少なくとも〝少年〟という表現は適切じゃない気がする。１８０㎝を優に超える身長に、きちんと染まり切っておらず黒と交じった禍々《まがまが》しい金髪。剥《む》き出《だ》しになった耳には大量のピアスが付いていて、一応桜花の制服は身に着けているものの、派手な赤シャツの上から羽織っているせいで一見しただけではそうと分からない。端的に言えばまさしく不良といった様相だ。

「ふえ……？」

と、その辺りでようやく情勢の変化に気が付いたのか、視線の先で震えていた飛鳥《あすか》がそろそろとこちらを振《ふ》り返《かえ》り、涙の滲《にじ》む瞳ではっきりと俺を捉えた。フードを被《かぶ》っているから正体なんて分からないはずだが、一応〝味方〟だとは認識してくれたんだろう。藤代《ふじしろ》を迂回《うかい》するようにこちらへ駆け寄ってくると、そのままさっと俺の背に隠れる。

そうして彼女は、ぎゅっと俺のパーカーを掴《つか》みながら叫ぶようにこう言った。

「た、たたた、助けて欲しいっす！　本当は更紗《さらさ》さんに助けてもらえたら嬉《うれ》しいなって思ってたっすけど、この際通りすがりのあなたでいいっす！　我慢するっす！」

「……二言くらい余計だけど、まあいいか。で、何があったらそんなに怯《おび》えるんだよ？」

「だ、だってわたし、見たっす！　藤代センパイが、さっきまでここにいた女の子から何枚もカードを取り上げてるのを……まさにカツアゲ！　こんな楽しい《決闘《ゲーム》》で暴力に訴えるなんて最低っす！　怖いっす！　そういうの良くないと思うっす!!」

「………………」

「ひいぃいいっ！　に、睨《にら》んだってダメな……ご、ごめんなさい許して欲しいっす!!」

俺を盾にして好き放題言いつつ、ぎろりと視線を向けられればそれだけで竦《すく》み上がる飛鳥。さっきから言動がめちゃくちゃだが、服の裾を掴む手が本気で震えているのを見る限り、おそらく恐怖を誤魔化《ごまか》すための空元気なんだろうと想像できなくもない。

だから、というわけじゃないのだが。

「あー……藤代、でいいんだよな。もし良かったら、軽く状況教えてくれないか？　嫌ならさっさと消えるけど、揉《も》め事なら第三者が入った方が解決しやすいかもしれないぜ」

フードの端を引き下げながら軽めの口調でそんなことを言う俺に、藤代はどこか胡乱《うろん》な視線を向けてきた。彼はそのまましばらく黙っていたが、やがて面倒《めんどう》そうに首を振ると低い声音でこう切り出す。

「別に、状況も何もねえ。俺はただ、ペア候補のそいつと話をしようと思ってここまで来ただけだ。が、タイミングの悪《わり》いことにそいつが他の参加者《プレイヤー》からジャンケンを挑まれそうになっててな。そのまま勝負に持ち込まれると都合が悪かったから俺が代わりに受けることにした。……そしたらこの様《ざま》だ。そいつにはまだ話し掛けてもいねえ」

「……ペ、ペア候補？　わたしと藤代センパイがっすか？」

「そうだっつってんだろ。テメェは端末もろくに見てねえのか」

「ご、ごめんなさいっす。ペア候補が更紗さんじゃないって分かった時点で急速に興味がなくなって……で、でも！　でもっす！」

しゅんと俯《うつむ》いていたかと思えば、唐突に勢い込んで顔を持ち上げる飛鳥。彼女は（俺に隠れたまま）気丈に問いを投げ掛ける。

「わたしがジャンケンを挑まれると都合が悪いっていうのはどういう意味っすか？　わたし、どのフレーバーも五枚以上は持ってるっすから、別に負けても平気っすよ？」

「相手が何も仕掛けて来なけりゃ、な。……さっきの女子、あいつは《連戦連勝》ってアビリティを採用してた。自分が負けるまでジャンケン勝負を終わらせねえ、っていう粘着質で厄介な効果……要は、相手のリソースを絞り尽くすためのアビリティだ。テメェの手札が何枚だろうが下手したら全部持ってかれる」

「《連戦連勝》……で、でも、それだけなら」

「それだけじゃねえよ。自覚があるのかどうかは知らねえが、テメェは感情が全部顔に出る。ちょっと意識してりゃ誰だってテメェの手が読めるレベルだ」

「え、えええええ!?　そうなんすか!?　し、知らなかったっす！」

「じゃあ今知っとけ。……俺は、人より大分耳が良くてな。下の階にいた時から、あいつらが〝テメェからなら全部持ってける〟って話をしてたのが聞こえてたんだ。だから、横から割り込んだ。俺はテメェと違ってある程度感情を隠せるし、ついでに向こうの作戦内容まで聞こえてた。そこまで分かってりゃほとんど必勝みたいなモンだろ」

　そこまで言って、藤代《ふじしろ》は小さく一度首を振った。くしゃっと髪に手を遣《や》りながら、凶悪な眼光を改めて俺と飛鳥《あすか》に突き付けて――それから一言、

「この辺のことを説明したかったんだが、どうにも口下手でな。悪かったとは思ってる」

「……いや、それは口下手が原因ってよりは……まあいいけど」

どう考えても見た目がめちゃくちゃ怖いせいだと思うが、怖いので言わないでおく。

と……その時、相変わらず俺の背中に隠れたままだった飛鳥が、おそるおそるといった仕草で顔を出しつつ藤代に視線を向けた。そうして、躊躇《ためら》いがちな口調でこう尋ねる。

「じゃ、じゃあ藤代センパイ、もしかしてわたしのこと助けてくれたっすか？」

「別にそんなつもりはねえ。……ねえが、ペア候補のテメェに脱落されると迷惑だ」

「ほぁあ……！　か、神！　神っす！　藤代センパイ超カッコいいっす!!」

凄《すさ》まじい勢いで手のひらを返し、全速力で藤代の下へ駆け寄っていく飛鳥。彼女は尊敬と憧れに彩られたキラキラした目を藤代に向け、それを受けた藤代は鬱陶しそうに顔を背けている。……まあ、とりあえずは一件落着ということでいいのだろう。期せずしての邂《かい》逅《こう》となったわけだが、いつまでも一緒にいるメリットは特にないし――

（――――いや？）

と……そこまで考えた辺りで、俺はふと引っ掛かるモノを感じてそっと右手を口元へ遣った。一緒にいるメリットがない？　本当に？　いや、確かに、確かに彼らと行動を共にしたところで俺の手札が潤沢になるわけじゃない、が――

（考えろ……ついさっき、飛鳥は〝藤代がカツアゲみたいに手札を何枚も奪ってた〟って話をしてた。けど、今の流れを聞く限りそれは十中八九アビリティだ。勝った相手から過剰に商品《スイーツ》を奪うことが出来る強奪系のアビリティ……それに、藤代《ふじしろ》だけじゃない。飛鳥の、アビリティだってほぼほぼ特定できる。これを組み合わせれば、もしかして――）

「……おい。おいテメェ、聞いてんのか？」

「へ？　あ、ああ……悪い。ちょっとぼうっとしてた」

思考の途中で藤代に声を掛けられた俺は、一瞬遅れてパッと顔を持ち上げた。すると彼は、柄の悪い目付きをこちらへ向けながらこんな言葉を口にする。

「世話掛けたな。悪《わり》いが、そろそろ行かせてもらうぜ」

「世話掛けたっす！　通りすがりのフードの人、助かったっす!!」

意外にもきちんと礼を述べてくる藤代と、それに追随するようにしてにこやかに手を振ってくる飛鳥《あすか》。そんな二人に対し、俺は右手でフードを引き下げながら静かに首を横に振ると、彼らにも見えるように小さく口元を緩めてみせる。そうして一言、

「いや、別に礼を言われるようなことはしてねえよ。ただ、行っちまう前に一つだけ訊きたいことがあるんだけど――いいか？」

「「……………？」」

不敵に笑う俺の目の前で、藤代と飛鳥は揃《そろ》って怪訝《けげん》な表情を浮かべた。

＃

「……む？」

枢木《くるるぎ》から言い渡されたタイムリミットまで残り五分を切った頃、俺は急ぎ足で彼女のいる五階通路まで戻ってきた。

眠っていたのか瞑想《めいそう》でもしていたのか、ともかく目を閉じていた枢木が俺の接近に気付いて顔を持ち上げる。警戒交じりの視線が俺を捉え、すぐに柔らかな色を湛《たた》えた。

「おお、戻ってきたのか少年。しっかりと時間を守れるのは素晴らしいな」

「そりゃどうも。……って言っても、まだペアの成立条件は満たせてないんだけどな」

「ほう？　正直なのは美徳だが、だとすれば私と雑談をしている場合ではないのではないか？　私のスイーツトークは最短でも二時間からだぞ」

「それは不覚にもちょっと興味あるけど……でも、またの機会に聞かせてくれ。今回は別の用事があって来たんだ」

言って、俺はちらりと後ろに視線を向けた。枢木の注意力なら最初から気付いていただろうが、そこには二人の参加者が立っている——藤代慶也《けいや》と飛鳥萌々《もも》。藤代の方は微動だにせず枢木を睥睨《へいげい》し、逆に飛鳥は怯《おび》えたように藤代の後ろへ身を潜めている。

「……彼らは？」

「ついさっき別の階で会った参加者《プレイヤー》だよ。二人とも有名だからお前も知ってるかもしれないけど、まあ素性についてはどうでもいい。……なあ枢木、今からこいつと——藤代とジヤンケンをしてくれないか？　誰にも勝負を仕掛けないって約束《ルール》は無視していいから」

「ジャンケンを……？　ふむ、この《虹色パティスリー》においてその申し出を断る理由はないに等しいが……そちらはどうだ？」

「テメェと同意見だ。が、無駄に時間を取られるのだけは御免だな」

「なるほど、それもまた道理だな。……いいだろう、では始めるとしようか」

鋭い視線を藤代《ふじしろ》に叩《たた》き付けながらそう言って、枢木《くるるぎ》はすっとベンチを立った。そうして居合術の要領で腰から端末を引き抜き、顔の高さで構えてみせる。これに藤代も端末で応え、二人の間でジャンケン勝負が成立する。

ここで、アビリティの使用がある場合は端末からコマンドを選ぶのだが――当然、枢木の《一網打尽《スイーツバスター》》はクールタイム中だから選択できない。今の枢木に出来るのは、手札から商品《スイーツ》を選ぶことだけだ。

反面、藤代慶也はそうじゃない。

「汎用アビリティ《合法的徴収》発動。もしこのジャンケンで俺が勝った場合、テメェからは一枚じゃなく三枚の商品《スイーツ》を奪い取る」

枢木に負けず劣らずの威圧感を放ちながら、低い声音でそんなことを告げる藤代。

そう――俺の睨《にら》んだ通り、彼のアビリティはいわゆる〝強奪系〟だった。ジャンケン勝負で負かした相手から奪える商品《スイーツ》は通常一枚だが、《合法的徴収》を使うと追加で二枚の手札を奪うことが出来る。シンプルながら強力なアビリティだが、そのクールタイムは十二分。枢木の《一網打尽》とは違ってとっくに使えるようになっている。

　さらに、だ。

「そしてそして、そこにわたしの《数値管理》も上乗せするっす！　三枚なんて生温《なまぬる》いっすよ、藤代センパイ！　六枚っす！　六枚まとめてばばーんっと奪うっす!!」

「……チッ。おいテメェ、もう少し静かに喋《しゃべ》れねえのか」

「静かにっすね！　はいっす、努力するっす！！！」

　元気の良すぎる飛鳥《あすか》の返答に対し、藤代はそっと右手を額へ遣《や》った。どこか疲れたような仕草だが……ともかく、彼の《合法的徴収》に飛鳥の《数値管理》が加わったことにより、たったの一撃で六枚もの商品を持っていける凶悪な武器が爆誕したのは間違いない。

　ちなみに、飛鳥が《数値管理》系のアビリティを採用していることに気付いたのは、彼女の手札状況に違和感を覚えたからだ。初対面の藤代に指摘されるほど感情が表に出やすく、そのためジャンケン勝負には滅多《めった》に勝てないはずなのに、飛鳥は各フレーバーの商品《スイーツ》を五枚ずつ……つまり、合計十五枚以上の商品《スイーツ》を持っていた。十五枚と言えば初手であれだけ荒稼ぎした枢木をも超える枚数だ。そんな矛盾を成立させる方法があるとすれば、それは《数値管理》で初期手札の☆数を増やしてしまうことくらいのものだろう。

「ん……」

ただ――ここまでお膳立てを済ませてやったところで、最終的に勝敗を決めるのはジャンケンなんだから現状では優勢も劣勢もない。二人とも手札はかなり潤沢だし、この先は高ランカー同士の熾烈《しれつ》な心理戦に突入する……というのが、本来の流れなのだが。

「《選択肢操作》発動。……枢木《くるるぎ》、お前はこのジャンケンで【ブルーベリー】属性の商品を選ぶことが出来なくなる」

二人の睨《にら》み合いを遮るように小さく足を踏み出した俺は、フードの下の口元を緩ませながらそんな言葉を口走っていた。それに対し、枢木が微《かす》かに眉を顰《ひそ》めてこちらを見る。

「む……？　私が、と言ったのか？　そちらの金髪ではなく？」

「そうだよ、制限を受けるのは枢木の方だ。【ブルーベリー】が出せなくなるから、選べるのは【イチゴ】か【抹茶】だけ。で、お前の手札に【イチゴ☆3】はなかったはずだ。この状況で藤代《ふじしろ》が【イチゴ☆3】を選択すれば、お前はどうやったって勝てなくなる」

「……ほう。貴様は私の味方だとばかり思っていたのだがな」

「ああ、味方だよ――このジャンケンが無事に終わったら、な」

途端に威圧感の増した枢木に対し、あえてニヤリと口角を持ち上げてみせる俺。そうして、まるでネタばらしでもするかのようにこんな言葉を口にする。

「《合法的徴収》と《数値管理》……この二つが効いてる状況で藤代が勝てば、お前は合計六枚の商品を放出することになる。で、六枚ってのはちょうど俺との手札差だろ？　こうすれば、時間内に俺と枢木の手札内容が同じになる――ペア成立の条件を満たせる」

「な……っ!?」

――そう、そうだ。そういうことだ。

どうするべきかと頭を悩ませてはみたものの、やはりこの短時間で六枚も手札を増やすというのははっきり言って無理難題だ。けれど、逆ならそれほど難しいことでもない。枢木の手札状況を喧伝すれば六連敗させることだって可能だし、対戦相手が何かしらのアビリティを使っていればもっと高速で削られていく。

だからこそ、俺は藤代と飛鳥《あすか》のペアに目を付けたのだった。彼らのアビリティを組み合わせれば一撃で俺と枢木の手札差を埋めることが可能だし、逆に彼らは彼らで、飛鳥が雑に手札を増やしてしまっているせいでペア成立には大量の商品が必要になる。いわゆるウインウィンの関係というやつだ。……ただ一人、枢木千梨を除いて。

(限定チーズケーキの獲得に必要なのは手札の枚数じゃなくて勝利数だけだから、実際枢木だってそこまで損はしちゃいない。けど、スイーツが絡むと冷静じゃなくなるみたいだし、普通にキレられて見放されてもおかしくないような……)

表向きは悠然と笑みを浮かべてみせながら、内心では祈るように彼女の一挙手一投足を見つめる俺。反面、視線の先の枢木はしばらく俯《うつむ》いたまま黙っていた、が――

「ふっ……あはははははははははははは!!」

（!?）

刹那、射殺すような鋭い雰囲気を一気に消し飛ばすと、代わりに大声で笑い始めた。さすがに呆気《あっけ》に取られる俺を尻目に、彼女は楽しそうにうむうむと頷《うなず》いている。

「ああ——ああ、確かにそうだ。見たところ君の手札はあれから一切変わっていないようだが、それでも私が彼とのジャンケンに負ければ〝タイムリミットまでに君と私の手札内容を同一にする〟という条件は間違いなく満たされる。うむ、文句の付けようがない」

「あ、ああ……えっと、もしかして怒ってるか？」

「何故《なぜ》だ？　私の課した条件を君は確かに達成した。褒めるならともかく、怒るのは全く筋違いだ。それに——元は一人でも勝てると思っていたんだが、桜花の《女帝》が想像以上に強敵みたいでね。少年、君の助力がないと逆転できそうにない」

口端に笑みを湛《たた》えたままそう言って、枢木千梨《くるるぎせんり》は静かに端末を操作した。それによって藤代《ふじしろ》とのジャンケンが〝敗北〟で終わったことが確定し、彼女は藤代に六枚の手札を献上する。そうして残ったのは俺と全く同じ手札内容だ。瞬間、端末がぴぴっと小さく音を立て、確かにペアが成立したことを告げてくる。

そうして、彼女は——《鬼神の巫女《みこ》》は、薄《う》っすらと笑みを浮かべてこう言った。

「いくぞ、少年。……ここから先は、問答無用だ」

＃

イベント開始からおよそ四十分が経過した頃――。

この時、この瞬間まで、限定イベント《虹色パティスリー》のトップをひた走っていたのは桜花《おうか》の《女帝》彩園寺更紗《さいおんじさらさ》だった。姫路《ひめじ》の報告によればどうやら《干渉無効》系のアビリティを採用しているらしく、これまでの戦績は27勝0敗。アビリティが効かないというだけでそれ以外の補助効果《バフ》はないはずなのに、異様な勝率を誇っている。

というのも……その他の通信機能と同じくisland tube《アイ・チューブ》の視聴も当然制限されているのだが、どういうわけかコメント欄だけは見えるような仕様になっているんだ。中継が五分遅れだからもちろんコメントにもかなりのラグが発生することになるが、それでも無数の情報が流れてくる。彩園寺はそれをリアルタイムで解析し、各参加者の手札状況やアビリティ、現在地なんかを軒並み把握しているらしい。

溜《た》め息が出るほど正攻法で、同時に凄《すさ》まじい実力だ。やはり、あいつは別格中の別格。

ただ、今回に限っては――否、ことスイーツに限った話をすれば、彩園寺よりもさらに突出した〝とんでもないやつ〟が他にいた。

「動くな。……今私の視界に入っている者は、全員私とのジャンケンに参加してもらう」

彩園寺が累計28勝目を積み上げた瞬間、彼女のいるフロアに降り立って鋭い声を放ったポニーテールの少女・枢木千梨。《鬼神の巫女》の二つ名で恐れられる彼女は、三十人を優に超える参加者に対して引き抜いた竹刀の切っ先を向ける。

ここまではイベント開始直後のそれと同じ流れだが、異なる点が一つだけ。

「横から悪いな。《選択肢操作》発動——枢木《こいつ》とのジャンケンに参加するやつは、全員この勝負で【抹茶】を選べなくなる。……ま、事故だと思って諦めてくれよ」

枢木《くるるぎ》の横に立った俺は、フードを被《かぶ》ったまま不敵な口調でそう告げる。

まさに〝必勝〟の戦術というやつだった。……いや、正確に言えば一つ一つの勝負が全て必勝というわけじゃない。意義は薄いが枢木と同じ商品を使えば引き分けに持ち込めるし、何かしらのアビリティを使われれば対抗される可能性は充分にある。が、そんなのは些細《ささい》な問題だった。圧倒的な数の暴力は、その他全てを蹂躙《じゅうりん》する。

……そうして、終わってみれば。

ジャンケンの参加者三十六名——うち、俺たちに勝利数を稼がせないためか【ブルーベリー☆3】で引き分けてきたやつが二人と、ジャンケンそのものから《緊急離脱》したやつが一人、そして《干渉無効》で俺のアビリティを防ぎつつ【抹茶☆1】を出してきた《女帝》が約一名で、総合すれば32勝1敗2分け。三勝ボーナス十回分の勝利数。

と、いうわけで。

「……ふふっ。ここまで圧倒的だと、いっそ清々《すがすが》しいわね」

累計29勝で限定チーズケーキに王手を掛けていた彩園寺《さいおんじ》を一気に追い越し、逆転するような形で最も早く〝30勝〟をマークしたのは、他でもない俺と枢木のペアだった。

「おおおお、これがかの有名なカフェ・ド・ショコラのチーズケーキ……！」

＃

――《虹色パティスリー》終了からしばし後。

限定チーズケーキの入手を確定させてからも散々暴れまくっていた枢木と、それに付き合わされていたことですっかり疲弊した俺は、二人揃《そろ》って一階のカウンターに降りてきていた。そこで渡されたのが高級感溢《あふ》れるケ、ー、キ、の箱だ。

『にっひひ〜、さっすがヒロきゅん！　お家《うち》で紅茶準備して待ってるねん』

『いえ、加賀谷《かがや》さんがキッチンに入ると爆発するのでダメです。紅茶ならわたしが』

耳元では加賀谷さんと姫路《ひめじ》が何やらソワソワとしているのが窺《うかが》える。……伝説のチーズケーキと言われても正直あまりピンと来ないが、やはり相当に凄《すご》いものなんだろう。

「少年、少年！」

と、そこでふと肩を叩《たた》かれて隣に目を遣《や》れば、にこーっと満面の笑みを浮かべた枢木がこちらへ身体《からだ》を向けていた。彼女はチーズケーキの入った紙袋と自前の鞄《かばん》とを胸元で抱えるようにして持ち、一切の邪気がない表情で俺に話し掛けてくる。

「これを手に入れられたのも君のおかげだ！　今日は本当にありがとうな！」

「え……いや、何言ってるんだよ枢木《くるるぎ》。別に俺がいなくても勝てただろ？」

「いいや、そんなことはない。君のアビリティがなければ、二度目の《一網打尽《スイーツバスター》》で増やせる勝利数には限度があった。あれで届かなければ、勝っていたのは《女帝》の方だ」

「……まあ、それはそうかもしれないけど」

「かもじゃない、事実だ。やはり、君は幸運を呼ぶスイーツ少年だな」

一歩も退《ひ》かない枢木の称賛に対し、俺は「どうも」と呟きながら微《かす》かに口元を緩めてみせた。大事そうにケーキの箱を抱える少女と《決闘《ゲーム》》を蹂躙《じゅうりん》した《鬼神の巫女《みこ》》……ギャップが激しすぎるような気もするが、とはいえどちらも枢木の本質ではあるのだろう。それを知れたのは、ある意味一つの収穫だったと言ってもいいかもしれない。

「──おめでとう。今回は貴方《あなた》の勝ちみたいね、篠原《しのはら》」

その時、ちょうど二階から降りてきた赤髪の少女が、少し不機嫌そうな声音でそんなことを言ってきた。彼女──彩園寺《さいおんじ》は、胸元で腕を組みながら俺にジト目を向けてくる。

「といっても、貴方は一勝もしてないようだけど。……全く、何だか釈然としないわ」

「へえ、無敵の《女帝》が言い訳か？　らしくないな、彩園寺」

「別に、そんなこと言ってないじゃない。ちゃんと私の負けだって認めてるもの」

ぷいっとそっぽを向きながらそんなことを言う彩園寺。……これは想像だが、おそらく彼女の方には【ジャンケン勝負で一度も敗北してはならない】といった類《たぐい》の指令《オーダー》が出ていたんだろう。だからこそ彼女は効率よりも丁寧さを取らなきゃいけなくなり、結果として枢木に追い抜かれた。そう考えれば、まあ妥当な結末と言えなくもない。

「……？　待て」

俺がそんな風に思考を巡らせていると、不意に枢木が不思議そうな視線をこちらへ向けてきた。そうして彼女は、窺《うかが》うような口調で訊《き》いてくる。

「篠原、と聞こえたが……少年、君はもしかして篠原緋呂斗《ひろと》だったのか？」

「ん？　ああ……」

真《ま》っ直《す》ぐな視線を向けられ、俺は小さく頷《うなず》いた。イベントが終わったんだからもはや正体を隠す必要もない、ということで、一思いにフードと眼鏡を取り払う。

「騙《だま》してて悪かったな、枢木。お察しの通り、俺は篠原緋呂斗だ。彩園寺との《決闘《ゲーム》》の関係でちょっと身を潜めてなきゃいけなくてさ」

「なんと……私としたことが、全く気付かなかった。……もしや、7ツ星というのは変装技術まで磨かねばならないものなのか？」

「……いや、その辺はまあ、好きにすればいいと思うけど」

確かに俺や彩園寺にとってはほとんど必須のスキルだが、それはあくまでも特殊例だ。

ともかく――そんなこんなで俺たちがそろそろ帰ろうとしていたところ、先ほどの彩園寺に続いてもう一組のペアが二階から降りてきた。ポケットに片手を突っ込んだままクールに歩いている藤代《ふじしろ》と、そんな彼に後ろから縋《すが》り付いている飛鳥萌々《あすかもも》の二人組だ。

彼らは、というか彼女は、階段を下りながらも騒々しい声を上げている。

「ごめんっす！　申し訳ないっす！　わ、わたしが弱かったばっかりに……！」

「……違《ちげ》え。何度も言ってるが、テメェは普通に——」

「情け無用っす！　慰められると余計に虚《むな》しくなるっす!!」

「情けとかじゃねえって言ってんだろ。単純に、相性の問題で——」

「腹を切って詫《わ》びるっす!!!!」

「聞けよ」

わーわーと泣き喚《わめ》いている飛鳥とは対照的に、あくまでも面倒《めんどう》そうな様子で溜《た》め息を吐《つ》く藤代。あまりの騒がしさに周囲の注目が集まり出してしまう……が、そんな視線を遮るように、豪奢《ごうしゃ》な赤の髪を翻《ひるがえ》した彩園寺《さいおんじ》がコツっと一歩前に出た。

「——何よ、どうしたの萌々？　随分悔やんでいるようだけれど」

「さ、更紗《さらさ》さん！　聞いて欲しいっす更紗さん、実は——」

「待て。……おいテメェ、まさか言うつもりじゃねえだろう——」

「藤代センパイは黙ってて欲しいっす!!」

普通なら誰もが竦《すく》み上がる藤代の制止すら意にも介さず、飛鳥はぐいっと彼を押し退《お》け《の》るようにして彩園寺の前に進み出た。そうして彼女は、熱の籠もった口調でこんなことを言い放つ——曰《いわ》く、今日は藤代の妹の誕生日で、そのため藤代は妹にせがまれるような形で限定チーズケーキを買いに来たのだということ。いざ来てみたら女子だらけで若干狼狽《うろた》えていたということ。イベント戦があることすら知らなかったためろくに準備も出来ていなかったが、やるからには全力を尽くそうとしていたこと。

「〰〰〰！　最高！　最高のお兄ちゃんっす藤代センパイ！　なのに、わたしが弱かったから……だから、藤代センパイの妹にケーキをお届けできなかったっす!!」

「……今すぐその口を閉じろ、テメェ」

「うにゃっ！」

絶好調な口振りで何もかもを暴露した飛鳥の肩を後ろから掴《つか》み、強面《こわもて》を近付けてメンチを切る藤代。ただしその動きはぎくしゃくしていて、明らかに照れているのが窺《うかが》える。

桜花《おうか》で彼と同じクラスに属しているはずの彩園寺もどこかポカンとした表情だ。

「へえ……驚いたわ。貴方《あなた》、そういう一面もあったのね。いいじゃない、これからはそっちの路線でも少しアピールしてみたら？」

「放っとけ、《女帝》。今さらアピールも何もねえ。島中で大人気のテメェと違って、俺は他学区どころか桜花の連中にすら怖がられてんだぞ。それも一人残らずだ」

「ふふっ、そうかしら？　案外そうでもないと思うのだけど」

「あン……？」

からかうような口振りでファーストクエストの依頼者・真野優香《まのゆうか》のことを仄《ほの》めかす彩園《さいおん》寺《じ》だが、当然ながら藤代《ふじしろ》に伝わるはずもない。ただ彩園寺の方もそれ以上のヒントを渡すつもりはないらしく、一転して身体《からだ》を翻《ひるがえ》すと俺に紅玉の瞳を向けてきた。同時、イヤホンからは『わたしはどちらでも構いません』と囁《ささや》くような姫路《ひめじ》の声も聞こえてくる。

と、いうわけで。

「――なあ、藤代」

「あ？　……テメェ、フードのヤツか。妙に聞き覚えのある声だとは思ったが、まさか学《アカ》園島《デミー》最強が化けてやがったとはな。道理で俺相手でも平然と交渉してきたわけだ」

「まあ、臆する理由がないからな。……で、だ。一応訊《き》いておきたいんだけど、さっきの話は本当か？　飛鳥《アイツ》が適当なことを言ってるとか、そういうオチじゃなく？」

「……チッ。ああ、本当だよ。何だ、まさかテメェまで俺をコケにしようってのか？」

「何でそんなことしなくちゃいけないんだよ。お前のヘイトを溜《た》めたって俺にメリットなんか一つもない。そうじゃなくて――お前に、こいつをくれてやるって言ってんだ」

「――――は？」

『へ？　……え、えええええええええっ!?』

右耳から飛び込んできた絶叫に思わずイヤホンの回線をオフにしつつ、俺は手に持っていた紙袋をずいっと目の前に突き出した。そして、当然ながら怪訝《けげん》な……というか警戒交じりの視線を向けてくる藤代に対し、続けてポケットに入れていた小さな銀のプレートを取り出してみせる。表面に〝Today might be never forgotten day for both of you〟と彫られたお洒落《しやれ》なプレートだ。

「実はさ、俺が手に入れようとしてたのは限定チーズケーキそのものじゃなくて、こっちのプレートの方なんだ。知ってると思うけど、俺と彩園寺は今割と重要な《決闘《ゲーム》》の真っ最中でな。それに、コイツが絡んでる」

「……だから何だ。それはテメェの事情であって俺には関係ねえだろうが。ろくに関《かか》わりもねえヤツから施しを受ける趣味はねえよ」

「そのスタンスには同意するけど、俺だって別に〝施し〟のつもりで言ってるわけじゃない。一応、お前には《決闘《ゲーム》》内で助けられたからな。お前がいなきゃ彩園寺には勝てなかっただろうし、これくらいの義理はあると思ってる――ついでに言うと、俺がこいつをやるのは〝お前〟じゃなくて〝お前の妹〟に、だ。お前の趣味はどうでもいい」

「っ……本気で言ってやがるのか、テメェ？」

「いくら何でもこんな意味不明な嘘《うそ》はつかねえよ」

その辺りで強制的に会話を断ち切って、ほとんど押し付けるような形で藤代に紙袋を渡す俺。身体を反転させると近くにいた彩園寺が『よくやったわ』とでも言わんばかりに口元を緩めているのが目に入ったが、もちろん下手に反応したりはしない。

もう一度突っ返されるようなら素直に諦めよう、とも思っていたのだが――

「……そうか、恩に着る」

背後でそんな言葉が聞こえたので、まあ無粋な真似《まね》だったというわけでもなさそうだ。

その後、ケーキの箱を持った藤代《ふじしろ》とそれに付き纏《つきまと》う飛鳥《あすか》が揃《そろ》って店を出たことで、辺りには一件落着のムードが漂い始めた。それを受け、溜《た》まった疲れを振り払うように彩園寺《さいおんじ》がんーっと大きく伸びをする。

「あーあ、今日は散々ね。イベント戦には負けるし、終わった後も篠原《しのはら》に良《い》いところ持ってかれるし……いっそのこと、やけ食いでもしたいくらい」

「良いんじゃないか？　あれだけ勝ってりゃ商品《スイーツ》は大量に手に入ったんだろ。限定チーズケーキ以外なら食べ放題みたいなもんだ」

「相変わらず嫌味《いやみ》ね、篠原。プレートが手に入ったからって良い気になっちゃって……」

胸元で腕を組みながら不機嫌そうにジト目を向けてくる彩園寺。

と――その時、そんな俺たちの会話が聞こえていたのか、いかにも幸せそうな表情で紙袋を覗《のぞ》き込んでいた枢木《くるるぎ》が小さく顔を持ち上げた。

「……む？　何だ、もしや彩園寺殿もケーキではなくプレート狙いだったのか？」

「？　ええ、まあそうね。ケーキはケーキで食べてみたかったけれど、用があったのはプレートの方。ちょっとした頼まれ事っていうか……まあ、そんな感じでね」

「ふむ、ならばあげるが」

「え？　……え!?」

「え、ではなく。……私はスイーツを愛している。そのためカフェ・ド・ショコラの限定チーズケーキは絶対に手に入れたかったが、プレートの方には欠片《かけら》ほども興味がない。確か色恋が実るとか、そういう類《たぐい》の呪《まじな》いだろう？　私には今のところ縁のないものだ。彩園寺殿がこれを必要としているとは意外だが、もちろん協力するにやぶさかではない」

「え……あ、あの、ちょっと待って？　プレートをくれるっていうのはとても嬉《うれ》しいのだけど、少し勘違いされている気がするわ。あのね、それを使うのは私じゃなくて――」

「心配無用だ、彩園寺殿。恐れずとも口外するつもりはないし、これ以上深入りするつもりもない。皆まで言うな、というやつだ」

ウインクでもせんばかりの勢いでそう言って、枢木はケーキの箱に括《くく》り付けられていたプレートを彩園寺の手の中に押し込んだ。そうして彼女は満足そうに何度か頷《うなず》くと、最後に「ではまた、次は敵として相まみえよう」と口にしながら超然とした笑みを浮かべ、ポニーテールを翻《ひるがえ》すようにして颯爽《さっそう》と去っていく。

「「………………」」

反面、取り残された俺と彩園寺の方は、しばらく無言のまま手元のプレートを見つめていたが――やがて、互いに確認するような口調で一言。

「……なあ、彩園寺《さいおんじ》。これって、クエスト的にはどういう処理になるんだ？」

「そう、ね……あたしの勝利条件はあくまでも【このプレートを手に入れて依頼者に渡すこと】だから、イベント、い、いの勝敗自体は極論関係ない、い、ってことになるわ。ってことは、問題のプレートがここにある時点であたしの勝ち……じゃないかしら？」

「やっぱり、そうだよなぁ……」

天井を仰ぐようにしながらトンっと背中を壁に押し付ける俺。……さすがに、この展開は予想できなかった。枢木《くるるぎ》がプレートに興味を持っていないというのはともかく、よりにもよって彩園寺に渡してしまうとは。

けれど、彩園寺は彩園寺でどこか憮然《ぶぜん》とした顔をしている。

「何か、イマイチ釈然としないわね。勝ちは勝ちだけど、これじゃあたしが何もしなくても勝てたってことになるじゃない。枢木さんには絶対誤解された気がするし……」

「まあ、その辺はどうとでもなるだろ。見た感じ、ＳＴＯＣで言い触らしたりするようなタイプじゃなさそうだし……っていうか、釈然としないのは俺の方だ」

「それはそうかもしれないけど。……だったら、奪い返してみれば？　ほら、プレートならあんたの手の届く位置にあるわ」

「こんなところで《女帝》様に掴《つか》みかかったら俺は一巻の終わりだってての」

分かっていて言っているのであろう彩園寺の言葉を両断し、嘆息交じりに小さく肩を竦《すく》める俺。……色付き星争奪戦《ユニークスター》ファーストクエスト、真野優香《まのゆうか》の告白依頼。メインとなるイベント《虹色パティスリー》はどうにか俺（というか枢木）の勝利で終えることが出来たが、その後のハプニングで彩園寺の方に勝利条件を達成されてしまった。三本勝負の一本目ということで是が非でも取っておきたかったが、こうなってしまったら仕方がない。気を取り直して次のクエストに挑むしかないだろう。

と——まあ、そんなわけで。

「……手札が大量にあって助かったな、これ……」

俺は、手放してしまった限定チーズケーキの穴をどうにか埋めるため、姫路《ひめじ》と加賀谷《かがや》さんに対する贖罪の品をひたすら物色することにした。

＃

《虹色パティスリー》の幕引きから数日が経《た》った土曜の午後。

俺と彩園寺は、依頼者である真野優香の話を聞くために三番区の喫茶店を訪れていた。

いや、正確に言えば、真野から呼び出されたのは〝依頼対象〟たる彩園寺だけだ。単なる妨害役だった俺は近くの席でこっそりと耳を澄ませている、という形。なかなかにアレな立場だが、とはいえ堂々と同席するわけにもいかないだろう。何せ今日の名目は〝告白のための決起集会〟だ。

「……多分、この前のイベントでも分かったんじゃないかと思うけどさ」

彩園寺《さいおんじ》の対面に座った真野《まの》は、オレンジジュースで喉を潤してからそう切り出す。

「藤代《ふじしろ》くんって、実はすっごい優しいんだ。パッと見めちゃ怖いからみんな敬遠しちゃうんだけど、努力家だし、真面目だし、妹想《おも》いだし……それに、あの格好だって別に規則違反とかじゃないもんね。桜花《おうか》って等級ごとに校則も変わるから、藤代くんとか彩園寺さんクラスになると裸で来ても文句言われないはず……そうでしょ？」

「そうね。絶対行かないけど」

「あは、そりゃそうだ。……で、藤代くんの話。わたしさ、実は藤代くんと同じ中学校に通ってたんだよね。本土の、しかも結構田舎の方だから、多分他にはいないと思う。そんで――藤代くんさ、前は全然あんなじゃなかったんだよ。何ていうか、別に普通の人だったの。ちょっと目付きは悪かったけど」

「へえ？　じゃあ、不良っぽい感じになったのは高校に入ってからなのね」

「そうそう。で……それって、何でか知ってる？」

そこまで言った辺りで、真野は少しだけ声を潜めた。最近学園島《アカデミー》へ越してきたばかりの俺は当然ながら知らないが――どうやら、これは彩園寺にも覚えがなかったらしい。

「……何か、理由があるの？」

「うん。……えっと、去年の六月くらいかな？　五番区かどこかの素行の悪い男子たちが桜花の近くをうろついてたことがあったんだよね。直接手を出してくることはなかったけど、通学路にたむろしてたり因縁付けてきたり……特に低学年の女の子たちはみんな怖がってて、生徒会の人にも巡回をお願いしてたんだけどなかなか解決しなかったの」

「ん……そういえば、あったような気もするわ」

「あは、やっぱ彩園寺さんくらいになると不良も近付けないもんね？」

「いえ、私は別の厄介なのに付き纏《つきまと》われてたから……」

何とも言えない表情を浮かべる彩園寺。……厄介なの、というのは、もしかしなくても久我崎《くがさき》率いる《我流聖騎士団》のことだろう。確かに、あんな連中に四六時中マークされていたんじゃ他の不良が手を出す隙などどこにもない。

そんな事情を知っているのかどうかはともかく、真野はゆっくりと言葉を継ぐ。

「で、もう分かったかもだけど——そこで立ち上がったのが藤代くんだったんだよ。藤代くん、他学区の人を牽制《けんせい》するためにいきなり不良みたいな格好をするようになったの。金髪にして、ピアスじゃらじゃらにして……元々目付き悪くて声も低くて体格も良かったから、それっぽい格好をするだけで効果覿面《こうかてきめん》って感じだった。藤代くんが街を出歩くだけで不良がどんどん減っていって……最終的に、一人もいなくなったの」

「へえ……そうだったのね。それ、本当に凄《すご》いことじゃない」

「そう、凄いんだよ！　ただ、その代わり藤代くん自身が伝説級の不良みたいに怖がられるようになって、桜花《おうか》の女の子からしたら結局はプラマイゼロみたいな……まあそんな感じなんだけど、でも藤代《ふじしろ》くんがいるおかげで変なやつが桜花に寄り付かない、っていうのはあると思うんだよね。元々、本人は不良なんかじゃないのにさ。……そういう人が独りでいるのって、寂しいなって思ったから。一緒にいたいって思ったから」

「…………」

「だから——彩園寺《さいおんじ》さん、ホントにありがと！　おかげですっごい勇気出たよ。玉砕しても即リトライする覚悟で行ってくる！」

最後にニッと明るい笑顔でそんなことを言うと、真野《まの》はテーブル脇の会計機に端末を翳《かざ》しつつ席を立った。そうして、律儀にも対面の彩園寺に頭を下げ、はにかむようにしながら去っていく。その際に彼女がきゅっと大事そうに胸元で握り締めていたのは、多分カフェ・ド・ショコラの限定プレートだろう。

そんな彼女を最後まで見送ってから、彩園寺はとんっとソファに背中を預けた。心なしか嬉《うれ》しそうというか、どこか満足げな表情だ。彼女は赤の髪を揺らすようにして周囲の様子を窺《うかが》いながら、近くの席にいる俺にそっと話し掛けてくる。

「……上手《うま》く行くといいわね、真野さんの告白」

「ああ……まあ、そうだな」

「ふふっ、本当にそう思ってる？　篠原《しのはら》、あんなに必死で妨害してたくせに」

「そういう条件だったんだから仕方ないだろ……？　告白が成功するかどうかは勝敗に何の関係もないし、だったら普通に応援するっての」

「ふぅん？」

からかうような声音でそれだけ言ってくすりと微笑《ほほえ》む彩園寺。彼女は胸の下辺りで緩やかに腕を組むと、紅玉《ルビー》の瞳を静かにこちらへ向けてくる。

「っていうか……篠原、真野さんがいなくなったんだからそろそろこっちのテーブルに来たらどう？　この位置関係で喋《しゃべ》ってたら逆に変な目で見られるわ」

「はいはい」

彩園寺の要求に従って席を立ち、飲んでいたアイスコーヒーの会計だけ済ませてから彼女の対面に移る俺。本来ならどんな位置関係だろうが彩園寺と一緒にいるのはあまりよろしくないが、幸いにして今は〝色付き星争奪戦《ユニークスター》の真っ最中〟という体裁がある。誰かに見られても言い訳は利く、というわけだ。

まあ、とはいえ長居するのは避けたいが——

「……あ。ねえ篠原、ちょっと見て？　《ディアスクリプト》の一番新しいページ……何か、もう次の依頼が公開されてるみたいよ？」

「え？」

彩園寺にそんなことを教えられ、俺は慌てて自身の端末を取り出した。一瞬遅れで投影画面を確認してみれば、確かに《ディアスクリプト》から一件の通知が届いているのが見て取れる。タイミング的にセカンドクエストの開示で間違いないだろう。

（ファーストクエストは依頼者が桜花《おうか》の真野《まの》で、依頼対象《クエスト》も告白相手も全員が桜花のメンバーだった。それを考えれば、次は逆に英明のターンなんじゃないかと思うけど……）

そんな想像を巡らせながら、緊張を抑えるように指先で通知をタップする俺。一本目を取られてもう後がない状況だからこそ、このルール開示は俺にとって非常に重要だ。

そして——そんな焦《じ》れったい気持ちに応じるように——依頼の概要は直ちに示された。

【色付き星争奪戦《ユニークスター》・セカンドクエスト】
【依頼者：浅宮七瀬——依頼対象：篠原緋呂斗《しのはらひろと》】
【依頼内容：榎本進司との心理的距離を可能な限り近付けたい】
【勝利条件（篠原緋呂斗）：特定の異性とデートを行い、依頼者に〝デートのお手本〟を示すこと】
【勝利条件（彩園寺更紗《さいおんじさらさ》）：篠原緋呂斗の勝利条件を達成させないこと】

「——……いや、なんだそりゃ」

人も疎《まば》らな喫茶店の店内に、ポツリと俺の困惑の声が零《こぼ》れ落ちた。

スイーツ好き女子高生K　5/23 21:33

本日はカフェ・ド・ショコラ名物【伝説のチーズケーキ】を食した。
…が、これは非常に困ったな。今まで数多のスイーツを絶賛してきた私だが、このチーズケーキを形容するに相応しい言葉を持ち合わせていないかもしれない。一言でいうならば、幸せだ——

79リプ　1220RT　★2799いいね

スイーツ好き女子高生K

舌に乗せた瞬間……閉じ込められていた甘い香りがふわりと広がり、食感も至高だ。チーズケーキの場合しっとり感とふわふわ感のバランスが一つのテーマになるが——カフェ・ド・ショコラの場合はそのバランスが奇跡的と言ってもいい。何故なら——

ゆーか

Kさんショコラのイベント勝ったんですね！おめでとうございます！レポ読んだら私も食べたくなってきちゃいました！

ルナルナ@Kさん信者

さすがすぎます…《女帝》さんも物凄く強かったですけど、Kさんホント圧倒的でしたね。っていうか、イベント戦の勝利には全く触れずに即チーズケーキのレポって超カッコいいです、憧れます！

英明の小悪魔♡

Kちゃんすご〜い♡ でもでも、Kちゃんと一緒にisland tubeに映ってたフードの人って乃愛の大事な緋呂斗くんな気がするんだけど…ね、DMで詳しく訊いてもいーい??

スイーツ好き女子高生K　5/12 15:20

いよいよ明日はカフェ・ド・ショコラ学園島１号店の開店記念日だ。朝にはイベント戦のルールが公開されるとのことだから、私は今から眠って明日に備えようと思う。イベントの参加者もそうでない皆も、カフェ・ド・ショコラを存分に楽しむとしよう

220RT　★361いいね

スイーツ好き女子高生K　3/2 18:20

朗報だ。今年の５月頃にカフェ・ド・ショコラ学園島１号店が出来るという噂を耳にした。今から楽しみで眠れない

118RT　★208いいね

第三章　駆け引きだらけのダブルデート

liar liar

＃

——その日の夜。

藤代《ふじしろ》の下へ告白しに行った真野《まの》を見送り、彩園寺《さいおんじ》と共に次なる依頼内容《クエスト》を確認してから数時間後、俺は《ディアスクリプト》に提示されていた依頼メッセージを眺めていた。

画面の中で若干の緊張を紛《まぎ》らわすように鮮やかな金髪を弄び、時折ちらちらとこちらへ視線を向けているのは他でもない浅宮七瀬《あさみやななせ》だ。英明《えいめい》学園３－Ａ所属の６ツ星で、俺の先輩にあたる金髪ＪＫ《ギャル》。元モデルというのも納得の完成された容姿だけじゃなく、運動神経抜群、動体視力も満点、反射神経は天才的……という、意外にも武闘派な少女である。

ちなみに、メッセージの内容としてはこんな感じだ。

『えっと……そーゆーわけで、ウチが依頼者の浅宮七瀬ね。とりあえず、よろしく』

『てか、最初に一つ言っていい？　恋愛相談とか言われてるけど、ウチのはちょっと違うから。だってウチ、別に進司《しんじ》のことなんか全然好きじゃないし……っていうか、むしろ嫌いだし。あんなヤツと付き合うくらいなら一人でいる方が全然いいし』

『でも、進司がどうとかは一旦抜きにして、やっぱ思っちゃうじゃん。ずっと一緒にいるのに、ちっとも異性として……女の子として見られてないのって、逆にどうなのって。ほら、一般論ってやつ？　進司の気持ちなんかどうでもいいけど、全っ然興味ないけど、でもウチに魅力がないんだとしたら……それは、ちょっと嫌《ヤ》かも、って』

『そもそもさ、進司って何故《なぜ》かすっごいモテるんだよ。最近は少ないみたいだけど、告白だって数えきれないくらいされてる。まあ、その度にはっきり断ってるらしいけど……でも、次もそうとは限んないじゃん。例えば、告ってきたのがウチよりずっと可愛《かわい》い子だったら？　ウチみたいに口喧嘩《くちげんか》ばっかりの腐れ縁じゃなくて、進司にお似合いの頭良くてお淑《しと》やかな子だったら？　……そんなこと色々考えてたら、ビミョーに凹《へこ》んじゃってさ』

『だから……せっかく《ミーティア》に返信《リプライ》もらえたわけだし、縋《すが》ってみようと思って』

『依頼はこう。――ウチと進司に、ちょっとした〝デートのお手本〟を見せて欲しいんだよね。手本っていうか、実演っていうか……ほら、そこまですればいくら朴念仁《ぼくねんじん》な進司でもウチのこと意識しちゃうと思わない？　何か、ムード的なアレが高まるみたいな……』

『べ、別にウチらもそうなりたいってわけじゃないけど！　違うけど！』

『でも、冷やかしで言ってるとかそーゆーのでもないから。……だから、お願いっ！』

「……なるほど」

メッセージを一通り流し終えてから、身体《からだ》の前で腕を組みつつ渋面を作る俺。……動画の中で浅宮《あさみや》が語っていたのは、確かに先ほど確認したセカンドクエストの内容を補完するものに相違ない。相違ない、のだが――

「デートのお手本を見せて欲しい、ね……」

何度見ても予想外過ぎる依頼内容《クエスト》に、思わずそんな言葉が零《こぼ》れてしまう。

正直なところ、色付き星争奪戦《ユニークスター》ファーストクエストにあたる真野優香《まのゆうか》の依頼が《虹色パティスリー》という疑似《決闘《ゲーム》》を舞台にしたものだったから、セカンドクエストも何かしらの《決闘《ゲーム》》で争うものだと思っていた。それが、蓋を開けてみればまさかのデ、デートと来たもんだ。あの彩園寺《さいおんじ》が絶句してしまうのも頷《うなず》ける。

「それにしても……少し意外ですね」

と、俺の目の前にコトンとティーカップを置きながら、白銀の髪をさらりと揺らした姫《ひめ》路《じ》がそんなことを言ってきた。メイド服姿の彼女は「失礼します」と囁《ささや》きながら自らも俺の隣に腰掛け、澄んだ碧《あお》の瞳でこちらを見つつ言葉を続ける。

「浅宮様が榎本《えのもと》様に恋慕しているのは以前から全く隠せてはいませんでしたが、少なくとも隠そうとはしているのだと思っていました。それなのに、こうもあからさまに暴露《バラ》してしまうなんて……」

「あー……いや、多分これでも隠してるつもりなんだろ？　一応、ずっと否定してるし」

「えっ。……な、なるほど。それは、確かに」

一瞬目を丸くしたものの、すぐに〝浅宮なら有り得る〟と思い直したのかこくこくと首を縦に振る姫路。

まあ、ともかく――色付き星争奪戦セカンドクエスト・浅宮七瀬《ななせ》の恋愛相談。その勝利条件は【特定の異性とデートを行い、依頼者に〝デートのお手本〟を示すこと】だ。これを達成できれば俺が、できなければ彩園寺がこのクエストをモノにする。

「ですが……」

そこで、白銀の髪を揺らした姫路が小さく疑問の声を上げた。

「デートのお手本を見せるというのは、クエストの勝利条件としてあまりにも抽象的ではありませんか？　例えば、今わたしとご主人様は二人きりで過ごしているわけですが、これだって捉え方次第では〝お家《うち》デート〟と表現できなくもないのかもしれません」

「お、お家デート……」

「そこで照れないでください、ご主人様。もしお家デートで女の子の方がメイド服を着せられているのだとすればそれは相当に歪《いびつ》な関係ですので。……ともかく、わたしが言いたいのは『そんなの判定者の匙《さじ》加減では？』ということです。曖昧さの残るルールというのは基本的に通らないはずなのですが」

お家デート、という甘すぎる響きに思考停止しかけた俺に対し、姫路は無表情のままピッと人差し指を立てて言葉を続ける。……まあ確かに、彼女の指摘はもっともだ。デートの成功と言われてもそんなのどうやって判定すればいいのか分からない。

が——その辺りの解決策も、《ディアスクリプト》上にはっきりと記載されていた。

「何でも、今回はチェックリスト方式ってやつが採用されてるみたいだな。浅宮《あさみや》の〝理想のデート像〟を元に全六項目のリストが用意されてて、その項目全部にチェックを入れられればデート成功になる。挑戦できるのは六月五日——来週の日曜日、一回限りだ」

「なるほど……つまり、完全に自由なデートというわけではなく、ある程度行動が指定されているのですね。確かに、それなら《決闘《ゲーム》》のルールとして成立しそうです」

「ああ。で、こいつがそのリストだ」

言って、俺はテーブルの上に置いていた端末を操作し、改めて《ディアスクリプト》のアプリを開くことにした。セカンドクエストの詳細が書かれたページを下の方までスクロールしていくと、そこにはデート成功の条件となる六つの項目がズラリと並んでいる。

曰《いわ》く、

【汎用】——手を繋《つな》ぐ。

【映画館】——ロマンチックなシーンで偶然目が合う。

【喫茶店】——パフェに乗っているイチゴを〝あーん〟する、もしくはされる。

【試着室】——お店の服を（女性側）が試着し、（男性側）に褒められる。

【遊園地】――肩を寄せ合って一緒にパレードを見る。

【観覧車】――観覧車の中でそっと抱き締められる。

「「…………」」

画面上に現れた文字列に圧倒され、思わず無言で顔を見合わせる俺と姫路《ひめじ》。

いや――いや、まあ確かに、これらの項目はいずれも〝デート〟の内容として定番のモノと言えるだろう。実際、単体で見ればそれほど違和感のある箇所はないのだが、こうして整然とまとめられているとどうしても〝圧〟のようなものを感じてしまう。

「これが浅宮様の考える理想のデート像、というわけですね。……意外にも、と言ったら失礼かもしれませんが、非常に乙女チックで可愛《かわい》らしい選択な気がします」

「確かに、言われてみれば」

純粋というか擦れていないというか、もっと言うならどこか初々《ういうい》しい感じがある。

（にしても、観覧車か……そこは、ちょっと覚悟しとかないとな）

デートとは関係のないところで微《かす》かな抵抗を感じ、こっそりと首を横に振る俺。……極めてよくある理由から、俺は遊園地のアトラクションの中で〝観覧車〟が一番の苦手項目だ。ただ、クエストの条件として指定されている以上は避けて通れるものではない。

「まあ、その辺は一旦置いておくとして……とにかく、色付き星《ユニークスター》争奪戦セカンドクエストの勝利条件は、このチェックリストを一つ残らず埋めることだ。そして前回と同じく、達成しなきゃいけない指令《オーダー》ってのも最初から開示されてる」

そこまで言って、俺は再び手元の端末へと視線を落とすことにした。指先でなぞってみせたのは、依頼内容《クエスト》や勝利条件のすぐ下辺りに記載されているこんな一文だ。

【指令：篠原緋呂斗《しのはらひろと》は独立（篠原緋呂斗だけでなく、浅宮七瀬《あさみやななせ》も同様のチェックリストを埋めること。ただしリストは独立（篠原緋呂斗のそれとは連動しない）であり、デートの相手は榎本進司《えのもとしんじ》で固定とする。また、この指令及び前提となる依頼内容は榎本進司に知られてはならない】

「……同様の、チェックリストを……」

澄んだ瞳で画面を見つめながら半ば無意識にポツリと呟《つぶや》く姫路《ひめじ》。彼女はしばらく考え込むようにしていたが、やがて白銀の髪を揺らして静かにこちらへ向き直る。

「つまり……こういうことですか？　ご主人様と同じように、浅宮様も榎本様とデートを行う。そして、このチェックリストに書かれた全ての項目を達成する……と？　それも榎本様から一切の協力を得ることなく？」

「……そういうことに、なるよな」

「それは……その、難しいことを言いますね」

囁《ささや》くような声音でそう言って、姫路はふるふると首を横に振る。

が、まあそんな反応になってしまうのも当然だろう——十年来の幼馴染《おさななじ》みにして犬猿の中である榎本進司と浅宮七瀬。その相性は最高かつ最悪で、息はぴったり合っているのに延々と口喧嘩《くちげんか》をかましている。浅宮の方は単に〝榎本を意識しているからこそ素直になれない〟パターンだと割れているが、難しいのは榎本の方だ。究極の朴念仁《ぼくねんじん》である彼は、おそらく浅宮の好意に全く気付いていない。前後の事情を説明すれば英明《えいめい》の生徒会長として協力してくれるかもしれないが、この条件ではそれすら出来ない。

「……一応、形式としては〝ダブルデート〟というものが最も自然でしょうか」

そこで小さく顔を上げると、姫路は俺の目を覗《のぞ》き込みながらそっと口を開いた。

「同じチェックリストに挑むのであれば浅宮様と一緒に行動した方が効率的ですし、例えば《カンパニー》が工作を行うことで強制的に条件を達成させる、というようなことも場合によっては出来るかもしれません。結局はどちらのリストも埋めなければなりませんので、二手に分かれる理由がないですね」

「だな……っていうか、そもそも〝手本を見せる〟のが目的なら浅宮たちが同行してなきゃ締まらないし、ダブルデートが一番現実的か。これで浅宮か榎本に『その日は予定が入ってる』とか言われたら一発でアウトだけど……まあ、さすがにそれ《そ れ》はないだろ」

「そうですね。リナとの色付き星争奪戦《ユニークスター》があっさりと成立したことを考えれば、今回も何らかの方法で裏は取れているると思っていいのでしょう。もちろん、榎本様は〝千里眼〟の二つ名を持つほど洞察力に長《た》けた方ですので、依頼のことが見抜かれないよう慎重に誘う必要はありますが。……こうして見ると、今回は勝利条件より指令《オーダー》の方が数段難しいですね。ご主人様のリストに関しては、おそらくとても簡単に埋められます」

「え……そうか?」

「はい。ご主人様の場合、浅宮《あさみや》様と違って〝相手に依頼《クエスト》のことがバレてはいけない〟という縛りも特にありませんので、信頼できる誰かに事情を打ち明けて協力してもらえば良《い》いだけです。リナによる妨害はほぼ確実に入ることと思われますが、デート相手もリストを把握している状態なら項目の達成はそう難しいことではありません。なるべくご主人様に近しい方を選んでいただけると諸々《もろもろ》の面倒がなくて済みますね」

「まあ、言われてみればそれもそうか。でも、俺に近しい相手、ってなると……お?」

そんな風に俺が思考を巡らせ始めたその瞬間、まるで見計らったかのようなタイミングでテーブル上の端末が小刻みに振動し出した。見れば、通話の——否、ビデオチャットの接続要求だ。ウィンドウに表示された発信者名は秋月乃愛《あきづきのあ》となっている。

「……エスパーか何かなのですか、あの方は」

「そうかもしれない」

微《かす》かに唇を尖《とが》らせている(ような気もする)姫路《ひめじ》の反応に苦笑いで返してから、俺は秋月のコールに応じることにした。《ディアスクリプト》のアプリを一旦閉じ、目の前に少し大きめの投影画面を展開する。そうやって〝接続承認〟の項目を選択すると、直後、画面いっぱいに見慣れた少女の顔が映し出された。

秋月乃愛──英明《えいめい》学園高等部の三年生で、通称〝小悪魔〟とも呼ばれる6ツ星プレイヤーだ。小柄な身体《からだ》にあどけない顔立ち、栗色《くりいろ》のゆるふわツインテール……と全体的に幼い印象のある少女だが、ただ一点、胸の辺りだけは幼さとは正反対の凶悪なボリュームを誇っている。ついでに言えば、自身の魅せ方、距離の詰め方、アピールの仕方も一級品。自分の可愛《かわい》さをはっきりと自覚しているタイプのあざと可愛い小悪魔だ。

『えへへ～♡』

そんな彼女は、画面の向こうで甘い笑顔を浮かべながら俺に両手を振っている。

『もしもし緋呂斗《ひろと》くん、久しぶり♪　乃愛に会えない間も元気だった？』

「久しぶりって、昨日の昼に学校で会ったばっかりだろうが」

『うん、だから一日ぶりだよ！　そろそろ緋呂斗くんが寂しがってる頃かな～って思って連絡しちゃった♡　ねえねえ、ちょっとでいいから乃愛とお話してくれない？』

「お話、ね……」

要するに、具体的な用件は特にないけど暇だから通話を繋《つな》いでみた、という解釈でいいんだろう。秋月がこんな風に連絡を取ってくるのはそう珍しいことでもなく、今回はそれがたまたま奇跡みたいなタイミングにぶつかったということらしい。

（秋月乃愛……英明の6ツ星で、事情を打ち明ければ間違いなく協力してくれて、ついでに彩園寺《さいおんじ》とも縁がある。……うん、条件としてはぴったりだ）

右手を口元へ遣《や》ってそこまで考えると、俺はさっそく話を切り出してみることにした。

「なあ、秋月《あきづき》」

『なぁに？　緋呂斗《ひろと》くん』

「あのさ。もし――もし俺とデ、デ、デートするフリ、フ、フリをしてくれ、くれって言ったら、お前は怒るか？」

『えぇ～？　何それ、乃愛《のあ》が緋呂斗くんに怒るわけないじゃん♪　そんな、デートするくらいのことで……ことで…………ほえ？　でーと、って……へ!?!?!?!?』

初めのうちはいつものあざと可愛《かわい》い笑顔で応えてくれていた秋月だったが、やがて小さく首を傾《かし》げ、そこでようやく言葉の意味を理解したように素っ頓狂な声を上げた。そうして彼女は、画面の向こうから身を乗り出すようにしてこちらへ顔を近付ける。

『ど、どどどどうゆうこと緋呂斗くん!?　デートって、それどうゆうことっ!!??』

「デートはデートだよ、本物じゃなくてフ、フリだけど。……実は今、桜花《おうか》の《女帝》とちょっとした《決闘《ゲーム》》の真っ最中でさ。その関係で、恋人役をしてくれるやつを探してる」

『乃愛と緋呂斗くんが、恋人に……』

頬《ほお》を薄赤く染めながら蕩《とろ》けた瞳でぽーっと宙を見つめ、うわ言のように呟《つぶや》く秋月。彼女は両手をぴとっと頬に当て、いかにも幸せそうな表情で身体《からだ》をくねらせている。

『えへへ、想像しただけでふわふわしてきちゃったぁ……♡』

「ふわふわ、ってのは……えっと、OKってことでいいのか？」

『もっちろん♪　緋呂斗くんと恋人になれるならフリでも何でも――って……』

そこで、不意に秋月の様子がおかしくなったことに気付き、俺は小さく眉を顰《ひそ》めながら端末に顔を近付けた。すると画面の向こうでは、いつものあざといそれではなく本気で照れたような秋月が真っ赤な顔でこちらを見つめていて――そして、

『や、や……やっぱりむりかもっ！』

ぎゅっと目を瞑《つぶ》った彼女は、振り絞るような声でそんなことを言い出した。

『ゴメンね緋呂斗くん！　緋呂斗くんと恋人同士とか、手繋《つな》いだり抱き着いたりチューしたりとか、そういうの想像してたら幸せ過ぎて息止まりそうになっちゃって！　ほら、乃愛の中で緋呂斗くんってホントのホントに特別だから、多分、デートだって意識し始めたらガチガチで喋《しゃべ》れなくなっちゃうと思うから……えへへ、乃愛ってば攻めるのは得意だけど攻められるのは向いてないっていうか♡』

「ええ……」

『そんなわけで、ゴメン！　乃愛にデートはまだちょっと早いかも。でもでも、緋呂斗くんの力にはなりたいから、他に出来ることがあったら遠慮なく教えてね？』

言いながら、秋月は申し訳なさそうにパンっと両手を叩《たた》き合わせた。しゅんと項垂《うなだ》れる様子までもがあざと可愛い彼女は、最後に『いつかちゃんと、乃愛の方からホントのデートに誘うから♡』と小悪魔ウインクをかまして通話を終える。

「……ダメか」

ポツリと呟《つぶや》きながら端末の画面を落とす俺。普段からあざとさ全開で接してきているだけあって彼女なら乗ってくれるかもと思っていたのだが、やはり〝恋人のフリ〟というのはなかなかハードルの高いものらしい。

「まあ恥ずかしいってのは分かるけど、秋月《あきづき》でダメなら誰に頼めば――」

「…………」

「――って、あの……姫路《ひめじ》さん？」

右手を口元へ遣《や》りつつ次の候補を考えようとしていた俺だったが、そこで、ふと姫路の相槌《あいづち》が一切聞こえないことに気付いて小さく顔を持ち上げた。おそるおそる隣に目を遣《や》れば、相変わらずの無表情ながら姫路の唇はムッと尖《とが》らせられており、澄んだ碧《あお》の瞳は心なしかジトっと俺を睨《にら》んでいるようにも見える。

そして、

「……ご主人様は、意地悪です」

メイド服に包まれた肢体をこちらへ向け直しながら、彼女はポツリとそう言った。

「秋月様が非常に可愛《かわい》らしいお方であることは認めます。デートという依頼内容《クエスト》に高い適性があることも。ですが、一つお忘れではありませんか？　そうやって他所《よそ》の女の子に手を出すまでもなく、ご主人様には何でも言うことを聞く従順な、メ、メ、メイドがいるのですよ？」

「っ……いや、でも、それは――」

「――わたしでは、ダメですか？」

身を乗り出すようにして近付けられた桜色の唇がそんな言葉を紡ぎ出す。その声音は切なげで、微《かす》かに熱が籠もっているようで。

もちろん、俺だって最初から分かってはいた――絶好のタイミングで秋月から連絡があったというだけで、俺が疑似デートの相手として真っ先に想像したのは当然ながら姫路白雪だ。俺の従者にして同居人にしてクラスメイトにして《カンパニー》のリーダーでもある健気《けなげ》な少女。彼女なら絶対に首を横に振らないと分かっていて、けれど無意識のうちに避けていた。何故《なぜ》なら……なんて、そんなの気恥ずかしいからに決まってる。普段からぐいぐい来る秋月にデートを頼むのと姫路に頼むのとじゃ精神的ハードルが全然違う。

「おそらくですが、わたしが一番適任なはずですよ」

俺が硬直している間にも、彼女は澄んだ瞳でこちらを覗《のぞ》き込むようにして言葉を継ぐ。

「ご主人様の事情は説明されるまでもなく隅々まで把握していますし、何があってもご主人様の味方です。デートの実演くらい造作もありません」

「や、でも……ほら、手を繋《つな》ぐとか抱き締めるみたいな項目もあるし」

「そちらも問題ありません。ご主人様になら触れられても嫌ではありませんし、それにチェック項目の達成判定を行っているのは端末ですので、要するに〝端末さえ欺ければリス

ト は埋まる〟ということになります。ですので、例えばこうやって……」

「へ!? ちょ、まっ――――!」

極限までテンパった俺の声なんて意にも介さず、ふわり、と真正面から身体《からだ》を近付けてくる姫路《ひめじ》。白い手袋に包まれた両手はいつの間にか俺の後ろに回されていて、直接触れてこそいないものの、格好としては本当に抱き締められているようになっている。確かにこれなら端末の判定くらいは騙《だま》し通せるかもしれないが、しかし残念ながら別の問題が山積みだ。息を呑《の》むほど整った顔が俺のすぐ真横にあって、微《かす》かに漏れる彼女の吐息がダイレクトに鼓膜を撫《な》でてきて、真っ白なうなじが視界に入って――

「……あの。すみません、ご主人様」

その直後、姫路はもぞもぞと身体を動かしながら、耳を真っ赤に染めてこう言った。

「これは……少し、やり過ぎたかもしれません」

#

セカンドクエストの依頼内容が開示されてから数日。

日曜に実行予定のダブルデート――否、ダブル疑似デートの準備は着々と進んでいた。

榎本《えのもと》をその気にさせる大作戦ということで、俺たちがまず声を掛けたのは浅宮《あさみや》だ。《デイアスクリプト》全体の概要と彩園寺《さいおんじ》との色付き星争奪戦《ユニークスター》について、それから俺が依頼を受けたことを彼女に説明し、その上で秋月を仲間に引き入れた。例の通話がきっかけで事情を知りたがっていたことに加え、浅宮が『乃愛《のあ》ちならいいよ』と依頼のことを話す許可をくれたため、特に隠し事もすることなく声を掛けることが出来た。

実際、秋月《あきづき》が加わることで大きな利点が一つ生まれる――それは、榎本に疑われることなくダブルデートを成立させられるという点だ。仮に〝俺と姫路と榎本と浅宮〟なんて意味不明な面子《メンツ》で予定を立てようものなら一瞬で目論見《もくろみ》がバレる可能性すらあるが、ここに秋月が加われば〝五月期交流戦の参加メンバー全員で遊びに行く〟という自然な構図が出来上がる。ちなみに、当の秋月はドタキャンして浅宮の支援《サポート》に徹するそうだ。

また、支援と言えば、《カンパニー》との打ち合わせも既に粗方《あらかた》終わっている。役割としては、主に彩園寺の動向をチェックする索敵担当だ。俺のデートを〝失敗させる〟のが勝利条件になっている彼女は間違いなく俺の妨害に来るはずで、それをどう切り抜けられるかがセカンドクエストの勝負所《ポイント》になる。

（何ていうか、デートに挑む心境とは全く違うような気がするんだけど……）

奇妙な状況に思わず溜《た》め息が零《こぼ》れてしまうが……まあ、ともかく。

決行の日は、足早に訪れた。

――六月五日、日曜日。

英明《えいめい》学園の校門から程近い学園前駅のロータリーに、俺は一人でポツンと立っていた。

「ちょっと早く来すぎたかな……」

小さな声で独《ひと》り言《ご》ちる。……前もってみんなに伝えていた集合時間は午前九時半。それに対し、今の時刻は午前八時四十分だ。俺を監視しているであろう彩園寺《さいおんじ》だけは既にどこかに身を潜めているはずだが、どちらにしても先走り過ぎてしまった感は否めない。

ちなみに、今日のデート相手である姫路《ひめじ》は少し遅れてくる予定だ。今朝、俺がリビングへ降りた頃には既にいつものメイド服で朝食を作ってくれていたのだが、出掛ける直前になって『今日は先に行っていてください、ご主人様』『ご主人様の楽しみを奪ってしまっては事ですので、わたしは着替えてから参ります』と……そのせいで、さっきから期待とドキドキが半端じゃない。

と、そんな時。

『もしもーし♡　緋呂斗《ひろと》くん、これでちゃんと聞こえてる？』

いつもなら加賀谷《かがや》さんの声が聞こえてくる右耳のイヤホンから、それとは別の甘い声音が鼓膜に飛び込んできた。声の主は秋月乃愛《あきづきのあ》だ。基本的には浅宮《あさみや》のサポートに入る予定の彼女だが、こうして回線を切り替えることで俺とも通信できるようにしてもらっている。

イヤホンの裏をトントンと叩《たた》きながらそっと口を開いた。

「ああ、聞こえてる。……にしても、やけに早いな？」

『えへへ、そりゃそうだよ♪　乃愛ちゃんってば今日は大事な大事な恋愛プロデューサーだし、っていうか楽しみ過ぎて全然寝れなかったし……そ・れ・に』

「それに？」

『今なら緋呂斗くんのお耳を独り占めできるもん♪　……せーの、ふ～♡』

「っ……やめろ秋月、余計なことするなら今すぐ切るぞ」

『えぇ～、も、もうちょっとだけ！　もうちょっとだけ、ね？　乃愛、ここ数日でバイノーラルとかASMRとか色々調べてきたから、緋呂斗くんがどんな反応してくれるのかちょっと試してみたくって……♡』

「どこに情熱向けてんだよ、ったく……」

『えへへ、ごめんごめん。それじゃ、えっちな吐息とかはあんまりしないでおくね♡』

冗談交じりに繰り出される秋月の囁《ささや》き声を無言で聞き流しながら、俺は彼女にバレないようにこっそりと息を吐き出した。……実際、普段の喋《しゃべ》り方からしてあざとめな彼女の声はイヤホンで聞くと艶っぽさが倍増していて、えっちな吐息なんてされるまでもなく無限に心がぞくぞくする。必要なとき以外はなるべく回線を繋《つな》がない方が良さそうだ。

そんなことを考えながら、俺がもう一度時計を確認しようとした——その時、だった。

「お待たせいたしました、ご主人様」

常日頃から耳にしている涼やかな声が耳朶《じだ》を打って、俺は反射的に身体《からだ》をそちらへ向けた。あまりにも日常的なやり取りになっているため特に心の準備もせずに、だ。……けれど、もしかしたらそれが決定的な間違いだったのかもしれない。

「ッ――――――」

ほんの一瞬で、世界から音が消えてなくなったような気がした。目の前に立っている少女に目が釘付《くぎづ》けになって、その他全ての光景がぼやけた写真みたいに歪《ゆが》んでいく。ふわふわと、まるで現実味のない感覚に足元が覚束《おぼつか》なくなっていく。

「？　……ええと、ご主人様？」

――そこにいたのは、姫路だった。

それも、ただの姫路じゃない。いくら可愛《かわい》いからと言っても、毎日一緒に過ごしているのにただ顔を合わせるだけでこれほどの衝撃を受けていたらとっくに理性が保《も》たなくなっているはずだろう。だから問題は、彼女の服装だった。膝丈ほどの純白のワンピースに薄い水色のカーディガン。加えてカジュアルなバッグを身体《からだ》の前にぶら下げた、まるで良家のお嬢様みたいな格好――そう、すなわち私服だ。

「お……お、おお…………」

まともに言葉が喋《しゃべ》れなくなるくらいの衝撃だった。……あまりにも、どう考えても可愛すぎる。いや、もちろんいつものメイド服だって、英明《えいめい》の制服だって、家の中で何度か見かけたことがあるパジャマ姿だって、どれも魅力的なことには変わりない。けれど――たとえ題目が〝偽物のデート〟だとしても——こうして休日に外行きのお洒落《しゃれ》をしてきてくれた彼女は、一時も目が離せないくらいに可愛くて。

「あ、あの……もしかして、どこかおかしかったでしょうか？　こういう服を着るのは久しぶりで、少し迷ってしまって……似合って、いませんか？」

と——俺が何の感想も言わずに黙りこくっていたせいか、姫路《ひめじ》がどこか不安そうな口調でそんなことを訊《き》いてきた。微《かす》かに曇ったその表情でようやく我に返った俺は、すーっと息を吸い込みながら気合いで表情を整えて……そして、かぁっとせり上がってくる熱をどうにか抑え付けながら、澄んだ瞳を真正面から見つめ返してこう言った。

「いや。…………可愛すぎて、困ってた」

二人して一頻《ひとしき》り照れること数分。

「あ、あの……ご主人様」

俺の隣で小さく俯《うつむ》いていた姫路が、恥ずかしさを誤魔化《ごまか》すように首を振ってから静かに視線を向けてきた。拍子に白銀の髪がさらりと揺れる。……どうでもいいが、メイド服じゃなく清楚《せいそ》なお嬢様みたいな格好の姫路に〝ご主人様〟と呼ばれると何か猛烈にいけないことをしているような気分になる。何というか、若干犯罪的だ。

が、まあそれはともかく。

「その、一つ提案があるのです。集合時間までまだ少しありますので、試しにチェックリストの項目を一つだけ埋めてみるというのはいかがでしょうか？　依頼の主旨とは少しズレてしまいますが、各項目の詳細条件を見る限り浅宮《あさみや》様たちが近くにいない状態でもリストの消化自体は出来るようですし」

「ああ、確かにそれもそうだな」

涼やかな声音に小さく頷《うなず》きを返す俺。——そう、そうだ。姫路《ひめじ》の私服姿につい浮かれてしまったが、これは本物のデートではなくあくまでも色付き星争奪戦。浅宮の依頼をクリアするためには、今日一日で二つのデートを成功させる……すなわち、俺と浅宮の持つチェックリストをどちらも完璧に埋めなきゃいけない。

「って言っても、ほとんどは決まった場所に行かないと達成できないような項目なんだよな。場所を選ばないのは最初の一つ……【手を繋《つな》ぐ】くらいか」

「はい、そうですね。他の項目に比べれば恥ずかしさの度合いもほどほどですし、偽装とはいえ〝デート〟をするのであればどの道避けては通れない項目です。加えて、いつでも達成できる条件《もの》なのでリナもわざわざ妨害しては来ないはず。……というわけで、ご主人様。よろしければ、わたしと手を繋いでくださいませんか？」

「っ！」

すぐ隣から俺を見上げるようにして、真《ま》っ直《す》ぐにそんな言葉を囁《ささや》いてくる姫路。それと同時、下ろしていた左手がバッグから離されて、ほんの少しだけ俺の方に寄せられる。まるで握られるのを待っているかのような、そんな躊躇《ためら》いがちな仕草だ。普段はメイド服の白手袋で覆われているその手も、今はきめ細かな素肌を晒《さら》している。

「あ、ああ、分かった。それじゃあ……えっと、握るぞ」

「はい」

なるべく緊張しないように手元だけを注視しながら、俺はそっと右手を差し出した。そうして、それを姫路の左手にゆっくりと近付け、一思いに絡ませる。

「っ……」

瞬間、ひんやりと冷たくて柔らかい感触が手だけではなく脳まで突き抜けた――いわゆる〝恋人繋ぎ〟というやつじゃなく普通に繋いでいるだけなのだが、それでも想像していた以上にくすぐったいというか、はちゃめちゃな多幸感がある。なるほど、こんなものを日常的に経験しているならそりゃ世の中のカップルは大抵満ち足りているわけだ。

が――しかし、俺はそこで一つの異変に気が付いた。

「……あれ？　変だな」

「？　いかがなさいましたか、ご主人様？」

「いや……ほら、これ」

手を繋いだまま、隣の姫路にも見えるよう《ディアスクリプト》の画面を開く俺。

そこに映っているのは、色付き星争奪戦《ユニークスター》セカンドクエストのチェックリストだ。当然と言えば当然ながら、作戦会議で見た時と同じ情報が視界に飛び込んでくる……が、よく考えれば〝全く同じ〟というのは妙な話だろう。俺と姫路《ひめじ》がこうして手を繋《つな》いでいるんだから、少なくとも俺のリストの一つ目はきっちり埋まっていないとおかしい。なのに、その欄も未《いま》だに空白のままだ。

それを見て、姫路の表情が微《かす》かに怪訝《けげん》なものになった。

「妙ですね。詳細情報を見る限り、【手を繋ぐ】の達成条件は〝ご主人様がデート相手と五秒以上手を繋ぐこと〟です。既に二分近くは繋いでいるはずですが……」

「ああ、条件そのものは間違いなく満たしてる。それでも項目にチェックが入らないってのは、一体どういう……ん？」

右手が空いていないので代わりにそっと両目を瞑《つぶ》って思考に耽《ふけ》っていると、瞬間、俺の言葉を遮るようなタイミングで端末が微かに振動した。嫌な予感と共に画面を見れば、通知は案の定《ディアスクリプト》からのそれだ。セカンドクエストの詳細が書かれた現在の最新ページに、先ほどまではなかった新たなテキスト一文が追加されている。

——曰《いわ》く、

【新規項目が解放されました！】

【追加指令《オーダー》：全てのチェック項目を〝他学区の女子生徒〟相手に実行すること。ただし特

定の相手でなくとも構わない。あなたのデート相手がこの条件を満たさない限り、いずれの行動もチェックリストには反映されないものとする】

「なっ……!?」

その内容に思わず目を見開いた。……他学区の女子生徒じゃなきゃデート相手として認められない？　このまま姫路との疑似デートを続けてもチェックリストは埋まらない？

いや——確かに、ファーストクエストと比べて勝利条件が緩すぎるとは思っていた。浅《あさ》宮《みや》に関する指令《オーダー》の方はともかく、俺のチェックリストについては誰かに協力さえしてもらえば何も難しいことはない。それは作戦会議の時から話題に上がっていたところだが、だからと言ってデート当日にこんな縛りが追加されるなんてあんまりだ。

「ん……」

隣から端末を覗《のぞ》き込む姫路の方も、真剣な顔でじっと思考を巡らせていた。そうしてふと何かを思い立ったように顔を上げると、きょろきょろと視線を巡らせ、ちょうど駅から出てきたばかりの見知らぬ女子生徒に声を掛ける。

「あの、すみません。少しよろしいでしょうか？」

「へ？　……って、あ、私？　うん、全然いいけど……？」

「ありがとうございます。失礼ながら端末からプロフィールを覗かせていただいたのですが、十番区の近江《おうみ》学園の方……でしょうか？」

「うん、そうだよ。英明生《えいめい》じゃないんだけど、これから友達と遊ぶ予定で。……っていうか、そっちはあれだよね？　学園島最強《アカデミー》の……篠原《しのはら》くん、だっけ？　違う？」

「いえ、違くありません。ご推察の通り、こちらにいるのは学園島《アカデミー》唯一の７ツ星、篠原緋《ひ》呂斗《ろと》様です――どうでしょう、握手したくはありませんか？」

「え？　あ、うん、そだね。したいかしたくないかで言えば、したい寄りかも……？」

「だそうです、ご主人様」

そこまで言って、ふわりと半身を翻《ひるがえ》すように俺を見上げてくる姫路《ひめじ》。さすがにここまでお膳立てされれば彼女の意図するところは明白で、俺はスイッチを切り替えるように〝学《アカ》園島《デミー》最強〟の仮面を被《かぶ》り直すと躊躇《ためら》うでもなく右手を差し出す。

「あ、ども……えっと、《アストラル》凄《すご》い格好良かったです。一瞬だけ英明と近江《おうみ》が共闘する場面があったと思うんですけど、あそことか結構興奮したっていうか」

「そりゃ良かった。もしあの時の選抜メンバーに知り合いがいるなら〝助かった〟って伝えといてくれ」

「りょ、了解です」

７ツ星（偽）である俺を前にして多少緊張しているのか、そう言ってこくこくと首を縦に振る少女。その後、キリの良いところで握手を切り上げると、俺たちは去っていく彼女の背を見送るのもそこそこに《ディアスクリプト》へ視線を戻す――と、俺のリストにおける【手を繋《つな》ぐ】のチェック項目は今度こそ完全に埋まっていた。

「……達成してる、のか。ってことは、冗談でも間違いでもなく、本当に〝他学区の女子生徒〟じゃなきゃデート相手として認められないみたいだな」

「そのようですね。……あの、ご主人様。これは、本当にクリア出来るのでしょうか？」

同意するように頷《うなず》いてから、姫路は少しだけ不安そうな瞳を俺に向けてきた。

「わたしとのデートではチェックリストが埋まらない、ということなら、これまで準備していた作戦はほとんど使い物にならなくなります。【手を繋ぐ】くらいなら先ほどのような形で強引に突破することも出来ますが、他の項目は少し無理があるのでは……？」

「ん……そうだな。最初から他学区の誰かを恋人役に選んでたならともかく、そうじゃないならこの指令《オーダー》はさすがに無理難題だ。突破できるとは思えない……けど」

右手を口元へ遣《や》りながら静かに思考を巡らせる俺。

現状がかなりの大ピンチだというのは間違いない。間違いないが、この管理者《ゲームマスター》のことだから、俺が〝特定の異性〟に姫路を選ぶことくらい最初から読み切っていただろう。そして、その上で、デート当日という最悪のタイミングであんな指令《オーダー》を出してきた――ということは、逆に考えればまだ八方塞がりではないということだ。最初から達成不可能な条件を課すなんて、そんなのは《決闘《ゲーム》》として有り得ない。

（って言っても、今から代役を立てるのはさすがに無理だ。せめて、都合よく今日の疑似デートに付いてきてくれる他学区の女子でもいれば――――って、ん？）

そこまで思考を巡らせた辺りで、俺はふとあることに思い当たって小さく顔を持ち上げた。……いる、じゃないか。今日一日、おそらく一時も離れることなく俺に付《つ》き纏《まと》ってくる〝他学区の女子〟が。依頼《クエスト》の勝利条件と違って指令《オーダー》は対戦相手に非公開だから、あいつは俺のデート相手に制限が掛かったことなんか知るはずもない。当初の予定通り〝俺と姫《ひめ》路《じ》との疑似デート〟を全力で妨害しに来ることだろう。

（さっきのやり取りも見られてたとは思うけど……仕方ない、こうなったら行けるところまで行くしかないだろ）

綱渡りの計画になるのは間違いないが、勝算はいくらかあるはずだ。

そんなわけで、俺は小さく一度首を振ると、改めて姫路と作戦会議を行うことにした。

＃

「……ふむ。では、秋月《あきづき》はやはり来られないのか」

学園島《アカデミー》一番区、大型ショッピングモールに併設された映画館のロビーにて。

券売機の列に並びながら手元の端末を弄んでいた榎本《えのもと》が、嘆息交じりにそう言った。

榎本進司《しんじ》――五月期交流戦《アストラル》で共闘したことも記憶に新しい、英明《えいめい》の生徒会長だ。〝千里眼〟の二つ名を持つ6ツ星プレイヤーで、類稀《たぐいまれ》なる記憶力や洞察力は島内でも右に出る者がいないほど。性格としては真面目な堅物、というのが最もしっくりくるところで、基本的にはいつも仏頂面でむすっとしている。

「う、うん、そーみたい」

そんな彼の発言に相槌《あいづち》を打ったのは、今日のもう一人の主役・浅宮七瀬《あさみやななせ》だ。ダボっとした黒のニットは大胆に肩口を露出させたオフショルダー仕様で、短めのデニムはすらりと長い足をさらに魅力的に見せている。加えてショートヘアの毛先が少しだけ巻かれていたり爪にはさりげなくネイルが施されていたり（どちらも秋月に教えてもらった）と、元モデルの強みを活かしまくった気合い全開のお洒落《しゃれ》女子コーデだ。

浅宮は、鮮やかな金髪を右手の人差し指でくるくると弄《いじ》りながら続ける。

「何か、乃愛《のあ》ち、急にお腹《なか》痛くなっちゃったんだって。えっと、それで、来れないって」

「？　いや、理由ならメッセージで送られてきているから僕も知っているが。……どうした七瀬？　先ほどからずっと目が泳いでいるぞ」

「お、泳いでないし！　進司、ウチが嘘《うそ》でもついてるって言いたいわけ!?」

「そんなことは言ってない。というか、嘘をつく意味が分からない。僕は単に、メンバーが欠けるくらいなら日を改めた方が良《い》いのではないか、と言いたいだけだ」

「そ、それはぜったいダメっ！　乃愛ちとならいつでも遊べるし……てゆーか、もし今日が中止になったら乃愛ち絶対自分のこと責めちゃうじゃん。進司のバカ、考えなし！」

「なるほど。最後の二言はそっくり七瀬《ななせ》に返すとして、それ以外には賛同できるな。秋月《あきづき》がいれば七瀬のお守りは任せられると踏んでいたのだが……仕方ない」

「ちょ、ウチ進司《しんじ》に世話焼かれるほど落ちぶれてないんだけど⁉　今日だってウチが電話したげなかったら起きられてなかったくせに！」

「何を馬鹿な。僕だって集合時間に間に合うようアラームはきちんとかけていた。遅れそうになったのは、着替える直前に七瀬が妙なことを言い出したからだ。やれ制服ではダメだ、ジャージでもダメだなどと……おかげで服を選ぶというタイムロスが発生した」

「や、デー……じゃなくて、遊びに行くのに制服で来るとかマジ有り得ないから」

がくっと肩を落としながら呆《あき》れたように返す浅宮《あさみや》。……なるほど、確かに榎本《えのもと》ならやりそうな話だ。元々休日でも平気で制服を着ていそうなイメージがあるし、今日のことだってデートだとは全く思っていないわけだから、わざわざお洒落《しゃれ》してくる理由がない。

『えへへ～、それにしてはちゃんとした格好に見えるけどね～♪　会長ってば意外に空気読める人だから、実は〝みゃーちゃんに言われて仕方なく〟っていう体裁が欲しかっただけで着てくる服はばっちり用意してたのかも♡』

（うわ、それもありそう……本当にそうだとしたらめちゃくちゃ面倒臭いやつだけど）

イヤホンを介して聞こえてくる秋月の読みに内心でそっと苦笑を浮かべる俺。と——そうこうしているうちに、ようやく券売機の順番が回ってきた。四人バラバラに購入する必要は全くないため、代表して俺がパネルに手を伸ばす。

（高校生四枚で、席は……っと）

操作を進めることしばし、パネル上に表示されたのは座席の指定を行う画面だ。今日見るのは公開終了直前の映画なので席はほとんど埋まっておらず、そのため本来なら迷うような場面でもない……のだが、とはいえこれはデートでもなければ遊びでもない。適当な行動は〝敗北〟に直結する。

ここで、改めて【映画館】のチェック項目を確認してみよう――浅宮の〝理想のデート像〟を具現化した全六項目のチェックリスト、その二つ目に書かれた条文は【ロマンチックなシーンで偶然目が合う】というものだ。より詳細な達成条件を確認してみれば、いわゆるキスシーンで対象の異性と三秒以上目が合えばクリア、となっている。

そのことを踏まえれば、席の配置はほとんど決まっているも同然だった。横一列に四人が並ぶのではなく、横に二人を縦二列。具体的には俺と姫路《ひめじ》が前になり、その後ろに浅宮と榎本が並んで座るような形だ。こうすれば浅宮も俺たちの視線を気にせず動けるだろうし、ついでに俺の隣が絶対に一つ空席になるという利点もある。

そんなわけで、俺はチケットの購入を手早く済ませると――

「よし。……それじゃ、映画が始まる前に飲み物とポップコーンでも買っとくか」

後ろの三人を振《ふ》り返《かえ》りつつそう言った。

俺たちが上映室内《シアター》に足を踏み入れたのは、それから十分ほど後のことだった。

席番号が書かれたチケットの半券を手に、階段を上がってシアターの後方へと進んでいく。思った通り、客の入りは疎《まば》ら……というか、ほとんど貸し切り状態だ。室内全体を見渡してみても、人影は片手で数えられるほどしか存在しない。

「——ご主人様、こちらの席みたいですよ」

と、そこで、足元の表示を見ながら歩いていた姫路《ひめじ》がくるりと振《ふ》り返《かえ》ってそんなことを言ってきた。それに「ああ」と返しつつ彼女と並んで座席に腰を下ろした俺は、売店で買ったコーヒーを傍《かたわ》らのドリンクホルダーに、そしてMサイズのポップコーン（キャラメル味）を二人の間のテーブルに設置する。同時、浅宮《あさみや》と榎本《えのもと》が向かったのはそんな俺たちよりも一つ後ろの列だ。席に着くなり早速いつもの口喧嘩《くちげんか》が始まっているのが窺《うかが》える。

ちなみに——映画館の座席《シート》というのは両サイドが肘掛けになっていることが多いが、そのタイプは〝隣の席と共用になっているもの〟と〝そうでないもの〟に分類される。そして、この部屋の椅子は前者だった。つまり、俺が右手を肘掛けに置こうとすると、それだけで隣の姫路とうっかり手が触れ合ってしまうことになるわけで、

「っ……あ、えっと、悪い」

「いえ、大丈夫ですご主人様。……というか、わたしはこのままでも構いませんよ？　デ

ートらしさの演出にも繋《つな》がりますし」

くすっと微《かす》かな笑みを口元に浮かべながらそう言って、手を引っ込めないまま俺の瞳を覗《のぞ》き込んでくる姫路。彼女らしからぬ大胆な発言だが、よく考えてみればこれは〝デートのお手本〟なんだからこのくらい出来なきゃ嘘《うそ》というものだろう。後ろからはちらちらと視線も感じるし、安易に手を引っ込めるわけにはいかない。

（こ、これは演技、これは演技……！）

内心ガチガチに緊張しながら、見た目上は平然とスクリーンに視線を向ける俺。

と……もう少しで映画が始まるというタイミングで、不意に一人の少女がシアター内に入ってきた。辺りを見渡すでもなくすぐに階段を上がってきた彼女は、これだけ空席があるにも関《かか》わらず何故《なぜ》かツカツカと俺の近くまで歩み寄ってくる。見慣れた桜花《おうか》の制服ではなくピンクと白を基調とした可愛《かわい》らしい私服姿。まるでこれからデートだとでも言わんばかりに気合いの入った格好に、不覚にもドキリと心臓が跳ねる。

そんな彼女――彩園寺更紗は、右手を腰へ遣《や》りながらこんなことを言ってきた。

「ふん……いいご身分ね、篠原《しのはら》。色付き星争奪戦《ユニークスター》にかこつけてあたしのユキとデートだなんて。《ディアスクリプト》に感謝したら？　ホントはあんたなんかじゃ全然釣り合わないんだから」

「……いきなりご挨拶だな、彩園寺《さいおんじ》。フリだってのに何をそんなにムカついてんだよ」

「あんたがユキの手握ってニヤニヤしてたからじゃない。悪いのはそっちの方だわ」

「そりゃ言いがかりだっての。……っていうかお前、何でそんなに可愛《かわい》い服着てるんだ？ 潜伏中だったたんだよな……？」

「かわっ……し、仕方ないじゃない！ あたしだってこんな目立つの着たくないけど、そういう指令《オーダー》なんだもの。おかげでいつも以上に注目されるし、やりづらいったらないわ」

微《かす》かに顔を赤らめつつ、不満げに頬《ほお》を膨らませたまま俺の左隣にトンっと腰掛ける彩園《さいおん》寺《じ》。どうやら、向こうは向こうで《ディアスクリプト》に振り回されているらしい。

が、まあそれはともかく——服装のことを抜きにすれば、彩園寺がここで姿を現すのは予想通りと言っても良かった。尾行自体は朝の時点からしていただろうが、直接的な妨害が可能になるのはこのタイミングから。それなら、仕掛けて来ないはずがない。

（ふぅ……さて、まずは最初の項目だ）

視線を前方へ向け直しながら、俺は小さく息を吐き出した。

——彩園寺とはそれ以上の言葉を交わす間もなく、すぐに映画の上映が始まった。

【ロマンチックなシーンで偶然目が合う】なるチェック項目についてだが、加賀谷《かがや》さんの調査によれば、この映画の中で〝ロマンチック〟に該当するシーン——すなわちキスシーンはエンドロール直前の一ヶ所しかないらしい。つまり条件を達成するチャンスが一度しかないということだが、逆にそれまでは普通に映画に没頭できた。

　スクリーンの中で上映されているのは、いわゆるヒューマンドラマの傑作だ。去年の何とか言う賞にも選ばれた人気小説を原作としており、公開直後の興行収入はぶっちぎりの一位。ストーリーとしてはさほど目新しさがあるようなものでもないのだが、特筆すべきは丁寧で繊細な心理描写だ。不治の病を患っているヒロインに想《おも》いを寄せる主人公が、彼女の〝最期の願い〟を叶《かな》えるべく全てをかなぐり捨てて奔走する。その願いは本来なら実現しようのないものだったが、それでも主人公は愚直に困難を乗り越えて、ついには彼女の笑顔を取り戻すことに成功する。

（めちゃくちゃ良《い》い話じゃねえか、これ……）

　学園島《アカデミー》最強、というクールなイメージを維持するために涙を流せないのがもったいなく感じるくらいには上質な物語だった。都合の良いファンタジー世界とは違って、どんなに手を尽くしたところでヒロインの病気がたちどころに治るようなことはない。それを承知で奮闘する主人公の姿は問答無用で心を震わせる。

「ん……」

　ちらりと隣に目を遣《や》れば、姫路《ひめじ》もすっかり映画に見入っているようだった。序盤はちまちまとポップコーンを口元へ運んでいたような気がするが、少なくともここ数十分は碧の瞳をじっとスクリーンに向けたまま微動だにしていない。おそらく、後ろの二人も似たような状況だろう。聞こえてくるのは微《かす》かな身動《みじろ》ぎの音だけだ。

――と、その時。

『お楽しみ中のところゴメンね、ヒロきゅん。もうすぐ例のシーンに差し掛かるよん』

右耳のイヤホンから加賀谷《かがや》さんの声が聞こえ、俺は改めて気を引き締めた。……が、まあおそらく、俺側のチェック項目に関しては特に問題ないだろう。今のところ狙い通りの状況だし、時間になれば黙っていてもクリア出来る。だから、どちらかと言えば気掛かりなのは浅宮の方だった。リハーサルは何度もやったが、本番のこのタイミングで俺に出来ることは何もない。あとは彼女自身の頑張りと秋月《あきづき》の手腕を信じるのみとなる。

「…………」

俺がそんなことを考えている間にも、映画は最後の盛り上がりに突入していた。これまでほとんど感情を露《あら》わにしなかったヒロインが、主人公にどれだけ救われていたかを切なげに語る。貴方《あなた》がいなければ、私は自分の人生に価値を見出《みいだ》せなかった。透明だった私の世界に貴方が色を塗ってくれた。生まれて初めて――私は、死ぬのが嫌だって思った。

『っ……！』

それが、二人の最初で最後のキスシーンだった。感情の全部をありったけ込めたような優しい抱擁。各種メディアで謳《うた》われていた〝超感動の大傑作！〟なる煽《あお》りを全く裏切らない、切なくて儚《はかな》いエンディング。

（って……違う違う、見惚《みと》れてる場合じゃねえ！）

内心で号泣しながらスクリーンを見ていた俺だったが、寸でのところで依頼《クエスト》の存在を思い出して上半身を右に捻《ひね》ると、右手でそっと姫路《ひめじ》の腕を引いた。それに気付いてくれたのか、両目を潤ませていた彼女が静かにこちらを向こうとする——が、その直前。

「——ダメっ！」

最小限まで音量の絞られた囁《ささや》き声が耳朶《じだ》を打ち、それと同時、誰かが俺の身体《からだ》をぐいっと後ろへ引っ張った。されるがままに体勢を変えて反対側へと視線を向ければ、そこでは薄暗がりの中でも仄《ほの》かに輝く紅玉《ルビー》の瞳が真《ま》っ直《す》ぐ俺を見つめている。そうして彼女は、彩《さい》園寺更紗《おんじさらさ》は、なるべく大きな声を出さないようにぐっとこちらへ顔を近付けて、

「捕まえた。いい？　あんたはユキじゃなくてあたしのことだけ見てればいいの……！」

吐息がかかるくらいの超至近距離でそんなことを言ってくる。……映画を見ていたからだろう。彼女の瞳もすっかり涙で潤んでいて、それなのに強気で迫ってくるものだからドキドキすることこの上ない。少しでも動こうとするときゅっと袖を引かれるため、視界に入るのは彩園寺だけだ。逆に言えば、彩園寺とははっきりと目が合っている。

それを自覚した、瞬間——ポケットに入れていた端末が微かに振動した。

『ないすぅ！　ヒロきゅんヒロきゅん、今ので【映画館】の項目はクリアみたいだよん！』

（……よし）

加賀谷《かがや》さんの上げた歓声に、内心でほうっと安堵《あんど》の息を零《こぼ》す俺。

そう――要するに、これが俺の組み上げた〝代案〟だった。確かに姫路《ひめじ》が相手では何をやってもチェックリストは埋められないが、だからと言って【手を繋《つな》ぐ】の時のように通りすがりの誰かに期待するのには限度がある。というか、そもそもデート相手としての条件を満たせる〝他学区の女子〟が都合よく現地に居合わせ続けるなんて有り得ない。

けれど、今回に限ってはそうでもなかった。何せ、クエストの勝利条件として〝俺の妨害〟を課せられている彩園寺《さいおんじ》が、俺と姫路の疑似デートを失敗させるべく一日中近くにいてくれることが確定している。それはつまり、指令《オーダー》のクリアに必要な〝最低限の状況〟は既に整えられているということだ。偶然に頼るまでもなく。

（要するに、姫路との疑似デートを妨害しようとしてくる彩園寺を誘い込んで、姫路じゃなくて彩園寺相手にデートのチェックリストを達成する大作戦……ってことだ）

頭の中で今一度流れを整理してからゆっくりと首を横に振る俺。

「え……待って、チェックリストが埋まってる？」

同時、対する彩園寺の方も――おそらく飛鳥《あすか》か誰かが情報伝達要員として待機しているんだろう――【映画館】のチェック項目が埋まったことを知ったらしく、途端に紅玉《ルビー》の瞳を見開いて狼狽《うろた》え始めた。そのまましばらく黙り込んでいた彼女だったが、やがて俺との間隔がほとんどゼロ距離まで近付いていることを思い出してくれたのか、一瞬で耳まで顔を赤らめてばふっと自身の座席《シート》に背中を押し付ける。

「も、もう、何なのよ……篠原《しのはら》をユキから引き剥《は》がすのが遅かった？　いえ、でも……」

胸の下辺りで腕を組んでぶつぶつと思考を回し始める彩園寺。

そんな彼女を横目に見つつ、俺は色々な意味で高鳴っている心臓を押さえ付けながらそっと息を吐くことにした。……とりあえず、出だしとしては上手《うま》く行った。こちらの魂胆がバレたら終わりだから慎重にやる必要はあるが、今の流れを見る限り絶対に不可能というわけでもなさそうだ。

（って、そうだ、浅宮《あさみや》は……!?）

そこでふと〝もう一つの指令《オーダー》〟のことを思い出し、俺は小さく顔を跳ね上げた。逸《はや》る気持ちを抑えつつ、端末で結果を確認する――と、意外なことにと言ったら怒られるかもしれないが、浅宮の方のリストでも【映画館】の項目はきっちりと埋まっていた。どうやら彼女も勇気を振り絞ってくれたらしい。

（まあ、実際どんな感じだったのかは知りようがないけど……）

『――えへへ、知りたい？　緋呂斗《ひろと》くん♡』

と……俺がそこまで思考を巡らせた瞬間、まるでそんな内心を見抜いているかのように秋月《あきづき》がそっと耳元で囁《ささや》いてきた。そうして、彼女はいかにも嬉《うれ》しそうな口調で続ける。

『もうね、緋呂斗くんにも見せてあげたかったよ～♡　途中までは二人とも画面に見入ってたんだけど、キスシーンに入った瞬間からなーんか甘酸っぱい空気が流れ始めて、みゃーちゃんがちらって会長を見たのと会長がちらってみゃーちゃんを見たのがちょうどぶつかって！』

『それでそれで、すぐ逸《そ》らせばいいのに二人とも「別に何でもないですけど？」みたいな顔で強がるからずーっと見つめ合うことになっちゃって、そのせいでだんだん顔が赤くなってきて……えへへ♡　なんか、乃愛《のあ》が背中押すまでもなかったみたい♪』

（おおお……）

まるで付き合いたてのカップルのような初々《ういうい》しいやり取りに小さく唸《うな》らされる俺。ちらりと後ろに目を遣《や》れば、榎本《えのもと》が仏頂面で腕を組んでいるのはいつものこととして、浅宮《あさみや》の方は顔から湯気が出そうなくらい真っ赤になっているのが見て取れる——おそらく、今の秋月《あきづき》による講評を聞いて余計に恥ずかしくなっているんだろう。

そして、同時。

「……ふん、だ。次は絶対に失敗させてやるんだから」

反省&振《ふ》り返《かえ》りタイムが一段落したのか、俺の隣に座っていた彩園寺《さいおんじ》がそう言って静かに席を立った。不機嫌さを隠そうともしない彼女は小さくべーっと舌を出してからくるりと俺に背を向けると、その後は一度も振り返ることなくスタスタと足早に去っていく。

「…………」

そんな彩園寺と、後ろで赤面しまくりながらもある意味〝理想のデート〟を繰り広げている浅宮たちの姿とを見比べながら、俺は——

（何ていうか……デートと称した騙し合いをしてる俺たちとは大違いだな）

——はぁ、と深い溜《た》め息を吐《つ》くことにした。

＃

昼食は、ショッピングモールの中にあるケーキバイキングの店で取ることになった。店の希望を出したのは当然ながら浅宮だ。何でもランチタイム限定で提供されるイチゴのパフェが絶品らしく、前から気になっていたとのこと。

この店でのチェック項目は以下の通りだ——【あーんをする／もしくはされる】。端的な項目だが、しかし詳細条件を見る限り〝あーん〟なら何でもいいというわけじゃなく、例の限定パフェに盛り付けられたイチゴじゃないといけないらしい。

（【映画館】の項目と比べて思いっきり難易度が上がってるよな……）

シロップのたっぷりかかったパンケーキに舌鼓を打ち、姫路《ひめじ》たちと映画の感想やら何やらを話しながら密《ひそ》かにそんなことを考える。……【映画館】は〝視線を合わせるだけでクリア〟だったのに、今回の条件は〝あーん〟だ。デートらしいことには違いないが、心理的ハードルは一気に上がる。他学区の女子に、なんて縛りは以ての外だ。

(でも……さっきと同じ要領でやれば、無理ってことはないはずだ)

右耳のイヤホンをトントンと叩《たた》きながら、俺はじっと思考を巡らせる。

加賀谷《かがや》さんからの情報によれば、つい先ほど、彩園寺《さいおんじ》を含めた桜花《おうか》のメンバーが二人ほど、どこの店に入ってきたらしい。彩園寺がいるのはまあ当然として、もう一人というのは学園島《アカデミー》最大の公認組織《ライブラ》所属の二年生・風見鈴蘭《かざみすずらん》だ。俺の席から見える範囲にはどちらの姿も映らないが、まず間違いなくどこかで様子を窺《うかが》っているんだろう。

問題は、あいつらがどうやって〝あーん〟を防ごうとしているか、だが……これに関しては、正直それほど選択肢があるわけでもなかった。

まず一つは、直接的な妨害だ。先ほどの【映画館】で彩園寺がやっていたように、俺を拘束して思い通りの行動を取らせなくするという手段。単純にして王道だが、しかし【喫茶店】の項目でそれを実行するのは少し難しいだろう。これだけ人目のある場所で羽交い絞めだの何だのなんて、そんな強引な策を彩園寺が立てるとは思えない。

そして、次に考えられるのが電子的妨害、いわゆるハッキングだ。商品の注文に使う端末をバグらせてパフェが届くテーブルを変更したり、あるいはそもそも注文できないようにしたり……と、方針だけならいくつか思い当たる。が、そうやって店舗の機材に干渉するのは当然ながら違反行為だ。イカサマ前提の俺ならともかく、自力で7ツ星までのし上がった彩園寺は絶対に選ばない手段だろう。

だとすれば、風見が一緒にいることも考えて——選ばれるのは三つ目の手段。

（……ま、そうと分かってるなら対処のしようはあるってもんだ）

一通り思考の整理を終えたところで、吐息と共に小さく首を横に振る俺。

と——その時、俺の対角線上の席に座った浅宮《あさみや》がタンッとテーブルに手を突いて立ち上がった。上機嫌な笑顔を浮かべた彼女は、ぐるりと俺たちの顔を見渡して言う。

「よっし！　良《い》いカンジにお腹《なか》も満たされたし……最後にパフェ、行っちゃわない？」

「いいですね」

そんな浅宮の提案に真っ先に同意を返したのは、少し前から紅茶を楽しむフェイズに移行していた姫路《ひめじ》だ。彼女はコトンとティーカップをソーサーに戻して続ける。

「実際、パフェのためにお腹を空けていたようなものですので、食べなければもったいないです。ご主人様と榎本《えのもと》様はいかがなさいますか？」

「そこまで言われると少し迷うが……いや、しかし僕はもう限界だ。パンケーキを食べ過ぎた。篠原《しのはら》はどうだ？」

「アンタと同じく、だ。美味《うま》かったよな、あのパンケーキ」

「ああ、この世のものとは思えないくらいに絶品だった。定期的に通いたいものだ。だがそれはそれとして、敬語はどうした篠原？　僕の方が先輩だぞ？」

「知ってるよ。……ってわけで姫路、俺と榎本は遠慮しとく。二つだけ頼んでくれ」

「おい」

「はい、かしこまりましたご主人様。では、後で一口分けて差し上げますね？」

「だから、僕を無視して話を進めるな……」

言いながら、俺の対面でむすっと腕を組んでいる榎本《えのもと》。相変わらずのやり取りだが、榎本も最近は俺の口調に慣れ——というか諦めが付いたらしく、あまり文句を言われることもなくなってきた。俺は俺で〝学園島最強《アカデミー》〟というスタンスを守るためにも彼に敬語を使うわけにはいかないので、まあこういうものだと割り切ってもらうしかない。

ともかく、姫路《ひめじ》が注文したイチゴのパフェはそれから数分後に運ばれてきた。女性陣の顔の大きさを優に超える特大サイズ。スポンジにムースにクランチにと何層にも分かれた下地の上にバニラアイスと生クリームがトッピングされ、その上からカラフルなチョコレートソースが贅沢《ぜいたく》にコーティングされている。その周りをぐるりと囲んでいるのは二等分にカットされた真っ赤なイチゴだ。大人気商品だけあって見た目からして神々しい。

「……では、いざ」

キラキラした目でスプーンを握り締めた浅宮《あさみや》が、さっそく一口目を咀嚼《そしやく》する。

「あむっ！　……ん～!!　ぁにこれ、甘ぁ……しゃーわせ……」

「ふん……全く、食べるか喋《しやべ》るかどちらかにしたらどうなんだ七瀬《ななせ》。行儀が悪いぞ」

「ぶっぶー、残念でした～。すぐ溶けちゃったから口の中には何も入ってないで～す」

「……今、反射的に手を出さなかった僕は称賛されて然《しか》るべきじゃないか？」

全力で煽《あお》られてムッと不機嫌そうにそっぽを向く榎本。対する浅宮の方はしばらく幸せそうにパフェをパクついていたが、やがて、問題のイチゴのゾーンが近付いてきた辺りから徐々にその動きが鈍くなり始めた。自分の手元を見下ろしてはちらっと榎本の様子を窺《うかが》って、危うく目が合いそうになってすぐに視線を元に戻す。

「う……」

『みゃーちゃん、ファイト♪　せっかくだし、なるべく色っぽく迫っちゃお♡』

「む、無理……！　いきなりそれは無理だから！」

「……無理？　一体何の話をしている、七瀬」

「っ——！」

イヤホン越しの声援に思いきり返事をしてしまい、隣の榎本に胡乱《うろん》な視線を向けられる浅宮。大きく目を見開いた彼女は、誤魔化《ごまか》すように右へ左へと視線を彷徨《さまよ》わせて……やがて、覚悟を決めたのか小さく首を縦に振る。そうして一言、

「し、進司《しんじ》！　えっと……ぱ、パフェ、一口食べたくない!?」

真っ赤になりながら下を向き、榎本の顔を一切見ずにそう切り出した。……あーん、という言葉を口にするのはさすがに恥ずかしかったらしく、頑張って妥協できるラインを探した結果、といった感じの言い回しだ。そんな浅宮の右手には、アイスと絡めたイチゴを

ちょこんと乗せたスプーンが弱々しく握られている。

それを受けた榎本《えのもと》はしばし考え込むようにしていたが、やがて一つだけ頷《うなず》くと静かに身を乗り出した。そうして、目を瞑《つぶ》ったまま身体《からだ》を強張《こわば》らせる浅宮《あさみや》にそっと近付いて——

「……なるほど、確かにこれも美味《うま》いな」

「へぁ？」

——自分のスプーンで、彼女のパフェを一口食べた。

「ちょ、ちょっと、え、なん、それ……」

「？　どうした、七瀬《ななせ》が食べていいと言ったんだろう？」

「い、言ったけど！　言ったけど、それは何か違うっていうか……ず、ズルじゃん！　ウチまだイチゴのところ食べてなかったし！」

「ああ、そんなことか。それなら——」

混乱しきった浅宮の言い分に、榎本は何かを察したように深く頷いた。それからもう一口分パフェを掬うと、今度はそのスプーンを浅宮の前に突き出してみせる。

「——七瀬も食べてみればいい。さっさと口を開けろ」

「!?　そ、それって、例の〝あーん〟ってやつ……っていうかこれ、間接キスじゃ——」

「……？　おい、何をぶつぶつ言っている。せめて聞こえるように喋《しゃべ》れ」

「な、何でもない！　てか何も言ってないし!!」

そう言って可愛《かわい》くセットした金髪をぶんぶんと振った浅宮は、両手を胸に当てると深く深く深呼吸した。それでようやく決意が固まったのか、彼女はぎゅっと目を閉じたまま口を開いて榎本のスプーンを受け入れる。

「あ……むっ」

「……どうだ？　美味いだろう。後は一人でじっくり堪能《たんのう》するといい」

そんな浅宮の様子を見て満足げにスプーンを引き抜く榎本。今度こそ昼食終了、ということなのか、彼はそのまま端末を取り出して電子書籍か何かを読み始める。

そして――残された浅宮の方はと言えば、少し後にこくんっと小さく喉を鳴らして、

「……なんか、味、ぜんぜん分かんなかったかも」

ポツリと、吐息のような声音でそう言った。……その表情はえらく可愛い恋する乙女というやつで、何なら見ているこちらの方がドキドキしてしまったくらいかもしれない。

まあともかく、これで浅宮のリストに関しては【喫茶店】の項目もクリア達成だ――後は、俺がどうにかして〝あーん〟を達成すればいいだけなのだが。

（ん……そろそろ、か）

黙々とパフェを食べている姫路《ひめじ》の様子を窺《うかが》いながら俺は内心で静かに呟《つぶや》く。……実は今のところ、姫路はまだ一つもイチゴを食べていない。正確に言えば、あえて残してもらっている。もちろん、それもこれも全てはこの後の流れのためだ。

「――あの、ご主人様」

と……その時、俺がテーブルの下で出した合図に応じて、隣の姫路《ひめじ》がそっと声を掛けてきた。彼女は両手を膝の上で揃《そろ》えたまま白銀の髪をさらりと揺らし、澄んだ瞳で俺の目を覗《のぞ》き込みながら囁《ささや》くようにこんなことを言ってくる。

「ええと、ですね。あちらのお二人を見ていたら、わたしも〝あーん〟というものを経験してみたくなってしまいました。なかなか機会のあるものではないでしょうし」

「っ……ま、まあ、そうかもな」

「はい。……ですのでご主人様、もしよろしければ一口食べさせていただけませんか？」

すっと上品な手付きで俺にスプーンを手渡してくる姫路。彼女はそのまま俺のすぐ近くに手を突いて、ほんの少し身体《からだ》を寄せるようにしながらそっと口を開いてみせる。甘えるような、あるいは何かをねだるような仕草だ。それらは全て普段の姫路からはかけ離れているもので、それが演技だと分かっていても無限に心拍数が上昇してしまう。端的に言えば、めちゃめちゃに可愛《かわい》い。

「あ、ああ……そりゃ、もちろん構わないけど」

それでも俺は、鋼の意思で身体の動きをコントロールすると、どうにかスプーンを持ち上げた。丁寧にイチゴの乗った部分を掬《すく》い取り、それを姫路の小さな口の中に――

「にゃ〰〰〰!!」

——入れようとした、瞬間だった。

やけに聞き覚えのある声と共に、首からカメラをぶら下げた一人の少女がタタタッとこちらへ駆け寄ってきた。ボーイッシュなキャップに外ハネした茶髪、肩の辺りに巻き付けられた〝敏腕記者〟の腕章。学園島《アカデミー》最大の公認組織《ライブラ》の一員にして五月期交流戦では俺と共同戦線を張っていた桜花《おうか》の３ツ星、風見鈴蘭《かざみすずらん》その人だ。

彼女は息を切らしながら俺たちの前で立ち止まると、嬉《うれ》しそうな笑顔になって続ける。

「にゃにゃっ、これはこれは英明《えいめい》学園のエース陣！　偶然にゃ、ものすごく偶然の展開にゃ！　みんなお揃いでどうしたのかにゃ？」

「偶然、ね……別に、俺たちはただ友達同士で親睦を深めてただけだよ。そっちは？」

「ワタシはお仕事中にゃ！　一番区の大人気ジェラート、ランチタイム限定パフェの魅力に迫る！　ちょうど今からお店の撮影をするところだったんだけど……そうにゃ！　篠原《しのはら》くんたちさえ良かったら、ちょっとだけ手伝ってくれないかにゃ⁉　もちろん報酬は弾むにゃ！　今大注目の７ツ星＆メイドさんと、英明の誇る６ツ星コンビ——みんなが出てくれれば記事の注目度もうなぎ上りにゃ！　大漁にゃ！　……どうにゃ⁉」

「記事？　ん～、まあウチはどっちでも？」

「僕はどうでも。この後の予定に障《さわ》りがないなら受けても良《い》い」

三年生二人の反応を受け、風見はキラキラとした目を俺の方に向けてくる。その表情を見る限り先ほどの言葉が全て嘘《うそ》ということはないだろうが、しかしこのタイミングの良さに何かしらの理由がないはずはない。

そう――まず間違いなく、風見《かざみ》は彩園寺《さいおんじ》の〝協力者〟なんだろう。あいつに策を託されて俺の行動を妨害しに来た。それも、託されているのは三番目の手、すなわち心理的妨害だ。何しろ風見のカメラが回っている限り、俺は学園島《アカデミー》最強という立場上あまり浮ついたことが出来なくなる。仮に姫路《ひめじ》に〝あーん〟しているところが全島放映されようものなら俺の評判は地に落ちるだろう。が、しかし風見の頼みを安易に断るのもいただけない。島内で最も影響力の強いメディアである《ライブラ》との関係が悪化してしまうのは、今後も嘘をつき続けなければならない俺にとってどう考えても致命的だ。

そんな、一見すれば八方塞がりの状況。常勝無敗の《女帝》らしい綺麗《きれい》で完璧な一手。

(だけど――残念ながら、こう来るのはもう予想済みなんだよ)

それを受けて内心ニヤリと笑った俺は、改めて風見に身体《からだ》を向けることにした。

「いいぜ。予定があるからそう長くは付き合ってやれないけど、少しだけなら問題ない」

「ホントかにゃ!? 嬉《うれ》しいにゃ、とっても助かるにゃ! じゃあ、ちょっとだけ……具体的には限定パフェの提供時間が終わるくらいまで付き合ってもらえれば、」

「ああ。でもその前に――」

「――はにゃ?」

言いながら、俺は手に持っていたスプーンを方向転換させると、そいつを風見の口元へ突き付けた。当然ながら驚きに目を丸くする彼女に対し、俺は平然とした口調で告げる。

「パフェの紹介動画を撮るならまずお前が食わなきゃ話にならない――ってわけで、とりあえず一口食ってみろよ？　ああ、ちなみにスプーンは姫路のだから安心してくれ」

「え、で、でも……良《い》いのかにゃ？　ワタシ、お仕事中なのに……」

「良いに決まってるだろ。これも仕事のうちなんだから」

「た、確かに……じゃあ、えっと、いただくにゃ」

一歩も引き下がらない俺に根負けしてか、風見はぎゅっと一度目を瞑《つぶ》った後、小さく口を開けて俺が差し出したスプーンに食らいついた。彼女はそのまましばし無言で咀嚼《そしゃく》していたが、やがてその表情が蕩《とろ》けるような笑みに変わる。

「お、美味《おい》しいにゃ……凄《すご》いにゃ、口の中でふわーって甘いのが広がったのにゃ！」

「そうかよ、実感できて良かったな」

軽い口調で返しつつ、俺はポケットの中で振動した端末をちらりと確認する。……条件達成だ。俺と浅宮《あさみや》、どちらも【喫茶店】のチェック項目はきちんと埋まっている。

「……ん、なるほど」

最初の【手を繋《つな》ぐ】も含めて半分が〝達成済み〟になったリストを隣の姫路にも見せてみると、彼女はそれを覗《のぞ》き込みつつさらりと銀髪を揺らして頷《うなず》いた。そして、それから一

転、じっと俺を見つめてからおもむろにスプーンを奪取して、

「つまり、更紗《さらさ》様に続いて風見《かざみ》様ともデート完了——というわけですね、ご主人様」

「……いや、あの、言い方」

むぅ、と可愛《かわい》らしくむくれてみせながら、パフェの掘削作業に戻っていった。

#

喫茶店での食事と風見への協力を終え、少しの間ショッピングに移行する。

ここまでの流れとしては、それなりに順調と言って良かった。追加された指令《オーダー》のせいで出鼻は挫《くじ》かれたが軌道修正には成功し、既に三つのチェック項目が埋まっている。浅宮《あさみや》のリストについても【映画館】と【喫茶店】は終了だ。今のところ理想的な展開だろう。

けれど——〝異変〟は、このタイミングで発生した。

「——ご主人様、こちらの服はいかがでしょうか？　きっと似合うと思います」

「ん、ああ……」

姫路《ひめじ》が見繕ってくれたシャツを手に鏡の前へ移動しつつ、俺は静かに思考を巡らせる。

ここでのチェック項目は【お店の服を（女性側）が試着し（男性側）に褒められる】というものだ。一つ前の項目に比べれば心理的な抵抗は控えめだが、しかし姫路では、な、く彩園寺に試着をし、て、もらう、となるとその難易度は異常なほどに跳ね上がる。そんな無茶を押

し通すくらいならいっそ試着室を使っている別の女子グループに声を掛け、多少不自然に思われることは承知の上で褒めちぎる方がよっぽど現実的だろう。

……とか何とか、そんなことを考えていたのだが。

（そもそも、彩園寺たちがどこにもいない……？）

そう──【映画館】や【喫茶店】の時とは違い、加賀谷《かがや》さんに素敵をしてもらっても彩《さい》園寺《おんじ》の姿が見当たらない。明らかな異変だ。セカンドクエストに勝つためには俺の妨害をしなければいけないはずなのに、彼女はそれを放棄してどこかへ姿を消している。

いや、まあ分からないというわけでもないんだ。そもそもこのチェックリストには〝妨害しやすいもの〟と〝そうでないもの〟があり、【試着室】はどちらかと言えば後者にあたる。そのため、彼女の方が最初から『ここでは仕掛けない』と割り切っていて、既に次の目的地である【遊園地】へ向かっているという可能性は充分に考えられるだろう。

（まあ、それなら別に良《い》いんだけど……）

いまいち腑《ふ》に落ちないモヤモヤとした感覚を抱きながら、俺は思考を現在《いま》に戻す。

と……持ち上げた視線の先では、浅宮七瀬《ななせ》によるファッションショーが行われていた。

「ふふん──どう、進司《しんじ》？　なかなかのもんでしょ」

試着室のカーテンを開け、近くにいた榎本《えのもと》に得意げな笑みを投げ掛ける浅宮。

彼女が着ているのは、大胆に肩とお腹《なか》を晒《さら》したキャミソールだった。黒を基調としたスタイリッシュなデザインで、ウエストの辺りにはストラップが結ばれている。一応上からデニム生地のジャケットを羽織ってはいるが、それでも胸は強調されているし、おへそは見えているしで、相当に攻めた格好と言っていいだろう。けれど、さすが元モデルというべきか不釣り合いな印象は全くなく、傍《かたわ》らの店員もポカンと呆気《あっけ》に取られている。

「す、スタイル良いですね～、お客様。こんなに上手《うま》く着こなせる人、初めて見たかも」

「へへ、まあね～。ほらほら進司《しんじ》、どう？　素直に可愛《かわい》いって言っていいんだよ？」

店員にも後押しされ、浅宮《あさみや》はトンっと榎本《えのもと》に詰め寄りながらそんなことを言う。本当に雑誌から飛び出してきたかのような可愛さだ。いくら榎本でもさすがにこれは手放しで褒めるのでは……と思って見ていると、彼は仏頂面のままゆっくりと口を開いた。

「素直に、か。了承した——全く似合っていない。露出が激しくて媚《こ》びすぎだ。そんなもの、七瀬《ななせ》でなく誰が着たって大した差はないだろう」

「なっ……そ、それ本気で言ってるわけ？　そんなこと言って、ただウチのこと褒めたくないだけじゃ——」

「そんなわけがあるか。……いいか、七瀬？　ここに僕がチョイスした服を上下一式用意した。今すぐこれに着替えてみろ」

「え、これ……進司が、選んでくれたの？　……ウチのために？」

「？　そうだが、それが何か？」

「っ……い、いいよ、分かった。着替えてくる。でも、こんな地味なのウチに似合うわけないし……進司のバカ」

照れを誤魔化《ごまか》すように小声で文句を言いながらも、浅宮はしゃっと試着室のカーテンを閉めて榎本から渡された服に着替え始めた。衣擦《きぬず》れの音に何となく視線を逸《そ》らしつつ待つこと数分、再びそろそろとカーテンが開けられる。

「えっと……こ、これでいい？」

まずはひょこっと顔だけ出して、それからおずおずと全身をお披露目《ひろめ》する浅宮。

その格好は確かに先ほどのキャミソールと比べれば遥《はる》かに地味で、上品だとか清楚《せいそ》だとか、そういった方面に寄せたものだった。が、しかしそれが似合っていないのかと言われれば全くもってそんなことはない。むしろ浅宮の持つギャルっぽい雰囲気と服装の大人しさが絶妙なバランスで調和しており、いっそ奇跡的なくらい似合っている。

「……なんか、地味に良いカンジになってってムカつく」

浅宮自身も満更ではない様子だ。最初は否定する気満々だったのだろうが、元モデルとしてこれを〝似合っていない〟とは言えなかったというところか。

そんな彼女の反応を見て、榎本がふんと得意げに鼻を鳴らす。

「だから言っただろう、七瀬。この僕が選んだんだぞ？　似合っていないはずがない」

「な、何それ？　進司、休みの日でも制服じゃん。ファッションセンス皆無じゃん」

「その批判は甘んじて受け入れるが、こと七瀬に関しては話が別だ。……七瀬《ななせ》は、普段どのくらい鏡を見る？」

「どのくらい、って……回数ってこと？　そんなの、朝起きた時と、歯磨きの時と、着替える時と、メイクの時と……いや、フツーに数えらんなくない？」

「それでも総合して一時間にも満たない程度だろう。つまり七瀬は七瀬自身のことを一日一時間弱しか見ていない。それに引き換え、僕はかれこれ十年以上、七瀬のことを毎日数時間単位で見続けている。どちらがより詳しいかなど論じるまでもないな」

「っ……き、きも！　進司《しんじ》ストーカーじゃん！」

シュパッ、と勢いよくカーテンを閉じながらそんな言葉を叩《たた》き返す浅宮《あさみや》。怒っているような口調だが、しかし試着室のカーテンが閉じ切る直前に見えた彼女は、かぁっと真っ赤になった顔を隠すべく後ろを向いてしゃがみ込んでいるところだった。何というか、初々《ういうい》しさが半端じゃない。

まあともかく、何やかんやで榎本《えのもと》が浅宮のことを褒めてくれたため、浅宮のリストに関しては【試着室】の条件達成だ。が、やはり彩園寺《さいおんじ》たちの姿は見当たらず、俺の方はどうにも動きようがない。いや、というか……

「なあ姫路《ひめじ》。……この店って、普段からこんなに空いてるもんなのか？」

ぐるりと辺りを見渡してから、声を潜めて隣の姫路に問いかけてみる。

そう——休日の昼過ぎという絶好のピークタイムにも関《かか》わらず、店内には全くと言っていいほど他の客が見当たらなかった。たまに見かけても男子のみの友達グループというやつで、他学区の女子なんかどこにもいやしない。

「……いえ」

俺と似たような引っ掛かりを覚えていたのか、姫路も白銀の髪を揺らして首を振る。

「有り得ません。平日でももう少し賑《にぎ》わっていますので、日曜日にこれほど閑散としているなんて本来なら起こり得ないことです。何かされている、と考えるのが無難でしょう」

「………………」

微《かす》かに焦《あせ》りを露《あら》わにする姫路の発言を受け、俺はそっと右手を口元へ遣《や》った。

少し、状況を整理してみよう。……【映画館】と【喫茶店】、これら二つのチェック項目に関して、彩園寺はあくまでも〝俺と姫路との疑似デート〟を邪魔するべく立ち回っていた。そして、その観点で言えば彼女の妨害はどちらのシチュエーションでも成功しており、それなのに項目の達成は防げていない、ということになる。

となれば当然、彼女は俺の狙いに気付くだろう——というか、おそらく【映画館】の項目を防げなかった段階で〝自身が利用されている〟可能性は考え始めていたはずだ。だからこそ、【喫茶店】の時はあえて自分ではなく風見を送り込んできた。俺に課されている指令《オーダー》がどんなものなのか知るために——〝疑似デート〟の相手として認められる範囲がどこまでなのかを探るために。

（もし、そうだとしたら……俺の指令《オーダー》が見透かされた上で、こんな状況になってるなら）

彩園寺は【試着室】の項目を捨ててなんかいない、ということだ。むしろ、俺たちに一切近付かないことで条件の達成を不可能にしている。おそらく他の客を引き上げさせたのも彼女だろう。どうやったのかは知らないが、６ツ星にはそのくらいの権限がある。

（引っ繰り返された……マジかよ、あいつどんだけ頭が回るんだ⁉）

ギリ、と奥歯を噛《か》み締《し》めながら内心で小さく舌打ちする俺。

けれど、この状況では他にどうすることも出来ず――結局、俺は【試着室】のチェック項目を埋められないままショッピングモールを後にした。

＃

学園島《アカデミー》には、いわゆる〝遊園地〟に分類される施設がいくつかある。

中でも今回俺たちが訪れたのは、一番区の西端に位置する〝ユニオンパーク〟なる場所だ。島内のレジャー施設ではトップクラスに知名度が高く、雑誌なんかでもしょっちゅう特集されている。何でも、島全体を見渡せる巨大観覧車が有名らしい。

そして、当然……なのかどうかはよく知らないが、テーマパークの常として、毎週日曜日にはパレードのようなものもやっている。その開始時刻が夕方の六時に設定されているため、あまりショッピングモールに長居することも出来なかったというわけだ。

「わぁ、綺麗《きれい》……」

そんなこんなで、現在俺たちの目の前では賑《にぎ》やかなパレードが行われている。ここでのチェック項目は【肩を寄せ合ってパレードを見る】ことだ。肩を寄せ合って、とはあるが単に並んでいればOKという仕様になっており、いがみ合いながらも常に榎本《えのもと》と一緒にいる浅宮《あさみや》は難なくクリア。そして俺の方も──意識するしないはともかくパレードの観客なんてひたすら密集しているもので──いつの間にか項目が埋まっていた。

ただ、一つ問題があるとすれば、パ、レ、ー、ド、が、も、う、す、ぐ、終、わ、る、と、い、う、段、階、に、な、っ、て、も、彩、園、寺、の、妨、害、が、一、切、入、っ、て、い、な、い、ことだろう。……ああ、ここまで来ればもう間違いない。彩《さい》園寺《おんじ》は俺に課された指令《オーダー》を見抜いていて、だからこそ意地でも俺に近付かないつもりだ。

「……いかがなさいますか、ご主人様？」

人混みに紛《まぎ》れてこそっと耳打ちしてくる姫路《ひめじ》の表情も微《かす》かにだが強張《こわば》っている。

「遊園地まで来ている以上、【観覧車】のチェック項目に関してはまだ達成できる余地があります。ですが……仮にそちらがクリア出来たとしても、先ほどの【試着室】を取りこぼしている時点で挽回《ばんかい》は不可能なのではないですか？」

「ん……」

近くにいる榎本たちに気取られないようそっと静かに息を吐く俺。

姫路《ひめじ》の懸念ももっともだ。セカンドクエストは全てのチェック項目を埋めない限り勝利することが出来ず、日付も指定されているためリトライの余地は一切ない。どうにかして今日中に潰し切らなきゃいけないのに、もう夕方の七時前だ。今から【観覧車】の項目を埋め、それから街へ戻る頃にはショッピングモールも閉館している。

つまり、有体に言って詰んでいる……の、だが。

「――いいや」

それでも俺は、姫路の不安を消し去るようにゆっくりと首を横に振ってみせた。

「多分、そっちはどうにかなる……っていうより、どうにかなりそうな算段は付いてる」

「え……そうなのですか？　それは、わたしを安心させるための嘘《うそ》ではなく……？」

「本当だよ。俺は嘘つきだけど、姫路に対して嘘はつかない。【試着室】の項目はどうにかなる――だから、どっちかって言うと面倒なのは【観覧車】の方だ。【観覧車の中で抱き締められる】……抱き締める云々《うんぬん》をどうするかはこれから考えるとして、まずは彩園寺が一緒に乗ってくれないことには話にならない。いやまあ、最悪の場合は列に並んでる誰かに頼み込むって手もあるけど、一応7ツ星の体裁ってもんがあるし」

「そうですね。わたしも、そんなご主人様は出来れば見たくないです」

「ああ、俺もやりたくない。……でもさ、彩園寺《さいおんじ》の動きならある程度誘導できるはずなんだよ。あいつはほぼ確実に今の時点での最善手を打ってくるんだから、要は観覧車に乗るのが最適解だってあいつに思わせればいい」

パレードが最後の盛り上がりに差し掛かる中、俺は改めて隣の姫路に身体《からだ》を向け直すことにした。そうして、豪華絢爛《ごうかけんらん》な輝きがそのまま映り込むくらい澄んだ瞳を真《ま》っ直《す》ぐに覗《のぞ》き込み、潜めた声でこんなことを言う――。

「なあ姫路。……今から、俺とちょっとした〝演技〟をしてくれないか？」


――パレードが終わってからは、しばらく普通に遊園地を楽しむモードに突入した。

とはいえ、時間も時間なので遊んだのは主要アトラクションだけだ。高速で地上を這《は》うコースターでは姫路が真顔のまま俺の手を握って離さなかったり、逆にフリーフォールでは俺が目を瞑《つぶ》ったまま硬直していたり、お化け屋敷ではパニックになった浅宮《あさみや》が榎本《えのもと》に思いきり抱き着いて、ズルズルと引《ひ》き摺《ず》られるように出口まで運ばれていたりした。……本人的には不本意だろうが、これで【手を繋《つな》ぐ】のチェック項目も達成だ。

そして――あと一時間もすれば閉園という頃合いになり、俺と姫路が最後に足を向けたのは観覧車だ。ユニオンパーク一番の目玉。その大きさもさることながら、ここで結ばれると永遠に恋人でいられるという恋愛スポットとしても有名らしい。

ちなみにだが、榎本と浅宮は少し後方のベンチで休憩している。お化け屋敷で体力を消耗した浅宮が休息を申し出た、という経緯だが、もちろんそれも裏工作の一環だ。彼らと一緒に並んでいたら流れ的に四人で乗ることになってしまい、そうなればムードも何もあったものじゃない。そこで、浅宮《あさみや》と共謀してチームを分断したというわけだ。

ともかく、そんなこんなで俺と姫路《ひめじ》が観覧車の列に並ぼうとした……その瞬間、

「――ちょっと待ちなさい」

ザッ、と音を立てながら、俺たちの目の前に一人の少女が立ち塞がった。燃えるように豪奢《ごうしゃ》な赤の長髪、不敵で意思の強い紅玉《ルビー》の瞳――６ツ星の《女帝》彩園寺更紗《さいおんじさらさ》。いつも通り右手を腰へ遣《や》った彼女は、じっと窺《うかが》うような視線をこちらへ向けてくる。

そうして一言、

「貴方《あなた》たちは……一体、何を、し、している、の、か？」

「？　何を、とは妙なことを訊《き》きますね、更紗様。わたしとご主人様は、見ての通りデートをしています。らぶらぶなのでこのように手も繋《つな》いでいます」

「そ、そういうことを言ってるんじゃないわ。そうじゃなくて――篠原《しのはら》、貴方は、ど、う、し、て、ちっとも焦ってないの、って訊いてるの。このまま姫路さんとの疑似デートを続けてもチェックリストは埋められないはずだわ。それなのに、何で普通に遊んでるのよ？」

訝《いぶか》しげな声音でそんなことを訊いてくる彩園寺。表情にはまだ表れていないが、その口振りからは微《かす》かな疑問と焦りが窺える。

が、まあそれもそのはずだ――彩園寺は〝俺のデート相手が指令《オーダー》によって【他学区の女

子】に書き換えられている〞と見抜いた上で行動しているんだろうが、実のところ、それが正しいと裏付ける証拠なんてものはどこにもない。例えば【映画館】は本当に妨害が遅れただけかもしれないし、【喫茶店】ではこっそりと〝あーん〞をしていたのかもしれない。そう考えれば、姫路が俺のデート相手である可能性は未だに残っている。

というか、そうでもなければ俺がこうも焦《あせ》っていないのは妙な話だろう。デート終盤になって未達成の項目が二つも残っているんだから、普通に考えればもはや詰んでいる。それなのに俺も姫路も平然と遊園地で遊んでいる——となれば、万が一を疑うのも無理はない。だって、もし姫路が俺のデート相手なら、【観覧車】の項目なんて一瞬で片付けられることになる。その場合、【試着室】さえどうにか出来ればそれで勝負が付いてしまう。

「……どうして焦ってないの、か」

そこまで思考を巡らせてから、俺は微かに口角を持ち上げて答えを返すことにした。

「そりゃ焦る必要がないからだ。お前がどんな読みをしてるのかは知らないけど、俺の視点じゃ充分クリア出来るように見えてるからな」

「ん……そうよね、貴方《あなた》の立場ならそうやってはぐらかすに決まってる。私に真意を探らせないために……でも、別にそんなのどうでもいいわ。貴方のデート相手が姫路さんでもそうじゃなくても、どっちにしても勝てる方策を立てればいいんだから」

「……へえ？　何だよそれ」

「決まってるじゃない――私も、貴方たちと一緒に観覧車に乗るの。そして観覧車が一周するまでの間、姫路《ひめじ》さんは私がずっと捕まえておくわ。こうすれば、私も姫路さんも貴方には指一本触れられない。【観覧車】の項目は埋まらない。……姫路さんと一緒に逃げるっていう手も考えたのだけど、そうすると貴方を見張れなくなっちゃうもの」

「………………」

「ふふっ……やっぱりこれが最善手みたいね。ちなみに、ダメって言われても無理やり乗っちゃうから」

豪奢《ごうしゃ》な長髪をさらりと右手で払いつつ、どこか楽しげな口調で告げてくる彩園寺《さいおんじ》。

そんな彼女に対して、俺は――

(よし……よし、ちゃんと乗ってきた！)

――内心で、小さくガッツポーズを取っていた。

一《いち》か八《ばち》かの賭けではあったが、やはり彩園寺は現状での最善手を打ってくれた。考え得る唯一の〝負け筋〟を潰すために動いてくれた。こうなれば、後はこっちのものだ。作戦内容を伝えた姫路に『あまりお勧めはしませんが……』『確かに、間違いなく勝てるでしょうね』と言わしめた必勝の手。そいつを使って、俺はセカンドクエストを終わらせる。

そんなわけで――俺たちは、三人揃《そろ》って観覧車へ乗り込むことと相成った。

「「「…………」」」

誰も言葉を発さないまま、俺たちを乗せた観覧車は静かに空へ上っていく。

配置としては、俺の対面に座った彩園寺が膝の上に姫路を抱いているような形だ。人目がない――イヤホンの回線も既に切っている――こともあって《女帝》だのお嬢様だのといった体裁を気にする必要もなく、後ろからぎゅうっと抱き着いている。

「あ、あの……リナ？　これは、さすがに少し恥ずかしいのですが……」

「知ってる。っていうか、あたしだって結構恥ずかしいわ。でも、こうでもしないと一緒に乗った意味がないじゃない」

「で、ですが……いえ、そうかもしれませんが」

最初のうちは反論しながら小さく身体《からだ》を捩《よじ》らせていた姫路だったが、やがて諦めたようにそう言って、彩園寺の膝の上でちょこんと大人しくなった。……まさに鉄壁の布陣、といった感じだ。後ろから拘束されている姫路も、逆に姫路の下になった彩園寺も、どちらも物理的に俺には近付けない。当然、抱き締めることなんか出来やしない。

「……ふふっ」

と――その時、彩園寺に抱き着かれたままの姫路が不意に小さく口元を緩めた。

「そういえば、リナは昔から誰かに抱き着くのが好きでしたね。わたしも、小さい頃はよく捕まっていた気がします」

「？　へえ、そうなのか」

「はい、そうなのです。……あ、もちろんふしだらな意味ではありませんよ？」

「あ、当たり前じゃない！　ふしだらな意味だったら……その、大変よ？」

冗談交じりの姫路《ひめじ》の発言に対し、少しだけ顔を赤くして首を横に振る彩園寺《さいおんじ》。そうして彼女は、微《かす》かに視線を持ち上げて記憶を辿《たど》るようにしながら言葉を紡ぐ。

「ん……でも、確かにそうかも。ユキが彩園寺の家に来てすぐの頃はなかなか近くに来てくれなかったけど、仲良くなってからは結構甘えてくれるようになったし……それが嬉《うれ》しくて、あたしもしょっちゅう抱き着いてたような気がするわ」

「ほう……姫路が甘えて……」

「！　……ひ、卑怯《ひきょう》です、リナ。一体何年前の話を持ち出しているのですか」

「何よ、思い出話を始めたのはユキの方じゃない。それに、何年前って言ってもせいぜい六年とか七年前の話でしょ？　本土からこっちに移ってきて、更紗《さらさ》に会って、ユキに会って……それから少し経《た》った頃のことだもの」

いつも照れさせられている側だからか、彩園寺はやけに楽しげな口調でそんなことを言う。……更紗、というのは彩園寺自身のことではなく、彼女が替え玉を務める本物のお嬢様のことだろう。彩園寺の親友にして姫路の元雇い主。二人の運命を結び付けたのは、言うまでもなくその〝お嬢様〟だ。

というか、

「そういや……今もちらっと言ってたけど、彩園寺って元は本土にいたんだよな？」

「？　何よ、そんなの当たり前じゃない。本物の更紗ならともかく、生まれも育ちも学園《アカデ》島《ミー》なんて子は相当珍しいわ。ほとんどの人は中学か高校に上がるタイミングで普通に受験して入学……で、もっと才能がある人ならそれより前に引き抜かれたりもするわね」

「へえ。じゃあお前は？」

「小学校に上がってすぐよ。確か、正式に籍を移したのは二年生の頃だったかしら」

ふふん、と渾身《こんしん》のドヤ顔で即答してくる彩園寺。若干イラっとしないこともないが、しかし彼女の才能が本物なのは間違いないため何も言い返せない。

俺が黙っているのを良いことに、彩園寺は得意げな口調で続ける。

「だってあたし、五歳の頃までには高校の勉強を全部終わらせて、その後は大学の研究とか手伝わされてたくらいだもの。つまらなかったとは言わないけれど、おかげでいつも軟禁状態。子供らしく遊んだ記憶なんて数えるくらいしかないわ」

「次元が違い過ぎて凄《すご》さがよく分からないレベルだな……それじゃ、姫路の方は？」

「わたしですか？　わたしも、島に移ってきたのはリナとほぼ同時期です。もちろんリナのように才能で引き抜かれたわけではなく、家の都合で彩園寺家に仕えることが決まっていたというだけの話ですが……それまでは、実家でメイドの心得を学んでいました」

「……メイドの？」

「はい、メイドの。……リナと同じく遊びに出た記憶はあまりありませんが、そちらは単に性格の問題ですね。かなりの引っ込み思案でしたので、誰かに連れ出してでももらわない限り自分から外へ出ようだなんて思ったこともありませんでした」

「……？」

これまで何となく知る機会がなかった二人の〝過去〟の話を聞き、無言のまま微《かす》かに首を傾《かし》げる俺。……いや、別に何か明確な疑問点があったというわけじゃない。ただ、二人の話にどこか引っ掛かるところがあったのは確かだ。軟禁……連れ出す……何だ？　一体何が引っ掛かっている……？

「――って、だからそんな話はどうでもいいのよ」

と、俺がそんな取り留めのない思考を展開しようとした辺りで、対面に座る彩園寺が少し呆《あき》れたような声音でそんなことを言ってきた。姫路《ひめじ》を抱きすくめたまま豪奢《ごうしゃ》な赤髪を揺らした彼女は、仄《ほの》かに輝く紅玉《ルビー》の瞳でジトっと俺を睨《にら》んでくる。

「ねえ篠原《しのはら》、いい加減本題に入ってくれない？　この期に及んで〝もう諦めてる〟だなんて、そんなつまんないことは言わせないわ。そろそろ観覧車も一番上に着く頃だし、焦《じ》らすのも大概にして欲しいのだけど？」

「ん……ああ、そうだな。なら、お言葉に甘えてそうさせてもらうよ」

「？　お言葉に甘えて、って……ま、まさかユキあんた、何も策がないからって強引に迫るつもりじゃないでしょうね!?　今からユキもろともあたしを襲う気じゃ……!?」

「……んなこと誰も言ってねえだろ」

確かにそれをやれば【観覧車】のチェック項目は突破できるかもしれないが、代わりに色々なものを失うことになる。さすがに、そこまで落ちぶれたつもりはない。

真っ直《ま》ぐ《す》に前を見つめたまま、俺は微かに口角を上げて言葉を継ぐ。

「だけど、彩園寺――一応、先に謝っとくよ。何ていうか、姫路にも怒られたからさ」

「……当たり前です、ご主人様。本来なら何としてでも止めています」

「え……な、何？　何の話？」

「これからやることについてだよ。……悪い彩園寺、俺は今からお前を利用する」

そこまで言葉を紡ぎ切った――瞬間、俺はちらりと右方向へ視線を投げた。ちょうど観覧車が頂点付近に来たタイミングということもあり、窓の外に広がっているのは綺麗《きれい》な星空と一面の夜景だけだ。何か特別なものが映っているというわけじゃない……が、

「っ……！」

途端、痛烈な眩暈《めまい》と共に俺の視界がぐらぐらと激しく揺れ始めた。吐き気を催すレベルの嫌悪感。平衡感覚を失ったことで座っているのも難しくなり、やがてずるりとシートから落ちて観覧車の床に寝転がる。

「へ？　……し、篠原《しのはら》!?」

演技とは思えない――否、本当に演技でも何でもないその動きにさすがに意表を突かれたらしく、対面に座っていた彩園寺《さいおんじ》が慌てたような声を上げた。彼女は微《かす》かに顔を青褪《あおざ》めさせながら膝の上に乗せていた姫路《ひめじ》を押《お》し退《の》けると、スカートが汚れるのも厭《いと》わず俺のすぐ隣に両膝を突く。そうして、肩を抱き上げるような形で真上から顔を近付けてきた。

「篠原、どうしたの篠原っ!?」

「っ……い、いいのかよ彩園寺、そんな気軽に触っちまって……多分、今のでチェック埋まったぜ？」

「うっ……そ、そうかもしれないけど、あんたを見殺しにするよりは数倍マシよ。その呼吸の乱れ方、どう見ても普通じゃないもの。……ちょっと待ってて？　観覧車の制御システムにアクセスしてすぐに下ろしてもらうから――」

「――その必要はありませんよ、リナ」

と……そこで短く口を挟んだのは、しばらく事態を静観していた姫路白雪《しらゆき》だった。彼女は行儀よく腰掛けていたシートからふわりと立ち上がると、澄んだ碧の瞳を彩園寺に向けて深々と頭を下げてみせる。

「申し訳ありません。ご主人様に代わってわたしからも謝罪させていただきますので、どうか落ち着いてください」

「謝罪、って……どういうこと？　まさかユキ、これが演技だって言いたいの？」

「いえ、そうではありません。ご主人様は確かに立ち上がれない状況です——が、かと言って怪我や病気というわけでもないのです。……気付かれませんでしたか？　この観覧車に乗ってから、ご主人様がずっとわたしとリナにしか視線を向けていなかったこと。せっかくの景色を一切見ようとはしなかったこと。もっと言えば、一時間ほど前に乗ったフリーフォールで危うく失神しかけていたこと」

「……え。それって、もしかして……」

「はい、その推測で間違いありません。ご主人様は——高所恐怖症、なのです」

ポカン、と口を開いたまま全身の力を抜き、抱き上げていた俺の身体《からだ》をずるりと床に滑り落とす彩園寺。

それが事実上のトドメとなり、俺の意識は今度こそ闇の中へと消えていった。

＃

「全く……篠原《しのはら》は、本当にもう……」

——結局。

あれから二分ほどで意識を取り戻した俺は、そのまま観覧車のシートに座らされ、対面の姫路と彩園寺からダブルで説教を受けることになった。……まあ、今回はどう考えても俺が悪い。全力で謝り続け、どうにか解放されたのは観覧車が地上に戻る直前だった。

トン、っと片足で地面に降り立ちながら、彩園寺《さいおんじ》がこんなことを言ってくる。

「とにかく、これで【観覧車】の項目も妨害失敗ね。【試着室】の方は、あ、ん、た、が、攻、略、法、に、気、付、い、て、る、な、ら、今からだって簡単に埋められるし……うん、ちょっと望み薄かも」

「だけど、もしこのままファイナルクエストに縺《もつ》れ込《こ》むなら、今度こそ容赦しないから」

「……絶対、負けない」

紅玉《ルビー》の瞳を爛々《らんらん》と光らせながらそう言って、コッコッと優雅に歩き去る彩園寺。まだ完全に勝負が付いたわけじゃないが、これ以上は妨害のしようがないということだろう。

そう——彼女の言う通り、【試着室】の項目は今すぐにでも達成できるものだった。だって、そもそも〝試着〟というのは服だけじゃなく、身、に、着、け、る、も、の、全般に使う言葉だ。だとしたら、この手のテーマパークでは定番のア、レ、も試着の定義からは外れない。

そんなわけで、彩園寺と別れるなり土産物屋を覗《のぞ》いてみると——

「うーん、更紗《さらさ》さんに似合うのはどっちっすかねえ……」

「そんなの決まってるにゃ！　こっちの猫耳にゃ！」

——などとやっている桜花《おうか》の二人に会ったので、適当に褒《ほ》め称《たた》えてさくっとリストを埋めさせてもらった。これで、セカンドクエストの勝利条件はとりあえず達成だ。

ただ、

（もう一つの指令《オーダー》……浅宮《あさみや》の方はどうだろうな。【抱き締められる】って言っても〝肩を抱く〟とか〝抱き支える〟くらいで達成の判定になるみたいだし、出来れば上手《うま》く行って欲しいけど……もしダメなら、乗りたくないけど次は四人で行くしかないか）

そんなことを考えながら二人の帰還を待つ俺と姫路《ひめじ》。

そして——それから十数分が経《た》った頃、浅宮たちはようやく指定していた待ち合わせ場所に姿を現した。……が、その様子はどこかおかしい。いや、榎本《えのもと》はいつも通りの仏頂面を晒《さら》しているのだが、問題なのは浅宮の方だ。どう見ても挙動不審というか、頭の中が疑問と混乱でいっぱいになっているのが見て取れる。

「っ——シ、シノ、ちょっと……ちょっと来てっ！」

「え？　……って、おい！」

そんな彼女は、こちらが端末で状況を確認するより早く、俺の腕を強引に引っ張って榎本たちから距離を取った。そうして整った顔をぐいっと近付けてくると、捲《まく》し立《た》てるような勢いでこんなことを言ってくる。

「き——聞いてシノ！　さっきね、ウチらが観覧車乗ってる時、上の方で結構強い風が吹いてたの。で、ウチ、ちょっとだけ……ホントちょっとだけだけど、怖くなっちゃったんだよね。そんで目瞑《つぶ》ってたら、何か進司が急にウチの肩支えてくれてさ。その後も、耳元で『じっとしてろよ』とか囁《ささや》いてきて……し、しかも！」

「……しかも？」

「落ち着いてから一応ありがとって言ったら、進司《しんじ》、何て言ったと思う？　『大切な人を護るのは当然のことだ。だから二度と僕から離れるな』って……！　や、ヤバくない!?」

「なっ……それ、マジかよ？」

「大マジ！」

　思いも寄らない急展開に一瞬思考が止まりかけ、少し遅れて端末を取り出す俺。すると確かに、浅宮《あさみや》のチェックリストの方も全項目が埋まっているのが見て取れる――が、まあそれもそのはずだろう。肩を抱くだけに飽き足らず、告白めいた台詞まで加わった完璧な対応。これでチェックが入らないなら《ディアスクリプト》の方がバグっている。

（これで、二つの指令《オーダー》も両方クリア――セカンドクエストは俺の勝ちで確定だ。だけど榎《えの》本《もと》のやつ、何でいきなり？　もしかして、本当にその気になったのか……？）

　俺が勝利の実感よりも疑問の方に思考を支配されていると、その瞬間、端末が不意に短く振動した。見れば、届いていたのは他でもない榎本からのメッセージだ。あまりのタイミングの良さに小さく眉を顰《ひそ》めつつ、とにかく文書を開いてみる――と、そこには。

『――これで良かったんだろう、篠原？』

『僕は何も気付いていない。気付いていないが、ただこうするべきだと感じたものでな』

『それにしても、全く酔狂な催しだ……僕と七瀬など、最も恋人から遠いというのに』

「…………」

　衝撃的な文面を何度か読み返し、そろそろと顔を持ち上げる俺。様々な感情を込めた視線を向けてみれば、少し離れたところに立っている榎本《えのもと》は相変わらず不機嫌そうな仏頂面を晒《さら》していて、その顔はどう見ても恋愛に目覚めた類のそれではなくて。

（じゃ、じゃあまさか、浅宮《あさみや》の好意には全く気付かないまま指令のことだけ完璧に見抜いてアシストを……？　いやいやいや、鋭いんだか鈍いんだかどっちなんだよあいつ⁉）

　戦慄と同時に脱力感が全身を駆け巡り、思わずくらっとしてしまう俺だった。

♭

「セカンドクエストは緋呂斗《ひろと》の逆転勝利、色付き星《ユニークスター》争奪戦は一対一でファイナルクエストに移行……かあ」

「うん、良《い》い感じだね。《決闘《ゲーム》》の展開も、それ以外の色々も、ちゃんと私の計画通り」

「それにしても、緋呂斗の周りって凄《すご》い人がいっぱいいるなあ……可愛《かわい》い子がやけに多いのは目を瞑《つぶ》るとして、本当に強い人ばっかり。あれかな、やっぱり7ツ星ってそういう人を集めちゃうのかな。そういう運命、なのかな」

「うーん……」

「……ちょっとだけ、嫉妬しちゃうかも」

浅宮七瀬と榎本進司を見守る会

報告〜！報告報告！みんな聞いて！

ユニオンパークの観覧車！あそこでついに会長がみゃーちゃんをハグ！ちゃんとは聞こえなかったけど、告白っぽいこともしてた模様！

既読32
20:21

マ？ 20:21

っっっしゃあナイス会長！！！それでこそ男！ 20:21

やー、ここまで長かったねえ。
1年の時から隙さえあればイチャイチャイチャイチャしてるのに腐れ縁とか犬猿の仲とかさー！
もう焦れったくてしょうがなかったっての！ 20:21

それそれ。もう何で気付かないのって感じ。
七瀬とか榎本くんと話してる時とそうじゃない時で顔すら違うのにさ 20:22

ね〜！くっつきそうでくっつかないのを見守るのもいいけどさ、やっぱ高校生活最後の年くらいはちゃんとカップルとして過ごして欲しい的な！ 20:22

とりま七瀬には女子だけにでいいからラブラブカップル報告して欲しい感あるね。さすがに付き合うだろうし 20:22

う、う〜ん、どうだろ？

さっきまですっごい良い雰囲気だったんだけど、観覧車降りてすぐみゃーちゃんが緋呂斗くんのところに走ってって、会長がニヤって笑って…むむむ？

既読32
20:22

…あ〜 20:22

いつもの 20:23

で、でも、今日だけで色々あったみたいだし、さすがにちょっとは意識したり…ね？ 20:24

まだくっつかんのかぁああい！ 20:24

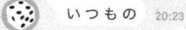

第四章　気怠げな瞳の元最強

liar liar

色付き星争奪戦《ユニークスター》セカンドクエストが終結してから二日後の火曜日。

俺は、メイド服姿の姫路《ひめじ》と一緒に自室のリビングで端末を覗《のぞ》き込んでいた。

ここまでの途中経過は、一戦目となる真野《まの》の依頼《クエスト》を彩園寺《さいおんじ》に取られ、逆に浅宮《あさみや》の依頼《クエスト》を取り返したため、通算では一対一のイーブンだ。次のクエストの結果次第で〝紫の星〟の行方が決まるということもあり、それなりに緊張しながら依頼の開示を待っていた。

いや、待っていた——の、だが。

「……何だこれ？」

目の前に展開された画面を見つめながら思わずポツリと呟《つぶや》いてしまう俺。

その原因は、当然と言えば当然ながら、たった今《ディアスクリプト》上に提示されたファイナルクエストの内容にあった。これまでとは随分毛色が違う……というか、端的に言って意味が分からない依頼内容だ。

曰《いわ》く、

【色付き星争奪戦・ファイナルクエスト】
【依頼者：皆実雫《みなみしずく》——依頼対象：両プレイヤー】

【依頼内容：モテすぎて困っている、どうにかして欲しい】
【勝利条件（共通）：皆実雫の依頼を完全に解決すること】

とのことで。

「まあ……色々気になることはあるけど、一つずつ整理していくか」

小さく首を振りながら嘆息交じりに呟く俺。それに対して白銀の髪をさらりと揺らして頷《うなず》くと、隣の姫路が涼やかな声で解説を始めた。

「はい。では、まずは依頼者――皆実雫様について、ですね。皆実様は十四番区聖ロザリア女学院に所属する二年生です。五月期交流戦《アストラル》にも選抜メンバーとして参加されていましたので、ご主人様とも多少の面識はあるかと思います」

「ああ、そうだな。って言っても、最後の交戦でぶつかっただけだからろくに話した覚えもないけど……とりあえず、クールで気怠《けだる》げな感じのやつだった気がする」

「そうですね、わたしも似たような印象です。……そして、《アストラル》の参加当初は4ツ星の色付き星《シングルカラー》所持者だった皆実様ですが、聖ロザリアの総合順位が六位に終わったことで色付き星を失っています。現在は無色《ノーマル》の3ツ星ですね」

「ん……そういえば、そっちの色付き星はどうなったんだろうな？　榎本《えのもと》からは何も聞いてないし、少なくとも英明《えいめい》には来なかったんだと思うけど……」

ふとそんなところに思考が至り、二人してしばらく首を傾《かし》げる俺たち。……皆実の色付き星に関しては、《アストラル》の上位五校——英明《えいめい》・桜花《おうか》・栗花落《つゆり》・音羽《おとわ》・森羅《しんら》のどこかへ渡ることになっていたはずだが、そういえば結果を聞いた覚えがない。が、まあ考えて分かるようなことでもないし、今度学長にでも訊《き》いてみることにしよう。

とにもかくにも、今は皆実雫《みなみしずく》のことだ。

「その他の情報としては——そうですね。元色付き星所持者《シングルカラー》とのことですが、データ的にはさほど突出したところがあるわけでもありません。《決闘《ゲーム》》の勝率は、格上に挑む昇格戦が約二割で、格下から挑まれる防衛戦が約七割。どちらも極めて平均的な数値です」

「そっか。まあ、色付き星《ユニークスター》は確かに希少だけど、一つだけならうっかり手に入っちまうこともあるからな。実際、俺が〝赤の星〟を奪ったのだって事故みたいなもんだし……」

色付き星所持者が《決闘《ゲーム》》に負けると必ず色付き星が放出される、という大原則がある以上、色付き星というのは必ずしも高ランカーの間だけでやり取りされるようなものでもないのだろう。難しいのはそれを維持することだ。現に、皆実が色付き星を手に入れたのもほんの数週間ほど前のことらしい。

「っと、まあ皆実に関してはそんなところか。……で、肝心の依頼《クエスト》内容だけど」

右手を頭の後ろへ遣《や》りながら、改めて《ディアスクリプト》の画面に視線を落とす俺。

【モテすぎて困っている、どうにかして欲しい】——まあ、百歩譲ってこの依頼《クエスト》内容そのものは〝そういうもの〟として受け止めてやってもいいだろう。思い返してみれば真野《まの》の依頼は【藤代《ふじしろ》に告白したい】で、浅宮《あさみや》のそれは【榎本《えのもと》と近付きたい】。ベクトルこそ逆向きになっているが、皆実だってそう外れたことを言っているわけではない。

ただ、問題はやけに漠然とした勝利条件だ――曰《いわ》く、【皆実雫の依頼を完全に解決すること】。これまでのクエストでは達成すべき条件が具体的に定められていたのに対し、今回は何の補足にもなっちゃいない。何をすべきかも分からない。

ちなみに、毎度の如《ごと》く添付されていた〝依頼メッセージ〟はこんな感じだ。

『依頼……そんなの、書いてある通り』

『最近のわたしは、モテ期到来……男の子に言い寄られ過ぎて、告白待ちの行列が出来るくらい。……嘘《うそ》。それは、ちょっと盛ったけど』

『とにかく、そういうの面倒だから……女の子ならいいけど、男の子にモテても嬉《うれ》しくないから。だから、どうにかして』

それだけ言って、さっさと録画を止めてしまう皆実。見ての通り、こちらも依頼に関する追加情報はほぼゼロだ。

「……おそらく、ですが」

と――そこで、澄んだ碧《あお》の瞳を画面に向けていた姫路《ひめじ》が不意に涼やかな声を発した。彼女は白銀の髪をさらりと揺らしながら静かに俺の目を覗《のぞ》き込んでくる。

「その辺りを特定することも含めて、今回の依頼内容なのではないでしょうか。皆実様の依頼を具体的に突き止め、それを完全に解決する……そして、今回はご主人様とリナの勝利条件が共通のものとなっていますので、要は〝早い者勝ち〟ということかと」

「なるほど、な……じゃあ、まずはあいつに口を割らせなきゃいけないってことか」

「はい、そういうことになりますね」

こくりと頷《うなず》く姫路《ひめじ》を前に、俺は右手をそっと口元へ遣《や》る。……色付き星争奪戦《ユニークスター》ファイナルクエスト・皆実雫《みなみしずく》の恋愛相談。これまでとは雰囲気の違う依頼内容に戸惑いがないとは言わないが、とにもかくにもこれで最終戦《ラスト》だ。このクエストに勝利すれば〝紫の星〟が手に入り、その先には《ディアスクリプト》管理者《ゲームマスター》——俺の探し人が待っている。

（……もうすぐだ）

胸の奥底でそんな言葉を呟《つぶや》いて、俺は改めて気を引き締め直すことにした。

＃

翌日。俺と姫路は、学校が放課になってすぐに学区を移動し、皆実の通う十四番区聖ロザリア女学院の校門前に立っていた。
聖ロザリア女学院——島内では珍しい女子校で、昨年度の学校ランキングは十八位。あまり争いごとを好まない大らかな校風が特徴らしい。また、才能が云々《うんぬん》というよりは家柄や血筋の方が重要視される、上流階級御用達《ごようたし》のいわゆるお嬢様学校でもある。

そんな聖ロザリアは十四番区の中心付近に特大の敷地を持っており、他学区の生徒は中に入れない……いや、正確に言えば男子生徒は入れない。どうしても敷地内に立ち入りたい場合は〝本校生徒と血縁関係にあり、明確なアポイントメントがあり、なおかつ警備員同伴であること〟が最低限のルールになっているそうだ。それでいて大半の生徒は敷地内にある女子寮に住んでいるらしく、だからこそ聖ロザリア女子とお近付きになることは島内の男子生徒にとってかなりの憧れなんだとか。

と、まあそんな与太話《よた》は一旦置いておくとして。

「──皆実雫様、ですね？　少しお時間よろしいでしょうか」

張り込みを始めてから三十分ほど経《た》ったタイミングで校門から出てきた人影を見て、姫路がすっと一歩だけ前に進み出た。それによって動線を塞がれた少女はピタリとその場で足を止め、面倒《めんどう》そうな仕草でゆっくりと顔を持ち上げる。

「……なに？」

皆実雫──彼女の印象を一言で表すなら、間違いなく〝気怠《けだる》げ〟という表現が最適解として当てはまるだろう。肩の辺りで切《き》り揃《そろ》えられた青色の髪にちょこんと乗っかった白の帽子、加えて眠そうな瞳に平淡な声音。身長は平均よりも少し低いくらいで、胸はそれなりにあるように見える……が、上品な制服ゆえに露出はかなり控えめだ。素材の良さは窺《うかが》えるものの、全体的に影があるというか何というか、はっきり言って目立たない。

「…………」

ともかく、そんな皆実《みなみ》は、突然現れた俺たちに対して明らかに鬱陶しそうな視線を向けてきていた。加賀谷《かがや》さんの調査によれば〝放課後は必ずコンビニか書店に寄る〟とのことだったから、そのルーティーンが邪魔されてやや不機嫌になっているんだろう。

それには特に反応することなく、俺は眠たげな視線を見つめ返して切り出した。

「なあ皆実、お前に一つ訊《き》きたいことがあるんだけど」

「いきなり呼び捨て……こわ……というか、何で名前知ってるの？　すとーかー？」

「初対面じゃないからだ。ちなみにこのやり取り、《アストラル》でもやってるからな」

「知らない……今のわたしは、傷心中。可愛《かわい》いメイドの子に話し掛けられたから立ち止まったのに、騙《だま》された……」

「それについては悪かったよ。けど、話くらい聞いてくれたっていいだろ？」

「……もしかしたら、人違いという説も」

「今さらその誤魔化《ごまか》し方は無理がある」

ローテンションながら意外に強情な皆実の主張に、俺はそっと首を振りつつ微《かす》かな溜《た》め息を零《こぼ》した。このまま付き合っていたら一生振り出しに戻され続けそうだ。

というわけで、半ば強引に話を進めてしまうことにする。

「ったく……じゃあ最初から説明するけど、俺は篠原緋呂斗《しのはらひろと》だ。で、お前に声を掛けたのは人違いでもストーカーってわけでもなくて、お前が《ミーティア》に投げた例の依頼の件だよ。まさか忘れちゃいないだろ？」

「全然話聞いてくれない、この人……はぁ……」

俺が依頼《クエスト》の話を持ち出すと、皆実はいよいよ面倒《めんどう》そうに息を吐き出した。そうして、はっきりとした拒絶を突き付けるためか青髪を揺らしながら静かに顔を持ち上げて――そこで、ようやく周囲の状況に気付いたんだろう。ピクリと肩を跳ねさせる。

「み、見られてる……？」

――そう。

実を言えば、噂《うわさ》の学園島《アカデミー》最強と銀髪メイドの二人が校門前で待ち構えていたことで、皆実が来る前からこの辺りには若干の人だかりが出来ていた。彼女らは俺たちの会話を興味津々な様子で眺めつつ、一体どんな展開になるのかとソワソワしている。俺や姫路《ひめじ》にとっては慣れた反応だが、皆実からすれば居心地が悪いことこの上ないだろう。

彼女はしばらくの間迷うようにしていたが、やがて仕方なさそうに息を吐いて。

「……こっち、来て」

くるりと身体《からだ》を反転させると、俺たちを先導するように歩き始めた。

「――最初に、一つ言わせて」

俺と姫路《ひめじ》が連れていかれたのは、大通りから二本ほど奥に入った路地裏だった。

住宅の陰になっているためあまり光は入ってこないが、学校周辺の敷地ということで綺《き》麗《れい》に清掃されている。そこで、皆実《みなみ》は俺たちの方を振《ふ》り返《かえ》りながら口を開いた。

「ああいうの、やめてほしい。あなたは、とても有名だから……話してるだけで、凄《すご》く目立つ。目立つのは、嫌い」

「ん？　ああ、そうだったのか。そいつは悪いことしたな」

「……悪気が見えない……最悪……」

「ちゃんと反省してるっての。今度からは目立たないようにしてやるよ。……で、だ」

皆実の糾弾に小さく肩を竦《すく》めて返しながら、俺はポケットから自身の端末を取り出すことにした。そうして不敵に口角を持ち上げつつ彼女との距離を一歩だけ詰める。

「さっきも言ったけど、俺の用件はこの依頼《クエスト》についてだ。【モテすぎて困っている、どうにかして欲しい】……これ、お前が依頼者ってことでいいんだよな？」

「……そう」

《ディアスクリプト》のアプリ画面を見せつつ尋ねると、皆実はどうでも良さそうな声で同意を示した。彼女が小さく頷《うなず》くと同時、眠たげな瞳に長い前髪がさらりと重なる。

「最近のわたしは、物凄くモテる……喩《たと》えて言うなら、マ○オの無敵状態。だから、きっとあなたもわたしにメロメロ……路地裏だし、間違いなくえっちなことを企《たくら》んでる」

「……そうなのですか、ご主人様？」

「そうじゃねえわ。企んでないし、あとメロメロにもなってない」

可愛《かわい》いとは思うが、今のところ抱いている感情としてはそれだけだ。……じゃなくて、

「あのさ皆実、その依頼なんだけど、もう少し詳しく教えてくれないか？　誰に何をされててどうして欲しいのか、その辺が分からなきゃ解決しようがない」

「ん……あんまり、話したくない。さっきも言ったけど、あなたは有名……あなたが関《かか》わると、それだけで大事《おおごと》になる。深入りしないで欲しい」

「なら大事《おおごと》にしなきゃいいんだろ？　安心しろよ、いくら7ツ星だからってどっかのドキュメンタリー番組みたいに四六時中《ライブラ》に張り付かれてるわけじゃない。お前の不利益にならないように立ち振る舞うことくらい充分できるぜ」

「……意外にも、粘り強い……」

完全お断りモードの皆実に対して俺が一歩も退《ひ》かずにいると、彼女はやがて諦めたように「はぁ……」と息を吐いた。そうしておもむろに鞄《かばん》から端末を取り出し、何やら操作し始める。直後、小さめの投影画面として俺の目の前に映し出されたのは彼女の端末の着信履歴だ。その一番上には、どこか見覚えのある名前が表示されている。

「……結川奏《ゆいかわかなで》？」

「そう……《アストラル》にも参加してた、茨《いばら》学園の強い人。あの人に、強引に迫られて

る……ちょっと、身の危険を感じるレベル。だから、やめさせて」

相変わらずのローテンションでポッポッと状況を告げてくる皆実《みなみ》。先ほどまで渋っていたにしてはやけに素直な物言いだ。十五番区 茨《いばら》学園所属・結川奏《ゆいかわかなで》——爽やか系のイケメンかと思いきや《MTCG》ではとんだ性格の悪さを見せつけてくれた茨のエースである。

(でも、少なくとも《アストラル》の中じゃ結川と皆実との間に接点なんかなかったはずだよな……？　っていうかあいつ、普段はめちゃくちゃ猫被《かぶ》ってたはずだけど)

考えれば考えるほどに疑問は湧いてくる。……が、まあ情報が入ったからにはさっさと動き始める必要があるだろう。いつまでも手を拱《こまね》いている暇はない。

と、いうわけで。

「——了解だ。結川の件はすぐに片付けてやるから、報告を楽しみにしててくれ」

「そう……じゃあ、待ってる」

言葉と共にふいっと視線を切った皆実に背を向けて、俺たちは路地裏を後にした。

#

それから一日経《た》って、次の日の夜。

「……どうなってるんだよ、皆実」

リビングのソファに腰を下ろした俺は、端末を片手に呆《あき》れた声を出していた。

通話の相手は当然ながら皆実雫《しずく》だ。ビデオチャットというわけじゃないから表情までは見えないが、微《かす》かに驚いたような反応をしている。

『あなたは、ストーカーの……何でわたしのID知ってるの』

「昨日お前に聞いたからだよ。あとストーカーじゃない。……っていうかお前、平然とした顔で嘘《うそ》つくんじゃねえよ。結川に連絡してみたけど、あいつ何も知らなかったぞ？」

嘆息交じりの口調でそんな事実を突きつける俺。

そう、そうだ——実はつい先ほどまで《カンパニー》の情報網を使って結川の周りを探ってもらっていたのだが、結局皆実との関《かか》わりなんて何一つ浮かんでこなかった。例の着信履歴については、皆実の色付き星《ユニークスター》が誰に渡ったのかを知りたがった結川がダメ元で彼女に連絡した際のものらしい。

「一応と思って鎌掛けたり揺さぶったりもしてみたけど、それでも全くピンと来てなかった。《ＭＴＣＧ》のクズムーブで下がった好感度を取り戻すために必死だから今は誰かにちょっかい掛けてる場合じゃないんだと」

『……むむ……早い、もうバレた……』

俺の追撃に対し、少しだけ残念そうな声音でそんなことを言う皆実。……やはり、確信犯だったらしい。勘違いやら人違いの類《たぐい》でもなく、彼女は明確に〝嘘〟をついていた。

「ったく……自分から依頼しておいて何でその内容を隠すんだよ。何かして欲しいことがあるんだろ？」

『ん……それはそう、だけど。……でも、わたしが依頼したのはあなたじゃなくて《ミーティア》だから。こんな目立つ人が代理で来るなんて知らなかったし……それに、わたしには、あなたを信用する要素が何もない』

「……信用？」

『そう。あなたがわたしの依頼を絶対に解決してくれるなら、それでいい……でも、解決できなかったら、ただ目立つだけ。それは、最悪……だから、言いたくない。かまってちゃんの真逆、それがわたし……新感覚、かまわないでちゃん』

「や、別に新感覚でもないけど……ちなみにそれ、彩園寺《さいおんじ》にも同じこと言ってるのか？」

『彩園寺って、あの《女帝》さん？　うん、言ってる……あの子は可愛《かわい》いからあなたの百倍マシだけど、でもやっぱりまだ信用はしてない。……そういう、わけだから』

これ以上構わないで――と、囁《ささや》くような声音でそう言って、皆実《みなみ》は自分から通話を切ってしまった。ツーツーという虚《むな》しい電子音を聞きながら俺が天井を仰いでいると、いつの間にか近くに来ていた姫路《ひめじ》が目の前に紅茶を置いてくれる。

「こちらをどうぞ、ご主人様。……やはり、上手《うま》く行きませんでしたか？」

「ありがとな、姫路。……ああ、完全に取りつく島もないって感じだ。結川《ゆいかわ》がどうのって嘘《うそ》までついて俺を煙《けむ》に巻こうとしてたくらいだから当然っちゃ当然だけど、今のところ何かを教えてくれそうな気配すらない」

「なるほど、強情ですね……ですが、もしかしたらそれも仕方ないのかもしれません」

そんな姫路の発言に、俺は「?」と小さく顔を持ち上げた。すると彼女は、白銀の髪をさらりと揺らしながら自身の端末を取り出してみせる。

「実は——皆実様があまりにも〝目立つ〟のを嫌っているのが気になって、あの方の経歴を加賀谷《かがや》さんに調べてもらっていたんです。その結果が先ほど届きまして」

「ああ、そんなことしてくれてたのか。……って、ん？　でもさ姫路、あいつの情報なら前にも軽く調べたけど、特に変わったところはなかったよな？」

「はい、その通りですご主人様——高校生になってからは、ですが」

そこまで言って一旦言葉を切ると、姫路は手袋を付けたままの指先でさっと端末の画面を一撫《な》でし、一つのテキストファイルを展開してみせた。それを、俺は促されるままに頭から読んでみることにする。

……そこに書かれていた内容は、端的に言って衝撃的なモノだった。

姫路も同意しているように、高校生になってからの皆実雫《しずく》は確かに平凡な存在と言って差し支えない。けれど、注目すべきはそれよりももっと前の話だ。皆実が学園島《アカデミー》へ移ってきたのは高校に上がるタイミングなのだが、どうやら彼女の通っていた中学校というのが相当に特殊だったらしい。いわゆる特別指導課——学園島《アカデミー》の星獲《と》りゲームを模倣した等級制度を持つ、本土でも有数の中高一貫校。島のそれよりは単純な機構《システム》だがそれなりに成果は上げていて、将来のエリート候補なんかが多数輩出されているらしい。

そこで彼女が残した戦績は、無敗。

入学から卒業まで、ただの一度も敗北することなく中学生活を駆け抜けた。

要するに、学園島《アカデミー》で言うところの《女帝》みたいなものだろう。無敗、というのは当の学園が発足してから初めての事態だったらしく、周りの生徒からは完全に神格化されていたらしい。とにかく、皆実雫《みなみしずく》はそれほどまでに強く、だからこそ高等部に進学しても当然のように快進撃を続けるものだと思われていた……の、だが。

「中学卒業のタイミングで突然その学校を辞め、学園島《アカデミー》に移住。実力を活《い》かして強豪校に行くわけでもなく、学校ランキング下位の聖ロザリアに入学……か」

驚愕《きょうがく》を抑えながらゆっくりと言葉を紡ぐ俺。

そう――それだけ圧倒的な好成績を叩《たた》き出していたにも関《かか》わらず、皆実雫は同学園の高等部に進むことなくあっさりと退学している。もちろん中学時代に頭角を現した生徒が学園島《アカデミー》へ移るというのは自然なルートの一つではあるのだが、そこで選んだのが《決闘》《ゲーム》にあまり重点を置いていない聖ロザリアだったというのがまず分からない。加えて、皆実の成績は、学園島《アカデミー》へ移ってきてからまるで人が変わったようにがくんと落ちるんだ。無敗を誇っていた中学時代の面影なんて欠片《かけら》ほども見られない。

「不可解ではありますが……このように情報を並べてみると、何となく掴《つか》めてきますね」

別の画面で皆実の《決闘《ゲーム》》戦績を表示させながら、姫路《ひめじ》は涼しげな声音で呟《つぶや》く。

「十中八九、わざとでしょう。履歴を見れば分かります。かなりの格下に負けていることもあれば、平気で高ランカーを倒していることもある……その結果、皆実様自身の等級は常に3ツ星から4ツ星の間に留まっています。狙っているとしか思えません」

「ん……じゃあ、それも目立ちたくないから、なのか？　中学時代のあいつはずっと注目され続ける生活を送ってて、それに重圧を感じたんだか嫌になったんだかでこの島へ移ってきた。そんな経緯があるから、こっちでは可能な限り大人しくしてる……って？」

「はい。おそらくは、そういうことかと」

こくりと頷《うなず》く姫路。……なるほど、確かにそれなら筋は通っている。俺や彩園寺《さいおんじ》を避けようとするのも当然の心理と言っていいだろう。

ただ――だからと言って、俺だってはいそうですかと引き下がるわけにはいかない。彩園寺との色付き星《ユニークスター》争奪戦は一対一のイーブンだ。ここで彼女に先を越されたら、今までの苦労が全て水の泡になる。

「じゃあどうやって口を割らせるのかって話だけど……多分、あいつに信用してもらわないことにはどうしようもないと思うんだよな。目立つリスクよりも〝解決してもらえるかも〟って期待の方が高くなれば、向こうから依頼の詳細を教えてくれるかもしれない」

「そうですね、それは間違いなくあると思います。わざわざ依頼を出している以上、皆実《みなみ》様の方も〝何とかして欲しい〟と思っているのは確かですし」

真《ま》っ直《す》ぐに同意を返してくれる姫路《ひめじ》。つまり、まとめればこういうことだ――色付き星《ユニークスター》争奪戦ファイナルクエストの肝は、依頼内容そのものよりもむしろ皆実雫に信用してもらうこと。依頼を託してもいい人物だと認めてもらうこと。

「ただ……その観点から見ると、やはりリナの方が若干有利な気はしてしまいますね。女子なので堂々と聖ロザリアの構内に入れますし、可愛《かわい》いので皆実様の警戒が解けるのも早いです。既に何度か接触はしている頃でしょう」

「だな。だから、こっちとしてはどうにか追い付かなきゃいけない。……まあ、肝心の依頼内容が〝モテすぎて困る〟だの何だのって話だから、そんな切羽詰まったことではないような気もするんだけど……って、ん？」

と――その時、テーブルの上に置いていた端末が小さく振動したのに気付き、俺は反射的にそいつを手に取った。見れば、通知は《ディアスクリプト》からのものだ。毎度のことに多少なりとも警戒しながら当のアプリを起動すると、そこには【新規項目が開示されました！】というポップな前置きと共にこんな指令《オーダー》が示されている。

【指令《オーダー》：明日の放課後、皆実雫《しずく》の後を尾《つ》けてとある場所へ赴き、彼女が開催する疑似《決闘》に参加すること。これに勝利した場合、あなたは皆実雫の〝信用〟を得ることが出来

る。逆に敗北した場合、あるいは目的地が判明する前に尾行が露呈した場合、その時点で当指令《オーダー》は失敗となる】

「「…………」」

あまりにもタイムリー過ぎるその内容に、思わず隣の姫路と目を見合わせた。……どうなってるんだ？　いっそ盗聴でもされてるんじゃないかと疑ってしまうくらいにはピンポイントな指令《オーダー》だ。どこまでも先回りされる感覚に若干の恐怖すら湧いてくる。

それに、

「言ってることもイマイチ分からないんだよな。百歩譲って尾行は良いとしても、何でそれが《決闘《ゲーム》》に繋《つな》がるんだ？　しかも、勝てばあいつ皆実に信用してもらえるって……」

「確かに、謎ですね……尾行などしたら余計に疎まれてしまいそうな気もしますが」

さらりと髪を揺らしながら不思議そうな声音で呟《つぶや》く姫路。その後も二人して頭を悩ませてみるが、この指令《オーダー》の意図するところは全く分からない――が、極端な話をすればそんなことはどうでも良かった。だって、分からなかろうが何だろうが《ディアスクリプト》の指令《オーダー》は絶対なんだ。迷う余地なんて最初からない。

「ったく……」

そんなわけで、俺は《カンパニー》にも召集を掛けて明日の作戦を練ることにした。

#

尾行の最大のコツは、そもそも対象に警戒されないことだ。

相手が〝誰かに尾《つ》けられていないか〟と身構えているだけで、尾行がバレる可能性は大いに上がる。何せ、尾行をしている側は相手がどこに向かっているのか知らないんだ。見失ったら一巻の終わりだからある程度近くにいなきゃいけない。そんな状況で相手が頻繁に振《ふ》り返《かえ》ったりするようなら、その時点で既に尾行は失敗している。

だから、今回はその辺りを工夫してみることにした。

『――ご主人様、皆実《みなみ》様が建物の角を曲がりました。歩行ペースは平常、警戒度は０％のままです。ゆっくりと追跡を再開してください』

「了解」

右耳から聞こえる姫路《ひめじ》の声《ガイド》に従って、立ち止まっていた俺は再び足を動かし始める。

そんな俺の視界には、尾行の対象……すなわち皆実雫《しずく》の姿は一切映っていない。けれど端末を見れば簡易マップ上に皆実の位置情報が常に表示されているし、通りすがる店舗の監視カメラでもハッキングしているのか隠し撮りしたような皆実の写真がガンガン送られてくるし、ついでに耳元から最新の状況が伝わってくる。

そう――要するに、これが俺の選んだストーキング手段だった。加賀谷《かがや》さん曰《いわ》く《カンパニー》式尾行術。尾行における最大最悪のリスクである〝姿を晒《さら》す〟機会を完全になくし、代わりに〝数多《あまた》の違法行為を駆使して対象の居場所を特定し続ける〟というなかなか強引な手だ。もちろん徹底的な安全を求めるなら俺はもっと離れていた方が良いくらいなのだが、そうすると指令《オーダー》の達成判定が危うくなるためこの辺りが妥協点だった。

（これなら、バレることはまず有り得ない……けど、かなり犯罪的な構図だよな）

端末に映し出された隠し撮り映像を見つめながら、俺は小さく溜《た》め息を吐《つ》く。……犯罪的というか、まあ普通に犯罪だ。尾行相手が聖ロザリア女子、それも傍から見れば大人しくて見目麗しい少女ということもあり、色々な意味で心拍数は上がってしまう。

「ふぅ……」

『皆実様、ロータリーに入ります。どうやら電車に乗るようですね。……ちなみにご主人様？　先ほどから吐息が荒くなっているようですが、もしかしてこのシチュエーションに興奮していらっしゃいますか？』

「いやしてねえわ」

少しだけジトっとした姫路の声に秒速で否定を突き付ける俺。ドキドキしているのは確かだが、そういうフェチっぽい話じゃない。

（にしても、電車か……あいつ、一体どこまで行くつもりだ？）

皆実の足取りをなぞるように移動しながら、俺は密《ひそ》かに首を傾《かし》げる。《カンパニー》の調査報告を見る限り、彼女の行動範囲はせいぜい学校周辺のコンビニか書店くらいまでのはずだ。あまり遠出をするようなタイプじゃない。

「友達とか恋人に会いに行くって可能性なら普通にあるけど……いや、タイミングを考えればやっぱり彩園寺との用事ってのが一番妥当か」

『そうですね。リナの方にも既に何らかの指令《オーダー》が出ていて、そこに合流して《決闘《ゲーム》》をする、と考えれば筋は通ります。ただ、肝心の《決闘《ゲーム》》というのがどのようなものなのかは今のところ全く分かりませんが――ご主人様、ほんの少しだけ急いだ方が良いかもしれません。たった今皆実《みなみ》様が改札を抜けましたが、二分後には次の電車が出てしまいます』

「分かった。ありがとな、姫路《ひめじ》」

色々と気になることはあるが、今は指令《オーダー》の達成が最優先だ。そんなわけで、俺は姫路との話を途中で切り上げると足早に駅へと向かうことにした。皆実が使ったのとは違う階段からホームに上がり、細心の注意を払いつつ到着した電車に滑り込む。

「っと……」

車両に入るなり、ぐるりと辺りを見渡してみた。……放課後のこの時間なら寮に戻る生徒や遊びに出掛ける生徒でごった返しているのが普通だが、聖ロザリアの場合はそんなこともないらしい。俺の他には、皆実と同じ制服を着た女子生徒が数人乗っているだけだ。

『お疲れ様です、ご主人様。少しは休憩できそうですね』

右耳のイヤホンからは姫路の穏やかな労《ねぎら》いの声が聞こえてくる。女子高生に対するストーキングを同じく女子高生（しかもメイド）に労われるというのも冷静に考えれば意味が分からないが、それでも姫路の言う通り、尾行というのはなかなかに大きな精神的疲労を伴うようだ。常に緊張していなきゃいけないため、体感時間がえげつない。

ともかく、そうして心地良い揺れに身を任せることしばし。

『――皆実様、次で降りるようです。ご準備を』

彼女が電車を降りたのは五番区の中心街だった。規模としては四番区のそれと似たようなもので、どこもかしこも放課後特有の喧騒《けんそう》で埋め尽くされている。

そんな中で皆実が吸い込まれていったのは、駅前にある小さなビルの一階だった。看板に描かれているのは全国どこにでもあるカラオケチェーンのロゴデザイン。どうやら、ここが彼女の目的地らしい。

「ん……」

ゴールが判明したことで〝バレちゃいけない〟縛りもなくなり、小さく息を吐きながら館内に足を踏み入れる俺。と、そこでは、制服の後ろ姿をこちらへ向けた皆実がちょうどレジ前に並んでいるところだった。

「いらっしゃいませ！　一名様でのご利用ですか？　それともお待ち合わせですか？」

「待ち合わせ、で……あと、予約もしてる。名前は、皆実……」

「ありがとうございます！　三名様、二時間でご予約の皆実雫《しずく》様ですね？　お連れの方が一人先に行っていますので、マイクを持って部屋までお上がりください！」

「……え？」

店員の言葉に小さく顔を持ち上げる皆実《みなみ》。そうして彼女は、怪訝《けげん》な声で問いかける。

「三名……？　ううん、違う。二名、のはずじゃ――」

「――いや、三人で合ってるよ」

そんなやり取りをしているすぐ後ろから、俺は皆実の発言に被《かぶ》せるような形で口を挟んだ。びくんと肩を跳ねさせながらこちらを振《ふ》り返《かえ》った彼女は、俺の姿を認めて途端に不機嫌な顔になる。

「……何で、あなたがここにいるの」

「何でって、そんなのお前の《決闘《ゲーム》》とやらに参加するために決まってるだろ？　予約の人数にもばっちり入ってたじゃねえか」

「知らない……誘ってない。というか、女の子を無理やりカラオケボックスに連れ込むなんて……やっぱり、身体《からだ》が目当て？　しかも、いきなり三人で……？」

「何の話をしてるんだよ、お前は」

呆《あき》れたように言いながら、俺は皆実の代わりに手を伸ばして店員からマイクの入った籠を受け取ることにした。おそらくは《ディアスクリプト》の管理者《ゲームマスター》によって予約内容が書き換えられていたからだろう。店員側も特に疑ってくるようなことはない。

そして、

「なあ皆実、いつまでもここにいたら目立つだろ？　さっさと上に行こうぜ」

「……ぅ……言葉巧みに……」

皆実はなおもぶつぶつと文句を言っていたが……やがて諦めが付いたのか、小さく「わかった」とだけ呟《つぶや》いた。

＃

指定された502号室へ赴くと、部屋の中では一人の先客が俺たちを待っていた。

「来たわね、雫《しずく》。それに……篠原《しのはら》も」

ソファに座って不敵に腕を組み、紅玉《ルビー》の瞳をこちらへ向けて薄《う》っすらと笑みを浮かべる少女——彩園寺更紗。俺が合流することは指令《オーダー》か何かで予《あらかじ》め知らされていたんだろう、特に不審がる様子もない。というか、いつの間にか〝雫〟呼びだ。元々の面識なんかほとんどなかったはずなのに、ここ数日で相当距離を詰めたらしい。

とにかく、ワンドリンク制ということで飲み物だけ適当に注文し、ひとまず座ることにした。部屋の一角に長方形のテーブルを斜め置きし、三角形の構図で席に着く。

「……ん……」

注文したアイスタピオカミルクティーを一口吸ってから、対面……というか斜め前方に座る皆実《みなみ》は改めて顔を持ち上げた。眠たげで胡乱《うろん》な瞳は真《ま》っ直《す》ぐに俺を見つめている。

「もう一回、訊《き》く……何で、あなたがここにいるの？　確かに、今日は《女帝》さんと《決闘《ゲーム》》をしようと思ってここまで来た……でも、あなたは呼んでない。《女帝》さんにも言わないでってお願いした」

「そうね。私の方は、それを篠原《しのはら》に教えないっていうのも指令《オーダー》の一つだったから」

「……おーだー？」

「ええ、指令《オーダー》。簡単に言えば、貴女《あなた》の依頼を私たちに回してきた〝管理者《ゲームマスター》〟が他にも色々と注文を付けてきてるっていうか……まあ、そんなようなものね」

「ふぅん……？　よく分からない、けど……来ちゃったものは、仕方ない。お情けで……初回ログインボーナスで……一応、あなたも参加させてあげる」

「へえ？　そりゃ随分気前が良《い》いな」

「だって、今さら追い返すのも面倒だし……そもそも、この場ではわたしが主催者《王》。勝つも負けるも、煮るのも焼くのも、思い通り……」

「…………」

「……？　ボケたんだからちゃんと突っ込んで欲しい。減点」

「分かりづれえわ」

ローテンションのまま小ボケを挟んでくる皆実に思わず文句を告げる俺。だが、どうや

ら《決闘《ゲーム》》に参加させてくれるというのは本当のことらしい。彼女にとって俺がここにいるのは完全に想定外なはずだが、それで支障が出るような内容《ルール》じゃないんだろう。

「じゃあ、説明する……」

小さく首を振りながらそう言って、皆実《みなみ》はグラスに刺さったストローを右手でくるくると掻《か》き回し始めた。青の瞳でじっとそれを見つめつつ、彼女は静かに言葉を紡ぐ。

「今からやるのは、一つの《決闘《ゲーム》》。でも、普通にやると〝わたし対《女帝》対7ツ星〟っていう大変な戦績が残っちゃうから、今回は全部アナログでやる……そこで、あなたたちには、わたしの依頼の詳細を当ててもらう」

「……依頼の詳細？　それって、お前がモテすぎて困ってるとかいうやつのことか？」

「そう。わたしは、モテモテで罪な女……だから男の子に言い寄られて困ってるけど、それ以上の状況は教えてない。もっと言えば、教えたくない。なのに、あなたたちはそれが知りたい……二律背反、的な状態。だったら、それ自体を《決闘》にすればいい。わたしに勝てば自動的に依頼の詳細が分かるという……天才的な仕掛け」

「え、ええ、まあ確かに悪くないとは思うけど……でもそれ、どうやって当てるの？　雫《しずく》が誰に言い寄られてるのかとか、具体的にどうして欲しいかとか、知りたいことはたくさんあるわ。まさか、ノーヒントで考えろだなんて言わないわよね？」

「そんなこと、言わない……言ったら、拷問されそうだし」

「ふふっ、また大袈裟《おおげさ》なこと言っちゃって」

「？　今のは、ボケじゃなくて本気。二人掛かりで、あんなことやこんなことを……」

「しないわよ。あとやっぱりボケが分かりづらいわ」

怯《おび》えるような皆実の視線を受け、彩園寺《さいおんじ》は胸の下辺りで腕を組みながらゆっくりと髪を揺らしてみせた。そんな彼女の反応に「そう……」と何故《なぜ》か少しだけしゅんとしていた皆実だったが、やがて気を取り直したように頭を上げる。

「時間もないし、説明の続き。……あなたたちには、わたしの依頼を当ててもらう。もちろん、ノーヒントじゃない……二人とも、水平思考クイズって知ってる？」

「……水平思考？」

聞き覚えのない単語に小さく首を傾《かし》げる俺。反面、彩園寺の方はその言葉を知っていたらしく、口元に笑みを浮かべたままこくりと頷《うなず》いてみせる。

「水平思考クイズ――ね、もちろん知ってるわ。有名なゲームだし」

「そう？　やった……じゃあ、説明お願い」

「……え、そのために訊《き》いたの？　まあ、別にいいけれど……」

徹底的なまでに怠惰な皆実からルール説明をパスされた彩園寺は、小さく溜《た》め息を吐《つ》きながら紅玉《ルビー》の瞳をこちらへ向けた。そうして、思考をまとめるようにしながら一言。

「水平思考クイズっていうのは、道具を使わない〝推理ゲーム〟の一つよ。学園島《アカデミー》の《決《ゲー》闘《ム》》でも参考にされてることがたまにあって、確か英明《えいめい》の《区内選抜戦》で貴方《あなた》と秋月《あきづき》さんがやっていた《盤上宝探し》もこのゲームの手法を取り入れたものだったはず。具体的には……そうね、分かりやすいように一つ例題を出しても良《い》いかしら？」

「例題？　ああ、それじゃお手柔らかに頼む」

「いいわ。なら、一番有名なやつ。問題――『ある男が、ふらっと立ち寄った海辺のレストランで〝ウミガメのスープ〟を頼んだ。ウエイトレスが運んできたスープを一口飲んだ彼は驚いたような表情を浮かべ、そのウエイトレスに「これは本当にウミガメのスープですか？」と尋ねた。ウエイトレスがそれを肯定すると、男はそれ以上スープを飲むことなく会計を済ませ、すぐに店を出ていった。その夜、彼は自殺した』。……何故《なぜ》？」

「は……？　何故、って」

「だから、この男はどうして自殺なんかしたのか、って訊《き》いてるの。ちなみに、理由だけじゃなくて背景にあるストーリーも全部答えなきゃダメだから」

愉《たの》しげな口調でそんなことを言ってくる彩園寺《さいおんじ》。くすっとした笑みに煽《あお》られつつも、俺はぐぬぬと黙り込むしかない。……有名なやつ、というだけあって確かに聞いたことがあるような気もしなくはないが、認識としてはその程度だ。どうにか思考を巡らせようとしてみても、話に脈絡がなさすぎてさっぱり意味が分からない。

「ふふっ、お手上げってところかしら？　貴方が困ってるところを見るのは少し新鮮ね」

「言ってろよ、彩園寺。……っていうかお前、まだ最低限のルールすら説明してないんじゃないか？　秋月との《盤上宝探し》は【質問】を駆使して相手の居場所を特定する《決闘《ゲーム》》だった。あれと同系統ってことは、何かその辺の仕掛けがあるんだろ？」

「あら、案外鋭いじゃない篠原《しのはら》。その通りよ――水平思考クイズでは、出題者に〝YES、かNOで答えられる質問〟をすることが出来るの。内容はゲームに関係あることなら何でもいいわ。さっきの例題なら『男は本当に自殺だった？』とか『ウエイトレスは嘘《うそ》をついていた？』とか……そういう質問を繰り返してだんだん真実に近付いていく。一応、出題者一人に対して複数の回答者でやるのが一般的ね。水平思考っていうのは〝物事を一つの視点じゃなくて色んな角度から見る〟ってことだから……単純に、一人だとなかなかブレイクスルーが生まれないってわけ」

「……なるほど」

　まず出題者が問題を提示し、回答者はその答えを考える。ただし、問題はそれ単体ではほぼほぼ解けないようになっており、回答者は出題者への質問を駆使して必要な情報を揃《そろ》えていく――と、そういうわけだ。

「ルールは大体分かった。で、さっきの例題の答えは？」

「教えてあげない。……ふふん。気になって気になって眠れなくなって、つい答えを調べちゃって納得と同時に敗北感に浸る……いつかの私と同じ苦しみを味わうといいわ」

「なんて捻《ひね》くれてやがる……」

呆《あき》れたように呟《つぶや》く俺。苦しむも何も、別にそこまで気になるというわけじゃない……ないが、まあ一応後で調べておこう。

ともかく、彩園寺《さいおんじ》による解説のターンが終わったところで皆実《みなみ》が再び顔を持ち上げた。

「水平思考クイズの内容は、今《女帝》さんが言ってくれた通り……で、これからやるのは、そのルールを少しだけ弄《いじ》った《決闘《ゲーム》》。簡単に言うと、全員出題者で全員回答者……三人とも問題を出して、三人とも問題に答える。そういう感じ……」

「ふんふん……雫《しずく》の方の問題っていうのは、例の依頼のことでいいのよね？【モテすぎて困っている、どうにかして欲しい】――あれの真相を解き明かせ、みたいな。でも、それじゃ私と篠原《しのはら》は？」

「もちろん、それも準備済み……用意周到の皆実とは、わたしのこと」

息を吐くように妄言を口にしながら、皆実はごそごそと鞄《かばん》を漁《あさ》って二枚のカードを取り出した。トランプくらいの大きさのもので、片面にだけお洒落《しゃれ》な模様が入っている。

「これは、一セットに一枚だけしか入ってない予備のトランプ……裏面が白紙になってるから、あなたたちにはそこに一つの名前を書いてもらう。条件は、今一番気になってる女の子……うん、それしかない。修学旅行みたいで、いいと思う」

「気になる女の子……ねえ？」

『……なるほど。それは、確かに興味深いですね』

視線の先では彩園寺が、耳元では姫路《ひめじ》が何やら囁《ささや》いているが、反応しようにも出来るはずがない。誤魔化《ごまか》すためにも俺は皆実に話を振ることにする。

「言いたいことは色々あるけど、とりあえず〝気になる女子の名前を書け〟ってルールは分かった。でも、誰の名前を書いてもいいのかよ？　お前が知ってるとは限らないだろ」

「それは、そう……だから、今回は学園島《アカデミー》の生徒に限定して欲しい。それなら、大体網羅してるはずだから……そうじゃない子は、むしろ今度紹介して？」

「島内なら網羅してるのね……それって結構とんでもないことだと思うのだけど。……ちなみに、篠原だけじゃなくて私も〝気になる女の子〟の名前を書けばいいのかしら？」

「そうして。わたし、男の子は全然知らないから……」

彩園寺の問いに小さく頷《うなず》く皆実。それから彼女は、タピオカミルクティーと一緒に注文していたのに全く口を付けていなかったアイスティーのグラスを手に取ると、それをトンっとテーブルの真ん中に置いて説明を続ける。

「質問する権利を持ってるのは、アイスティーのグラスを持ってる人……その人は、質問したい相手にグラスを渡して一つだけ何でも訊《き》いていい。質問された人は、はいかいいえで本当のことを答える。これで、あなたたちが知りたがってる情報は丸裸……逆に、あなたたちが誰を好きなのかも完璧に分かる。ちなみに、もしわたしの方が先に答えまで辿《たど》り着《つ》いたら、それを匿名でＳＴＯＣに流すから。緊急スクープ……スキャンダル……人の隠し事を暴こうとしてるんだから、そのくらいのリスクは背負うべき」

「リスク、ね……まあ、別にいいけど」

目立つのを極端に嫌う皆実《みなみ》ならともかく、俺や彩園寺《さいおんじ》にとってそのくらいのゴシップは日常茶飯事だ。大したダメージにもならないが、しかしこの《決闘》に勝てなきゃ皆実の依頼の真相が分からない、というだけで真剣に挑む価値は十二分にあるだろう。ここで皆実の口を割らせることが出来なければ、その時点で《ディアスクリプト》は終了だ。

「……質問、ある？　なければ名前、書いて……この部屋、二時間しか取ってないから」

ルール説明は全て終わったとばかりにそう言って、皆実はずいっとこちらへ黒のマーカーを押し出してきた。対する俺は、それを受け取る前にちらりと彩園寺に視線を遣《や》り、ほんの一瞬だけ紅玉の瞳とアイコンタクトを交わし合う。

そうして、俺たちはほとんど同じタイミングでペンを取り――数秒後、とある女子生徒の名前が書かれたカードを自分の前に裏向きでセットした。……今さらな感想だが、通常の《決闘《ゲーム》》と比較すると驚くほどにアナログだ。端末を介さないため当然アビリティは使えないし、イカサマの類《たぐい》も通用しない。俺にとっては相当なハンデと言っていい。

（だけど、それでもやるしかない――ま、こっちには姫路《ブレイン》も付いてるしな）

内心でそんなことを考えながら、俺は呼吸を整えるべく小さく一度頷《うなず》いた。

厳正なダイスロールの末、《決闘《ゲーム》》は俺の先攻で始まった。

「じゃあ、早速だけど質問していくぞ」

目の前に置かれたアイスティーのグラス――この《決闘《ゲーム》》における〝質問権〟であるそれを持ち上げながら俺は皆実に視線を向ける。対する彼女はこくりと小さく頷いて、

「うん。……なんか、えーぶいのインタビューみたいで緊張する……かも」

「すんなよ。してても言うなよ」

「ちなみに、胸はCカップ……」

「だから訊《き》いてねえよ」

相変わらず覇気のないローテンションで危うい発言をかましてくる皆実。思わず視線が下に行きそうになるのを我慢して、俺は学園島《アカデミー》最強モードのまま言葉を続ける。

「まず、お前の依頼――【モテすぎて困ってる】って話だったけど、そもそもお前が男に言い寄られてるっていうのは本当のことなのか？　お前の妄想とかじゃなくて？」

「ひどいことを言う……わたしが妄想なんて言うわけない。依頼内容は、本当……」

ふるふると首を振りながら俺の質問に〝肯定〟を返してくる皆実。……前半はあまりにもダウト過ぎるが、質問の答えに嘘《うそ》をついちゃいけないという縛りがある以上、依頼そのものが偽物《ダミー》というわけではなかったらしい。

ともかく、俺からグラスを受け取った皆実《みなみ》は、くるりと彩園寺《さいおんじ》の方に身体《からだ》を向ける。

「じゃあ、わたしは《女帝》さんに質問……あなたが書いたのは、桜花《おうか》の人？」

「いいえ。仲の良《い》い子はたくさんいるけど、一番気になってる子って言われちゃうとね」

「そう……残念。後輩に『お姉様』とか呼ばれてて欲しかった。そういうの、姉妹みたいで凄《すご》くいい……」

「あ、そういうこと……ええと、それなら実際いるわよ？　桜花の後輩だけでも数人」

「最高……素敵……ありがとう」

満足そうにこくこくと頷《うなず》く皆実。逆に俺は、苦笑に近い笑みを浮かべて小さく呟《つぶや》く。

「彩園寺がお姉様、ねえ……」

「……何よ、篠原《しのはら》。もしかして、何か文句でもあるのかしら？　貴方《あなた》みたいな性格も態度も悪い7ツ星と違って、私は校内でもちゃんと慕われているのだけど？」

「それを否定するつもりはないけど、性格が悪いのはお互い様だろ彩園寺。お前が本当に清楚可憐《せいそかれん》な〝お姉様〟なら、初めから《女帝》なんて二つ名は付かねえよ」

「む……」

小さく唇を尖《とが》らせながら不機嫌そうに胸元で腕を組む彩園寺。彼女は、やがてふいっと俺から視線を切ると、目の前のグラスを皆実の方に押し戻しつつ口を開く。

「見る目のない誰かさんは放っておいて、次の質問に行かせてもらうわ。……ねえ雫《しずく》、貴女《あなた》に言い寄ってる男っていうのは、学園島の高校生って理解で合ってるのかしら？」

（ああ……なるほど）

そんな彩園寺の質問に、俺は内心で密《ひそ》かに感嘆の声を上げた。……確かに、何となく同年代だという前提で話を進めかけていたが、それはまだ確定情報でも何でもなかった。現時点では、相手が小学生だったり老人だったりしてもおかしくない。

けれど皆実は、静かに頷くことではっきりとその可能性を否定する。

「そう……わたしに言い寄ってるのは、この島の高校生。多分、留年とかもしてないと思う。……じゃあ次、わたしの番」

淡々とした口調で囁《ささや》きながらこちらへ身体とグラスを向ける皆実。姫路《ひめじ》のそれよりも少しだけ濃い色をした青の瞳が真《ま》っ直《す》ぐに俺を見つめてくる。

「あなたは、《女帝》さんよりも簡単……すごく目立つから、誰と関《かか》わってるのかも分かりやすい。……メイドさん、でしょ？　いつも一緒にいる、銀髪の可愛《かわい》い子」

『……ほう』

皆実がそんな質問を口にした直後、右耳から期待と興味に彩られた静かな声が漏れ聞こえてきた――言うまでもなく、当のメイドさんだ。こちらの状況が分かっているのかくすくすと笑いを堪《こら》えている彩園寺にも見守られつつ、俺は渋面で首を横に振る。

「違う、あいつじゃない」

「？　違うの……絶対、そうだと思ったのに。ひょっとして、浮気性……？」

『そうなのですか？　ご主人様』

「……そうじゃねえよ」

皆実《みなみ》の反応に合わせて若干拗《す》ねたような口調で尋ねてくる姫路《ひめじ》に対し、俺は弁明交じりの否定を口にした。……気になる女の子を答えろ、という問いに対する答えとして姫路白《しら》雪《ゆき》が不適になる理由なんか一つもないのだが、俺と彼女がいつも一緒にいることは誰だって知っているわけだから、この場で選ぶ名前《カード》としてはちょっとバレバレすぎるだろう。

（まあ、ともかく……そろそろ相手を絞り込んでいきたいところだけど）

右手を口元へ遣《や》りながら静かに思考を巡らせる俺。

先ほどの質問によれば〝皆実に言い寄っている男〟というのは学園島《アカデミー》の高校生で、さらに依頼メッセージを思い返してみれば、彼女は〝モテるようになったのは最近のこと〟だと言っていた。だとすると、ここに一つの可能性が浮かび上がる。

「質問だ、皆実。……お前に言い寄ってる男ってのは、もしかして《ア、ス、ト、ラ、ル、》の参加者だったんじゃないか？」

「！　……そう、正解……意外にも、鋭い」

俺の問いに対してほんの少しだけ驚いたように目を見開き、それから前髪を揺らすようにして小さく頷《うなず》く皆実。これで、候補としてはかなり絞り込まれたことになる——が、まだ特別焦《あせ》ったりするような段階ではないようだ。彼女はグラスに刺さったままのストローをしばらく指先で弄び、それから再び俺に問いかけてくる。

「メイドさんが違うなら、答えはもはや決まってるも同然……あなたがその紙に書いたのは、《女帝》さん。これが、ふぁいなるあんさー」

「あら、私？　そうなの？　ふふっ、何よ篠原《しのはら》。いつにも増して素直じゃない」

「っ……はあ？　いや、何でそうなるんだよ」

「？　単純に、遭遇頻度が高いから……いくら敵同士でも、こんなに可愛《かわい》い女の子と毎日会ってたら惹《ひ》かれるのは当然。それに、憎さ余って可愛さ百億倍ともいう……」

「そんなことわざはない。……あのな、冷静に考えてみろよ皆実。確かに顔を合わせる頻度は高いかもしれないけど、普段からあれだけド直球で煽《あお》り合ってる相手を異性として意識するわけないだろ？　何ならこの世で一番有り得ない選択肢だ」

「そうなの？　意外……」

「む。……ふん、だ。別に、篠原が誰を好きでも興味ないけど」

むすっと腕を組んで不機嫌そうに視線を逸《そ》らす彩園寺《さいおんじ》。……改めて、このお題は俺にってちょっと問題があり過ぎる気がする。狙ってやっているなら相当な策士だ。

ともかく——そんなこんなで、再び俺に質問の権利が回ってきた。現状、皆実に迫る男が《アストラル》の参加者だったことまでは絞り込めているが、肝心なのはその先だ。

（皆実《みなみ》は聖ロザリアの選抜メンバーだから、同じチームに男子はいない。ただ、英明《俺たち》と交戦した時にはもう《百面相《カメレオン》》の配下になってたから……）

記憶を辿《たど》るように俺はそっと右手を口元へ遣《や》る。……《アストラル》の終盤、俺たちの前に立ち塞がった皆実雫《しずく》は他学区のプレイヤー二人とチームを組んでいた。八番区音羽《おとわ》学園所属・5ツ星の〝不死鳥〟久我崎晴嵐《くがさきせいらん》と、七番区森羅《しんら》高等学校所属・6ツ星の〝絶対君主〟霧谷凍夜《きりがやとうや》。二人とも超が付くほどの強豪であり、有名人《ビッグネーム》であり、何より男だ。

ただ……そこで愛だの恋だのといった話が出てくるのかと言われれば、それはちょっと微妙なところだろう。何せ、久我崎は《女帝》の信奉者。彩園寺《さいおんじ》を〝女神〟と称して慕っているわけで、今さら他の女子に現《うつつ》を抜かすとは思えない。霧谷の恋愛事情については見当も付かないが、あいつはあいつで、色恋よりも《決闘《ゲーム》》を優先させそうな気がする。

「……まだ？　待ちくたびれ度、97……」

と、その辺りで、斜め前方の皆実が何やら急《せ》かすようなことを言ってきた。無視して思考を続けても良かったが、確かに長々と時間を使ってしまっている。ここは無難な質問で流しておくとしよう。

「えっと、お前に言い寄ってる男ってのは複数いるって考えていいのか？」

「それは、そう……一人だったら、モテモテとは言えない」

俺の質問をノータイムで肯定する皆実。

そうして彼女は、流れるようにグラスを動かして彩園寺に次なる質問を投げ掛けた。内容としては、『その人は《アストラル》に出てた二年生?』というなかなかに具体的なものだ。対する彩園寺の返答はYES——すなわち、一気に正解へと近付かれた形になる。

(でも……多分だけど、俺の勝手な思い込みじゃなければ彩園寺は俺と全く同じ名前を書いてるはずなんだよな。んで、その答えなら絶対に負けないはずだ)

——そう、そうだ。

《決闘《ゲーム》》開始前に彩園寺と交わした一瞬のアイコンタクト。あれで、俺たちはカードに書く名前の擦り合わせを行っていた。もちろん〝今一番気になっている女の子〟という条件がある以上好き勝手に書いていいわけじゃないが、そもそも〝気になる〟という表現は何も恋愛感情だけに使うような言葉じゃない。単純に〝興味がある〟とか〝知りたい〟という意味でなら、俺も彩園寺も真っ先に【皆実雫】の名を挙げる。

おそらく、この《決闘《ゲーム》》における百点満点の正解は〝それ〟だ——だって、こうしておけば、仮に答えまで辿り着かれたとしても皆実はそれを当てられない。ルールの一つとして〝もし自分が先に答えを当てたらSTOC上で公開する〟と宣言している以上、目立つことを極端に嫌う彼女は絶対に自分の名前を口に出せない。

(ルールを組んでる側なんだから、それくらい皆実の方も気付いてるはずだけど……)

ちらり、と皆実《あいつ》の方を窺《うかが》ってみる。……が、その表情は相変わらず静かなものだ。そんな彼女に対して彩園寺《さいおんじ》が『一応外しておきたいのだけど……貴女《あなた》に言い寄ってきてるのって、篠原《こいつ》じゃないわよね？』と言いながら俺を指差し、それに皆実《みなみ》が『頷《うなず》きたいところだけど、違う……』と首を振る一連の流れを経て、グラスは再び皆実の手元に戻る。

「ん……どうしよう、かな」

一瞬だけ部屋の時計に目を遣《や》ってから、皆実はそう言って首を捻《ひね》り始めた。勢いのまま彩園寺を攻めるのか、とも思ったが、逆に俺の答えに関してほとんど情報を持っていなかったからだろう。長考の末に彼女がグラスを向けたのは俺の方だった。

「あなたが書いたのは、英明《えいめい》の人……？」

「いや、違うな。残念ながら他学区だ」

「そう……なかなか、難題」

残念そうな言葉をちっとも残念じゃなさそうな声音で言い放ち、静かに首を横に振る皆実。拍子にさらさら流れる青の髪を見つめながらアイスティーのグラスを受け取って、次の質問を考えようとして——そこで、俺は不意に一つの疑問を抱いた。

（……待て。今のは、ちょっとおかしくないか？）

眉を顰《ひそ》めて思考に耽《ふけ》る。……いや、別に今の質問そのものが何かおかしかったというわけじゃない。そうじゃなくて、引っ掛かるのは質問の順番だ——だって、仮に今の質問が最初に出ていれば、その時点で英明の生徒は全員弾《はじ》くことが出来るわけだから、俺の答えが姫路じゃないことも同時に特定できたはず。もちろん、答えを急ぐためにあえてピンポイントの質問をし続けるという手もあるにはあるが、その場合は最後まで方針《スタンス》を変えちゃダメだろう。そうしないと、結果的に何手も損することになる。

（じゃあもしかして、皆実はそもそも俺の答えを当てる気がない……とか？）

あまりの手応えのなさにそんなことすら考えてしまうが、あれだけ依頼内容を隠そうとしていた皆実がここに来て突然心変わりするというのもちょっと信じられない。ただ、心変わりじゃないとすれば、皆実の行動に時間稼ぎ以上の意味なんて——時間稼ぎ？

（そうか……そういえば、この《決闘》の終了条件は〝時間経過〟だけなんだよな）

何かを掴《つか》みかけてそっと右手を口元へ遣る俺。……そう、そうだ。この《決闘》《ゲーム》は三人それぞれがお互いの問題の〝答え〟を推測していくという内容《ルール》だが、別に誰か一人が正解に辿り着いたところで《決闘》終了などとは言われていない。はっきりと言及があったのは、この部屋の利用時間が二時間であるという点だけだ。それを過ぎれば《決闘》《ゲーム》も強制的に終了だろう。何せ、質問権であるアイスティーは部屋の外へは持ち出せない。

ちらりと時計に目を遣れば、残された時間は既に三十分を割っていた。皆実にターンが回る度に時間を稼がれることを考えれば、質問できるチャンスはせいぜいあと二、三回といったところだろう。

そこまで考えたところで、俺はゆっくりと口を開くことにした。

「なあ、皆実《みなみ》――多分だけど、この《決闘《ゲーム》》の終了条件ってのは部屋の利用時間とリンクしてるよな。それ、延長することって出来ないのか？」

「！　……それは、カラオケボックスのシステム的に？」

「違う、《決闘《ゲーム》》のルール的にだ。お前はそれを認めるのか、って訊《き》いてる」

「ん……なら、却下」

俺の視線の先で、皆実はふるふると小さく首を横に振る。

「この部屋は二時間で予約してる……それは、時間制限の意味。もしそれを過ぎたら、わたしがアイスティーを一気飲みする……そうすれば、二度と質問は出来ない」

「むせるぞ」

「むせてもいい。本望」

真《ま》っ直《す》ぐな視線を返してくる皆実。……どうやら、断固として延長は認めない方針のようだ。貴重な質問の機会を空振りで終えてしまった形になるが、今の情報を彩園寺とも共有できたと考えれば全くの無意味ということもないだろう。水平思考クイズは一つの物事を色々な方向から解き明かす推理ゲーム。故に――《ディアスクリプト》全体で見れば完全に敵対していても――この《決闘《ゲーム》》に限っては、俺と彩園寺《さいおんじ》は協力者になる。

「………………」

そんな俺たちと対峙《たいじ》する皆実の方はと言えば、俺の真意を探るように透明な瞳をじっと

こちらへ向けていた。けれど、やがてふいっとその視線を切り、グラスを彩園寺の前に移動させる。そうして一言、

「あなたは……今日、その人と喋《しゃべ》った？」

「……イエス、ね」

先ほどまでとは打って変わって、鋭角に距離を詰めてくる。……やはり、彼女も最初から分かっていたんだろう。あんなルールがある以上、俺と彩園寺が〝皆実雫《しずく》〟の名前を書くのは当たり前。そんなことは《決闘《ゲーム》》が始まる前から知っていて、その上で俺たちを試していたんだ。この《決闘《ゲーム》》の絡繰《からく》りに気付けるかどうか、そして打開策を見つけられるかどうか――おそらくは、俺たちが信用に足る相手なのかを見極めるために。

「ん……そうね」

そこで、しばらく手元のグラスを見つめながらじっと考え込んでいた彩園寺が小さく顔を持ち上げた。そうして彼女は、紅玉《ルビー》の瞳を真っ直ぐ皆実へ向ける。

「それじゃあ、一つ根本的なことを訊かせてもらうわ。貴女《あなた》に言い寄ってるっていう男の人だけど……その人たちから貴女に向いている感情は、本当に恋愛感情なのかしら？　貴女と付き合いたいとか恋人になりたいとか、そんな風に思ってるように見える？」

「……？　それ、は……他人《ひと》の感情なんて、分からない」

「そうね。だから、もちろん雫の主観で構わないわ。それなら分かるでしょ？」

（……何だ、それ？）

彩園寺《さいおんじ》の質問に、皆実《みなみ》だけでなく俺まで内心で首を傾《かし》げてしまう。……相手に恋愛感情があるかどうか、なんて、そんなの訊《き》くまでもないんじゃないか？　これまでの質問を通して〝皆実が複数の男に言い寄られている〟こと自体は間違いないと確定できている。だとすれば、この質問に対する返事は〝イエス〟以外にないと思うが。

——けれど、

「思って、ない……」

（な……え、否定？）

俺の予想に反して、皆実はふるふると首を横に振った。それを受けた彩園寺はどこか満足そうな声音で「やっぱりね」とだけ呟《つぶや》き、それからちらりと紅玉《ルビー》の瞳を俺に向ける。まるでさっきのお返しだとでも言わんばかりの視線だ。水平思考。別の視点からの攻略。

（いや、待て、それじゃ……）

途端に思考が最高速で回転を始め、俺は遅れて右手を口元へ遣《や》った。……今の質問に対する答えがノーなら、話は前提からして変わってくる。皆実に言い寄っている男というのは確かに存在したが、そいつらは恋愛感情なんか持っちゃいなかった。それとは全く別の理由から皆実雫《しずく》に付《つ》き纏《まと》っていた。

（ああ……それなら、分かる。最後まで解き明かせる。……問題は、時間だけだけど）

そんなことを考えながらトントンと右耳のイヤホンを叩《たた》き、姫路《ひめじ》にとある指示を飛ばす俺。紅玉の瞳がちらちらとこちらを向いているところを見るに、彩園寺の方も俺が何をしようとしているかは分かっているんだろう。部屋の利用時間を延ばさず、その上で質問の機会を確保する唯一の方法――これが間に合わなければ、俺たちは確実に負ける。

「…………」

対する皆実は、どうやら開き直って時間を稼ぐモードに突入したようだ。両手でグラスを包み込んだまま、相変わらずのローテンションでぽつりぽつりと言葉を紡ぐ。

「わたしには、あなたの考えくらいお見通し……あなたがその紙に書いたのは、今あなたと喋《しゃべ》ってる子の名前。その子のことを、めちゃくちゃにしたいって思ってる……はず」

「……へえ、そいつは質問か？」

「違う……まだ、わたしのターン。あなたは、一歩足りなかった……わたしの依頼の真相に、辿《たど》り着《つ》けなかった」

「何で過去形なんだよ。まだ《決闘《ゲーム》》は終わってないだろ」

「終わったも、同然。だって、時間はあと三分……さっきあなたが悩んでた時は、五分くらい使ってた。つまり、わたしもそれくらい悩んでいいってこと……完全勝利」

ゆったりとした口調で残酷な宣言を繰り出してくる皆実。要するに、あとはタイムリミットまで動くつもりは一切ないということだ。確かに俺としては文句を言えた義理でもないが、だとすればこの《決闘《ゲーム》》は既に詰んでいる——そう、本来なら。

「——お待たせしました～！」

「ひぅっ!?」

と……その瞬間、突如ドアの方から元気の良い声が響き渡り、ちょうどそちらに背を向けて座っていた皆実《みなみ》がびくっと肩を跳ねさせた。状況が理解できずにきょろきょろと視線を巡らせる彼女を置き去りに、俺と彩園寺《さいおんじ》は平然と立ち上がってその人——店員から、先ほど《カンパニー》経由で注文したばかりのドリンクを受け取ることにする。内容は、もちろん二人揃《そろ》ってアイスティーだ。

それを持ってソファに腰を下ろしながら、俺と彩園寺は不敵な笑みを浮かべてみせる。

「ふふっ……確か、アイスティーのグラスが質問の権利になるんだったわよね？　そのグラスだって指定を受けた覚えはないし、追加しちゃダメとも聞いてないわ」

「ああ。なら、こうすりゃ何度だって俺たちのターンになるってことだ。——いいか？」

言って、俺は呆然《ぼうぜん》とする皆実の前に手に持ったグラスをタンッと置いた。彩園寺の方もそうするのを横目で見ながら、ニヤリと口角を上げて続ける。

「まずは流れの整理をしよう。お前は先月開催の五月期交流戦《アストラル》が終わってから急激にモテ始めた。普段通ってるのが閉鎖的な女子高だから、ああいうイベントのタイミングで一気に人気が出るっていうのも有り得ないとは言わないけど……でも、さっきの話じゃ、相手の男は別に恋愛感情でお前に近付いてたわけじゃないらしい」

「ええ。でも、だったら〝言い寄られてる〟っていうのはどういう意味かって話よね。そこで《アストラル》を思い返してみれば、貴女《あなた》はあのイベントで終盤戦まで生き残っていたわ。高ランカーしか残っていないような四日目のタイミングまで戦い抜いた。……つまり、あのイベントで貴女が見せ付けたのは強さよ。多分意図的じゃなかったのだと思うけれど、それでも貴女は才能の片鱗を表した。篠原《しのはら》も知ってると思うけど、ね」

「そりゃそうだ。だって、それを知らなきゃそもそもここまで辿《たど》り着《つ》けない。……そうだろ、皆実？　お前は普段隠してる実力を《アストラル》でうっかり発揮して、それを仲間に見られたんだ。ああ、もちろん聖ロザリアの連中じゃないぜ？　あのイベントの後半でお前がチームを組んでた二人――久我崎晴嵐と霧谷凍夜にだ」

　彼らの名前を出した瞬間、皆実の表情が「っ……」と明らかに強張《こわば》るのが分かった。外れてはいないと改めて確信を持ちながら、俺たちは畳み掛けるように証明を続ける。

「あの二人は貴女の力を知って、はっきりと目を付けたはずよ。久我崎《くがさき》には《我流聖騎士団》があるし、霧谷《きりがや》も得体の知れない組織に所属してる。貴女みたいなダークホース、どっちも欲しいに決まってるわ」

「ああ。で、それをお前は〝言い寄られてる〟って表現してたわけだ。まあ、確かにモテモテだっただろうな。何せ高ランカー二人から取り合いだ。でも、目立つのが嫌いなお前にとってはそんなの一ミリも嬉《うれ》しくなくて、だから〝やめさせてくれ〟って依頼した。それも、なるべく大事にならないようにモテ期だの何だのって偽って」

「そういうこと。つまり、貴女《あなた》の本当の依頼はこうよ――【久我崎晴嵐と霧谷凍夜に目を付けられて困っている。二人からの勧誘を止めさせて欲しい】。……どう？　これが、私たちの答えだけれど」

まとめるようにそう言って、ふふっと得意げな笑みを浮かべる彩園寺《さいおんじ》。

対する皆実《みなみ》はと言えば、しばらくの間視線を下に落としたまま微動だにせず固まっていたが……やがておもむろに端末を取り出して、そこから部屋の延長申請をした。そうして再び顔を上げると、俺たちの目を真《ま》っ直《す》ぐに見つめ返しながらゆっくりと口を開く。

「大正解……二人とも、凄《すご》い。まさか、当てられるとは思わなかった……」

「そりゃどうも。それじゃ、少しは認めてくれたってことでいいのか？」

「もちろん、認める……あなたたちになら、任せてもいい。…………ただ」

これまで散々渋っていたのが嘘《うそ》だったかのようにこくりと素直に頷《うなず》く皆実。それから彼女は、ほんの少しだけ表情を変える――それは、どこかムッとしたような不満顔で。

「ちょっとだけ……………ムカついた、かも」

唇を尖《とが》らせた彼女から一瞬垣間《かいま》見えた強者のオーラに、俺は小さく息を呑《の》み込んだ。

「……えっと、ちなみにさ」

数分後——せっかく部屋を延長してもらったため《決闘《ゲーム》》終了後もカラオケボックスに残ることにした俺たちは、先ほどよりも少しラフな形で向かい合っていた。

最後に追加したアイスティーで喉を潤しつつ、俺は対面の皆実に疑問を向ける。

「中学時代のお前って、実際どんな感じだったんだ？　最強やら無敵やら、色々調べたから情報だけは知ってるんだけど、なんかイメージ付かなくてな」

「ん……」

そんな俺の問いかけに、微《かす》かに前髪を揺らして反応する皆実。話すかどうか迷っているようにも見えたが、信用することに決めたからだろう。やがて静かに語り出す。

「わたしの通ってた中学は、学園島《アカデミー》の仕組みをほとんどそのまま使ってた……《決闘《ゲーム》》みたいな仕組みがあって、等級みたいなのもあった。それが結構楽しかったから、中学校に入ってすぐのわたしは、ただ自分のために腕を磨いてた。色々考えて、工夫して、誰にも負けないように頑張って……そうやって、どんどん強くなった。一回も負けなかった」

「ああ」

「もちろん、最初のうちは楽しかった。褒められるのも、好きだった。……でも、途中で少し嫌になった。それは……わたしじゃなくて、周りの目が変わってきたから」

あなたなら分かると思うけど、と付け足す皆実に、俺は小さく頷きを返してみせる。

「ん……まあ、そりゃそうだろうな。平凡な連中の中にずば抜けて凄《すご》いやつが一人だけいたら、そいつは良《い》い意味でも悪い意味でも注目される。色んな感情を預けられる」

「そう。知らない誰かの期待とか、興奮とか、恨みとか……わたしは多分、そういうのが肌に合わなかった。せっかく一人の世界で完結してたのに、いつの間にかたくさんの人に見られてて……それに気付いたら、急に、全部がつまらなくなった」

「……冷めた、ってことか？　重圧に負けた、とかじゃなくて？」

「うん、もっと根本的なこと……だって、わたしはわたしのために頑張ってただけで、誰かのために頑張ってたわけじゃない。だから、勝手に共有しないで欲しい……取らないで欲しい。わたしは、誰《あなた》かのモノじゃない。……そう思ったから、高校はなるべく遠いところに行くことにした。誰も、わたしに注目しない場所……目立たない場所。本土の高校だと、どこに行っても噂《うわさ》が付いてくるから……だから、学園島《アカデミー》にした」

「ああ、なるほど……じゃあ、わざわざ学校ランキングの低い聖ロザリアにしたのも？」

「？　ううん……聖ロザリアを選んだのは、可愛《かわい》い子が多いから」

「……あ、そうすか」

相変わらずな皆実《みなみ》の発言に対し、俺は苦笑交じりの呆《あき》れ声でそんな相槌《あいづち》を返すことにした。と、その時、しばらく黙って聞いていた彩園寺《さいおんじ》が不意にさらりと髪を揺らす。

「私からも一つ訊《き》いていい？　目立たないようにしてきた、ってことだったけど……それなら、雫《しずく》は何で《アストラル》に出てたのよ？　それに、色付き星《ユニークスター》も持ってたし」

「ぅ……それが、一番の誤算。先月《決闘《ゲーム》》を挑んできた子がたまたま色付き星を持ってて、負けようとしてたのに勝っちゃって……それで、《アストラル》のメンバー選考のタイミングでちょうど色付きの４ツ星になっちゃった。一生の、不覚……今度からは、可愛い女の子からの申請でも詳細はちゃんと見てから決める」

「……なるほどね」

そんな些細《ささい》なことが原因で最終的に久我崎《くがさき》やら霧谷《きりがや》に目を付けられるに至った、というなら、それは確かにご愁傷様としか言いようがない。

俺たちの疑問に対する回答を語り終えた皆実は、続けて依頼の方に話を移す。

「で……そういう経緯があったから、誰かに期待されて仲間になる、なんて、絶対に嫌だった。だから、どうにかして欲しいって思った……それが、今回の依頼。……だけど」

そこまで言って、そうっと遠慮がちに視線を持ち上げる皆実。俺と彩園寺を順に映す青色の瞳は、どこか心細げに揺れている。

「信用してないって言ったのは、別にあなたたちのせいじゃない……久我崎晴嵐《せいらん》と霧谷凍夜《とうや》は、どっちも厄介。多分、手を引かせるって言ってもそう簡単なことじゃない……」

「ん？　じゃあ、もしかして俺たちのことを心配してくれてたのか」

「平たく言えば、そう……でも、あなたたちはわたしの《決闘《ゲーム》》に勝った。強さを証明してくれた。だから……信じて、いいの？」

期待と不安が半々くらいでブレンドされた弱気な声音。誰かに感情を預けられるのが苦手、ということだから、その逆にもまたあまり慣れてはいないんだろう。

それに、彼女の懸念はもっともだ——未知数の力を秘めた実力者・皆実《みなみ》雫《しずく》。彼女の持つ価値は、きっと本人が思っている以上に高い。久我崎《くがさき》も霧谷《きりがや》もおそらくは本気で狙っているはずで、何なら皆実を巡った一大《決闘《ゲーム》》に発展する可能性すらある。

（そうなったら、最悪だけど……って、ん？）

瞬間、ポケットに入れていた端末が小さく振動したのに気が付いて、俺はピタリと思考を止めた。見れば、届いていたのは《ディアスクリプト》からの通知だ。皆実の信用を得る、という旨の指令《オーダー》が既に〝達成済み〟の扱いになっており、【新規項目が開示されました！】なる一文と共にもう一つ別の指令が追加されている。

曰《いわ》く、

【追加指令《オーダー》：明日の午後一時半に七番区の駅前で霧谷凍夜《とうや》と接触し、皆実雫を諦めるよう説得すること。ただし、その手段として《決闘》を用いてはならない】。

「……これが、おーだー？」

新たな指令《オーダー》が加わった《ディアスクリプト》の画面を皆実に突き出してみせると、彼女はそう言ってこてりと首を傾《かし》げた。それに対し、俺は「ああ」と頷《うなず》きを返す。

「簡単に言えば〝達成しなきゃいけない必須条件〟みたいなもんだ。どんなに無茶苦茶《むちゃくちゃ》な内容でも、彩園寺《さいおんじ》に勝ちたければ俺はこいつを絶対に達成《クリア》しなきゃいけない。……ちなみに彩園寺、そっちはどうだ？　久我崎か？」

「ええ、その通りよ。だから、雫にも分かるように説明すると――要するに私は久我崎を、篠原は霧谷を止めることがこの依頼の勝利条件になったってわけ」

「ま、そういうことだ。監視してるわけでもないのに俺たちの《決闘《ゲーム》》がこのタイミングで終わることを見抜いてて、その上でこんな指令《オーダー》を飛ばしてきてるってのを考えると相当底知れないけど……でも、悪いことばっかりじゃないぜ？　これまでの経験上、指令の内容が物理的に実行不可能だったことは一度もない。逆に言えば、どんなに無理難題だろうが指令に書かれてることなら絶対に達成する方法があるってことなんだ」

　手元の端末を見つめながらそんな言葉を口にする俺。……彩園寺との色付き星争奪戦《ユニークスター》が無事に成立することから始まって、《虹色パティスリー》のルールもダブルデートの日程も皆実との《決闘《ゲーム》》も、何もかもが《ディアスクリプト》で予言されていた。それらと同等に考えるなら、この指令《オーダー》だって間違いなく実行可能なんだろう。あとは俺と彩園寺、どちらが先に条件を達成できるか――それだけだ。

　……だから、

「安心しろよ、皆実。……お前の依頼は、もう解決したも同然だ」

不安げな瞳でこちらを見つめる皆実《みなみ》に対し、俺は自信たっぷりの声音でそう言った。

＃

翌日——皆実の端末から『話がしたい』という旨のメッセージを送って霧谷《きりがや》を指定の場所に呼び出した俺は、そこへ向かう傍《かたわ》ら、腕を組みつつ静かに思考に耽《ふけ》っていた。

（解決したも同然、とは言ったけど……どうしたもんかな）

頭を悩ませている内容は、昨日から何一つとして変わりない。

いや——実際、皆実にも話した通り、《ディアスクリプト》の指令《オーダー》として〝物理的に達成不可能な事象〟が紛《まぎ》れ込むとは考えられない。それ自体は嘘《うそ》でも何でもないのだが、しかしあくまでも達成可能というだけでその過程まで示されているわけではないんだ。管理者には全てが見えているんだとしても、俺にとってはそうじゃない。

（普通に考えれば〝皆実を巡って《決闘《ゲーム》》に縺《もつ》れ込《こ》む〟とか、そういう展開になりそうな気がするんだよな。それを説得だけで解決って、そんなことが出来るのか？　あいつ、皆実を仲間にしようとしてるのがちょっと意外に感じるくらいの戦闘狂だってのに……）

いくら考えてもそれより先へ思考が進まず、俺は右手をそっと口元へ遣《や》る。

『それに……争点になるのは、やはり指令《オーダー》達成までの速度です』

と、同時、イヤホンを付けた右耳から透き通るような姫路《ひめじ》の声が聞こえてきた。

『霧谷様はああいう方ですので、もし《決闘《ゲーム》》を避けて説得できるような状況になったとしても何かしらの〝条件〟を付けられる可能性が高いです。逆にリナの方は……標的である久我崎《くがさき》様がリナのことを敬愛しておりますので、一瞬で終わってしまうかと』

（……だよなあ）

そんな推測を聞いて微《かす》かに溜《た》め息を零《こぼ》す俺。……姫路の意見ももっともだ。久我崎も霧谷も厄介なことには変わりないが、そもそも〝彩園寺更紗《さいおんじさらさ》〟というのは対久我崎のキラーカード。根っからの《女帝》信者である彼は、彩園寺の命令なら何だって聞くだろう。当の彩園寺も、昨日の時点で『ふふん、悪いわね？』と勝ち誇ったように笑っていた。

そんなこんなで既に敗色濃厚だが――当然、諦めるわけにはいかないから。

「……ふぅ……」

待ち合わせ場所に霧谷の姿を認めた俺は、小さく一つ息を吐いた――。

「――よう、久しぶりだな霧谷」

七番区の駅前。雑多なビルや飲食店なんかがズラリと並ぶメインストリート。

とある店舗のショーウィンドウに背を預けるようにして立っていた霧谷に横合いから話し掛けると、彼は「ぁ……？」と怪訝《けげん》な声を発しながらこちらを向いた。いかにも面倒《めんど》臭そうな態度だったが、すぐに俺の姿を認識したのか口端に狂暴な笑みが浮かぶ。

「ひゃはっ……篠原緋呂斗《しのはらひろと》じゃねえか。奇遇だな、オレ様のシマに何の用だよ？」

「用？　何だよ、七番区は用がなきゃ入ることも出来ないのか？」

「んなわけねえだろ、てめーならいつでも大歓迎だ。ここじゃ強さが全部だからな」

右手で髪を掻《か》き上げながら好戦的な煽《あお》りをぶつけてくる霧谷《きりがや》。それに対してあくまでも淡々とした口調で「そうかよ」とだけ返してから、俺はさっそく本題に入る。

「一つ、良《い》いことを教えてやる——皆実なら来ないぜ？　昨日のチャットは俺が送った」

「あ……？　おい、そりゃ一体どういうこったよ。てめー、あの女とつるんでんのか？」

「つるんでるって言うと微妙に違う気もするけど、まあそんなとこだな。ちょっとした事情があって、お前が皆実《あいつ》を仲間に引き入れようとしてるのを止《や》めさせたいんだ」

そう言って、俺はもう一歩分だけ霧谷に近付きながら微《かす》かに口角を持ち上げた。オールバックの威圧的な風貌に内心ビビらないでもないが、とはいえそんなものを顔に出す俺じゃない。少なくとも表面上は余裕の態度で対峙《たいじ》する。

対する霧谷はしばらく黙っていたが……やがて、小さく肩を竦《すく》めてこう言った。

「仲間に、ねえ。……いいや？　てめーが何を勘違いしてんのかは知らねえが、オレ様はそんなダセーことしちゃいねえ。この生涯で一度もな」

「……一度も？　けどお前、《アストラル》が終わってからも皆実《みなみ》に接触してただろ？」

「ああ、確かに声は掛けてやったぜ。このオレ様が直々にな。だが、それはあの女と《決闘》をするためだ。《アストラル》で見せてくれやがった才能の片鱗――そいつが本物かどうか、この目で確かめようと思ってな」

「《決闘《ゲーム》》を……」

囁《ささや》くような声音でポツリと呟《つぶや》く俺。……なるほど、というのが正直な感想だった。確かに、霧谷凍夜《とうや》という人間のことを考えればそちらの方がよっぽどしっくりくる。彼は皆実の秘めたる実力を知り、それを欲しがるのではなく打倒しようと考えたわけだ。

「――けどな」

そこで、目の前の霧谷はつまらなそうに首を横に振ってみせた。少しイライラしたような気配を漂わせつつ、片手をポケットに入れて言葉を続ける。

「少し前に調べたんだよ、あの女の過去――中学時代のことを。知ってたか篠原？　あの女、かつてはてめーと同じ最強格だったらしいぜ。なのに途中でその座を捨てた……しかも、移った先が聖ロザリアだぁ？　ふざけんな、んなもん〝逃げ〟でしかねえよ」

「……？　それがどうしたんだよ」

「ひゃはっ、どうもこうもそれが全てだろうが。一度逃げ出したらそこで終わりだ。そんな抜け殻と《決闘《ゲーム》》したってオレ様の心は満たされねえ！」

言いながら、ぐっとこちらへ顔を近付けてくる霧谷。凶悪な笑みが大きく歪《ゆが》む。

「やっぱりてめーだ、篠原緋呂斗……てめーは、誰よりも興奮する。ゾクゾクしやがる」

「……気持ち悪いこと言ってんじゃねぇよ」

「いいねえ、オレ様を前にその威勢を保てるヤツはそうそういねえ。せっかくだし、このまま直接対決といきてえところだが……」

間髪《かんぱつ》容《い》れずに《決闘《ゲーム》》の申請をしてくるのかと思いきや、霧谷《きりがや》はそこで不意に言葉を止めた。そうしてポケットから自身の端末を取り出しつつこんな話を切り出してくる。

「篠原《しのはら》緋呂斗《ひろと》——てめー、夏のイベントは知ってるか？」

「イベント？　……さあ、知らないな」

「そうか。そいつはな、この島で一二を争う超大型の《決闘》イベントだ。注目度も盛り上がりも何もかもが最大級。んで、オレ様とてめーなら間違いなくその参加者《プレイヤー》として選出される……そこで雌雄を決する、ってのはどうだ？」

「……へえ？　意外だな、そんなに我慢が出来るやつだとは知らなかった」

「ひゃはっ、何馬鹿なこと言ってんだ7ツ星。てめーとオレ様の対決だぞ？　こんなチンケな場所じゃなくて相応の〝舞台〟が必要だろうが。……それに」

言いながら、霧谷は手に持っていた端末の画面を真《ま》っ直《す》ぐ俺に突き付けてきた。等級を管理するプロフィール画面。そこには何の変哲もないノーマルカラーの星が四つと、《アストラル》でも活躍していた色付き星《ユニークスター》の〝黒〟が一つ、そしてもう一つ——同じく《アストラル》で皆実雫が失った〝灰色の星〟が表示されている。

「ッ！　……よりにもよって、お前に渡ったのかよ」

「ああ。７ツ星の座がてめーで埋まってやがったから無色《ノーマル》の星が一つ色付きに変わっただけだが、ともかくこれでオレ様も二色持ち《ダブルカラー》ってわけだ。が、まだろくに使い道も研究できてねえからな。さっきも言った通り、今すぐてめーに《決闘《ゲーム》》を仕掛けるつもりはねえ」

「……………」

「ひゃはっ……だから、楽しみにしてろよ7ツ星？　やるからには徹底的に引っ掻《か》き回して、徹底的に暴れまくって、徹底的にてめーを終わらせる。こんだけ骨のあるオモチャを雑に潰したらもったいねえからな。飽きるまで遊び尽くして、それから壊す。……覚えとけよ？　次のイベントがてめーの墓場だ」

最後にもう一度だけ狂暴な笑みを浮かべて、霧谷はくるりと俺に背を向けた。そうしてカツカツと音を立てて去っていく――おそらく、夏のイベントとやらに向けて既に手を回し始めているんだろう。楽しむためなら手は抜かない、それが霧谷の霧谷たる所以《ゆえん》だ。

そんな彼の背中を見送りながら、俺はそっと右手を口元へ遣《や》る。

確かに、新たな面倒事が降りかかってきた気はしないでもない。ないが、少なくとも霧谷は皆実から手を引いたということなんじゃないか？　俺は、指令の達成条件を満たしたんじゃないか……？

（……って、そうだ、彩園寺《さいおんじ》は――）

そこでようやく我に返り、俺は逸《はや》る鼓動を落ち着かせながら《ディアスクリプト》を開いてみることにした。もちろん、俺の端末からは彩園寺《さいおんじ》の指令《オーダー》がどうなっているかなんて調べようがない——が、ページの下部に目を遣《や》れば、そこには【congratulations!】の文字と共に俺がファイナルクエストを制したことを示すテキストが表示されている。

（勝った……のか？　でも、何で——）

『——おめでとうございます、ご主人様』

と、その時、不意に耳元から姫路《ひめじ》の声が流れ込んできた。第一声から俺を称《たた》えてくれた彼女は、続けて何とも言えない曖昧な声音で俺の疑問に対する〝答え〟をくれる。

『リナの方は加賀谷《かがや》さんに張り込んでもらっているのですが、状況としては……何というか、アレですね。「皆実雫《みなみしずく》から手を引く代わりに僕との《決闘《ゲーム》》を受けてくれ」と、久我崎《くがさき》様が人目も憚《はばか》らずリナに懇願するような展開になっていまして……』

（あ、あー……なるほど）

得心して小さく頷《うなず》く俺。……どうやら〝崇拝されているからこその弊害〟というやつが出てしまったらしい。戦闘狂ゆえにあっさりと引き下がった霧谷《きりがや》とは真逆の反応だ。

まあ、ともかく——どんな理由があったにせよ、彩園寺はまだ最後の指令《オーダー》をクリア出来ていない。《ディアスクリプト》の表示を見ても、俺がファイナルクエストを制したというのは事実と捉えて良さそうだ。

かくして、三週間以上に渡った色付き星争奪戦《ユニークスター》は俺の勝利で幕を閉じることとなった。

♭

「……ふふ」

「さすが緋呂斗《ひろと》。うん、緋呂斗がこんなところで負けちゃうわけないよね」

「でも、せっかくだからもうちょっとだけ付き合って欲しいな」

「私に会うために、最後まで頑張って――ね？」

♯

「…………」

――霧谷との〝交渉〟を終え、色付き星争奪戦が幕引きを迎えてから数時間後。

俺は、自宅のリビングで、変装姿《パーカー》の彩園寺更紗《さらさ》とテーブル越しに向かい合っていた。

彼女がここへ来たのはつい二十分ほど前の話だ。久我崎との《決闘《ゲーム》》をどうにか自然な形で回避し、へとへとになって自宅へ戻った後、すぐに着替えてきたらしい。自身の敗北を認めたくないのか、俺の対面でむぅっと頬杖《ほおづえ》を突いている。

「もう……もう、何で勝てないの？　最後の指令《オーダー》を見た時は絶対に負けるわけないって思ったのに。あんた、一体どんな魔法《イカサマ》を使ったわけ？」

「いや、今回は何もしてねえよ。単純に、霧谷《きりがや》が皆実《みなみ》への執着を失いかけてただけだ」

「霧谷が……そういうこと。なら、もしあたしのターゲットが久我崎《くがさき》じゃなくて霧谷だったら——って、ダメね。負けたのにこんなこと考えるなんて格好悪いわ」

テーブルに突っ伏して自分を戒めるように豪奢《ごうしゃ》な赤髪をふるふると振る彩園寺《さいおんじ》。……実際、もし標的が逆だったら普通に彼女が勝っていただろうとは思うのだが、《女帝》のプライド的にそれを言い訳にすることは出来ないらしい。相変わらず難儀な性格だ。

だから、というわけじゃないのだが。

「まあ……でも、皆実との《決闘《ゲーム》》に勝てたのはお前のおかげみたいなもんだしな」

「……ば、ばか。慰めて欲しいだなんて言ってないじゃない」

俺の言葉に対し、ぷいっと顔を背けたままそんな悪態を吐《つ》いてくる彩園寺。ぶっきらぼうなその言い草に一瞬ムッとしそうになるが、直後に「でも……ありがと」と微《かす》かな声音が鼓膜を撫《な》で、俺は彼女に向けていた視線を思わず明後日の方向へぶん投げた。……今のは、ちょっと反則だ。ただでさえ可愛《かわい》いんだから迂闊《うかつ》に素直にならないで欲しい。

「え、えっと、あのさ彩園寺——」

「……あの。イチャイチャしているところすみませんが、話を戻してもいいですか?」

「「っ!」」

と——そこで横合いから投げ掛けられてきた姫路《ひめじ》の声に、俺と彩園寺はびくりと肩を跳ねさせた。お互いに顔を赤くしつつ、咳払《せきばら》いやら何やらでどうにか照れを誤魔化《ごまか》そうとする。そんな俺たちに拗《す》ねたようなジト目を向けながら、姫路は静かに切り出した。

「お二人もご存知の通り、色付き星争奪戦《ユニークスター》ファイナルクエストとなる皆実様の依頼はご主人様が制する形となりました。モテ期は無事に終了、ですね。先ほど皆実様から連絡がありましたが、久我崎様からは早くも謝罪の手紙が大長編で送られてきたそうです」

「あいつのやりそうなことね……逆に、霧谷は何のアクションもしてこないと思うけど」

「ですね。……ともかく、ご主人様とリナとの色付き星争奪戦は、2対1でご主人様の勝利に終わりました。そのため、賭けられていた〝紫の星〟が正式にご主人様のものとなります。また、大元となるゲームブック――《ディアスクリプト》ですが、こちらもファイナルクエストの突破と共に新たなページが出現しています。おそらく、これが最終ページになるものと思われますが……ご主人様」

澄んだ瞳に促され、小さく頷《うなず》きながら自身の端末を取り出す俺。そのまま《ディアスクリプト》を起動する――と、最新のページにはただ一文、こんな指令《オーダー》が記されていた。

【指令《オーダー》：明日、6月10日の午後1時に〝[redacted]〟へ行き、《ディアスクリプト》の管理者《ゲームマスター》と対面すること】

「……ふぅん？」

それを見て、対面の彩園寺が微かに身を乗り出すようにしながら口を開く。

「管理者《ゲームマスター》との対面……あんたの勝利報酬そのままね。本当に最後の指令《オーダー》、って感じ」

「だな。……って、そういえばお前の勝利報酬って結局何だったんだよ？」

「？　決まってるじゃない、《ミーティア》にあたしの恋愛運を——って！　ひ、秘密よ秘密、そこまで教える義理はないわ。それより、今はあんたの幼馴染《おさななじ》みでしょ？」

俺の問いに、半ば口を滑らせながらも黙秘権を行使してくる彩園寺《さいおんじ》。詳しく聞きたい気もしたが紅玉《ルビー》の瞳にじとっと阻まれ、俺は諦めて話を戻すことにする。

「とりあえず、明日の午後に《ディアスクリプト》の管理者《ゲームマスター》と対面できる、ってのは分かった。けど、肝心の〝場所〟が暗転してるんだよな。どこへ行けばいいのか分からない」

「はい、そうなのです。それも、少し解析した限りではバグの類《たぐい》ではないようですね。おそらくアプリ側の仕様です」

「じゃあ、篠原《しのはら》の幼馴染みが自分から待ち合わせ場所を隠してるってこと？　よく分からないけれど……それ、ユキたちのイカサマチームでどうにかならないの？」

「《カンパニー》です、リナ。……いえ、もちろんその手も考えたのですが」

言って、ちらりと俺を見上げてくる姫路《ひめじ》。少し申し訳なさそうなその視線にゆっくりと首を振ってみせてから、俺は溜《た》め息交じりに彼女の言葉を引き継ぐことにする。

「繋がらないんだよ……加賀谷《かがや》さんにも、他の誰にも。ファイナルクエストが終わる頃までは普通に通じてたはずなんだけど、今はイヤホンの先に誰もいない」

「誰も……？　仕事が終わって帰っちゃったのかしら」

「いえ、そんなことはないはずですが……とはいえ、《カンパニー》の支援が受けられない状況だというのは間違いありません。簡単なプログラムならわたし一人でも突破できるのですが、《ディアスクリプト》にはかなり強固なプロテクトが掛かっていまして……」

解除不能です、と言って姫路は白銀の髪をさらりと揺らす。《カンパニー》のリーダーである彼女だが、ＰＣスキルという意味ではやはり加賀谷さんに軍配が上がるのだろう。

「……仕方ない。ここは、直接学長に——って、ん？」

そんなわけで、俺が《カンパニー》の雇い主でもある英明《えいめい》の一ノ瀬《いちのせ》学長に連絡を取ろうとした……瞬間、テーブルの上に置いていた端末がけたたましい着信音を奏で始めた。発信者の欄に視線を遣《や》れば、そこに表示されていたのは他でもない学長の名だ。見計らったようなタイミングに何となく嫌な予感を覚えつつ、俺は、彩園寺に黙っておくよう目配せしてから咳払《せきばら》いを一つ挟んで通話に出ることにする。

「はい、もしもし。篠原ですけど」

『くくっ……やあ篠原、久しぶりだね？　《カンパニー》からの報告で色付き星争奪戦《ユニークスター》の結果は聞かせてもらったよ。いや見事だったね、いくら《カンパニー》の補佐があるとはいえ、あの《女帝》相手に充分な立ち回りだ。なかなかに精神を削られただろう？』

「まあ、確かにそうですね。期間も長かったですし、疲労度は割と高めです」

『そうか、なら今日はゆっくり寝るといいよ。紫の星に関しては今日の深夜にでも転送してあげる。これで、合計四色目――くくっ、また一歩伝説に近付いたじゃないか』

「伝説って……いや、まあいいですけど。……あの、それで学長」

学長の愉《たの》しげな発言に曖昧な反応だけ返しつつ、俺はこちらの〝本題〟に入ることにした。端末の向こうの学長に現在の状況を簡潔に伝える――曰《いわ》く、色付き星争奪戦《ユニークスター》が終わったことで《ディアスクリプト》が最終ページに差し掛かっていること。ただ、そこに特殊な仕掛けが施されていて、指定された待ち合わせ場所が分からなくなっていること。そのため《カンパニー》に力を借りたいが、何故《なぜ》か回線が切れてしまっていること。

『ふむ……』

俺がそこまで話し終えると、学長は静かな声でそう呟《つぶや》いた。……が、それは決して深刻だったり頭を悩ませていたりといった類《たぐい》の真面目な声色じゃない。むしろ、俺の気のせいじゃなければ〝それは面白いことを聞いた〟とでも言いたげな『ふむ』だ。

『なるほど。つまり君は、こういうことが言いたいわけだ――《女帝》との色付き星争奪戦は無事に終わったが、まだ肝心の幼馴染《おさななじ》みに会えていない。会いたくて会いたくて堪《たま》らないから、このまま最後まで《カンパニー》に手を貸してもらいたい……と』

「うっ……翻訳に悪意しか感じませんけど、まあ端的に言えばそうですね」

『ふむ、そうかそうか。……くく……くくっ、あはははははははは!!』

途端、電話口から漏れ聞こえてきた可笑《おか》しそうな大爆笑に、俺は思わず端末から耳を離した。意味が分からず硬直していると、やがて学長はスピーカーモードにせずとも聞こえるくらいのハイテンションで言葉を継ぐ。

『なるほど、道理で！　そういうことか、おかげでやっと謎が解けたよ！』

「や、こっちは謎が解けるどころか永遠に深まってるんですけど……何の話ですか？」

『いやね、実はついさっき、《カンパニー》の連絡用アカウントから一件のメッセージが届いたんだよ。送信者は〝匿名希望〟になってたけど、署名を見るに白雪《しらゆき》以外の全員が賛同してるらしい。ちなみに、内容はこうだ――「紫の星を手に入れるまでは手伝ってあげるけど、可愛《かわい》い可愛い幼馴染みちゃんはヒロきゅんが自分で探すこと！　おねーさんたちはお休みをいただきます！」と』

「!?　ぜ、絶対加賀谷《かがや》さんじゃないですか！」

『くくっ、隠す気が全くないところも味があって良《い》いだろう？　……と、まあこんな冗談みたいなメッセージを寄越《よこ》してきてはいるけど、《カンパニー》が現状ボイコット中なのは間違いない。君、彼らから相当なヘイトを買ったと見えるね』

「ヘイトって、そんなことっ――」

『例えば白雪とイチャイチャなデートをするとか』

「…………すいませんでした」

覚えがありすぎて一瞬で反論を封じられてしまう俺。……確かに、遠隔とはいえあの疑似デートをサポートしてくれていた加賀谷《かがや》さんの心境というのは想像するに余りある。それに、主張している内容はあくまでも順当なものだ。色付き星争奪戦《ユニークスター》が終わった今、《ディアスクリプト》には星も何も懸かっちゃいない。俺が〝幼馴染《おさなじ》み〟と再会するためだけのことに《カンパニー》を動員すると考えれば、確かに職権乱用な感はある。

『くくっ……まあ、そういうわけだ。せいぜい頑張るといいよ、君』

「あ、ちょっ――」

俺の制止も虚《むな》しく、学長は無慈悲にも通話を切ってしまった。残された俺は端末を握ったまましばらく呆然《ぼうぜん》としていたものの、やがて勢いよく顔を跳ね上げる。

「っ……二人とも、今の聞こえてたよな!?」

「え、ええ、まあ」「もちろんです、ご主人様」

「なら、姫路《ひめじ》！　さっきは〝解除不能〟って言ってたけど、それって《カンパニー》の機材を使ってもダメなのか？　例えば、加賀谷さんが持ってきたあのタブレットとか！」

「いえ……それでも難しいです。わたしの技術が追い付いていませんし、そもそも連名のメッセージに一人だけ含まれていなかったということは、この謀反においてわたしは〝敵側〟ということになります。おそらく《カンパニー》のアカウントは止まっているかと」

「ぐっ……じゃあ彩園寺《さいおんじ》！　何か、どうにかならないか!?」

「あ、あたし？　無理よ、ＰＣ関係ならユキの方が絶対詳しいもの」

「なら彩園寺家の権力的な何かで無理やり突破するとか！」

「絶対いや！　っていうか、ここで手を貸してあんただけが目的を達成しちゃったら、あたしが困ることになるじゃない。二人とも嘘《うそ》をつかなきゃいけない事情があるから共犯関係が成立してるのに、それが根っこから崩れることになるわ」

「は⁉　いやいやいやや、別に目的達成したって勝手に一抜けなんかしないからな⁉」

「ふん、だ。そんなの信じられないわ。だって、あんた嘘つきだもの」

それだけ言って、ぷいっとそっぽを向いてしまう彩園寺。……まあ、言いたいことは分からないでもない。俺たちの共犯関係は互いの〝嘘〟に基づくものだから、その〝嘘〟をつく理由がなくなれば一気に曖昧なものになってしまう。だから手を貸す気はない、ということなんだろうが——

（そりゃそうだよなぁ……！　だって、もし俺が彩園寺の立場だったとしても絶対手なんか貸さないし！　学長の立場でもそうだ！　何だよこれ、詰んでないか……⁉）

ぐるぐる暴れる思考を押さえ付けるようにして、俺はそっと右手を口元へ遣《や》る。

と——そんな時、隣の姫路が静かに声を掛けてきた。

「あの、ご主人様。……今回ばかりは、諦めた方が良いのではないでしょうか？」

「っ……諦める？　ここまで来たのに、か？」

「はい。色付き星《ユニークスター》の入手、という目的は既に達成していますので、ここで退《ひ》いても全てが無駄になるわけではありません。それに……改めて、ですが、わたしはご主人様のことを心の底から慕っております。ですので、たとえご主人様が想《おも》い人に会うために奔走するのだとしても、本来なら〝諦める〟などという言葉は最後まで口にせず全力で協力させていただきます。……ですが、一つ妙なことを言ってもよろしいでしょうか？」

「妙な……？」

「はい。最初から、ずっと疑問に思っていたのです――《ディアスクリプト》の管理者というのは、本当にご主人様の幼馴染みなのでしょうか？　これほど大掛かりな《決闘《ゲーム》》を計画して、何もかもを見透かしたような指令《オーダー》を連発して……こんなこと、普通の高校生には絶対に出来ません。気味の悪さすら感じます。……というわけで、申し訳ありませんご主人様。わたしは、反対です」

碧《あお》の瞳を真《ま》っ直《す》ぐこちらへ向けながら、とことん真摯な口調で言ってくる姫路《ひめじ》。

まあ、確かに――確かに彼女の言う〝気味の悪さ〟は俺だって感じていた。どう考えてもただの女子高生には不可能な芸当ばかりだし、そんな得体の知れないやつには会って欲しくない、という彼女の言い分も理屈としてはよく分かる。

(けど、このまま終わるなんて不完全燃焼もいいとこだろ……!?)

内心ではそんなことを思う――が、とはいえ学長には大爆笑で協力を断られ、彩園寺《さいおんじ》にはそっぽを向かれ、姫路には頭を下げられるという孤立無援の状況だ。普段から学園島《アカデミー》最強だ7ツ星だと担がれているが、俺自身には演技《はったり》くらいしか能がない。誰かに手を貸してもらわなきゃ絶対にこの逆境は打破できない。

けれど、《カンパニー》並みのスキルを持っていて、俺に手を貸しても不利益《こうむ》を被らなくて、それどころか進んで協力してくれるような、そんな都合のいいやつなんて——

「…………いや？」

——いる、かもしれない。

不思議そうに顔を見合わせる姫路と彩園寺の前で、俺は静かに思考に耽《ふけ》ることにした。

＃

一晩明けて、翌日。

俺と姫路が二人して英明《えいめい》学園の学長室を訪れると、そこではガラステーブルの奥のソファに腰掛けた一ノ瀬《いちのせ》学長が優雅にワインを嗜《たしな》んでいた。

「くくっ……やあ君たち、よく来たね。座りなよ、客人用のグラスを用意してあげよう」

「……真っ昼間からお酒ですか。相変わらず良《い》いご身分ですね、女狐《めぎつね》様」

「うん？　いや、それは違うよ白雪《しらゆき》。私は別に昼間から酒を呑《の》んでいるわけではない。正確には、昨日の夜から呑んでいる」

「であればより重症です。全く……何か嬉《うれ》しいことでもあったのですか？」

「無論、君の主《あるじ》が打ち立ててくれた功績に決まっている」

口端に笑みを浮かべながらそう言って、学長は俺に視線を移してきた。着ている服はいつものオフィススーツだが、酔いのせいか目元は微《かす》かにとろんとしているし、細かい仕草にはいつも以上の油断が窺《うかが》えるしで、端的に言って色っぽい。

「三番区桜花《おうか》学園所属の《女帝》彩園寺更紗《さいおんじさらさ》――彼女との色付き星《ユニークスター》争奪戦は篠原《しのはら》の勝利で終わり、君は四つ目の色付き星を手に入れることとなった。効果は君も知っての通り、データの複製を行えるという代物だ。なかなか便利に使えるだろうね」

「ですね。……ちなみに、例えば色付き星を複製《コピー》したりとかは？」

「無理に決まっているだろう。……いいか篠原？　学園島《アカデミー》のシステムの中でも〝星〟に関するプロテクトは特別強力なんだ。もし紫の星がそれを破れるのなら今頃どこの学長も血眼になって探しているよ。何せ、一つ手に入れるだけで簡単に天下を取れるんだから」

「まあ……確かに」

一応訊《き》いてみただけだ。まさか本当にやろうだなんて思っちゃいない。

そんな風に小さく首を振る俺を真正面から見つめつつ、学長は上機嫌に笑っている。

「本当に、想像以上の快進撃だ。君にはいつも驚かされる――少し昔話でもしようか。実はね、英明《えいめい》が7ツ星を輩出するのはおよそ十年ぶりの出来事なんだ。ちょうど、私が学生としてこの学園に通っていた頃……当時の英明は三年連続で学校ランキングの一位に君臨していて、強豪と言えば英明のことだった。桜花も森羅《しんら》も彗星も敵じゃなかった」

「へえ、英明にそんな時代が……」

「ああ、いわゆる黄金の世代というやつだ。真に覇権を握りかけたと言っても過言じゃない。何せ当時の6ツ星は八割が英明に在籍していて、色付き星だって半分以上は英明の管理下にあったからね。それも、全ては〝英明の悪魔〟と呼ばれた7ツ星の采配で。……だけどね篠原、今年はそれに比肩する大躍進の年になるかもしれない。今は単なる嘘《うそ》つきだけど、色付き星をもう三つ集めれば君は真の7ツ星になる。そして、もしあの悪魔でさえ到達できなかった8ツ星ともなれば、君は歴史を塗り替える」

「……めちゃくちゃ酔ってますね、学長」

「それはもう、色んな意味でね」

くくっと小さく喉を鳴らして、学長は右手に持っていたグラスをテーブルの上に置き直した。そうして、とろんとした目を改めて俺に向けてくる。

「でもまあ、あんまり焦《じ》らしても悪いし、そろそろ本題に入ろうか――大方《ディアスクリプト》のことだろう？　《カンパニー》にそっぽを向かれて私に泣きついてきたのかな」

一転してからかうような口調で尋ねてくる学長。それに若干ムッとさせられつつも、俺はジト目で彼女を見つめ返す。

「……《カンパニー》でもボイコットとかあるんですね」

「何だよ、私を責めないでもらえるかな？　責務は果たしているんだし、恨まれる筋合いはないだろう。管理者《ゲームマスター》の居場所が分からないなら島中を駆けずり回って探せばいい」

「そんなことしてたら日が暮れますよ……ったく」

はぁ、と溜《た》め息を吐《つ》きながら学長の提案を切り捨てる。……と、そんな俺の反応に若干の違和感を抱いたようで、対面の学長が小さく眉を持ち上げた。

「……ふむ。状況の割には落ち着いているね、篠原《しのはら》？　達成不可能な指令《オーダー》を突き付けられているんだから、もう少し慌てているものかと思ったけど」

「女狐《めぎつね》様に同意するのは遺憾ですが、わたしも同じようなことを思っていました。ご主人様、もしかして何か策があるのですか……？　この状況を打開する術《すべ》が」

対面の学長と、それから俺のすぐ隣に立っている姫路《ひめじ》。二人から向けられる疑問の声に小さく「ああ」と頷《うなず》き返してみせると、俺は微《かす》かに口角を上げて続ける。

「理屈としてはファイナルクエストの最後と同じことですよ。《ディアスクリプト》に表示される指令《オーダー》は、物理的には絶対に達成できるようになってる。さっき学長は達成不可能って言いましたけど、そんなことはあり得ません」

「ほう？　自信満々なようだけど、その根拠はどこにあるのかな。まさか、この状況で君に手助けしてくれる人がいるとでも？」

「はい、いるじゃないですか――その部屋に」

と……そこまで言った辺りで、俺はおもむろにソファを立った。そして「……そういうことですか」と何かに思い当たったような姫路《ひめじ》の声を背中で聞きながら、学長室の奥、入り口とはまた別の扉の前に立ってガチャリとノブを捻《ひね》ってみる。

その先に広がっていたのは、一つの小部屋だった。学長室と比べると幾分か小さめの作りで、調度品なんかはある程度似通ったものが置かれているものの、何というか全体的に生活感が増している。そして、部屋の真ん中に据えられたソファでは、豪奢なネグリジェに包まった黒髪の少女が身体を丸めて「くーすー」とまるで天使みたいに眠っている。

「ったく、昼前だってのにまだ寝てるのかよ……椎名」

そう……椎名紬《しいなつむぎ》。学園島《アカデミー》史上初の〝偽アカウント〟を完全独力で作り上げ、倉橋御門《くらはしみかど》に目を付けられた無垢《むく》なる怪物。《ディアスクリプト》の開始初日にもここで遭遇している彼女だが、確認のために昨晩メッセージを送ってみたところ〝まだ引っ越していない〟との返答があった。ならつまり、ここへ来れば彼女に会えるということだ――一人で《カンパニー》を凌駕するかもしれない本物の天才に。

「おい、椎名。いつまで寝てんだよお前、もうすぐ昼だぞ」

「うん……むにゃ、ぅにゅ……あと二日……」

「単位がやべえ。……ったく、起きないなら実力行使に出ちまうぞ？」

嘆息交じりに言いながら、俺は椎名《しいな》が眠るソファに足を近付けた。そのまま静かに屈《かが》み込《こ》むと、無防備な寝顔を晒《さら》す彼女の頬《ほお》にぷにっと人差し指を触れさせる。

「ふにっ？　……む、むー……うにゃぁ」

「首振ったって無駄だっての。頼むからさっさと起きてくれよ、椎名」

「起きる……？　起き……おき…………んぅ？」

俺の攻撃にしばらくの間むーむーと唸《うな》りながらぐずっていた椎名だったが、そうこうしているうちにだんだんと意識が覚醒してきたんだろう。重い瞼《まぶた》がそうっと開かれ、その下にあった漆黒と真紅のオッドアイがはっきりと俺の姿を捉える。

「ふえ？　……お、お兄ちゃん!?」

そうして彼女は、開口一番にそんな言葉を口にした。ソファの上でむくりと身体《からだ》を起こし、胸元にはケルベロスのぬいぐるみを抱きながらぱっと表情を輝かせる。

「来てくれたんだお兄ちゃん！　ねえ、ねえねえ今日はゲームできるのっ？」

「えっと、とりあえず落ち着け椎名。あとこれはマジだけど、コンタクト付けたまま寝るのは止めた方がいいぞ？　視力落ちたらどうすんだ」

「う、ごめんなさいお兄ちゃん、夜更かししてたらつい……って、違うよ！　心配してくれるのは嬉《うれ》しいけど、わたしのはホンモノだもん！　邪竜と契約して手に入れた異能の目だから視力150くらいだもん！　……でも、一応今日から気を付ける！」

「ああ、そうしてくれ」

何が一応なのかは分からないが、そこは突っ込まないのが礼儀というものだろう。とにかく、俺は話が一段落した辺りでポケットから端末を取り出すことにする。

「で、だ。……椎名、今日はお前に頼みがあって来たんだけど」

「お兄ちゃんが、わたしに……？　な、なになにっ？　闇の力を分けて欲しいとか!?」

「いや、今回は残念ながらそれじゃない。実は、俺の端末に入ってるアプリ――《ディアスクリプト》ってやつなんだけど、こいつを少し弄って欲しいんだよ。何か面倒なプロテクトが掛かってるらしくてな、肝心なところが表示されないんだ」

「む？　どこどこ？」

「ここだ。……まあ、俺の端末は諸事情でちょっと手放せないから、実際に作業してもらう時は〝紫の星〟で作った複製品《レプリカ》をお前の端末に移そうと思ってるけど」

若干言葉を濁しながらも平然とそんなことを告げる俺。諸事情も何も、嘘《うそ》と違法アビリティで一杯になっている俺の端末はもはや誰にも預けられない。

とにもかくにも、椎名は俺が翳《かざ》した端末の画面をオッドアイの両目でじっと見つめていた。……いや、もちろん普通に考えれば悩むようなことでもないだろう。正体不明の謎アプリに施されたプロテクトの解除。そんなの、一介の中学生に出来るはずはないが。

「……えっと、そんなことでいいの？」

こてんと首を傾《かし》げた椎名《しいな》が口にしたのはそんな衝撃的な文言だった。

「それくらいなら、多分そんなに時間も掛からないと思うけど……もしかして、それが出来たらわたしと遊んでくれるってこと？」

「あ、ああ。今日はちょっと難しいけど、今週末ならずっと付き合ってやってもいい。でも……本当に出来るのか？」

「うん、大丈夫！　この端末に入れてみて？」

そう言って椎名が差し出してきた端末を一旦受け取り、俺は紫の星で複製《コピー》した《ディアスクリプト》を端末間で転送する。その後データの入った端末を椎名の手のひらにそっと戻すと、彼女は再びソファに飛び乗って鼻歌交じりに作業を始めた。何かしらの機材を使うでもなく、ただただ周囲に展開させた無数の投影画面に両手の指を躍らせる。

「ここを、こうして……そしたらガチャンってなるから、ゆっくりムニムニして……丸いところをするっと抜けさせて、一気に引っ張る！」

「…………」

「あとはちょっとだけくるくるして、最後にカチって嵌《は》めれば……出来た！」

「……マジで言ってんの？」

椎名の宣言に思わず呆《ほう》けたような声を返してしまう俺。……出来た？　まさか、出来たと言ったのか？　作業を始めてからまだ三十秒も経っていないのに……？

「あー……あのさ、椎名。今はちょっと冗談に付き合ってられる状況じゃ――」

「じょ、冗談じゃないもんっ！　むむ……ほら、これ見てお兄ちゃん」

　ぷくっと頬《ほお》を膨らませながら勢いよく俺に端末を突き付けてくる椎名。見れば、そこには確かに今まで伏せられていた【待ち合わせ場所】がはっきりと映し出されていて。

「……これで、いいんだよね？」

「ああ……よくやった椎名、完璧だ」

「わにゃっ!?　な、何で撫《な》でてっ……ふにゃあ…………えへへ」

　得意げな顔をほんの少しだけ曇らせる椎名があまりにも可愛《かわい》くて、思わず彼女のつやつやとした黒髪に手を伸ばす俺。少し触れた瞬間に小柄な身体《からだ》がぴくんと跳ね、それからすぐに弛緩《しかん》する。心地良さげに身を委ねてくるその姿はまるで人懐っこい猫みたいだ。時折足がパタパタと動いている辺りも小動物っぽくて可愛らしい。

（って……だ、ダメだダメだ、こんなことしてる場合じゃない！）

　そこでようやく正気に戻り、俺は小さく首を振りつつソファを立った。本当ならもう少し撫でていたいくらいだったが、残念ながらそういうわけにもいかない。

「……ふえ？　お兄ちゃん、もう行っちゃうの……？」

「っ……ああ、悪いな。さっきも言ったけど、今日はちょっとした用があるんだ」

「そっかぁ……うん、分かった。それじゃお兄ちゃん、週末はいーっぱい遊ぼうね！」

「ああ。……ありがとな、椎名《しいな》。今回はマジで助かった」

最後にそんな感謝を口にしてから、俺は椎名の部屋から元いた学長室へと舞い戻ることにした。すると、すぐさま正反対の表情を浮かべた二人に迎えられる——一人は、驚きと感心とその他諸々《もろもろ》が混じり合ったような顔色で俺を待ってくれていた姫路《ひめじ》。そしてもう一人は、そんな姫路の対面でニヤニヤと頬を歪ませている一ノ瀬《いちのせ》学長だ。

「くくっ……見事だよ、篠原《しのはら》。きっとそれが正解だ。君と利害関係になく、かつ《カンパニー》並みのスキルを持つ人材なんてあの子以外には考えられない」

「……そりゃどうも」

パチパチと拍手をしている学長に対し、俺は呆《あき》れたような視線を向ける。……姫路や彩《さい》園寺《おんじ》はともかく、椎名と一緒に生活していた学長だけは昨日の時点でこの手段に気付いていたはずだ。それなのに椎名をどこかへ移動させるわけでもなく、逆にアドバイスをくれるわけでもない。中立というか公平というか……どこまでも一筋縄じゃ行かない人だ。

ともかく、カチャリと眼鏡に指を遣《や》った学長はゆっくりと言葉を続ける。

「さて——これで篠原は、《ディアスクリプト》を完全にクリアする権利を手に入れたわけだ。白雪《しらゆき》も、ここまで来たら異存はないだろう？」

「……はい。元より、ご主人様の選択に異存などありません。ですが——一つだけ教えてください、女狐《めぎつね》様。《ディアスクリプト》の管理者《ゲームマスター》というのは一体どなたなのですか？

本当に、ご主人様が探している幼馴染《おさななじ》みの方なのですか……？」

「おや、まるで私が全てを知っていながら黙っているとでも言いたげな口振りだね」

「ですから、そう言っています。《ディアスクリプト》の内容が最初に開示された時、女狐様はどこか知ったような反応をしていました。お知り合いの方なのではありませんか？」

「さあ？　女狐様、じゃなく棗《なつめ》お姉様と呼んでくれたら考えてあげなくもないけどね」

「…………」

「くくっ……そんな目で見ないでくれよ、白雪。変な趣味に目覚めそうだ」

あくまでもからかうつもりでいるらしい学長に対し、姫路は「ふぅ……」と微《かす》かな息を零《こぼ》しながら白銀の髪をさらりと振った。そうして一言、

「女狐様がそのつもりなら、分かりました。……自分の目で確かめます」

「うん、それがいい」

楽しげに頷《うなず》いて、同時にちらりと腕時計に目を遣って時間を確認する学長。彼女は相変わらず獰猛《どうもう》で嗜虐《しぎゃく》的な表情を浮かべながら再びワインのグラスに口を付けると、それで喉を潤してからニヤリと笑ってこう言った。

「それじゃあ二人とも、時間も時間だしそろそろ準備を始めるといい。手土産は特に必要ないと思うけど——まあ、せいぜい彼女によろしくね？」

エクストラステージ

「──来たわね、篠原《しのはら》」

指定された待ち合わせ時刻の少し前。

俺と姫路《ひめじ》が制服姿の彩園寺《さいおんじ》と合流したのは、例の疑似デートでも訪れた遊園地だった。既に色付き星争奪戦《ユニークスター》が終わっているのに変装もせず普通に彩園寺と顔を合わせてしまっているが、まあ大して問題はないだろう。というのも、今日のユニオンパークは機器メンテナンスの関係で午後から臨時休園になっているからだ。俺たちの密会を見咎《みとが》めるようなギャラリーは一人もいない。

「それにしても、一体どういうつもりなのかしら……？　篠原だけじゃなくてあたしとユキも連れてこいだなんて」

合流するなり豪奢《ごうしゃ》な赤髪を靡《なび》かせて、怪訝《けげん》な顔でそんなことを言う彩園寺。

彼女の言う通りだった。椎名《しいな》の協力で管理者《ゲームマスター》との面会場所を特定できた俺だが、そのわずか数分後、《ディアスクリプト》に新たな指令が追加された。それが【追加指令《オーダー》：姫路白雪《しらゆき》および彩園寺更紗《さらさ》も待ち合わせ場所に同行すること】という謎の一文だ。

そんな彩園寺の疑問を受けて、隣の姫路がさらりと白銀の髪を揺らしてみせる。

「そうですね、可能性としては三つほど考えられます。一つは、単にわたしやリナにもオマケとして報酬が与えられたという説。そしてもう一つは、今からこのメンバーで《ディアスクリプト》第二段階へ突入するという説」

「ん……まあ、確かにどちらもなくはないと思うけど。……それでユキ、三つ目は？　どうせそれが本命なんでしょう？」

「さすがに察しが良《い》いですね、リナ。最後にして大本命となる可能性は、すなわち見せつけです——これは、今からお会いする方が本当にご主人様の幼馴染《おさななじ》みだったと仮定した場合の話ですが、その方は数年間ご主人様に会えていないのですよね？　であれば、今ご主人様のお傍《そば》にいるわたしやリナのことを明確に憎悪している可能性があります。いっそ殺してやりたい、というくらい恨んでいるかもしれません」

「ぞ、憎悪!?　殺してやりたいくらい!?」

「……いや姫路、いくら何でもそれは——」

「いえ、ご主人様は分かっていないのです。わたしもつい最近知ったのですが、恋愛感情というのは女の子を少しおかしくさせます——ですので、憎悪は確かに言い過ぎかもしれませんが、多少の報復くらいは考えていても全く不思議ではありません。例えば……そうですね、リナの目の前でご主人様に抱き着いて無理やり唇を奪うとか」

「！　し、篠原と、キスを…………？」

かぁ、と真っ赤になりながら右手の甲を口元へ遣《や》り、ちらりと窺《うかが》うように紅玉《ルビー》の瞳をこちらへ向ける彩園寺《さいおんじ》。そうして彼女はぎゅっと両目を瞑《つぶ》って続ける。

「ば、ばかっ、何言ってるのユキ！　っていうか、あたしの前で篠原《しのはら》に抱き着くことが何で〝報復〟になるのよ⁉」

「？　リナはご存じないのですか？　この世には〝寝取られ〟という文化が――」

「ねとっ……し、知らない！　そ、そもそもあたし、篠原のモノじゃないからっ！」

涼しげな口調の姫路《ひめじ》にからかわれ、彩園寺は（何故《なぜ》か）俺の方に指を突き付けると顔を赤らめたままぷいっとそっぽを向いてしまった。そんな二人のじゃれ合いを間近で眺めつつ、俺は密《ひそ》かに思考を巡らせる。

（まあ……実際、《ディアスクリプト》の完成度《クオリティ》を考えればここで俺の幼馴染みが出てくる可能性なんてほとんどないんだけどな。もし本当にあいつだったら、俺だってどんな反応すればいいのかよく分からないし）

探し人。初恋の幼馴染《おさななじ》み。俺がこの島に来た理由。……もちろん会いたいことには会いたいが、しかしそうは言っても顔を合わせるのすら数年ぶりだ。名前なんか憶えていないし、容姿だってほとんど思い出せない。もしかしたら再会することで何かしらの記憶が蘇《よみがえ》るかもしれないが、それがどんな感情に繋《つな》がるかなんて想像も出来ない。

と――その時、だった。

「あ……」

　待ち合わせ場所として指定された観覧車の前、少し大きめの広場に差し掛かった辺りで視界に一つの人影が映り込んだ。流麗に流れ落ちるセミロングの茶髪。こちらに背を向けているためはっきりとした容姿までは分からないが、大人っぽいシックなデザインの衣服に身を包んでいるのが見て取れる。何というか、後ろ姿からでも明らかに美人であることが分かるタイプだ。他に客なんかいないいんだから人違いということもない。

「よし……それじゃ、さっそ――」

　ごくりと唾《の》を呑み込みながらも彼女に向かって一歩を踏み出そうとした――瞬間、

「!?　ちょっ……っと、待ちなさい篠原っ！」

「――うぉっ!?」

　隣に立っていた彩園寺にぐいっと腕を引っ張られ、俺は半ば強引にその場で足を止めさせられた。困惑と抗議の意味合いで胡乱《うろん》な視線を向けてみると、彼女は俺の腕に縋《すが》り付いたまま慌てたような表情でこんなことを言ってくる。

「な、ななな、何いきなり話し掛けようとしてるのよ篠原!?　作戦、作戦会議！　まだ何にも決まってないじゃない！」

「は？　いや、作戦って……何の？」

「な、何のって……だからその、えっと」

「分かっています、リナ。もしあそこに立っているのがご主人様の貞操を奪わんとする肉食系女子だった場合、どのように撃退すればいいのか、ということですね？」

「そう！　……そう？　いえ、ちょっと違うかも！　あ、あの人って、あんたの幼馴染《おさななじ》みかもしれないんでしょ？　ならあたしとユキ、一体どんな顔して立ってれば――」


「――緋呂斗？」


……瞬間、だった。

声を遮る人混みがないせいで俺たちのやり取りは思った以上に遠くまで聞こえていたらしく、視線の先にいた彼女がくるりとこちらを振《ふ》り返《かえ》った。焦げ茶に染まったセミロングがさらりと風に揺れ、オレンジ色の瞳が俺を捉えて微《かす》かに見開かれる。

「緋呂斗《ひろと》……っ！」

直後、ふわりと心の底から滲《にじ》み出たような笑みと共に彼女はパタパタとこちらへ駆けてきた。そうしてそのまま、助走の勢いを殺すことなくタンッと俺の胸に飛び込んでくる。

「へ!?」「ちょっ――」「…………」

「――会いたかったあ」

三人分の困惑なんてお構いなしにぎゅうっと俺に抱き着いて、滑らかな頬《ほお》を擦り付けるようにしながら耳元でそんなことを囁《ささや》いてくる彼女。甘くはないが清潔な香りが鼻腔《びこう》をくすぐってきて、全身に押し付けられる柔らかな感触で頭がどうにかなりそうになる。本当に、冗談抜きでゼロ距離だ。彼女の両手は俺の頭と背中に回されており、整った顔は下手に動けばキスでもしてしまいそうなくらい近くにあって――――って……あれ？

「……や、あの……ちょっと待ってくれ」

そこで、俺はギリギリのところで理性を保ちつつそんな言葉を口にした。するとそれに応じるようにして、ほとんど顔色を変えないままほんの少しだけ視線を逸《そ》らしていた姫路《ひめじ》と、顔を真っ赤にさせつつも指の隙間からちらちら俺の方を窺《うかが》っていた彩園寺《さいおんじ》と、それから幸せそうな表情のまま俺に抱き着いている彼女の三人が揃《そろ》ってこちらへ顔を向ける。

「なに、緋呂斗？　どうかした？」

「どうかした、じゃなくて……えっと、何してるんだよ？」

「何って、見て分からない？　やっと再会できた緋呂斗に抱き着いてるんだよ。何年か分の我慢が溜《た》まりに溜まってるし……それとも、私にこういうことされるの嫌だった？」

「嫌っていうか……」

「じゃあ、嬉《うれ》しいんだ？」

「だからそうじゃなっ……って！」

俺の反論を物理的に封じるかの如《ごと》く、彼女はくすっとからかうような笑みを浮かべるとこれまで以上にぎゅーっと強く俺を抱き締めてきた。後ろに回された右手はいつの間にか俺の頭を撫《な》でていて、その仕草はどこか覚えのあるもので、俺は思わず天を仰ぐ。……ああ、なるほどそういうことか。確かに、彼女は俺の〝大切な人〟には違いない。長いこと会っていなかった想《おも》い人、と言っても過言じゃないかもしれない。

だって、彼女は。

「いいから、そろそろ説明してくれって言ってるんだよ――姉ちゃん！」

いつまでも頬擦《ほおず》りを止めてくれない実姉に対し、俺はぎゅっと目を瞑《つぶ》ってそう言った。

――一旦の仕切り直しを挟むため、観覧車の中へと場所を移すことにした。

構図としては、俺の右隣に《ディアスクリプト》の管理者《ゲームマスター》である彼女が、そして反対側の座席《シート》に姫路《ひめじ》と彩園寺《さいおんじ》が並んで座っているような形だ。対面の二人――特に彩園寺の方はつい先ほどまで『篠原《しのはら》のお姉さん!?　あ、挨拶とかした方が良《い》いのかしら……!?』などと言って慌てていたが、今は多少なりとも落ち着いている。

ちなみに、観覧車をチョイスしたのはこの姉だ。俺が高所恐怖症なのを知っていて選んでいる（しかも休園中なのに特別に動かしてもらうらしい）んだから性格が悪い。

「それじゃ、改めて――ね？」

とにもかくにも、観覧車が動き出すのに合わせて彼女はゆっくりと話を切り出した。

「私は篠原柚葉《しのはらゆずは》。《ミーティア》のアカウントを運営してる人で、《ディアスクリプト》の管理者《ゲームマスター》さんで、今回の色々を企てた黒幕でもあって、何より緋呂斗《ひろと》のお姉ちゃんだよ。年齢で言うと、みんなとはちょうど十個くらい離れてるかな」

「ご主人様の、お姉様……では、《ディアスクリプト》の冒頭にあったメッセージは？」

「あ、ごめんそれ嘘《うそ》。緋呂斗に本気で探してもらいたくて、つい」

「つい、じゃねえよ……」

悪びれもせずそんなことを言う姉に対し、思わずそっと溜《た》め息を吐《つ》く俺。

篠原柚葉——本人も言っている通り、彼女は俺の実姉だ。高校に入学するタイミングで学園島《アカデミー》に移住しており、そのままこちらで就職している。ちなみに、今の今まで俺がその存在を全く意識していなかったのは、彼女が滅多に連絡の取れない人種だからだ。一応俺がこの島に来る直前にもメッセージは飛ばしているのだが、当然のように未読状態。ただそれには明確な理由があることも知っていたため、特に追撃するようなこともなかった。

そんな彼女、柚姉《ゆずねえ》は、「んー」と小さく伸びをしながら言葉を継ぐ。

「私、緋呂斗のこと大好きなんだよね。で、大好きな人ってついからかいたくなっちゃうっていうか……今回だってそうだよ。ああいう風に書いておけば緋呂斗は途中で投げ出したりしないでしょ？　ずっと私のことを考えてくれる。それって絶対嬉《うれ》しいなあって」

「……それ、もし俺がどっかで指令《オーダー》を達成できなかったらどうするつもりだったんだよ」

「やだな、こんなの緋呂斗なら余裕でクリア出来るに決まってるでしょ？」

くすっと口元を緩ませながらそんなことを言ってのける柚姉。……もしかしたら冗談なのかもしれないが、仮に本気で言っているんだとしたら恐《おそ》ろしい話だ。

が、そんな俺の内心なんて当然ながら知る由もなく、柚姉はニコッと笑って続ける。

「とにかく、それが《ディアスクリプト》を計画した理由の一つ目。しばらく会えてなかったし、せっかくの再会ならなるべく劇的な方が良《い》いかなって思って」

「……だからと言って、あれだけ大規模な《決闘《ゲーム》》を個人で用意できるものですか？　それに、ご家族の方ならもう少し頻繁に連絡を取っていても良いような気がしますが……」

「あー……それなんだけどさ」

姫路《ひめじ》の零《こぼ》した順当な疑問に、俺は柚姉より先に答えを返すことにする。

「柚姉、めちゃくちゃ情報規制が厳しい仕事に就いてるんだよな。家族と連絡するのも限られたタイミングじゃなきゃダメらしくて、メッセージの返信が数ヶ月空くとかざらにある。確か、学園島《アカデミー》の管理部……だっけ？」

「管理部!?　篠原、それ本気で言ってるの？」

「え？　まあ、そりゃ本気だけど……何だよ、そんなに驚くようなことなのか？」

「あ、当たり前じゃない！　だって、学園島《アカデミー》の管理部って言ったら星獲りゲームの中枢を担う超エリート部署よ？　本っ当に優秀な超少数精鋭で回してて、各種情報へのアクセス権限は最高クラス。入りたいからってそうそう入れる部署じゃないわ！」

「そう、ですね……一般的に、卒業時の等級が６ツ星以上であることが最低限の基準だと言われています。加えて、極秘情報を扱うため統制が最も厳しい部署であるとも。……なるほど、であればご主人様となかなか連絡が取れないというのも頷《うなず》けます」

「うんうん、今回だって直接会うのは三年ぶりとかだもんね。それだって色々申請してやっと今日だけ許可が下りたところなんだから」

感謝しなよ、とでも言いたげにくすっと笑みを浮かべる柚姉《ゆずねえ》。……まあ、確かにそういう話を聞いてしまうとあまり邪険にも出来ないが。

「で、話戻すね？　私が《ディアスクリプト》を計画した二つ目の理由、それは——タ、イ、ミ、ン、グ、的、に、ちょうど良かったから」

「……タイミング？」

「うん。ほら、もうすぐ夏が来るわけでしょ？　で、緋呂斗《ひろと》ももう知ってるかもしれないけど、学園島《アカデミー》の夏っていうのは大きなイベントの開催期間なんだよ。この前の五月期交流戦と同じくらい……ううん、もっと凄《すご》いかな。それが、もうすぐ始まるの」

「……？　それが、どうしたんだよ？」

「どうって、そのまんまじゃない？」

もしかすると俺とは思考のレベルが違い過ぎるのかもしれない彼女は、そう言って微《かす》かな笑みを浮かべてみせる。それから、付け加えるように一言。

「あのね。――私、《決闘》が好きなの。強い人同士の争いが好き。本気と本気のぶつかり合いが好き。でも、今年の五月期交流戦はいつの間にか終わっちゃってたから……せっかくだし、夏のイベントがもっともっと盛り上がったら嬉しいなって思って」

「……それが《ディアスクリプト》と何か関係してるのか？」

「関係しかないよ？　例えば、色付き星《ユニークスター》争奪戦のファーストクエストで真野《まの》ちゃんに告白された桜花《おうか》の６ツ星・藤代慶也《ふじしろけいや》くん――彼は普段から〝孤高〟を気取ってるけど、本当は守るものがあった方が絶対に強くなれる。今回の件で真野ちゃんっていう保護対象を手に入れた彼は、夏のイベントで間違いなく大きな脅威になる」

「え……」

「例えば、セカンドクエストでデートをすることになった英明《えいめい》の６ツ星コンビ・榎本進司《えのもとしんじ》くんと浅宮七瀬《あさみやななせ》ちゃん。相性最悪って定評のあった二人だけど、《アストラル》を通してそれははっきりと否定された。あの二人の息が揃《そろ》うことで爆発的な相乗効果が生まれることは明白だよ。それを引き出すためにも、二人にはもっと仲良くなってもらわないと」

「……ってことは、まさか最後のクエストも？」

「もちろん、そのまさかだよ。だって、あの子――皆実《みなみ》ちゃんは誰かの下に付いたって絶対に実力を見せたりしないから。そんなことをするくらいなら、緋呂斗とか《女帝》ちゃんみたいな〝本物〟とぶつけて化学変化を期待する方がよっぽどいい。……まあ、正直あの子に関してはダメ元なんだけど、きっかけくらいにはなるかもって思ってね。実際、少しは効いたみたいだし……ついでに、霧谷凍夜《きりがやとうや》くんと久我崎晴嵐《くがさきせいらん》くんも良《い》い感じにフラストレーションを溜《た》めてくれたと思うし。ほら、全部上手《うま》く行ってるでしょ？」

「「「……………」」」

柚姉《ゆずねえ》の語る衝撃的な事実を耳にしながら呆然《ぼうぜん》と黙り込む俺たち。……確かに、その通りだ。体裁としては最初から最後まで単なる〝恋愛相談クエスト〟だったはずなのに、言われてみれば《ディアスクリプト》を通じて6ツ星クラスの高ランカーが複数人〝覚醒〟を果たしている。しかも、おそらくは本人すら知らないうちに。

「まさか、それを全部計画してたってのか……？　思い通りの結果を出すために依頼やら指令《オーダー》を使って俺と彩園寺《さいおんじ》を動かしたって？」

「そゆこと。まあ、似たようなことは高校生の頃からやってたんだよね。他の人を焚き付けて、本気にさせて盛り上げて、その上で私が一番になる――そういうのが好きだったんだ。……っていうか、これくらい棗《なつめ》ちゃんから聞いてないの？」

「棗ちゃん？　棗ちゃんって……え、一ノ瀬《いちのせ》学長のことか？」

「そうそう、その棗ちゃん。私、実はずっと同じクラスだったんだよ。あの時の英明《えいめい》は強かった――強かったけど、一つ後悔してることがあるんだよね。英明ばっかり強くなり過ぎて、どんなイベントも一瞬で終わっちゃった。楽しむまでもなかった。……でも、今年は違うよ？　英明も、桜花《おうか》も、音羽《おとわ》も、森羅《しんら》も……聖ロザリアですら、強くなる」

「…………」

「本当に、夏が楽しみ。……ね、緋呂斗《ひろと》もそう思うでしょ？」

そこまで言って、柚姉はくすっと口元を緩めてみせる。それは世の中の全てを面白がるような、不敵で妖艶で超然とした笑みだ。対峙《たいじ》しているだけでこちらに〝格下〟の位置を押し付けてくる、そんな底が知れない強者の笑み。

もしかして――と思った。一ノ瀬学長の同期ということなら、まさに英明が三年連続で学校ランキングの一位に輝いていた〝黄金の世代〟ド真ん中だ。今の話を聞く限り明らかに中心的人物だし、加えて管理部にいるからには確実に6ツ星以上の等級だったはず。

（そういえば、柚姉が高校生だった頃はよく漫画みたいな武勇伝を語ってくれてた記憶がある。あの時はただ面白がって聞いてたけど……じゃあ、まさか柚姉が――）

「……ところで、ご主人様」

と――俺の思考がそこまで達した辺りで、対面の席に座った姫路《ひめじ》がおずおずと話し掛けてきた。澄んだ碧《あお》の瞳を俺に向け、彼女はどこか気遣うような口調で続ける。

「今回は……その、残念な結果に終わってしまいましたね。ご家族の方と再会できたのは喜ばしい限りですが、結局ご主人様の幼馴染《おさななじ》みは関《かか》わっていなかったわけですし」

「あ、ああ……まあ、確かにそうだな」

思考を切り替えながら小さく頷《うなず》く。……やはり、あいつを見つけるには地道にやるしかないということだろう。色付き星《ユニークスター》を集めて〝本物の7ツ星〟になるしかない。今回の《決闘《ゲーム》》でようやく四つ目が手に入ったから、ここが折り返し地点といったところだ。

「……ねえ、緋呂斗《ひろと》」

そこで——ふと声を掛けられてそちらへ視線を遣《や》ると、柚姉《ゆずねえ》がちょんちょんと俺を手招きしているのが目に入った。導かれるままに少しだけ顔を近付けてみれば、彼女の方もくすっとからかうような笑みを浮かべながら静かに俺の耳元へと唇を寄せてくる。

そうして彼女は、囁《ささや》くようにこう言った。

「緋呂斗が頑張って私のこと探してくれたから、一ついいこと教えてあげる」

「ご褒美だよ、ご褒美。ほら、私管理部にいるから色んなこと知ってるんだよね」

「もちろん全部は教えちゃダメだし、私って好きな人には意地悪したくなるタイプだからダメじゃなくても途中までしか教えてあげないけど……あのね？」

「——緋呂斗、とっくに再会してるよ？　ずっと探してた、初恋の幼馴染み」

「――よお、このオレ様に会いたいってのはてめーかよ？」

「大方倉橋《くらはし》御門《みかど》の一件から嗅ぎ付けやがったんだろうが、生憎《あいにく》こちとら忙しいんだ。生半可な話なら興味がねえ。それに、オレ様はそもそも誰かとつるむ性質《たち》じゃねえ」

「が、話だけなら聞いてやっても構わねえぞ」

「端的に言え――篠原を潰すために手を組んでくれってのはどういう意味だ、[redacted]？」

♭♭

皆実《みなみ》雫《しずく》は、困っていた。

学園島《アカデミー》最強と、それから《女帝》――あの二人との《決闘《ゲーム》》に負けてから、ずっと心のモヤモヤが晴れずにいる。厄介なモテ期は過ぎ去ったにも関《かか》わらず、だ。

もちろん、負けるのなんて初めてじゃない。等級を調整するために何度も適当に負けている。けれど――内容としては取るに足らない《決闘《ゲーム》》だったかもしれないが――今回の皆実は勝つ気でいた。勝つ気でいたのに負けたのは、多分生まれて初めてだ。

だから、目立ちたくないという意思を、負けず嫌いな本質が上回ったのかもしれない。

「ムカつく……悔しい…………勝ちたい」

ぼふん、とベッドにうつ伏せになりながら、彼女は静かにそんな言葉を口にした。

あとがき

こんにちは、もしくはこんばんは。久追遥希《くおうはるき》です。

この度は本作『ライアー・ライアー5　嘘《うそ》つき転校生は運命の幼なじみに試されています。』をお手に取っていただきまして、誠にありがとうございます！

大規模《決闘《ゲーム》》が明け、普段よりもラブコメ成分マシマシでお送りした第5巻、いかがでしたでしょうか……!?　ヒロインたちの可愛《かわい》さと《決闘《ゲーム》》の駆け引きを一緒に楽しめるような内容になっていると思いますので、ぜひぜひ楽しんでいただければ幸いです！

それでは、紙幅も残り僅かなのでさっそく謝辞に入らせていただきます。

イラストレーターのkonomi（きのこのみ）先生。デート服の白雪《しらゆき》&更紗《さらさ》最高に良かったです……！　新しく挿絵に登場したあの子も口絵のあの人もめちゃくちゃ好みでした！

担当編集様、並びにMF文庫J編集部の皆様。今回も結局ギリギリ進行になってしまいましたが、最後までフォローして下さり本当にありがとうございました！

そして最後に、この本を読んでくださった皆様に最大限の感謝を。

次巻もめちゃくちゃ頑張りますので、どうか楽しみにお待ちくださいっ!!

久追遥希

MF文庫コミック　アライブシリーズ
ライアー・ライアー　1巻
大好評発売中！
ライアー・ライアー
絶対に負けられない
学園頭脳ゲーム&ラブコメ、
堂々のコミカライズ！
漫画：幸奈ふな
原作：久追遥希
キャラクター原案：konomi（きのこのみ）
月刊コミックアライブで好評連載中！
Comic Walker & ニコニコ静画でも
好評連載中！

MF文庫J

ライアー・ライアー 5
嘘つき転校生は運命の幼なじみに試されています。

2020 年 7 月 25 日　初版発行
2023 年 6 月 20 日　7 版発行

著者　久追遥希

発行者　山下直久

発行　株式会社 KADOKAWA
〒102-8177 東京都千代田区富士見 2-13-3
0570-002-301（ナビダイヤル）

印刷　株式会社 KADOKAWA

製本　株式会社 KADOKAWA

Printed in Japan　ISBN 978-4-04-064810-1 C0193

●お問い合わせ
https://www.kadokawa.co.jp/（「お問い合わせ」へお進みください）
※内容によっては、お答えできない場合があります。
※サポートは日本国内のみとさせていただきます。
※Japanese text only

◆◇◇

【 ファンレター、作品のご感想をお待ちしています 】
〒102-0071 東京都千代田区富士見2-13-12
株式会社KADOKAWA　MF文庫J編集部気付「久追遥希先生」係「konomi（きのこのみ）先生」係